校庆狂欢夜

Gaudy Night

［英］多萝茜·塞耶斯 —— 著

张爽 —— 译

上海文艺出版社
上海故事会文化传媒有限公司

编委会

总策划 夏一鸣

主　编 黄禄善

副主编 高　健

编辑成员（按姓氏拼音为序）

蔡美凤　高　健　胡　捷

黄禄善　吴　艳　夏一鸣　杨怡君

名家导读

/刘略昌

刘略昌，上海理工大学外语学院教授，上海市浦江学者，上海外国文学学会理事，主要从事英语文学和中外文化关系研究。近几年，主持完成国家社科基金、教育部人文社科基金、中国博士后科学基金面上项目、上海市浦江人才计划项目等高级别课题多项；在《外国文学》《当代外国文学》《中国社会科学报》等刊物发表文章四十余篇，出版专著、译著、编著多部；先后荣获全国文津图书奖提名奖和上海公共外交研究院优秀成果一等奖。

英国侦探小说创作界一向人才济济，两次世界大战期间更是达到了鼎盛时期。在百花齐放的黄金时代，除了大家熟知的阿加莎·克里斯蒂之外，还涌现出了许多风格迥异的侦探小说名家，多萝茜·塞耶斯（1893—1957）正是其中最负盛名的一位。在欧美，多萝茜·塞耶斯与阿加莎·克里斯蒂有着相差无几的影响，其作品都备受广大读者的喜爱。但在国内，克里斯蒂的声誉却远远超过了塞耶斯，究其根源，无非在于国内各出版社对这两位名家作品的译介广度、深度不同。早在二十世纪七十年代末和八十年代初，国内的许多出版社就重视翻译克里斯蒂的零星作品，如1979年《译林》杂志创刊号登载的《尼罗河上的惨案》首发四十万册，群众出版社陆续出版了克里斯蒂多部作品，近年贵州人民出版社更是推出了鸿篇巨制的《克里斯蒂全集》，这一切都为爱好侦探小说，但又不懂英文的读者全方位接触"侦探小说女皇"提供了优越的条件。但相比之下，毕业于牛津的才女塞耶斯就没那么幸运，她大量优秀的作品，如《校庆狂欢夜》《烈性毒药》《九声丧钟》等，长期以来如同被囚于铜雀台的二乔，藏在深闺之中，不识"春深"的娇媚，暗自"憔悴"了那惊人的魅力。

多萝茜·莉·塞耶斯系英国著名的侦探小说家、戏剧家兼翻译家，1893年出生于牛津一教会学校校长之家，是家中唯一的孩子。四岁时，举家迁往因《九声丧钟》而永享盛名的沼泽乡下居住，在家接受严格的教育。1909年时，她已经熟练地掌握了法语和德语两门语言。十九岁时，塞耶斯考入牛津大学，积极参加音乐、戏剧相关的社交活动，并成为英国最早获得大学学位证书的女性之一。从牛津毕业后，塞耶斯从事过许多工作，最后选择在伦敦一家广告事务所担任广告撰稿人，并着手创作第一部长篇侦探小说《谁的尸体》。几年后，塞耶斯与离异的新闻记者奥斯瓦尔德·弗莱明结为夫妇。从1923年到1937年，塞耶斯主要创作了十多部以彼得·温西勋爵为主角的系列侦探小说，被公认为是二十世纪最出色的侦探小说作家之一。在生命的最后二十年里，塞耶斯把主要精力用于研究神学理论，翻译但丁的《神曲》，但她同时也在密切关注着侦探小说俱乐部的发展壮大。1957年，六十四岁的塞耶斯在埃塞克斯郡与世长辞。

尽管塞耶斯认为侦探小说不是真正的文学，只是逃避现实的一种产物，绝不可能取得最大的文学成就，而且她本人创作侦探小说完全是出于经济方面的原因，但一贯细致严谨的塞耶斯在彼得·温西勋爵系列小说中，并不敷衍了事，而是坚持认为，无论从事什么工作，都要尽力做好，并把学术研究的作风带进了侦探小说的创作，这使她赢得了广泛的赞誉。从表面看，塞耶斯的侦探小说并不特别具有创新性，特别是在早期作品中，她沿袭了当时创作侦探小说通用的惯例。例如，神秘莫测的谋杀手段，道德败坏的恶棍，如同奥古斯特·狄潘、舍洛克·福尔摩斯一样聪明机智的业余侦探。但自始至终，塞耶斯都注重提高侦探小说的文学性和文字质量。正如评论家兼小说家卡洛林·赫尔布伦所说："塞耶斯的写作相当出色。"读者随手翻开塞耶斯小说的任何一页，就会发现妙趣横生、文采优美的句子比比皆是。

塞耶斯善于编织故事情节，忠于创作的"公平原则"。在《犯罪小说汇编》中，她曾提道："必须让读者知晓与案件相关的每条线索，但当然不能把侦探所有的推论都告诉读者，以免他们过早看到故事的结局。"这在刻画温西勋爵和另一业余侦探蒙塔古·埃格的短篇小说中体现得尤为明显。塞耶斯长篇侦探小说描写的案件及其结局多姿多彩，情节发展绝不模式单一，有雷同之感。实际上，塞耶斯坚持认为，成功的侦探小说作家不能用统一的模式来展开故事情节，因为不同作品有着不同的观点，而每一种观点都需要相应的情节来配套："找到小说主题是一回事，围绕这一主题建立合适的故事框架却是截然不同的另一件事。"因此，创作侦探小说的挑战就在于用一系列符合逻辑的相关事件来充实主题思想，用促使事情显得真实可信的方法来推进人物性格的变化。

当然，侦探小说的成功与否，侦探起着至关重要的作用。塞耶斯笔下的温西勋爵并非一成不变。最初露面时，温西是一个相当类型化的角色，他家财万贯、出身贵族世家，喜欢收藏珍贵书籍，爱好品酒，对许多领域知识的掌握也让人佩服不已。可以说，此时的温西显得并不真实可信，他身上依稀有着特伦特、福尔摩斯等前辈神探的影子，他和前人的区别主要在于外在品质。尽管如此，早期作品中的温西并非完全不食人间烟火，在《谁的尸体》和《非自然死亡》中，考虑到自己介入案件后需要担负责任时，他曾数度犹豫不决；在《贝勒娜俱乐部的不快》中，对于不得不依赖妻子且容易动怒的战争牺牲品乔治·芬提曼，他也报以满腔同情。温西身上体现的这些人性化的因素在后来被作家加以充分的拓展深化，及至以《校庆狂欢夜》为代表、创作于二十世纪三十年代后的小说，温西显得更加聪明机智、更能体会到情感的复杂性，对善与恶也不再有清晰绝对的划分。这样，塞耶斯历时十五年，成功地塑造了一个有血有肉、有心理深度，甚至有宗教观念的不朽侦探形象。

塞耶斯侦探小说的另一成功之处在于她逼真细致地描绘了故事发生的背景。她在《欢庆狂欢夜》中如是说道："读者似乎喜欢那些讲述他人生活方式的、细节详尽精确而又不是为了明显宣传的作品。"在《九声丧钟》中，塞耶斯把故事发生地设置在了她曾经住过多年的沼泽乡下，并栩栩如生地再现了乡村的生活："教堂周围的人们过着一种奇特，而又始终保持着自己固定节奏的荒岛般的生活。每日，短促欢快的教堂钟声会预报着拂晓的到来。听到钟声，挤奶工人会快步走向院子中的奶牛棚，睡眼惺忪的人们卷起铺盖，塞在长椅底下……"在这仿佛使人嗅到了真实生活气息的描摹中，住户虽然与最终的破案结果无关，但他们却给作品带来了持久的魅力。几乎每个读者都会从中找到自己喜爱的角色，如年迈的敲钟人赫齐卡娅·拉文德，侃侃而谈的扫烟囱人汤姆·普费特，为温西提供重要破案线索的侦探小说迷金杰·乔，等等，不一而足。

塞耶斯巧妙地进行了情节、角色、背景、对话等的处理，这些使她的作品进入了侦探小说经典的行列，而这些作品又因表现了一系列严肃的主题而获得了更为丰富的内涵。例如，塞耶斯自始至终都在关注妇女在社会中的地位，工作的重要性以及罪恶与无辜的本质关系。她在《贝勒娜俱乐部的不快》中的安·多兰德，《烈性毒药》中的西尔维娅·马里奥特、玛乔丽·费尔普斯《校庆狂欢夜》中的侦探小说作家哈莉叶·薇恩身上都倾注了这种深刻的人文关怀，表现了这些职业妇女在男性占主导地位的世界上为寻求尊严和独立做出的种种努力。作为赛耶斯侦探小说的代表作，《校庆狂欢夜》可以视为作家的一部自传，小说中的侦探小说作家、牛津大学毕业生哈莉叶·薇恩这位知识女性身上有着诸多赛耶斯本人的影子。塞耶斯小说中的女性大都非常倾慕大侦探温西，这不仅因为温西性感撩人，更因为他没把她们当作低人一等的物种，而是严肃地把她们作为平等的伙伴来看待。

故事主要发生在哈莉叶·薇恩的母校——全女性的牛津什鲁斯伯里学院（基于塞耶斯自己的萨默维尔学院），她受邀返校参加一年一度的华夜之宴返校日活动。然而，有人在学院进行一系列的恶作剧活动，为了揭开谜底、捍卫学院的荣誉，哈莉叶接受委托，开启了侦探活动。线索重叠、重重迷雾之下，老朋友彼得帮助哈莉叶一起解开了谜题。

虽然《校庆狂欢夜》中没有发生谋杀案，但悬念十足，阅读本书也是一种心理上的挑战与刺激之旅。叙事与主人公哈莉叶的爱情故事交织，同时具有深刻的社会意义，考察了女性在二十世纪三十年代的英国社会中，为扩大女性的社会影响力、增强性别独立性，而进行的斗争，让这部小说得到了"第一部女性主义推理小说"的称号。

本书的一个母题是女性接受教育的权利。什鲁斯伯里学院的讲师们都经历过为女性争取学位的漫长斗争。塞耶斯本人是第一批获得牛津大学学位的女性之一，并在1915年的中世纪文学考试中获得一等荣誉。外国学者雅克·巴赞认为，《校庆狂欢夜》成就斐然。哈莉叶·薇恩和彼得勋爵的侄子圣乔治的关系增加了角色的多样性，设定于大学校园，也为良好的知识辩论提供了背景。该书探讨了很多哲学主题，例如个人情感与事业的重要性、爱情与独立之间的关系、原则与忠诚之间的关系，让读者在解谜的快乐中体会到知识思辨的交锋。

至于罪恶与无辜的问题，或者说是善与恶的问题，则处理得更加隐讳。正如R.D.斯多克和巴巴拉·斯多克所言，罪犯的本性在作者创作生涯的不同阶段也不尽相同。在早期的大多数作品中，罪犯往往显得冷酷无情，他们为了自己目标的实现不惜牺牲旁人利益。但在后期作品中，善与恶的界限并非那样清晰可见。《五条红鲱鱼》中的受害人坎贝尔，《九声丧钟》里的迪肯丝毫不会博得读者的同情。而与此形成鲜明对比的是，杀害他们的凶手不再显得丧心病狂，他们只是陷入了生活的种种困境而无法摆脱。走出"单纯解谜游戏"的窠白，塞耶斯在侦探小说中探讨了复杂的道德问题，大大拓展了侦探小说这一体裁的内容含量。塞耶斯曾提到，侦探小说的魅力之一就在于它为现实中无法解决的问题提供了一种可信的解决方案。读完塞耶斯的侦探小说，读者不仅知道了谁是真正的凶手，而且对文本中暗含的更为深刻的问题产生疑问：人对他者负有什么责任？人何时对他者的犯罪起了推波助澜的作用？案件破获带来的后果又是什么？塞耶斯就这样通过侦探小说来探讨这些问题。

截至二十世纪三十年代末和四十年代初，塞耶斯停止侦探小说的创作时，她已经在二十世纪侦探小说的发展史上留下了浓墨重彩的一笔。尽管她描绘的贵族仆人、乡间别墅的世界在历史的舞台上已经隐去，但她的侦探小说却依然对很多读者有着极强的吸引力。有的读者喜欢塞耶斯是只是因为他们可以在其作品中逃避现实社会中的种种问题，但塞耶斯备受喜爱的窍门绝不局限于此。她显赫的名声自然与其精彩的语言处理、注意情节和背景的细节刻画、字里行间散发出的幽默气息、塑造得令人难以忘怀的人物形象有关。但正是她作品中表达的严肃主题思想使她超越了时空的限制避免了与和她同时代的许多侦探小说作家一般被人遗忘的命运。不再把侦探小说仅仅看作一种消遣娱乐，而是注意提高侦探小说的文学性，反思严肃深刻的社会问题，这就是塞耶斯对侦探小说这一体裁做出的最主要的贡献。《校庆狂欢夜》是赛耶斯在求新求变、不断寻求突破的笔墨生涯中推出的最为完美的一部作品，它是我们洞悉塞耶斯的小说艺术，乃至了解英国古典式侦探小说黄金时代的一把钥匙。

Contents

重访学院　1

华夜之宴　20

"肮脏的凶手"　36

温西勋爵　54

全员监控　74

书楼窄光　99

东墙暗影　118

绉纱礼服　141

债台高筑　167

离开牛津　188

漫漫假日　205

离奇失踪　230

求助温西	253	寻找亚瑟	368
敞开心扉	267	象牙碎片	385
案件日志	284	夜半惊魂	405
作案现场	300	幕后主使	422
"异端审判者"	317	华夜之宴	446
神秘骇电	349		

重访学院

> 你那盲眼的印记,
> 你那愚蠢的作茧自缚,
> 天真幻想的渣滓,
> 凌乱思想的残篇,
> 万千罪恶的温床;轻谋浅虑的源头;
> 你的意志之网,散乱无状:
> 欲望!欲望!我付出天价
> 心力交瘁,换得一文不值。
>
> 菲利普·西德尼爵士

哈莉叶·薇恩坐在写字台旁,凝视着梅克伦堡广场。广场花园里,郁金香艳丽盛放,早起的四个网球练习者在打一场不专业的大乱斗,活力四射地高喊比分。不过,郁金香和打网球的人没有入哈莉叶的眼帘。

她面前的吸墨纸上，摊开着一封信，书信也逐渐淡出她的脑海。另一幅画面开始涌入。她看到了一座石砌的方庭，是一位现代建筑师建造的，建筑风格不新不旧，悠悠地将过去与现在融合。围墙内，有一片修剪整齐的草地，拐角处是延伸的花床，周围是宽阔的石头底座。在科茨沃尔德石板平整的屋顶后面，耸立着一堆不太正规的旧建筑的砖砌烟囱——这也是一种方庭，但仍保留着最初的维多利亚式住宅的温情气息，这里曾经住着什鲁斯伯里学院第一批青涩的学生[1]。前面是乔伊特小路的树木，树后是杂乱的古老山墙和新学院的塔楼，风过长空，寒鸦盘旋。

记忆中的方庭人影幢幢。学生们四处走着，成双成对，奔向讲堂，长袍匆匆略过夏季轻薄的裙摆，风儿淘气地掀动她们的平顶帽子，像是一顶顶小丑的鸡冠帽，很是滑稽。一辆辆自行车挤在门房里，车架上堆满了书，长袍卷在车把上。一位头发灰白的女士穿过草坪，眼神迷离，出神地思考十六世纪的哲学，她的袖口被风吹动，肩膀翘得像是方帽的檐角，扯平了后背绸子的褶皱。两个自费生在找马车，她们没戴帽子，双手抄着兜，高声议论着船艇。严肃稳重的院长和矮小壮实、小朱顶雀一样活泼的学监在通往老方庭的拱门下开会。玉立亭亭的大飞燕草颤动着，像水蓝色的火焰，如果火焰能有那么蓝。校园里的猫目不斜视，旁若无人，竖起尾巴朝食品室的方向靠近。

时日已那样久长了。记忆紧凑又完整，像是刀剑将其从痛苦的岁月中刨除。现在还能面对这些吗？那些女人会对她，哈莉叶·薇恩，说些什么呢？她的英语成绩得了一等，去往伦敦写悬疑小说，和一个

---

[1] 译者注：小说中的什鲁斯伯里学院是塞耶斯以她曾就读的萨莫维尔女子学院为原型所虚构的学院，位于乔伊特小路和莫顿板球场原址之间。（若非特殊说明，均为译者注）

不娶她的男人同居,又因他被谋杀而受审,声名狼藉。这并不是什鲁斯伯里学院对校友的期望。

她再也没有回去过。起初,是因为她太爱这个地方了,耽溺于此的长痛不如决绝离开的短痛;另一个原因是,父母去世后,她身无分文,所有的时间和心力都用在了谋生上面。自那以后,落在她与那阳光下灰绿色的方庭之间的,就是绞刑架萧瑟的影子。

可现在呢?

她又拿起那封信。信上迫切的请求呼之欲出,请她参加什鲁斯伯里的华夜之宴——很难对这种邀请置之不理。有一个毕业后再未谋面的朋友,她现在结婚了,与哈莉叶稍有疏远,但是最近她病了,要去国外动复杂又危险的手术,渴望走之前再见哈莉叶一面。

玛丽·斯托克斯,又漂亮又精致,就像二年级戏剧里的帕蒂小姐。她楚楚动人,风度翩翩,是当年社交圈的中心。哈莉叶·薇恩,大条、笨拙,没人喜欢,而玛丽居然对她这么感兴趣,真是奇事。哈莉叶跟着玛丽的步伐,她们一起带着草莓和保温瓶,到谢尔河上划平底船;到了五朔节,她们在黎明爬上莫德林塔,塔楼仿佛随着脚下摇摇晃晃的铃铛摆动;她们深夜不眠,围着炉火喝咖啡,吃燕麦姜饼,玛丽总要开始一场关于爱、艺术、宗教和公民身份的长谈。她的朋友们都说,应该是玛丽得一等的。当哈莉叶名列一等、玛丽列二等时,只有那些昏聩又古怪的老师们不觉得惊讶。后来,玛丽结了婚,淡出了人们的视野;不过,她以病态的执着缠住学院,从不错过一次校友会或一场华夜之宴。哈莉叶则不同,她与学院斩断关系,打破戒律,名誉抛于泥淖,一心赚钱。富有又迷人的彼得·温西勋爵拜倒在她裙下,只要她愿意,随时可以和她结婚。她活力四射,又饱尝苦楚,声名起落。像是普罗米修斯和厄庇米修斯换了位置,对于其中一位来说,是一团麻烦,对另一个人来说,这是光秃的岩石和秃鹫。在哈莉叶看来,她们再也没有什么共同点了。

"不过,上帝啊!"哈莉叶说,"我可不是懦夫,我要去的,非去不可。受过那么多伤害了,这算什么呢。还能怎么样呢?"

她填好了邀请函,写上地址,重重贴上邮票,快速跑到信箱将信投了进去,以防自己后悔。

她慢慢地走了回来,穿过广场花园,登上亚当式石阶,回到寓所。她在碗橱里翻了一番,一无所获,就走了出来,慢慢地爬上顶层的楼梯平台。她拖出一只古旧的箱子,打开锁,掀开盖子:一股阴冷之气、书、丢弃的衣服、旧鞋子、古老的手稿;一条褪了色的领带,是她死去的情人的——这条领带还留在那里,多可怕啊!她把箱子翻到底,拖出一包很厚的黑色东西,放到灰尘飞扬的阳光下。她只在获得硕士学位时,穿过这件袍子,这么久没有穿了,也没有变形。将它抖开来,连褶皱都不怎么看得到,连领帽上的深红色丝绸也依然光洁,只有方帽似乎被虫蛀了一点。她拍松了流苏,一只在箱盖下冬眠的龟甲蝴蝶惊醒了,扑腾着翅膀,飞向明亮的窗户,结果身陷一张蛛网之中。哈莉叶挺开心的,这些日子,她终于能买得起自己的小车了,这次回牛津大学,就与以前乘火车的感受不一样了。几个小时之后,她开始不去理会自己死去的青春的呜咽幽灵。她告诉自己,她是个陌生客,一个旅居者,一个在世界上有位置的富足女人。炙热的路途在她身后蜿蜒而去,城镇从一片碧绿中拔地而起,旅馆的招牌、加油泵、商店、警察和巡逻车簇拥着她,接着从视野中晃动着淡去,再被抛到脑后。六月在蔷薇丛中渐渐消逝,树篱的绿又深一层;沿高速公路铺开的红砖提醒人们,当下会无可逆转地覆盖旷远的过去。她在海威科姆吃了午餐,挺扎实的一顿,很舒适,还点了半瓶白葡萄酒,给了女服务生一笔慷慨的小费。

她急切地想和以前当大学生的自己划清界限,那个大学生在路边大树下吃一袋三明治、喝一杯咖啡,就能满足。年岁增长,确证自我之后,人们又开始喜欢拘泥礼节。她精心挑选了自己的游园会服装,与学位服相得益彰,叠得整整齐齐,放在手提箱里。那是一条雅致的黑色乔其纱裙子,下摆很长,庄严得体,绝对无可挑剔。还有一件参加华夜之宴的晚礼服,是瑰丽的牵牛花色,裁剪精美,胸前和后背的装饰也没有显得不得体。它不会冒犯那些已故院长的肖像,他们正从礼堂里那棵慢慢变老的橡树上往下凝望着。

海丁顿。已经很近了,一阵凉意,她不禁胃痉挛起来。海丁顿山,那时她经常一个人推着破旧的自行车,艰难地爬上去。而现在,有四缸发动机有条不紊地运转,乘车从容前来,路似乎也不那么陡了。但是,每一片叶、每一块石,都仿若老同学一样热情地打着招呼。前面是狭窄的街道,上面是拥挤又杂乱的商店,像村庄的主干道;有一两个路段已经拓宽和维修过了,但没有什么真正有益的变化。

玛格德林桥,玛格德林楼。此处毫无变动的痕迹——除了建筑无心而冷漠的恒久。在这里,一个人一定要认真地鼓足勇气。长墙路,圣十字路。过去的铁手抓住你的肚肠。学院大门。现在,该来的只能来了。

圣十字门房来了一个新门卫,听到哈莉叶的名字,他没有什么反应,只在名单上核对了一下。她把行李递给他,开车到曼斯菲尔德道[1]的一个车库,然后挽着她的长袍,穿过新方庭进入旧方庭。就这样穿过一个难看的砖砌门道,进入了伯利楼。

---

[1] 原注:本书中曼斯菲尔德道指的是从曼斯菲尔德路到圣十字路的这一段,在小说虚构的什鲁斯伯里学院的后方,位于贝利奥尔学院和莫顿学院板球场的交汇之处。

她没有在走廊或者楼梯遇到同级生。本科生活动室的门口，三个高年级的同届毕业生在互相问候，一派热情又过时的女孩子气。但她不认识她们，也没人与她搭话，她一言不发地走了过去，像个幽灵。她认得给她安排的房间，忆起那里曾经住着一个她讨厌的女生，这个人后来嫁给了一个传教士，随后去了中国。

屋门背后挂着现任屋主的短外套，从书架来看，她应该读的是历史系；从她的个人物品来看，大概是一名新生，热情拥抱新奇事物，却缺乏自然而然的品位。哈莉叶把她的东西都扔在狭窄的床上，那上面铺着幽绿的帷幔，印着粗制滥造的未来派图案；床头挂着一幅蹩脚的新古风装饰画；一盏棱角分明、设计不友好的镀铬灯杆在那里，像是用强光气冲冲地照着学院提供的餐桌和衣柜，通常是托特纳姆庄园路的风格；五斗橱上有一尊铝制的古怪的小雕像，或者说是个三维立体图，活像一个又大又歪的开瓶器，底座上还有个词："抱负"，整体更协调了。哈莉叶在衣橱里发现了三个实用的衣架，觉得稀奇又不错。穿衣镜子大约有一英尺见方，挂在房间最黑暗的角落里，是学院常用的镜子。

她打开包，脱下外套和裙子，换上晨袍，去找浴室。她给自己留了三刻钟的时间更衣，什鲁斯伯里的热水系统的低效一直让人不得不服气。她已经忘了这层楼的盥洗室具体在什么地方，但肯定在左边。走过一间茶水间、两间茶水间，门上贴着告示：晚上十一点后不得清洗餐具。三间盥洗室，门上有告示：离开时请熄灯。是的，它就在这里——四间浴室，门上都这样写着：请勿在夜间十一点以后洗澡。在每一间浴室的门下，还贴着一句令人恼火的附言：如果学生晚上十一点以后还要洗澡，浴室晚上十点半就会上锁。集体生活要体谅他人。签名：学监 L. 马丁。哈莉叶选了最大的浴室，里面还有一个通知：注意防火。

还有一张印满大写字母的卡片：热水供应有限，请避免过度浪费。处于权威之下的熟悉感袭来，她按下浴缸里的塞子，打开水龙头。不过，浴池亟须重刷一层搪瓷，软木垫也用得太久了。

沐浴之后，哈莉叶感觉好多了。幸运的是，回房路上没有碰到一个熟人。她可不想穿着晨袍和人叙旧闲聊。她看见一扇门上写着"H.阿特伍德夫人"。门是关着的，她很庆幸。隔壁的房子没有名牌，但当她走过时，有人从里面转动门把手，门慢慢开了。哈莉叶飞快地逃脱，躲进了隐蔽之处。她觉得自己的心快跳出来了。

那件黑色长裙像手套一样合身。裙子正面有一个方形的过肩，袖子很长，贴合胳膊，袖口的荷叶边几乎能盖住手指，更添一丝柔和。裙子勾勒出她腰部的线条，裙角垂地，有股中世纪长袍的气息。裙子色调暗，不会压过学位服的格调。她把袍子的大褶子拉上肩膀，这样，前襟就与绸带更贴合、更平整。连领帽都实费了她一番功夫，好半天，她才想起怎样把亮闪闪的绸缎翻出来。她在不显眼的地方用别针将它固定住，这样，肩部一边是黑色的，一边是红色的。她站在凑凑合合的镜子前弯身看（屋子主人显然是一个身材很矮小的女人），调整了一下平顶帽，将它抚平整，帽子的一角抵在前额中央。镜子照出她的脸，面色苍白，鼻子两侧是两道笔直的、黝黑的眉毛，眉间距太宽了，不够美。她看着自己的眼睛——疲惫不堪，又桀骜不驯——那双曾经充满恐惧，如今仍然警惕的眼睛。她的嘴型显露出慷慨的气度，却又流露出后悔的印记；现在她抿起嘴角，再不吐露什么了。帽子下面压着浓密的卷发，神情坚毅。她对自己皱起眉头，整理了一下衣服。然后，她对镜子不耐烦了，转脸看向窗户，窗子正对内院，也就是旧方庭。的确，这与其说是一个方庭，不如说是一个长方形的花园，周围是学院的建筑群。一端树荫下的草地上摆放着桌椅；另一边是图书馆快要完工的翼楼，橡子在一堆脚手架中若隐若现。成群结队的女人穿过草坪；哈莉叶恼火地看到，她们大多数人的帽子都戴得很难看，而且有人竟然愚蠢到穿上了一件镶着细纱花边的淡柠檬色连衣裙，这在长袍下面很扎眼。

"不过，"她想，"毕竟，鲜艳的颜色还算与中世纪沾边。无论如何，女人不会比男人穿得差了。我曾见过穿着音乐博士学位服的老哈蒙德走在校庆队伍里，里面居然穿的是灰色法兰绒西装、一双棕色靴子、一条蓝点波点的领带，也没人说什么。"

她突然笑了起来，开始感到自信了。

"他们夺不走的，无论如何都不能。不管我做过什么，这都是不可改变的。奖学金、艺术硕士学位、女性学者、这所大学的资深成员（根据规定，无论公开场合还是私下，初级成员应尊重资深成员）。"

她迈着很稳的步子走出屋子，敲了敲邻屋那扇门。

四个女人一起走向花园——步履轻缓，因为玛丽生着病，不能快走。哈莉叶一边挪步，一边思索着："错误，一个大错误，我不该来的。玛丽很好，她一如既往，见到我高兴得让人可怜，可是我们彼此没有什么话可说。我将会永远记得她现今这副容颜吗，憔悴的脸庞、沮丧的神情。她也会把我记成——狠心的人。她说我看起来很成功。我知道那是什么意思。"

还好，她可以跟贝蒂·阿姆斯特朗和多萝西·柯林斯一直说话。她们一位是勤快的犬类饲养员；另一个在曼彻斯特开了一家书店。她俩显然一直保持着联系，因为她们在讨论事情，而不是人，是有强烈的共鸣的人。玛丽·斯托克斯（现在是玛丽·阿特伍德）似乎与她们断绝了联系，因为疾病、婚姻，还有——这是不必隐瞒的事实——一种精神上的停滞，与疾病或婚姻都没有关系。"我猜想，"哈莉叶想，"她长着那种夏天的小脑瓜，早早开花，很快结子。她来了——我的亲密朋友——又尴尬又礼貌地赞赏我的书，我也又尴尬又礼貌地赞赏她的孩子们。我们不该再见面的。太可怕了。"

多萝西·柯林斯打断了她的思路，问了她一个关于出版商合同的问题，回答这个问题让她们逃过这一关，刚好就这样走进了方庭。一个活跃的身影沿着小路跑来，停下脚步，喊了一声欢迎。

"哇，是薇恩小姐！这么久了，又见到你真好啊。"

学监一下就认出了她，哈莉叶很是感激。她对学监一向怀有很深的感情，在她最需要善意相助的那些时日，学监去信给她温暖。另外三个人怀着对权威的敬畏，继续往前走；下午早些时候，她们已经问候过学监了。

"你能来可太好了。"

"我还挺有胆量的，是不是？"哈莉叶说。

"哎，快别这样说。"学监说。她的脑袋歪向一边，用一只亮闪闪的、鸟类一样的眼睛盯着哈莉叶。"你可别多想，根本没人在意。我们可不是你想的那种老朽。毕竟，重要的是你正在做的工作，不是吗？对了，院长很想见你。她很喜欢《犯罪之沙》。看看我们能不能在副校长来之前逮住她，你觉得斯托克斯——我是说阿特伍德——看起来怎么样？我从来都记不住她们婚后的姓氏。"

"很糟糕吧，我想。"哈莉叶回答道，"我其实就是来看她的，是的——但是恐怕搞砸了。"

"啊！"学监应了一声，"我感觉，她不再成长了。她曾是你的一个朋友，但我一直觉得，她的头脑像一只刚出生的小鸡仔。那么早熟，但没有坚持。可是，我希望她们能照顾好她……这风真讨厌——我的帽子都压不住了。你的帽子戴得真好，是怎么做到的呀？你看，我们都穿着得体的黑礼服。你见着特里莫那件像黄色灯罩一样的裙子了吗？

太丑了。"

"那是特里莫呀，她在做什么呀？"

"噢，天呐！亲爱的，她忙着做精神治疗。光明啦，爱啦，什么的。啊！我们应该能在这儿找到院长。"

什鲁斯伯里学院一向会选院长。最开始，院长是一个地位尊贵的女性；在争取女性学位的艰难时期，院长是一位很有手腕的人；现在学院被大学接受了，这要归功于院长的魄力。玛格丽特·巴林博士穿着鲜红和灰蓝色相间的衣服，气度不凡。在所有的公共场合，她都是领袖般的人物，对于那些一感到冒犯就发火的男性老师们，她有得体的方式平复他们的情绪。她亲切地同哈莉叶打招呼，问她觉得图书馆新的侧翼楼如何，等它建好，老方庭的北侧就不空了。哈莉叶赞赏了这种设计比例，说学院这样更好看了，也问了它什么时候会完工。

"我们希望复活节前完工。我们或许也能在开幕式见到你呀。"

哈莉叶客气地回答，她也盼望这一天的到来。这时，她看到副校长长袍的影子掠过，敏捷地汇入校友之中。

长袍，长袍，长袍。过了十来年了，认得旧人是很不易。那个戴着蓝边兔毛兜帽的人一定是西尔维亚·德雷克——她最后还是熬到了文学学士学位，那时已经成了院里的一个笑柄，她花了那么长时间，永远在重写她的论文，几近绝望了。她大概不认得低好几级的哈莉叶，但哈莉叶却对她印象深刻——她住在学院的那一年，她总是在本科生活动室进进出出，滔滔不绝地谈论中世纪的宫廷爱情。天呐！那个可怕的女人也在，穆丽尔·坎普肖特，走来套近乎了。坎普肖特总是一副傻笑的样子，现在还在傻笑。她穿着一件刺眼的绿色衣服。她必然会说："你怎么构思情节的哇？"她果真说了，服了这个女人。薇拉·莫里森也来了，她问道："你现在在写什么吗？"

"是啊，是啊，"哈莉叶说，"你还在教书吗？"

"对，老地方，"莫里森小姐说，"我的工作在你面前恐怕不值一提。"

对于这个问题，除了摇头笑笑之外，没有别的回答，哈莉叶就这样笑了笑。人们开始走动了，缓缓进入新方庭，那里摆着一台等待揭幕的钟，他们在环绕花坛的石头底座上找位置站好。有人很官方地叫大家给游行队伍让出一条路。哈莉叶利用这个借口从薇拉·莫里森身边挣脱出来，站在一群人的后面，都是陌生的面庞。她看到玛丽·阿特伍德和她的朋友们在方庭的那一端。她们在挥手，她也挥挥手。她不打算穿过草地加入她们，她想独处，与这群人保持距离。

在挂着彩旗的帷幕之后，大钟正式亮相，敲出了三声鸣响。砾石上传来嘎吱嘎吱的脚步声，拱门之下，游行队伍走来了。一群老人像鳄鱼一样徐行，穿着奢华且与时代不协调的华服，步履慵懒又端正，带着英国大学学者的格调。他们穿过方庭，登上大钟下面的基座。男教师们摘下都铎式帽子和学位帽，向副校长致意；女教师们态度虔诚，仿佛在举行祈祷会。副校长声音纤弱地开口，他谈到了这所学院的历史，优雅地提到了时间不足以衡量的成就；他又开了一个关于相对论的又冷又怪的玩笑，还给它附上了一些古典的味道。他说捐赠者很是慷慨，这口钟纪念的是已故的委员会成员，他们品格良好，受人爱戴。他说能给这口精美的钟揭幕，很是高兴，这会让方庭的景色生辉，他补充说，尽管这是新修的方庭，但可以与大学带有荣光的古老、高贵的建筑并肩相伴。现在，他以牛津大学校长和牛津大学的名义为大钟揭幕。他伸手去抓拉绳，神情有一丝激动，当帷幔稳当当地落下，他的脸上绽放胜利的灿烂笑容。大钟露出来了，几个活跃的人开始鼓掌。院长做了一个简洁的演讲，感谢副校长的到来和致辞；金色的指针缓缓移动，一刻钟的报时声柔和地响起。会众发出了满意的感叹；队伍停下来，穿过拱门返回，仪式愉快地结束了。

哈莉叶跟在人群后面，惊恐地发现薇拉·莫里森又在她身边出现了，她说，她猜想所有的推理小说作家一定都对钟表有强烈的兴趣，因为那么多的不在场证明都是靠钟表和报时信号来做的。一天，在她教书的学校里发生了一件怪事。她想，对于侦探小说来说，这个情节简直绝妙，只要有能解开这件事的聪明人就可以了。她一直渴望见到哈莉叶，把这一切都告诉她。她稳稳地站在老方庭的草地上，离茶几相当远，开始述说这则奇怪的事件，事先还铺垫了好一会儿。一个校工端着茶走过来了。哈莉叶端起一杯，随即就后悔了，因为这样就不好脱身了，这杯茶像是把她钉在莫里森小姐身边了。然后，她看到了菲比·塔克。亲爱的菲比啊，看起来没怎么变样。她急忙向莫里森小姐告辞，请求在空闲的时候再听这个钟的故事，然后穿过一丛长袍，说："你好啊！"

"你好呀，"菲比说，"噢，是你。感谢上帝！我在这儿都找不到一个同级生，除了特里莫和那个可怕的莫里森女士。来拿些三明治吧。它们还怪好吃的。你最近好吗？很不错吧？"

"还行吧。"

"不管怎样，你有事业呀。"

"你也是。我们找个地方坐吧，我想听听考古的故事。"

菲比·塔克是一名历史系的学生，嫁给了一位考古学家，两人的结合看起来很美满。他们在地球上被遗忘的角落里挖掘骨头、石头和陶器，写小册子，向学术团体做讲座。他们还抽空生了三个开朗活泼的孩子，他们把孩子们抛给兴高采烈的祖父母，然后匆匆回去研究骨头和石头。

"嗯，我们刚从伊萨卡岛回来。鲍勃兴致勃勃地研究新发现的墓葬，还对仪式方面的理论做出了新颖和革命性的突破。他正在写的文章反驳兰巴德的旧结论,我在帮他润色,修改一些夸张的形容词,并加入一些礼貌的脚注。我的意思是,兰巴德也许是个乖戾的老糊涂,但也不至于总强调这一点。平淡而致命的礼貌更有杀伤力,不是吗?"

"当然啦。"无论如何,年月的增长和婚姻,都没有让面前的这个人改变什么。哈莉叶很是欣慰。在对墓葬仪式进行了详尽的询问之后,哈莉叶问了问她家里的情况。

"哦,他们越来越有趣了。年纪最大的理查德对这些墓地感到兴奋。几天前,他的祖母发现他挖着园丁的垃圾堆,十分耐心、有条不紊,还收集了一些骨头,这让她大为震惊。她这代人总是对细菌和污垢感到不安。我想他们是对的,但后代似乎并没有变得更糟。所以他的父亲给了他一个柜子来存放骨头。'太惯着孩子了。'我妈妈说。我想下次我们得把理查德带出去玩了,只是我妈妈会担心,那里没有排水系统,他会不会被希腊人传染上什么。孩子们看起来都很聪明,谢天谢地。当笨蛋的妈妈一定会很无聊的,这些由不得人,不是吗?要是我们能像写书一样把人物创造出来,我们一定能造出来脑袋瓜好使的孩子。"

从这里,谈话自然地转到了生物学、孟德尔式因子和《美丽新世界》。哈莉叶以前的辅导老师出现在一群毕业生当中,她们停下谈话,不约而同地上前问候她。利德盖特小姐的态度一如既往。这位伟大学者的眼神天真而直率,似乎从来看不到伤风败俗的事情。她的个人操守一丝不苟,却宽宏地、无条件地包容着他人的越轨。文学专业的学生都会这样,她也了解了世界上所有的罪恶,但在现实生活中未必能识别出它们。仿佛她认识的人可以经由她来卸下和洗涤身上的不端行为。许多年轻人从她身边走过,她在他们身上发现了许许多多的优点;很难想象他们会像理查三世或伊阿古那样故意作恶。那是因为不开心,那是因为被误导了;那是因为接触了利德盖特小姐本人幸免的难处。

如果她听说了盗窃、离婚，甚至更糟糕的事情，她会皱起困惑的眉头，想那些犯事的人在做这种可怕的事情之前，一定十分可怜。只有一次，哈莉叶听见她说她对一个人表示不满，那是她以前的一个学生，那人写了一本关于卡莱尔的畅销书。"根本没有好好研究，"利德盖特小姐说，"也没有批判性。她把常谈的陈词滥调又写了一遍，懒得去核实一下。马虎、浮躁、华而不实，我真为她感到羞耻。"即使这样，她还是说道，"但我想，这个可怜的家伙手头一定很紧。"

利德盖特小姐没有对薇恩小姐感到不齿，而且，她热情地向她打招呼，邀请她星期天早上来看她，赞赏她的作品，称赞她专业的英语水平，即使在推理小说中也很到位。

"你给研究活动室带来了很多色彩，"她又说，"我觉得德·范恩小姐也是你的狂热倾慕者。"

"德·范恩小姐吗？"

"啊，是的，你不认识她。我们的新研究员。她人很好，我知道她想和你谈谈你的书，你一定要来认识她。我们已经与她签约了三年，她下个学期才入住学院，但过去几周一直住在牛津，在博德利图书馆工作。她对都铎王朝时期国家财政方面的研究很出色，可读性很强，我这样对金钱一窍不通的人都喜欢读。我们都很高兴，学院决定为她提供简·巴勒克拉夫基金，因为她是一位非常杰出的学者，一路走来很不容易。"

"我应该听说过她。她之前在一个规模较大的地方任职吗？"

"是的，她做过三年弗兰伯勒的教务长，但那份工作不适合她，杂事太多了，虽然她在财务方面相当出色，可是她什么都要做，她自己的功课、博士考核，等等，还要应付学生们——夹在大学和学院中间，精疲力竭。她是那种任何事情都会尽心做好的人，但我想她与那些人并不志同道合。她生病了,不得不出国待了几年。事实上,她刚刚回到英国。当然,不继续弗兰伯勒的工作,收入就少了;而想到在接下来的三年里,她可以专心写书,而不用担心这方面的事情,真是太好了。"

"我现在想起来了,"哈莉叶说道,"去年圣诞节前后,我在什么地方看到过关于她任职的消息。"

"你应该在什鲁斯伯里年鉴上看到过。我们自然为她的到来感到骄傲。她肯定能当上教授的,但我怀疑她是否能受得了辅导工作。分心的事越少越好,因为她是那种真正的学者。她在那儿,在那儿——噢,天呐!恐怕她被格宾斯小姐抓住了。你还记得格宾斯小姐吗?"

"隐约记得,"菲比说,"我们入学的时候她大三。她非常优秀,也可严肃了,在学院会议上挺沉闷的。"

"她非常有责任心,"利德盖特小姐说,"但很不幸,各种话题到她口中都变得索然无味。有点可惜,因为她非常踏实、可靠。不过,这些对于她现在的工作来说,都无所谓;她在哪里做着图书管理员——希尔亚德小姐应该记得是在哪里——她应该在研究培根家族[1]。她工作很卖力。但我恐怕她是在盘问可怜的德·范恩小姐,在这种场合不该这样。我们去解救她吧?"

哈莉叶随着利德盖特小姐穿过草坪,浓烈的怀旧之情涌上心头。要是一个人能回到这个只有智力成就才算数的安宁之处就好了;如果一个人能在这里稳定而隐蔽地工作,进行逻辑严谨的推理,不受代理人、合同、出版商、广告写手、采访者、粉丝邮件、要签名的人、爱八卦的人以及竞争对手的干扰和影响就好了;如果能摒除一切私交、仇怨与忌妒;如果能够在一件事上全力以赴,长成什鲁斯伯里的山毛榉那般结实——那时,人们也许就能忘记过去的残骸和混沌,或者至少,

---

[1] 指的是弗朗西斯·培根(Francis Bacon)家族。

看到更真实的过去。因为，在某种意义上，这并不重要。一个人曾经爱过，犯错过，痛苦过，逃脱过死亡的事实，比起在一个无名气的学术期刊上添加的一个脚注，来确定一份手稿的重要性或者修复希腊第九个字母丢失的下标，都不那么重要。正是因为与那些想要出头的执拗之人的缠斗，才使得个人遭际如此醒目地横亘着。

但她怀疑自己现在是否还能这样脱身。早在很久以前，她就迈出了第一步，把灰墙的牛津天堂抛在脑后。人不能两次踏进同一条河流，即便是她，也会对那种促狭的宁静感到不耐烦——至少她是这样告诉自己的。她回过神，有人正在把她介绍给德·范恩小姐。她望着她，立刻看出这位学者与利德盖特小姐等人很不一样，和哈莉叶·薇恩所能成为的任何一类人都不一样，很是特别。这儿确有一位战士；什鲁斯伯里的方庭自然而然就是竞技场；一位将自己置之度外，只忠于真理的战士。这位利德盖特小姐，安然地站在那里，不为世事所动，用一种亲昵而温柔的仁慈回应世事。这个女人对世界的了解比她多得多，自有一番评判标准，如果被妨碍了，她就清除路障。那张脸瘦削而热切，厚厚的眼镜片后，是一双深邃、光亮的灰色大眼睛，敏锐地感知周围的光影；而敏感的背后，是一颗花岗石一样坚不可摧的心灵。哈莉叶心想，作为一所女子学院的院长，她一定是在承担令人厌烦的任务；看着她的样子，会觉得她的词汇表里已经没有"妥协"这个词了；而所有领导的手腕都是妥协。她不可能容忍任何摇摆与盲目，如果有什么东西妨碍她为真理服务，她会毫无悔恨地抛却——名誉也在所不惜。当她认准了目标，就很可怕——尤其是因为她在处理不擅长问题时，会表现出虚伪的中庸和谦虚。她们走近时，她正对格宾斯小姐说：

"我完全赞同，历史学家需要一丝不苟；但是，除非你把所有相关的人物和情境都考虑进去，否则就是在枉顾事实。事情的构成和关联就像事物本身一样是存在，如果你把它们搞错了，那你就绘制了一幅错误的图景。"正说到这，就在格宾斯小姐眼神犀利起来准备反驳时，德·范恩小姐看到了那位英文辅导老师，便告辞了。格宾斯小姐不得不走开；哈莉叶遗憾地注意到她的头发凌乱，皮肤保养得不好，还用一个大的白色安全别针，把兜帽固定在裙子上。

"我的天！"德·范恩小姐说，"那个无聊的年轻女士是谁啊？她似乎不喜欢我给温特莱克先生所著的埃塞克斯的书的评论。好像在她看来，我应该手撕温特莱克先生，就因为他在处理培根家族早期历史时偶然犯了一个小错误，弄错了几个月。她怎么不去关注，对于两个神秘人物之间的关系的阐释，这本书做出了迄今为止最具创见的学理贡献呢。"

"培根家族的历史是她的研究对象，"利德盖特小姐说，"难怪她反应大呢。"

"不能脱离历史背景来考虑研究对象。当然，这个错误应该被纠正；我确实纠正了——我给作者写了一封私人信件，这样指出琐碎问题比较合适。但是我相信，这个人掌握了这两个人之间关系的要领，在这个过程中，他掌握了真正重要的事实。"

"好吧，"利德盖特小姐说着，粲然一笑，"看来你对格宾斯小姐很严格啊。现在我带来了一个人，你一定很想见她。这是哈莉叶·薇恩小姐——也是一位描写细节的艺术家。"

"薇恩小姐？"学者明亮又近视的双眼转向哈莉叶，她的脸上露出了喜色，"真高兴！请允许我告诉你我有多喜欢你的上一本书。我认为这是你写得最好的一部——当然，我没有那么专业。我和希金斯教授讨论过，他是你的忠实粉丝，他说书中蕴藏着一种极其有趣的可能性，是他前所未有的灵感。他拿不准能不能落实它，但他会努力试试看。

告诉我,你到底怎么构思的?"

"嗯,我当时有个好主意,"哈莉叶说,感觉惴惴不安,在心里狠狠嫌恶着希金斯教授,"不过,当然——"

恰在此时,利德盖特小姐看见远处又有一个毕业生,就跑开了。菲比·塔克走到草坪就不见了,哈莉叶只能听天由命了。漫长的十分钟过去了,而德·范恩小姐已无情地将她的受害者的大脑翻了个底朝天,像一个充满活力的女仆举起地毯抖灰尘,拍打它,洗干净,刷一遍,再把它挂在一个新的位置,用很大的手劲儿钉住它,这时,学监仁慈地走上前,打断了谈话。

"感谢老天,副校长要退场了。现在我们可以扔掉这破旧的外套,秀一下我们的派对礼服了。大家拿个学位,在大热天穿上这一套蒸桑拿,到底有什么意思啊?看!他走了!把那些恼人的破布给我,我把它们全都塞进研究活动室。你的衣服上面有名字吗,薇恩小姐?哦,好样的!我办公室里已经有三件不知名的袍子了,学期结束时还躺在那里,也不知道是谁的,这些邋遢的小崽子还认为我们的工作就是整理她们的劳什子。她们什么都不管,到处撒东西,然后互相借来借去;如果有人因为没穿袍子出门而被罚款,那一定是因为有人偷了它。脏袍子总是跟脏抹布似的,她们用它们做掸子,或者扑火。想想我们这一代人为了这些袍子洒下了多少汗水——而这些年轻人并不在乎它们!她们穿得杂七杂八的,就像《潘丹尼斯》的小说插图——都过时了!但她们对现代的理解,就是模仿半个世纪前男大学生的样子。"

"我们这些往届的学生,并没有什么了不起的地方,"哈莉叶说,"比如,看看格宾斯。"

"哦,亲爱的!真是不可理喻。那个别针女士,我真希望她能洗一下脖子。"

"我觉得,"德·范恩小姐说,不忍地说出了事实,"她就长那个肤色吧。"

"那她应该吃胡萝卜,清清肠道。"学监反驳道,从她手里夺过哈莉叶的长袍,"不,不用麻烦,我一分钟就能把它从活动室的窗口扔进去。你可别想跑,不然我就再也找不到你了。"

"我的头发不乱吧?"德·范恩小姐问,她脱下帽子和袍子,忽然有些人情味儿了,有些迟疑地开口。

"嗯,"哈莉叶打量着那些厚厚的、铁灰色的发夹,满头的发夹像槌球的门一样突出,"只是有一点松了。"

"老这样,"德·范恩小姐说着,摸索着按了按发夹,"我该把头发剪短一些吧,那样一定会少很多麻烦。"

"我觉得现在这样挺好的。那个大发圈戴得很好看。让我来帮你整整,好吗?"

"帮我整理吧。"学者说,她心怀感激,顺从地让人来别住发卡。"我笨手笨脚的。我确实在哪里有一顶帽子来着,"她又说,犹疑地向院子四周扫了一眼,像是指望那顶帽子长在树上似的,"可是院长说我们最好待在这儿。噢,谢谢你,感觉好多了——一种奇妙的安全感。啊!这是马丁小姐。薇恩小姐刚才在帮忙做白皇后的美发师——我是不是还应该戴上帽子?"

"现在先不用,"马丁小姐强调了一下,"我要去喝点茶,你也喝一些吧。我好渴。我一直跟着老博尼菲斯教授,他已经九十七岁了,老糊涂啦,我要对着他的耳朵喊话,快累死我了。几点了?好吧,我就像玛乔丽·弗莱明的火鸡一样——我一点也不关心老校友;我需要吃和喝。趁肖小姐和史蒂文斯小姐还没来,咱们守住最后那张桌子吧。"

19

华夜之宴

梅尔库利亚里斯有言，一切忧郁者，皆有执念，愈加决绝、强烈、持存。无论意愿，无法摆脱，遍尝解法，无路可走，他们已为此困窘辗转千百，忧思萦绕，无从开解，人前人后，一概烦恼缠身；一食一宿，每时每地，心之不愿，却束手就困；芒刺在背，不能忘却。

罗伯特·伯顿

到目前为止，一切都还好，哈莉叶一边想，一边为晚宴换装。有过一些不舒服的时刻，比如试着和玛丽·斯托克斯叙旧；也和历史老师希尔亚德小姐有过短暂的碰面，希尔亚德小姐从来就不喜欢她，她噘着嘴，尖刻地说："好啊，薇恩小姐，自从我们上次见你，你有过很不一般的经历啊。"但也有美好的时刻，让赫拉克利图斯式的宇宙拥有了关于永恒的期许。尽管玛丽·斯托克斯费心为她安排了一个紧挨着她的位子，但她觉得还是可以熬过这华夜之宴的。幸运的是，她设法让菲比·塔克坐到了她的另一边（即使现在，她仍然把她们当作曾经的斯托克斯和塔克）。

队伍慢慢排成纵队，走向主桌，做了祷告，这时，她首先被大厅里可怕的喧闹声所"击中"。说"击中"毫不过分。它像奔腾的瀑布一样落在你的身上；它击打着耳朵，像是炼狱里的铁锤锵锵；它刺穿空气，就像五万台单字机同时在铸造铅字，金属锐利地碰撞着。两百名女性的舌头像弹簧一样跳起，肆意喧哗。她已经忘记那是什么样子了，但今晚她又想起，在每学期开始的时候，她曾感到，如果这样的吵闹声再持续一分钟，她就要疯掉。不过用不了一个星期，它的影响就变淡了。她磨出了免疫力。但现在，她很不习惯，神经完全被击垮了，甚至比原来更严重。人们在她耳边尖叫，她发现自己也在尖叫着回应。她相当不安地看着玛丽，病人能够承受得了这些吗？玛丽似乎没有注意到，她比当天早些时候更活跃了，兴高采烈地同多萝西·柯林斯大叫。哈莉叶转向菲比。

"天呐！我都忘了会有这么吵了。我一叫起来，嗓子就会哑得像乌鸦。我要用雾号一样的声音吼你，你别介意。"

"不会的，我能听见你。上帝干吗要让女人嗓子这么尖啊？我没那么介意。但是，我确实想起本地工人是怎么大吵特吵的了。我们的待遇还不错，不是吗？这汤比我们以前喝的好多了。"

"他们对华宴挺尽心的。我还听说，新来的总务长人挺不错的，她好像是做家政经济的。亲爱的斯特拉德斯不只考虑食物。"

"是的，但我喜欢斯特拉德斯。上学前我生病了，她对我特别好。你还记得吗？"

"她后来去哪里了？"

"哦，她是勃朗特学院的财务主管。你知道，金融是她的强项，她真的很有数字天分。"

"那个女人后来怎么样了——她叫什么来着？皮伯蒂？还是福利伯蒂？啊，就是那个老一本正经地说，她人生的最大志向是当什鲁斯伯里的会计的人。"

"哦，亲爱的！她皈依了某种新的宗教，在什么地方加入了一个特别的教派，那里的人穿着围腰布，戴着坚果和葡萄柚做成的花环。如果你指的是布罗德利布的话，是她吗？"

"布罗德利布——我记得就是皮伯蒂。真是神奇！她平日里那么现实和乏味。"

"物极必反吧。我估计。情感太压抑了自然会这样。她其实可多愁善感了。"

"我懂，她弯弯绕绕的，有些倾慕肖小姐。也许在那些日子里，我们大家都很拘谨。"

"好棒，我听说，现在这一代人不会有这种烦恼。没有任何阻碍。"

"哦，得了吧，菲比。我们有很大的自由，不像以前的女性都不能拿学位，我们不是修道院。"

"对，但是我们在战前就出生了，还是受了一些限制的。我们继承了一些责任感。布罗德里布出身于一个非常刻板的家庭——都是实证主义者，或者一神论者，或者长老会教徒。你知道，现在的人才是真正的战时一代。"

"是啊。好吧，可我觉得我们也不能贬损布罗德里布。"

"哦，亲爱的！那是两回事。有些事自然是那样；有些事——怎么讲，对我来说完全是脑筋坏掉了才做的。她还写了本书呢。"

"写那个阿格佩莫纳斯组织吗?"

"是的。什么更高级的智慧,什么优美的思想,诸此种种,连语法都不通。"

"哦,天呀!嗯——那可真糟糕。我想不出为什么痴迷宗教会损害一个人的语法水平。"

"恐怕这是思想上的腐朽。但不知究竟谁是前因后果,还是说,这都是其他疾病的症状。特里莫在接受精神治疗,亨德森又成了裸体主义者——"

"不可能吧!"

"千真万确。那不就是她,旁边那桌。这就是她晒黑的原因呀。"

"而且她的连衣裙也剪裁得难看。怕不是,如果不能光着,就穿寒酸些呀。"

"我有时候也想着,对于我们大部分人来说,动那么一点点的坏脑筋,也未必是件坏事吧。"

这时,坐在三张桌子外同一个方向的莫里森小姐,越过邻座,向这边叫着。"怎么了?"菲比喊道。

莫里森小姐又向前倾了倾身子,把多萝西·柯林斯、贝蒂·阿姆斯特朗和玛丽·斯托克斯压得快喘不过气。"我想范恩小姐没有告诉你什么令人毛骨悚然的事吧!"

"没有,"哈莉叶大声回复,"班克罗夫特夫人讲的才吓人呢。"

"为什么呀?"

"给我讲我们这届学生的人生事迹。"

"噢!"莫里森小姐微微不安地叫了一声。一盘羊肉和青豆端了上来,打破了这一局面,她的邻座们又可以呼吸了。但是,哈莉叶惊恐地发现,这番对答似乎让桌对面的一位女士捡起了话头,她戴着大眼镜,头发梳得很齐整，肤色黝黑，看起来很坚毅。这时，她探过身子，用尖锐的美国口音说道：

"我想你不记得我了吧，薇恩小姐？我只上了一个学期的大学，但我在哪儿都能认出你。我总是把您的书推荐给我在美国的朋友们，他们都热衷于研究英国侦探小说，因为我觉得您的书实在是太棒了。"

拜托！哈莉叶想。现在又有什么烦人的社交关系要被拽出来呢？这个可怕的女人是谁啊？"真的吗？"她大声说，竭力拖延时间，一边回忆着，"那位小姐是——"

"舒斯特－斯莱特。"菲比的声音在她耳边响起。

"舒斯特－斯莱特。"当然了，在哈莉叶第一个夏季学期来的，本来读的是法律，因为什鲁斯伯里的条件过于限制自由，一个学期后就离开了。她进入了女子学院，仁慈地离开了彼此的生活。

"你真厉害，还记得我的名字。是的，嗯，我说出来你会大吃一惊的，不过我工作的时候，我经常见你们的那位英国贵族。"（救命！哈莉叶想着。）舒斯特－斯莱特小姐刺耳的声音甚至盖住了周围的喧闹声，"你们了不起的彼得勋爵。他很和善，当我告诉他我和你一起上大学时，他特别感兴趣。我觉得他是个很可爱的人。"

"他很有教养。"哈莉叶说道，但这句话的含义太过微妙。舒斯特－斯莱特小姐又说道：

"当我告诉他我的工作时，他对我非常客气（我不知道你的工作啊，哈莉叶想道）。当然，我很想听他讲述那些惊心动魄的侦探案件，但他太谦虚了，什么也不说。请告诉我，薇恩小姐，他之所以戴那副可爱的小眼镜，是因为他的视力，还是英国古老传统的一部分？"

"这就是你们的英式缄默吗？"舒斯特－斯莱特小姐又接着嚷道。

玛丽·斯托克斯突然插嘴道："哦，哈莉叶，一定要给我们讲讲彼得勋爵！如果他长得就是照片上的样子，那是相当迷人了。你一定很了解他，是吧？"

"我和他在一个案子里共事过。"

"那一定很刺激。给我们讲讲他吧。"

"你看，"哈莉叶用愤怒和绝望的声调说道，"他把我从监狱里救了出来，或许还帮我免了绞刑，我自然会觉得他很可爱呢。"

"啊！"玛丽·斯托克斯支吾一声，她的脸涨得通红，畏畏缩缩地躲开哈莉叶愤怒的眼神，仿佛受到了一击，"对不起——我没想要——"

"好啦，好啦，"舒斯特－斯莱特小姐说，"恐怕我是非常、非常不懂人情。我妈妈总是对我说：'莎蒂，拜老天所赐，你可真是我遇到的最不通人情的姑娘了。'但我很热情，我会失去理智，我不会停下来思考。我的工作也一样，我从不考虑自己的感情，我从不考虑别人的感受。我只是一头扎进去，一心要我想得到的，而且我基本上都能得到。"

之后，舒斯特－斯莱特小姐，用旁人眼中她所不具的敏感，得意地把谈话转向自己的工作，她从事的事情原来与非健康人群的绝育有关，以及撮合知识分子之间的婚姻。

此时，哈莉叶痛苦地坐着，琢磨着究竟是什么魔鬼附身在她身上，竟一提到温西的名字就让她性格中阴暗的一面暴露无遗。他并没有伤害她，他只是把她从可耻的死亡中拯救出来，坚定不移地倾慕着她；他从来没有要求或期待过她的感激。而她的回敬只是一声愤恨的咆哮，这可真不好看。事实上，哈莉叶想，我有严重的自卑感；真不幸，即使知道，我也无法摆脱它。如果我与他平等地相遇，我一定会很喜欢他……

院长敲了敲桌子，大厅里一片令人舒心的寂静，一位演讲者站起来，开始为大学祝酒。

　　她稳重地致辞，展开伟大的历史卷轴，为人文学科正名，向动荡不安的世界宣告学术界的安宁。"牛津一直被称为失落之家。如果说，为了学业付出的热爱在世界其他地方都是失败的事业，那么，至少让我们确保，这里有它永久的家园。"很鼓舞人，哈莉叶想，但这不是战争。然后，她的想象在这些话语中穿梭，将它看作一场圣战，而那一群形形色色的，甚至有些荒谬的，喋喋不休的女人，也会汇成一个集体，每一个男人和女人都认为，思想的完整性比物质利益更重要——他们是人之灵城堡的捍卫者，面对的是共同的敌人，他们放下了个人差异。忠于自己的召唤，不在乎情感生活中做了什么蠢事，都能通向精神的宁静。在这样一个伟大的城市里当自由人，怎么会觉得受到束缚呢？在人人享有平等公民权的地方，又怎么会觉得受辱呢？一位杰出的教授站起来回应："恩赐原有分别，圣灵却是唯一。"[1] 这句话震动开来，人们都跟着默念和聆听。院长对这一学年的回顾也还是在谈论这些：任命、学位、奖学——都是学科内部的具体事项，没有这些，这个团体就无法运转了。华夜之宴的魅力，在于让你意识到自己不是一个渺小城市的公民。这也许是一座古旧的、老式的城市，建筑杂乱，街道狭窄，来往的行人为谁先谁后愚蠢地争吵；但是她的根基立在圣山，她的尖塔直上青云。

　　哈莉叶相当振奋地走出礼堂，学监邀请她共饮咖啡。

　　她确定了一下玛丽·斯托克斯要遵守医嘱卧床休息了，无法陪她同往，她就自己答应了。她径直来到新方庭，敲了敲马丁小姐的门。她在起居室里看到贝蒂·阿姆斯特朗、菲比·塔克、德·范恩小姐、总务长史斯蒂文斯小姐、一个叫巴顿的学生，还有两个比她大几岁的

---

[1] 出自《哥林多前书》12:4。

高年级学生。学监正在倒咖啡,欢喜地迎接她。

"快来!这里的咖啡还像点样子。大厅的咖啡就一点儿都没救了吗?"

"是啊,除非你办一个咖啡基金,"总务长说道,"你怕是不清楚如果给两百人都端上一流的咖啡,要有多少财政支出吧。"

"我知道。"学监说,"真是穷到卑躬屈膝。我想我最好跟弗拉克特说说。你还记得弗拉克特吧,那个有钱人,总是很古怪。她和你同年级,福蒂斯克小姐。她最近都在找我,想给学院送去一大桶热带鱼,她说这样科学讲堂就亮起来了。"

福蒂斯克说:"如果这能给课堂添彩,那再好不过。过去希尔亚德小姐的宪政沿革课就有些可怕。"

"哦,我的天呐!宪政历程课!啊,是的——这门课还在继续。她每年开始的时候大约有三十名学生,结束的时候只有两三个认真的黑人男子,他们认真地把每一个字都记在笔记本上。千篇一律的讲座;我觉得鱼也帮不了这堂课。总之,我说:'你真好,弗拉克特小姐,但我真的不认为它们能奏效。那样就得安装特殊的供暖系统,不是吗?就会给园丁增加额外的工作。'她看上去很失望,可怜的孩子;所以我说,她最好去向总务长请教一下。"

"好吧,"史蒂文斯小姐说,"我去找找弗拉克特,建议她设立一个咖啡基金。"

"这比热带鱼顶用多了。"学监附和说,"恐怕我们之中确实出了些怪胎。不过,嗯,我相信弗拉克特对肝吸虫的生活史的研究是切中肯綮的。有人想在咖啡里加些班尼狄克汀酒吗?走吧,薇恩小姐。酒入喉好开口,我们想听听你最新的情节。"

哈莉叶只好简单介绍了一下最近在构思的情节。

"请原谅我的直白，薇恩小姐，"巴顿小姐恳切地向前探着身子说，"经历了那件可怕的事情之后，你为什么还愿意投身那些书的创作呢。"

学监看起来有些震惊。

"嗯，"哈莉叶说道，"首先，作家在没有赚到钱之前是不能挑三拣四的。如果你因一种书而成名，然后转向另一种，你的销量很可能会下降，现实就这么残酷。"她停顿了一下，"我知道你指的是什么——任何活生生的人都宁愿以擦地板为生，但我地板擦不好，侦探小说却写得很好。我不明白为什么正当的感情会妨碍我做正当的工作。"

"说得对。"德·范恩小姐说。

"但是，"巴顿小姐接上话，"你肯定觉得，可怕的罪行和无辜嫌疑人的痛苦应该被认真对待，而不是仅仅把它们变成智力游戏。"

"在现实生活中，我确实态度很认真。每个人都必须这样。但是你难道要说，比方说，有过悲惨的情爱经历的人，就不能虚构一部客厅喜剧了吗？"

"但这不是一回事吧？"巴顿小姐皱着眉头说，"爱也有光明的一面；然而谋杀并没有轻松的一面。"

"从喜剧的角度来说或许不是，但侦查也有纯智力的一面。"

"你在现实生活中调查过一件案子，是吗，你感觉如何？"

"相当有趣。"

"那么，就你所知道的情况来看，你赞同送一个人上被告席和绞刑架吗？"

"这样问薇恩小姐不大公平吧。"院长说，"巴顿小姐，"她略带歉意地对哈莉叶补充说，"对犯罪社会学的方面很感兴趣，十分希望改革刑法。"

"没错，"巴顿小姐说，"在我看来，我们对整个事情的态度完全是野蛮且残暴的。我在监狱里见过许多杀人犯；除了有精神疾病的人，他们中的大多数人都是些无害的、愚蠢的、可怜的家伙。"

"如果你能遇见受害者，"哈莉叶说道，"你对这件事的看法可能就不一样了。他们往往比杀人犯更愚蠢，更无害。但他们不公开露面，即使是陪审团也不需要看尸体，除非他们愿意。但我看到了威尔弗库姆箱子里的尸体——我找到的；它比你能想象到的任何东西都残酷。"

"我相信你说的，"学监说，"报纸上那些描述就简直吓死我了。"

"而且，"哈莉叶继续对巴顿小姐说道，"你并没有看到杀人犯处心积虑谋杀的样子。你只是看到他们被抓起来关在铁牢里，看起来很可怜。但是威尔弗库姆这人是一个狡猾、贪得无厌的畜生，如果他没有被制止，他随时会继续他的丑恶行径的。"

"毫无疑问，一定要阻止他们，"菲比说，"不管法律后续如何制裁他们。"

"尽管如此，"史蒂文斯小姐说，"把抓住杀人犯当作智力练习是不是有点冷血呢？这是警察的事——这是他们的职责。"

"在法律上，"哈莉叶说道，"这是每个公民的义务——虽然大多数人并不知道这一点。"

"这个叫温西的人，"巴顿小姐说，"似乎把它当作了一种爱好——他把它看作是一种责任还是一种智力锻炼呢？"

"我不敢肯定，"哈莉叶说道，"但是，是的，他确实把它当作一种爱好，我觉得这没什么。我的事是警察错了——我不怪他们，但他们确实错了——所以我很高兴最后案子没落在他们的手中。"

"这番演讲相当高尚。"学监说，"如果有人诬陷说我做了自己没做过的事情，我一定会昏厥过去的。"

"可我的工作就是权衡证据，"哈莉叶说道，"我不得不认为警方在这个案子中有自己的道理。这是a+b的问题。只是碰巧有个未知因素。"

"就像新物理学中不断出现的那种东西。"学监说,"比如普朗克常数,或者别的什么叫法。"

"当然,"德·范恩小姐说,"不管结果如何,不管人们对这件事有什么看法,最重要的是弄清事实。"

"是的,"哈莉叶说,"这是关键。我的意思是,事实是我并没有杀人,所以我的感觉与此无关。如果我这样做了,我可能会认为自己是完全有道理的,并且会对我所受到的对待深感愤慨。可我仍然认为给任何人下毒,让他们承受这种痛苦,都是不可原谅的。这次我遇到的麻烦,就像从屋顶上掉下来一样,纯粹是意外。"

"我真的应该为开这个话头道个歉,"巴顿小姐说,"你能这样坦率地讨论这件事,真是太好了。"

"我不介意——现在。事情刚发生的时候,就不一样了。但是威尔弗库姆那件可怕的事,让我有了新的认识——展现了另一个角度。"

"讲讲看,"学监说,"彼得勋爵——他是怎样的?"

"你是说相貌吗?或者做派?"

"嗯,我们或多或少知道他长什么样,白皙,贵气。我的意思是,和他讲话的感觉。"

"很有趣。说到这一点,他话很多的。"

"当你感到不舒服的时候,他会让你感到开朗和愉快吗?"

"我在一次狗展上见过他一次,"阿姆斯特朗小姐出乎意料地插嘴说,"他简直就是一个到处闲逛的傻瓜。"

"那么,他或许是感到非常无聊,不然就是发现了什么,"哈莉叶笑着说道,"我知道这种轻浮的情绪,那实为一种伪装——但人们并不总看得出来。"

"背后一定有深意，"巴顿小姐说，"因为他显然很聪明。但这仅仅是智性，是否有什么感性的东西呢？"

"我不应该指责他缺乏感情，"哈莉叶若有所思地凝视着她的空咖啡杯，说道，"我曾见过他非常难过，比如，因为给一个有同情心的罪犯定罪。不过，尽管他外表有伪装，实际上还是相当保守的。"

"也许他是害羞。"菲比·塔克善意地提醒道，"话多的人经常是这样。我认为他们非常值得同情。"

"害羞吗？"哈莉叶说，"嗯，不怎么。挺神经质的，也许——这个好词可真好用。但他似乎并不需要怜悯。"

"何必呢？"巴顿小姐说，"在一个悲惨的世界里，我看不出有什么必要可怜一个想要什么就有什么的年轻人。"

"如果他有这种能力，那他就很是了不起呢。"德·范恩小姐说，她的眼睛里流露出严肃的神色。

"他也没有那么年轻，"哈莉叶说道，"他四十五了。"（这正是巴顿小姐的年龄。）

"我认为怜悯别人是相当无礼的。"学监说。

"听啊，听啊，"哈莉叶说，"没有人喜欢被人怜悯。我们大多数人都喜欢自怜，但那是另一回事。"

"真犀利，"德·范恩小姐说，"但可惜这是实情。"

"但是我想知道的是，"巴顿小姐不顾她的意思，继续说道，"这位业余的绅士除了侦破罪案、收集书籍，嗯，我想，也打板球之外，还干些什么呢？"

哈莉叶一直在庆幸自己可以足够收敛脾气，但现在涌上一股怒火。

"我不知道，"她说，"这有关系吗？他为什么要做其他事情呢？抓捕杀人犯不是一项轻松的工作，也不够隐蔽。这需要投入大量的时间与精力，而且你可能很容易受伤或丢掉性命，我敢说，他这样做是为了好玩，但无论如何，他确实这样做了。很多人肯定和我一样有理由感谢他，你不能把这说得不值一提。"

"我完全赞同，"学监说，"我想，人们应该对于那些做棘手之事而不求回报的人表示感激，不管他们出于什么原因涉身其中。"

福蒂斯克小姐也站在她们这一边："上个星期天，我周末度假小屋的下水道堵了，一位热心的邻居来帮我疏通了。他在这个过程中弄得很脏，我不停地向他道歉，但他说我不必道谢，因为他有颗好奇心，喜欢排水沟。他可能没说真话，但即使他说的是真话，也没有什么好指摘的。"

"说到下水道——"总务长说。

话题不再那么针对某个人了，更像分享轶事（因为大家连排水管都能聊得酣畅）。过了一会儿，巴顿小姐上床睡觉去了，学监松了一口气。

"希望你别太在意啊，"她说，"巴顿小姐最是个直来直去的人，她非要把心里的话一股脑倒出来。她是个很好的人，但缺乏幽默感。除非事情有崇高的目的，否则她什么也无法忍受。"

哈莉叶为自己过于激烈的言辞而道歉。

"我觉得你处理得很得体了。你的彼得勋爵听起来很有趣。可是我不明白为什么大家非要你聊他不可，可怜的家伙。"

"你如果问我，"总务长说，"在这所大学里，我们什么事都聊滥了。我们争论这个，争论那个，争论前因，争论后果，就是不把事情办好。"

"可是我们难道不该问问我们需要做些什么吗？"学监反驳道。

听到熟悉的学术诡辩开始了，哈莉叶对贝蒂·阿姆斯特朗笑了笑。不到十分钟，有人在讲"价值观"这个词，一个小时后，他们还在这个词上面。最后，有人听到总务长说："上帝创造了整数；其他一切都是人类的工作。"

"哦，麻烦！"学监叫道，"让我们把数学排除在外吧。还有物理。我应付不了它们。"

"刚才谁提到过普朗克常数？"

"是的，不好意思。我说它是个讨厌的小东西。"

学监强调的话音让大家哄堂大笑，午夜钟声响起，晚会散场了。

"我还住在学院外面呢，"德·范恩小姐对哈莉叶说，"我可以和你一起走到你房间去吗？"

哈莉叶答应了，她不知道德·范恩小姐会对她说些什么。她们一起走到新方庭。月亮升起，楼宇染上一层冷峻的黑色和银色，淡薄的月光衬着灯火通明的窗户，那些老友们还在窗内谈笑风生。

"像是在上学时一样。"哈莉叶说道。

"是的。"德·范恩小姐笑得怪怪的，"仔细听，你会发现那是一群中年妇女在吵吵嚷嚷。上了年纪的人已经上床睡觉了，想知道自己是否和同龄人一样受岁月的摧残。她们受了些惊，脚也很疼。年轻人在冷静地谈论着生活及其责任，但是，四十岁的女人们假装自己还在享受大学时光，又发现这是一件相当困难的事情。薇恩小姐——我佩服你今晚的言谈。超然是一种罕见的美德，很少有人希望自己或别人是超然的。如果你发现，有一个人知道这一点也一样喜欢你——甚至正因如此而喜欢你——这样的喜欢就十足珍贵，因为它全然真诚，因为，和那个人在一起，你只需要做真实的自己。"

"这或许没错，"哈莉叶说道，"但是您为什么要说这些呢？"

"相信我，我并不想冒犯你。但我想你会遇到一些人，当他们发现你的真实感受不是他们预期的你应该有的感受，就惴惴不安。对这一类人感到在乎是很危险的。"

"是的,"哈莉叶说道,"可是,我就是这样子的。我忐忑不安。我从来不知道自己的感受。"

"我认为这没有关系,只要别强迫自己转变感情。"

她们走进了老方庭,古老的山毛榉——什鲁斯伯里所有建筑中最庄严的一种——在她们身上投下了斑驳跃动的阴影,比黑暗更神秘。

"但是人们总得做出某种选择,"哈莉叶说道,"在一种欲望和另一种欲望之间,人们怎么知道什么是真正至关重要的呢?"

"只有当它们征服了我们,"德·范恩小姐说,"我们才会知晓。"

方格状的影子从她们身上落下,就像银链滑落。牛津大学所有塔楼上的钟都接连敲响了一刻钟,参差错落,很是悦耳。德·范恩小姐在伯利楼的门口向哈莉叶道了晚安,然后就弓着身子大步前行,消失在了大厅的拱门之下。

哈莉叶自己身上的不幸,都是因为她在"迫使自己对他产生感情",而那个人是经受不住真诚的考验的。而且,她后来之所以犹豫,是因为她已下定决心,再也不能把感情的意志和感情本身混为一谈了。"只有当那些真正至关重要的事情征服了我们,我们才会知晓。"在她的优柔寡断中,有什么东西是坚定的吗?嗯,有。她一直坚持自己的工作——即使那些劝她放弃工作、继而改行的理由都很强硬。说实在的,虽然那个晚上,她对忠于这件事做出了解释,她却从不觉得有必要向自己做出任何解释。她写了一些她觉得应该写的东西,而且,虽然她开始觉得,也许她可以完成得更好,但她毫不怀疑,这件事本身就该由她来做。它不知不觉地征服了她,这就是证据。

她在院子里走了几分钟,踱来踱去,心里非常不安,不肯进去睡觉。就在这时,她的目光被一张纸吸引住了,它在整洁的草皮上飘飞。她不假思索地把它拿起来,看到不是白纸,就把它带到伯利楼去看。那是一张普通的图画纸，上面全是潦草的铅笔画，充满孩子气。这幅画一点也不好看——根本不是人们在学院的方庭里会看到的那种画，又丑陋又残忍，上面是一个有着夸张的女性轮廓的裸体人物，对一个戴着帽子和长袍的不明性别的人施加暴行，又野蛮又侮辱人。这既不理智，又不健康，就是一幅肮脏的、无耻的、疯狂的涂鸦。

　　哈莉叶厌恶地盯着它看了一会儿，脑子里浮现出许多问题。然后她把它带到楼上最近的厕所里，把它扔进去，用水冲走了。这就是这种事情应有的命运，就此结束；尽管如此，她还是希望自己未曾看到它。

"肮脏的凶手"

有的人承认爱的存在，尊重爱意，但会剥除爱对于严肃的生活与事业的影响；因为一旦让爱干扰正事，他们就会遭受损失，也难以长久地坚守自己的目的。

弗朗西斯·培根

正如研究活动室一直宣称的那样，周日永远是华宴中最好的部分。官方晚宴和演讲都妥当完成了；老校友们住在牛津，只能留宿一晚的访客们也去忙了。人们开始放松下来，悠闲地与友人叙旧，不会突然被一群无聊的人绊住了。

哈莉叶正式拜访了院长，她正在举行一个小招待会，招待客人雪利酒和饼干。然后，哈莉叶就到新方庭去拜访利德盖特小姐。这位英语教师的房间里挂满了她即将完成的作品的校样，是关于英语诗歌的韵律，从《贝奥武夫》谈到布里奇斯。因为利德盖特小姐已经完善了一种全新的韵律理论，或者说正在完善一种全新的韵律理论（因为学术研究不可能达成静态的完美），就需要一套新颖而复杂的标识系统，应用于十二种不同的音韵；由于利德盖特小姐的笔迹难以读懂，而她又不怎么与打字机打交道，因此当时有五份连续的、进展不一的清样，两份校样，一份打字稿的附录。而支撑整个论点关键的重要导言还没有写完。只有当某一部分进入校对阶段时，利德盖特小姐才意识到有必要将大段的论述从一章转移到另一章，这样的每一次修改自然需要花费昂贵的版面校样费，并在五份修订中剔除相应的部分；这样，在必要的交叉比对的过程中，利德盖特小姐的学生和同事就会发现，她蜷缩成一团纸茧般，在纸堆中无助地寻找钢笔。

"恐怕，"利德盖特小姐说着，揉着脑袋，回答哈莉叶礼貌地问起这本大部头的问题，"我对成书的操作过程一无所知。我好困惑，我根本不擅长向印刷人员解释。如果有德·范恩小姐在这里就好了，她的思路清晰，看到她的手稿真是一种学习。当然，她的作品比我的复杂得多——各种各样的细枝末节，比如伊丽莎白时代的工资等，她都很好地组织成了一个巧妙又清晰的论点。她也理解如何恰当地设置脚注，以便它们与正文相吻合。我总是觉得这很困难，虽然哈珀小姐很好心地帮我打字，但她对盎格鲁-撒克逊人的了解确实比排版人员多。你应该还记得哈珀小姐吧。她比你小两岁，英语是她的第二学位，住在伍德斯托克路。"

哈莉叶说，她总是觉得脚注太费事了，她可不可以先看一看正在印的书。"好吧，如果你真的感兴趣，"利德盖特小姐说，"但我不希望你觉得麻烦。"她从堆满文件的桌子上抽出几页纸。"当心别在上面的稿子，别扎到手指。我似乎在边缘和行间写满了注释，但你看，我突然意识到,我可以好好改进一下我的标注,那我就得全改一遍了,我想。"她若有所思地补充道,"印刷商会生我的气的。"

哈莉叶心下也觉得如此,不过她安慰道,牛津大学出版社一定可以看懂学者们的手稿。

"有时我真怀疑自己到底是不是学者,"利德盖特小姐说,"你看,我脑子里思路清楚,可是一写在纸上就糊涂了。你如何组织你的情节呢?那些关于不在场证明的时间表肯定很难记住。"

"我自己总是弄混,"哈莉叶承认道,"迄今为止,我每设计一个情节,都至少有六处令人啼笑不得的错误。幸运的是,十个读者也有九个会搞混,所以没关系。第十位给我写了一封信,我答应在第二版中改正,但我从来没有履约。毕竟,我的书只是为了好玩;它不是一本专著。"

"不过,你一直有做学术的头脑,"利德盖特小姐说,"我想,你所做过的学术训练还是有帮助的,是不是?我以前还以为你可以继续做学术呢。"

"而我没有,你会感到失望吗?"

"其实也没有。我觉得这样很好,我们的学生走出去,做各种各样有趣的事情,只要她们做得好。而且我得说,我们的大多数学生在自己的领域里都很有成就。"

"现在这批学生怎样呢?"

"嗯,"利德盖特小姐说,"我们有一些相当优秀的学生,学习出奇的勤奋,想想她们同时还要参加那些外面的活动呢。只是有时我担心她们做得过头了,晚上睡眠不足。现在有了年轻小伙子、汽车和聚会,她们的生活比战前充实得多——我想甚至比你们那个时代还要充实。如果我们的老院长看到学院现在这个样子,肯定会受惊的。我得说,我自己偶尔也会被吓到,连学监都是,她那么大的心肠,也觉得只穿胸罩和内裤在方庭晒日光浴不大得体。这倒不是男大学生的问题——他们已经习惯了——但不管怎么说,当男学院的院长来拜访我们的院长时,他们真得控制自己不脸红地穿过方庭。马丁小姐坚持她们必须穿泳衣——她们想的话,可以穿露背的,但必须是合适的泳衣,而不是普通的内衣。"

哈莉叶认同这一点,说这是合理的。

"我很高兴你这么想,"利德盖特小姐说,"我们老一辈人很难在传统和进步之间保持平衡——如果那真的是进步的话。如今,这样的权威几乎得不到尊重,我觉得,这总体上是一件好事,尽管它会使各种机构的运转困难重重。我想你一定想喝杯咖啡。不,真的——这个点我自己总会喝一杯。安妮!——我想我听到我的校工在食品室里——安妮!请给薇恩小姐再来一杯好吗?"

哈莉叶觉得已经好吃好喝了一顿,但还是礼貌地接受了那位穿着漂亮的女仆送来的咖啡。当门再次被关上,她夸了夸,什鲁斯伯里的工作和服务都进步很大,并再次听到了对新总务长的赞扬。

"不过我担心,"利德盖特小姐补充说,"我们可能不得不把安妮从这栋楼调走。希尔亚德小姐觉得她太独立了;也许有点不上心。不过,可怜的人儿,她是个寡妇,带着两个孩子,实在不应该再出来干活。我想她丈夫的情况还不错,但他可能疯了或者怎么了,可怜的人。他去世了,或许是饮弹自尽了,或者是发生了类似的悲剧,留下了可怜兮兮的她,所以她很乐意靠自己挣钱。小女孩们在朱克斯太太那儿寄宿——你还记得朱克斯一家吧,你在的时候,他们住在圣克劳斯旅馆。他们现在住在圣奥尔代特医院,所以安妮周末可以去看他们。这对她来说是好事,也给朱克斯太太增加了一些收入。"

"朱克斯退休了吗?他不是还年轻吗?"

"可怜的朱克斯,"利德盖特小姐说,她慈祥的脸上阴云密布,"他不幸陷入了麻烦,我们不得不解雇他。真遗憾,他原来不是个诚实的人。可是我们给他找了一份做园丁的零工,"她说着开心了起来,"这样他就不会在包裹之类的事情上那么受诱惑了。他是一个非常勤劳的人,但会把钱花在赛马上,所以,他很自然发现自己陷入了困境。他的妻子真悲惨。"

"她人很好。"哈莉叶说。

"这一切让她难过,"利德盖特小姐接着说,"说句公道话,这就是朱克斯。他真是崩溃了,当总务长告诉他必须离开时,谁都不好受。"

"是——啊,"哈莉叶说,"朱克斯总是伶牙俐齿的。"

"哦,但我敢肯定他对自己的所作所为非常后悔。他解释了他是怎么走错路的,事情接二连三地发生了。我们都为此感到痛心。也许学监除外——不过她从来就不怎么喜欢朱克斯。不过,我们借给了他妻子一笔钱,用来偿还他的债务。他们当然非常实在地偿还了这笔钱,每周几个先令。既然他改过自新了,我想他以后就一定能浪子回头。当然,让他继续留在这儿是不可能的。我们的门房必须完全值得信任,不然我们无法放心。现在的门房是帕吉特,是一个非常可靠又风趣的人。你一定要让学监讲一讲帕吉特的妙语。"

"他看上去像一座正直的纪念碑,"哈莉叶说道,"因此,他可能不那么受欢迎了。朱克斯收受贿赂——就是,比如如果有人迟到的话。"

"恐怕他就是这个作风,"利德盖特小姐说,"当然,这是一个需要负责任的职位,不适合不够坚定的人。他在那儿会干得更好。"

"我看到阿格尼斯也走了。"

"是啊——你那个时候,她是校工的负责人;是的,她走了。她逐渐觉得这工作太繁重了,只好退休了。我很高兴的是,我们能够为她挤出一笔很小的养老金——只是一点点,但你也知道,我们的收入必须精打细算,才能将事事照顾周全。我们还有个安排,是让她给学生们打点零工,比如缝补衣服等,也打理学院的衣服。这都有帮助;她尤其高兴的是,她那残疾的妹妹可以做一部分工作,为她们微薄的收入做些贡献。阿格尼斯说这个可怜的人现在快乐多了,不用觉得自己是个负担了。"哈莉叶对女行政人员不倦的责任感感到惊奇,而且这已经不是第一次了。没有人的利益会被忽视或遗忘,而且接连的善意一直在弥补长期的资金短缺。

她们又谈了谈以前的老师和学生的事情,然后话题转到了新图书馆。在都铎楼的老房子里,那些书早已放不下了,终于有合适的去处了。

"等它完工,"利德盖特小姐说,"我们就会感觉学院真的全建好了。这够好了,早年的时候,我们只有一所好笑的老房子和十个学生,坐在驴车里一起上课。说真的,看到这个老地方为了给图书馆让路而被拆掉,我们都落泪了。它承载着太多的回忆。"

"是啊,真的。"哈莉叶同情地说。她想,对于过去的任何一个时刻,这个经验丰富而不失天真的灵魂都能怀着真挚的愉悦去回想。另一个往届生进来了,打断了她与利德盖特小姐的谈话。哈莉叶带着几分羡慕走了出去,去见执着的莫里森小姐,她把钟表事件的每一个细节都详细地介绍给了她。她很高兴地告诉莫里森小姐,A.E.W. 梅森先生早已有过同样的想法。接着,莫里森小姐开始急切地抓住她询问彼得·温西勋爵,问明他的举止、风俗习惯和外表,真是拦也拦不住。舒斯特-斯莱特小姐把莫里森小姐的注意力吸引过去了,但无助于减轻哈莉叶的愤懑,因为她又得听到一场关于给不健康的人做绝育的长谈,其推论必然是鼓励适合生育的人结婚。哈莉叶同意知识女性应该结婚生子;但她指出,英国丈夫在这件事上有话要讲,他们常常不希望有一位知识女性做妻子。

舒斯特－斯莱特小姐说,她认为英国的丈夫很可爱,她正在制作一份问卷,准备分发给英国的年轻男性,以了解他们的婚姻偏好。

"但是英国人不愿意填写调查问卷。"哈莉叶说。

"不填写调查问卷?"舒斯特－斯莱特小姐惊讶地问。

"对,"哈莉叶说道,"他们不会的。我们这个民族没有问卷情结。"

"唉,那可不好,"舒斯特－斯莱特小姐说,"但我确实希望你能加入我们的婚姻健康促进联盟英国分会。我们的主席J.波佩尔茵肯夫人是一个很好的女人。你一定很想见见她。她明年要来欧洲。与此同时,我在这里做宣传,并从英国心态的角度研究整个问题。"

"恐怕你会发现,这很难做,我猜。"哈莉叶补充道(因为她觉得舒斯特－斯莱特小姐昨天晚上说了些不中听的话,需要回击她),"你的意图是否像你展现的那么无私呢。也许你正在因个人的、实际的考量,来调查英国丈夫的可爱程度吧。"

"你在拿我开玩笑,"舒斯特－斯莱特小姐和气地说,"不。我只是一只小工蜂,为蜂后采蜜吃。"

"怎么什么情况都是针对我的!"哈莉叶自言自语着。人们可能会认为,牛津至少会先把彼得·温西和婚姻的问题放在一边。不过,尽管她自己小有名气,就算她不是名人的话,彼得也是一位更引人注目的名人,在这两人中,人们更愿意了解他,而不是她,这真恼人。至于婚姻——好吧,在这里,一个人当然有机会在这里得知婚姻能否奏效。玛丽·阿特伍德(原来的斯托克斯)和舒斯特－斯莱特小姐哪个更糟糕?菲比·班克罗夫特(原来的塔克)和利德盖特小姐哪个更好?这些人会是同样的结局吗,全都结婚还是最终单身?

她漫步到了本科生活动室,那里空荡荡的,只有一个穿着邋遢的女人坐在那儿，冷冷地读着一份有图片的报纸。哈莉叶走过时，那个女人抬眼看她，略有试探地说："你好呀，是薇恩小姐吗？"

哈莉叶急忙绞尽脑汁地回忆。她显然比她年级高得多——看上去更接近五十岁，而不是四十岁。到底是谁呢？"

"我想你不记得我了，"她说，"凯瑟琳·弗里曼特尔。"（凯瑟琳·弗里曼特尔，上天！但她只比哈莉叶大两岁。很是机灵，很是聪慧，也很活泼，是当年的杰出学子。她究竟怎么了？）

"我当然记得你，"哈莉叶说，"不过我总是记不得名字。你这些年如何？"凯瑟琳·弗里曼特尔似乎嫁给了一个农民，然后就开始走下坡路了。萧条、疾病、税收、牛奶董事会、销售局，要命地工作和抚养孩子——哈莉叶读了也听了好多关于农业萧条的情况，知道这只是一个常见的故事。她为自己如此光鲜而感到羞愧，她觉得自己宁可重走一遍旧路，也不愿像凯瑟琳那样日复一日地熬日子。从某种意义上说，这是一个传奇故事，但很荒谬。她突然插话，抱怨宗教事务委员会的冷酷无情。

"可是弗里曼特尔小姐——我的意思是说，嗯……本迪克太太，让你做这种事太荒唐了。我是说，自己摘水果，每天起床喂家禽，像个苦力一样。你如果做点写作或智力方面的工作，让别人来做体力活，这样报酬会高得多。"

"是的，会这样，但一开始我没想到，我对劳动的尊严思考了很多。而且，那时，如果我和丈夫的兴趣不一，他会不高兴的。当然，我们没有想到事情会变成这样。"

白白浪费了！哈莉叶心下只有这一句。所有的天赋，所有经过训练的智慧，都荒废了，这种事情随便一个没有受过教育的乡村女孩都能驾驭，还比她强。或许失之东隅收之桑榆吧，她想。她直白地问了出来。

"收获吗？"本迪克太太说，"哦，是的，绝对有收获的。这项工作值得做。服务土地。"她的意思是，这确实是一种艰苦的劳作，但比在纸上胡编乱造要好得多。

"我完全承认这一点，"哈莉叶说道，"犁刀比剃刀高贵。但是，如果你的天赋是理发，成为一个理发师不是更好吗？做一个好的理发师——（如果愿意）再用赚的钱好好犁地？不管工作多么伟大。这是你的工作吗？"

"现在这是我的工作了，"本迪克太太说，"人不能回到过去，不接触事物，大脑就会生锈。如果你花时间为一家人洗衣服做饭、挖土豆、喂牛，你就会知道这些事会磨损你的剃刀。你们不必以为，我不羡慕你们这些人安逸的生活；我很羡慕。我是带着感情来华夜之宴的，现在却希望没有来过。我比你大两岁，但看上去像老了二十岁。你们谁也不关心我在乎什么，你们的顾虑在我看来不过是空谈。你过的不是真实的生活，你们全都在梦里。"她不说话了，怒气缓和了下来，"但这是一个美的梦。现在想想，我曾经是个学者，我感觉怪异……我不知道。也许你是对的。知识与文学自会比创造它们的文明更长久。"

> 词语，
> 唯其长存于
> 时光。
> 当你已逝，
> 寂寂无语，
> 弦音灵动，
> 琴响不绝。

哈莉叶诵了这一段。她茫然地望着外面的阳光。"真奇怪——因为我也一直在想同样的事情——只不过角度不同。你看！我非常钦佩你，但我觉得你弄错了。我确信，一个人应该做自己的工作，无论多么琐碎，也不要说服自己去做别人的工作，无论是多么高尚的行业。"

她说话的时候，想起了德·范恩小姐。这是另一个层面的说服。

"那很好，"本迪克太太回答，"但是嫁人，也容易嫁给那个人的工作啊。"

是啊，可是哈莉叶曾有一个机会，嫁给一个人，同样继续她的工作，可以赚到足够多的钱，连工作都变得多余。她又一次觉得，自己不公平地得到了这么多优待，而那些更值得有机会的人却徒劳地渴盼着。

"我想，"她说，"婚姻也确是一项要紧的工作吧？"

"的确，是这样，"本迪克太太说，"我的婚姻是婚姻该幸福的样子。但我经常在想，如果我丈夫娶了另一类妻子，他会不会过得更好。他从没这么说过，但我时常这样想。我想他知道我想念——一些东西，有时还会不快。我不知道为什么要对你说这些——我从来没有对任何人说过，我也不算很了解你，是不是？"

"是的，而且我也没什么同情心。我其实挺无礼的。"

"是的，"本迪克太太说，"可你就算无礼，声音也这么好听。"

"我的天！"哈莉叶说。

"我们的农场在威尔士边境上，那里的人说话都是呕哑嘲哳的。你知道这里的什么最让我怀念吗？文明的语言。亲切的、讲滥了的牛津腔。挺可笑的，是不是？"

"可我觉得大厅吵得像一个装满孔雀的笼子。"

"是的，但出了大厅，你就能找到好好说话的人。当然，很多人做不到；但是总是有的。你就是如此，再者，你声音很好听。你还记得以前巴赫唱诗班的日子吗？"

"怎么会不记得呢？你在威尔士边境找到音乐了吗？威尔士人会唱歌。"

"我没有多少时间听音乐，我试着教教孩子们。"哈莉叶利用这个机会，问了问家庭情况。最后，她和本迪克太太分开了，心中黯然，像是看到了一个德比赛马会的优胜者去拉一辆运煤车。

星期天在礼堂有一顿非正式的午餐，许多人都没有参加，因为在城里有约。愿意参加的人，随时都可以进来，在取餐处选好食物，找到座位，结伴坐一起吃。哈莉叶抓起一盘冷火腿，向四周张望，想找个伴吃午饭。很高兴看到菲比·塔克走进来，在校工的帮助下取了一份冷的烤牛肉。两个人走到一起，坐在一张长桌的一头，这张长桌与高桌平行，与其他桌子垂直。她们在那儿面向整个房间，包括高桌和一排取餐桌。哈莉叶的目光转向一个个忙着取餐的人，不停想着，会是谁呢？这群女人看上去正常又快活，是谁在前一夜把那张不堪入目的纸掉在了方庭呢？因为无从知晓，就会模模糊糊地怀疑每一个人。旧时的地方岁月静好，但在地衣覆盖的石头下也会有非常奇怪的东西潜行。院长坐在她那把雕花的大椅子上，正端庄地低下头，被学监的某个玩笑逗笑了。利德盖特小姐正在殷勤地照顾一个年纪很大、几乎失明的老校友。她扶着她磕磕绊绊地登上了三级台阶，从桌子上给她取午餐，正把沙拉放在她的盘子里。总务长史蒂文斯小姐和现代语言老师肖小姐周围聚集了另外三个年纪不小、造诣颇深的老学生。她们的交谈很是活跃，意趣甚浓。教授古典文学的派克小姐和一个身材高大、体格健壮的女人深入地讨论着什么，菲比·塔克向哈莉叶指出，那是一位杰出的考古学家。在一片相对的宁静中，派克老师的声音突然响起："黑洛斯的古墓似乎是个特例。忒奥托库的石棺……"接着，争论声又停了下来。另外两个教师，哈莉叶不认识（她们是她毕业后来的），从她们的手势看，似乎是在谈论女帽。希尔亚德小姐的尖酸刻薄赶走了她的同事们，她正在慢吞吞地吃午饭，还在看她带来的一本小册子。德·范恩小姐来晚了，在希尔亚德小姐身旁坐下，眼神空空的，心不在焉地吃着火腿。

那些礼堂里的毕业生——气质各异，有老有小，服装各式各样的。是那位古怪的圆肩女人吗？她穿黄色的吉伯衫和凉鞋，头发盘成两个蜗牛壳，盖在耳朵上。是那个身材魁梧、头发鬈曲的人吗？她穿着粗花呢和男子气的马甲，脸像出租车后座似的。或者是那位六十岁的紧身胸衣女郎吗？她的帽子还是更适合一个在阿斯科特赛马会上首次亮相的十八岁姑娘。还是那些在愉悦的面庞上刻着"学校老师"的人呢？或是那个不知年龄、坐在桌子前面、带着委员会主席神态的普通人呢？抑或是那个穿着不相称的粉红色衣服的古怪的小姑娘？她那样子就好像是在整个冬天都把衣服随意放在抽屉里，不熨一下就随便穿了出来。还有那位约五十岁、长相俊俏、身材很好、指甲修剪得整齐的女商人，在与陌生人交谈时插嘴说，她刚刚在"邦德街附近"开了一家新理发店。要不然是那个身材高大、面容憔悴、身穿黑丝绸的悲剧女王，看起来像哈姆雷特的姑姑，但实际上是掌管《每日水星》家庭专栏的比阿特丽斯姑姑？还是那个瘦骨嶙峋、长着一张马脸、全身心投入到殖民工作中的女人？或者甚至是那个不可征服的快乐开朗的小家伙吗？她是一个优秀的政治秘书，也有自己的秘书。这些面孔来了又去，仿佛在梦中，全都闪动着，全都神秘莫测。

在大厅最里面的桌子旁，坐着六个在读的学生，她们仍然留在牛津，准备参加语音口试。她们一直在叽叽喳喳地议论着，显然没有在意这些老怪胎们闯入她们的学校，而这些人十年后，二十年后，三十年后，也会变成现在的样子。她们真是一群邋里邋遢的人,哈莉叶心想,一副放假了就蔫了的样子。有一个怪怪的姑娘,一脸羞赧,头发是淡咖色的,眼睛的颜色很浅,一直在动手指;她旁边坐着一个肤色深的美人,她若波眼转盼,男人们定会为其掠夺城池;还有一个笨拙的、稚嫩的姑娘,她不怎么会化妆,一副想要赢得别人关注的可怜样儿,却未见得成效;还有最有意思的一位姑娘,面色热情似火,穿着相当诡异,似是总有一天会将世界握于手心,只是不知福祸。剩下的人都很是平庸,没什么特点,不过,虽然普通,哈莉叶想,却是最难以分析的一群人。你几乎不觉得她们存在着,直到——砰!出乎意料的事情发生了,如深水炸弹一般,留你一脸惊诧,再回头搜集陌生的残骸。

大厅里就是这样一片沸腾,校工们从取餐台无动于衷地看着。

"他们对我们大家的看法,只有上帝才知道。"哈莉叶沉思着。

"你在构思特别复杂的谋杀案吗?"耳边传来菲比的声音,"或者在想一个不好做的不在场证明?我已经和你讲了三次,把调味瓶递给我啦。"

"不好意思,"哈莉叶按她所说递给了她,说道,"我在思考,人的面部表情是难以看透的。"她犹豫了一下,正想告诉菲比那张令人难受的涂鸦,但她的朋友继续问了别的问题,时间就这样过去了。

但这段插曲使她心烦意乱。那一天晚些时候,她穿过空荡荡的大厅,驻足凝视着什鲁斯伯里伯爵夫人玛丽的画像,学院就是因她创立的。这幅画是剑桥大学圣约翰学院里那幅画的现代摹本,画得很好,那一张古怪的、线条粗犷的脸,总要与人争斗的嘴,一副诡秘的目光斜瞟着她,总使她产生一种奇妙的迷恋——在她还是学生的时候,已故名人的肖像摆在公共场合,带来的多是嘲讽,而不是虔敬。她不知道,实际上并未费心去问过,什鲁斯伯里学院怎么会接纳这样一个不祥的女恩主。哈德威克的女儿贝丝的确是一位了不起的学者，但也有几分神圣的恐怖。她脱离了男性们的掌控，她不惧伦敦塔，在枢密院轻蔑地保持沉默，她是一个顽固的反叛者，一个坚定的朋友，一个强硬的敌人，她喜欢谩骂，即使在那个少有人动嘴的时代。事实上，她的身上似乎浓缩着人们眼中有学问的女人所具有的一切危险品质。她的丈夫，"伟大而光荣的什鲁斯伯里伯爵"，花了很大代价才换来家庭的和睦。因为，培根说，还有一个比他更伟大的人，那就是我们的什鲁斯伯里夫人。当然，这样说一个人有些过头。对舒斯特－斯莱特小姐的婚事来说，这有些令人沮丧，因为按照规定，一个杰出的女人要么一生未婚——舒斯特－斯莱特小姐怕的就是这个，要么就得找一个更杰出的男人娶她为妻。这在很大程度上限制了这位杰出女性的选择，因为尽管世界上有很多优秀的男人，但平庸的还是太多了。而另一方面，优秀的男人可以和他喜欢的人结婚，而不局限于优秀的女人；说实在的，一个男人如果选择了一个没那么出色的女人，会增加大家对他的好感。

"当然，"哈莉叶提醒自己，"一个女人可以仅仅做一个出色的妻子和母亲就获得伟大的成就，或者至少美誉在外，就像格拉古家的母亲那样；而那些作为忠于家庭的丈夫和父亲就声名远扬的男人，可能一只手就能数过来。查理一世是一个不幸的国王，却是个可敬的顾家男士。尽管如此，你还是很难让他位列世界上最伟大的父亲，他的孩子们也没有多成功。好吧！做一个伟大的父亲，要么非常困难，要么相当不幸地一无所得。只要你找到一个优秀的男人，你一定能找到他身后的伟大母亲或伟大妻子——至少人们这样说。去了解有多少伟大的女人有过伟大的父亲和丈夫会是一件很有意思的事和一项有趣的学术研究。伊丽莎白·巴雷特？嗯，她有一个了不起的丈夫，不过，可以说，她本身就是很了不起的，而巴雷特先生并不是。勃朗特姐妹呢？好吧，算不上。英国女王伊丽莎白？她有一个了不起的父亲，但对女儿们尽心尽力的帮助只是他生活的一部分。她很执拗，所以没有丈夫。维多利亚女王？可怜的艾伯特亲王倒是有研究内容，但肯特公爵却没什么可了解的。"有人从她身后走过了大厅，是希尔亚德小姐。哈莉叶有些顽皮地想到，可以问问这种爱针对人的人。她向希尔亚德小姐提出了这个新的历史论文题目。

"你忘了体能上的成绩，"希尔亚德小姐说，"我想很多女歌手、舞蹈家、海峡游泳选手和网球明星都要感谢她们的父亲。"

"但这些父亲并不出名。"

"是的。无论男女都不喜欢谦虚的男人，我甚至怀疑，以你的文学才能，都难以让这种美德得到认可。如果你特意依据智力水平来挑选女性，这将是一篇简短的论文。"

"因为没那么多可研究的？"

"恐怕是的。你知道有哪个男人会因为女人的头脑而真心欣赏她吗？"

"嗯，"哈莉叶说道，"确实少有。"

"你也许认识一位这样的人，"希尔亚德小姐苦口婆心地强调说，"我们大多数人有时会认为我们会，但这个人往往还动了别的心思。"

"很有可能，"哈莉叶说，"你似乎对于男人没什么好印象——我是说，对于男性人物，诸如此类的。"

"是的，"希尔亚德小姐说，"不是很好。但他们有一种令人钦佩的才能，能把自己的观点强加于整个社会。所有女人对男人的批评都很敏感，而男人却不在意女人的批评。他们鄙视批评家。"

"你个人鄙视男性的批评吗？"

"说真的，"希尔亚德小姐说，"但它确实会造成损害。看看这所大学,所有的男人都对女子学院非常友好和关切,当然会了。但你会发现,他们不会让女性担任重要的大学职位,怕是永远都不会。这些女性可能要以一种超越批评的方式完成工作。但他们更乐意看到我们自己过家家。"

"伟大的父亲和顾家的男人。"哈莉叶喃喃自语。

"在这个意义上——是的。"希尔亚德小姐黯然一笑。

有些微妙呢,哈莉叶想。可能是一段个人经历吗,怎么可能不因个人经历而痛苦啊。她走到本科活动室,对着镜子审视自己。历史教师的眼睛里有一种神情,她希望自己不会拥有。

礼拜日的晚祷。学院是无教派的,但是社团活动需要某些形式的基督教崇拜。教堂有彩色玻璃窗、朴素的橡木镶板和没有装饰的圣餐桌,所有教派和教宗都能接受。哈莉叶向它走去,想起自昨天下午,她就没有见到自己的袍子了,那时学监把它扔在了本科活动室。因为她不想不请自来地进入神圣之所,就去寻找马丁小姐,她应该是把两套长袍都拿到她自己的房间了。哈莉叶扭转身子钻进了长袍,一只飘动的衣袖砰的一声撞在了旁边的桌子上。

"哎呀!"学监说,"那是什么?"

"我的烟盒,"哈莉叶说道,"我以为我把它弄丢了。现在记起来了,昨天我没有口袋,就把它塞进了长袍的袖子里。毕竟,这袖子也没别的用处是不是?"

"哦,亲爱的!我的袖子在期末时候总是完美的脏衣袋。当我的抽屉里根本找不到干净的手帕时,我的校工就会翻出我长袍的袖子。我的最佳纪录是二十二条——接着我就得了一整个礼拜的重感冒,太不卫生了。这是你的方帽。不用拿你的兜帽——你可以之后到这儿来拿。你今天在哪里?——我几乎没见着你。"

哈莉叶又产生了想要提起那幅讨厌的图的冲动,但又忍住了。她觉得她对这件事有些走火入魔了。为什么要想着它呢?她提到了她和希尔亚德小姐的谈话。

"天!"学监说,"那是希尔亚德小姐的爱好。就像甘普太太说的那样,真是胡扯。男人当然不喜欢自己被打一拳——谁会喜欢呢?我认为他们很高尚,让我们入侵他们的大学,上帝保佑他们。几百年来,他们已经习惯了做领主、做主人,他们需要一些时间来适应。一个男人要花好几个月的时间才能习惯一顶新帽子,就在你准备把它送到旧货义卖上时,他说:'你的帽子真漂亮,在哪买的?'你说:'亲爱的亨利,这是我去年买的那只,你说它让我看起来像街头手风琴师的猴子。'我姐夫每次都这么说,我姐姐真是受够了。"

她们走上教堂的台阶。

毕竟,事情也不算那么糟,肯定不像预料的那么糟。尽管发现和玛丽·斯托克斯渐行渐远,还是有些忧伤的,但玛丽拒绝承认这一点,这在某种程度上,也有点烦人。哈莉叶很久以前就发现,一个人不可能仅仅因为别人病了或死了就更喜欢他们——甚至更少,因为曾经的喜欢。那些快乐的家伙可能一辈子都不会发现这件事,他们就是那些被称为"真诚"的男人和女人们。不过,还是有一些很值得再聚首的老朋友,比如学监和菲比·塔克。说真的,她们的举止都相当得体。有些人很好奇温西这个人,真是傻气,但毫无疑问,她们没有坏心。希尔亚德小姐也许是个例外,但希尔亚德小姐本来就总是拧巴得让人不舒服。

当汽车在奇尔特恩盘旋而过,哈莉叶暗自笑了,想着她与学监和总务长分手时的谈话。

"一定要尽快给我们写一本新书。记住,如果什鲁斯伯里有什么秘密，我们会叫你来解开的。"

"好吧，"哈莉叶应道，"你们要是在食品室发现了一具残破的尸体，就给我打个电报——一定要让巴顿小姐来看一看尸体，这样她就不会太介意我把凶手绳之以法了。"

假设他们真的在食品室里发现了一具血淋淋的尸体，她们会吓坏的吧。学院的荣耀在于从未有这样的恶性事件发生。大概曾经最可怕的事情就是一个大学生竟然"误入歧途"；一个门房偷了一两个包裹，足以使整个研究活动室慌成一团。上帝保佑，她们多么纯洁，多么温柔，多么善良，走在古老的山毛榉下，思索的都是"是与不是"[1]和伊丽莎白女王的财政。

"我已打破了寒冰，"她大声说，"水也不那么冷了。我应当不时地回去。我要回去。"

她挑了一家宜人的小酒吧吃午饭，胃口很好。这时她想起，她的烟盒还在她的长袍里。她把那件衣服挽在胳膊上拿了进来，一只手伸进长袖的底部，取出了烟盒，于是就出现了一张纸——普通的书写纸，折叠了两次。她打开信时，皱着眉头想起一段不愉快的回忆。

上面贴着一行字，显然是从报纸标题上裁下来的。

你这个肮脏的凶手。你还有脸出现吗？

"见鬼！"哈莉叶说，"牛津，你竟也如此？"她静静地坐了一会儿。然后她划了根火柴，把纸点着了。它烧得很旺，她不得不把它扔到盘子里。即使这样，灰色的字母依然浮现在噼里啪啦的黑色灰烬中，于是，她用勺背把它们幽灵般的样子碾成了粉末。

---

[1] 此处原文为希腊文。

温西勋爵

爱人，你何必如此羞辱我，

故意改变，又披上伪饰，

我自会自轻自贱；遵从你的意愿，

我将扭断情思，

似是未曾相识，

我将离你远去，唇齿之间，

你甜蜜的名姓也将不见，

可我亦如此凡俗，

会误入歧途，

偶尔谈起我们陈旧的往昔。

莎士比亚

在人的生命中，偶尔一次时间与心境的机缘巧合，就获得了象征性的意义。哈莉叶在什鲁斯伯里出席华夜之宴就是如此。尽管有一些小的摩擦和荒谬，却显然是意义非凡的；她被唤起了一个旧时的愿景，它曾长久地被一丛丛不相干的幻想所掩盖，现在却清晰无误地矗立在面前，像一座山巅之塔。两句话回响在她耳边：学监说："你所做的工作才是真正重要的。"还有那对永远地失去的叹惋："曾经，我是一位学者。"

"时间，"就像黄铜头[1]说的，"时光流转，时光已逝。"菲利普·博伊斯去世了；那些与他的死亡相关的午夜噩梦也逐渐淡去了。依靠盲目的本能，她执着地投身于必须完成的工作，努力回到一种不安却稳定的状态。想要拥有一双完全清澈的眼睛，与未受干扰的心灵，是不是太晚了？在这种情况下，面对难免会牵连到悲惨往昔的镣铐，她该怎么办呢？如何对待彼得·温西呢？

在过去的三年，他们之间变得有些微妙。自从在一起调查了可怕的威尔弗库姆案件之后，哈莉叶觉得，必须做些什么来缓解这一愈发难以忍受的情况了——她在思虑良久的规划之后，现在最终成了一位名誉与收入日增的作家。她带着一位女性友人做旅伴兼秘书，离开了英国，在欧洲各地慢慢旅行，这停停，那停停，为了故事情节采风。这次旅行很经济，她为两本长篇小说收集了素材，小说的场景分别设置在马德里和卡尔卡松，她还写了一系列关于希特勒治下柏林的侦探冒险的短篇小说，以及一些行记。这样，她就赚了不少。离开之前，她曾要求温西不要写信，他也出人意料地顺从了这一禁令。

---

[1] 黄铜头是近代早期传说中的一种发明，据说是中世纪晚期的学者罗杰·培根所制作的，它具有正确回答各种问题的能力。

"好的,我明白。静静地去。[1] 如果你需要,你会在老地方找到我。"

她只是偶尔在英国报纸上看到过他的名字,仅此而已。第二年六月初,她回到家,觉得休息了这么久,要冷静而友好地结束他们的关系,应该不是什么难事。现在,他大概和她一样感到安心和宽慰了。她一回到伦敦,就搬到了梅克伦堡广场的一套新公寓里,开始着手创作关于卡尔卡松的小说。

她回来后不久,一件小事发生了,让她能有机会测试自己。她和一位聪慧的年轻女作家及其律师丈夫一起去了阿斯科特——部分是为娱乐,部分是因为她想为短篇小说找素材。就在所有目光都聚焦在比赛终点的激动时刻,有一个不幸的受害者突然于皇家围场坠落死亡。打量着管辖范围内的神圣领地,哈莉叶意识到,当地人的衣着风格,会将肩膀的地方剪裁得非常紧,成为大家都熟知的鹦鹉形的轮廓。一顶浅灰色的大礼帽向后翘起,一丛丛夏帽浮动,那顶礼帽如同玫瑰花丛里一朵怪异又娇贵的兰花。哈莉叶从参加宴会的人的表情中推断出,夏帽们辨识出了昂贵又不可能出现的外来者,大礼帽则欢天喜地地接受着夏帽们的关注。总之,他也沉浸其中。

"很好,"哈莉叶想,"没有什么可烦恼的。"她回到家里,为自己异常平静的心情感到高兴。三天后,她看到晨报上,在一个文学午宴的嘉宾名单中,有"著名的侦探女作家哈莉叶·薇恩小姐"。这时,电话响起,一个熟悉的声音带着奇怪的沙哑和犹豫说:

"哈莉叶小姐吗……是你吗,哈莉叶?我看到你回来了。你愿意什么时候和我共进晚餐吗?"

有几种可能的回答,其中一个就是,又局促又难堪的"请问你是谁"。哈莉叶毫无准备,又天生诚实,于是有气无力地回答道:

---

1 原文为拉丁语。

"哦,谢谢你,彼得。但我不知道是否……"

"什么?"那声音带着一丝嘲弄,"从现在起,直到考格鲁斯人来,每晚都有安排了吗?"

"当然不。"哈莉叶说道,她根本不愿摆出一副高高在上、受人追捧的名人相。

"那给个时间吧。"

"我今晚有空。"哈莉叶回答,她想,通知的时间这么仓促,他也许得改变自己的安排。

"真不错,"他说,"我也可以。我们将品尝自由的甜头。对了,你换了电话号码啦?"

"是的,我搬进新公寓了。"

"要我再给你打电话吗?还是你七点在费拉拉餐厅见我?"

"在费拉拉?"

"是的。七点,如果不算太早。然后我们可以去看表演,如果你愿意。那么,今晚见。谢谢。"她还没来得及反对,他就挂了电话。如果是她,就不会选费拉拉,那里太时髦和显眼了,人人都想去那儿,但是消费很高,至少对于目前来说,所以不会坐满。也就是说,只要你去了那里,就会被发现。如果一个人想和谁断绝关系,一起在费拉拉露面,恐怕不是最好的方式。

真神奇,这将是她第一次和彼得·温西在伦敦西区共进晚餐。在她受审后的头一年左右的时间里,她不想在任何场地露面,即使那时她能买得起赴宴的礼服。在那些日子里,他带她去苏豪区那些相对安静、高档的餐厅吃饭,或者更多的时候,开车带她去那些有可靠厨师的路边小馆。她太倦了,都懒得拒绝外出,这也许使她不再那么闷闷不乐,邀请者泰然的愉悦往往只能换来苦痛的话语。回想起来,她既惊异于他的耐心，又为他的毅力所困扰。

他在费拉拉迎接她，一如既往地露出笑意，嘴角微微一斜，谈吐自然，但是他的态度比她印象中的还要客气。他听得津津有味，热切地听她述说到国外去的种种奇遇。她发现（这是意料之中的）欧洲地图对他而言并不陌生。他讲了一些自己身上的有趣经历，并对现代德国的生活状况做了有力道的点评。她惊讶地发现他对国际政治的内幕如此熟悉，她还以为他对公共事务没有多大兴趣。她发现自己正在热情地同他争论渥太华会议的前景，他似乎对此会议不抱太大的希望。接着，他们去喝咖啡，她急于改变他对裁军的一些错误看法，竟把她来见他的目的（如果有的话）全忘了。在戏院里，她不时地提醒自己说几句决然的话，但是他们的交谈一直很平顺，很难引入新的话题。

演出结束后，他把她送上一辆出租车，问她应该告诉司机什么地址，他希望能够把她送回家，然后在她旁边坐下。这的确是个节骨点，但他却愉快地谈论着伦敦的乔治时代建筑风格。他们正沿着吉尔福德街跑的时候，他才抢在她前面说（那时有一段间隙，她正打定主意要开口）："我想，哈莉叶，你还没有再回答我上次的问题吧？"

"不，彼得。对不起，我没有别的可说了。"

"好吧，别担心。我尽量不惹你烦。不过，如果你能偶尔与我见个面，就像今晚这样，我会很感激的。"

"我想这对你一点也不公平。"

"如果就只是这个原因，那就该由我来决定。"然后，他又故作自嘲地说，"积习难改。我不会保证彻底改变自己。如果你允许，我还想向你求婚，每当有恰当的时候——作为生日礼物，在盖伊·福克斯日和国王登基周年纪念日。但如果你愿意，就当作纯粹的形式。你一点也不用在意。"

"彼得，再这样下去太蠢了。"

"当然，还有每一个愚人节。"

"最好把这一切都忘掉——我希望你忘掉了。"

"我的记忆力不受控制。它总是记住不该记住的，忘记该记住的，但它还没有完全罢工。"

出租车停了下来，司机好奇地看看他们。他扶她下车，一脸严肃地等着她拿出弹簧锁钥匙，然后他从她手里接过来，打开门，道了声晚安就走了。她登上石阶，心中明白，这样的情形，她的出走也是没有用的。她回到了优柔与苦闷的网中。在他身上，似乎已经有过某种变化；但这肯定没有让他变得更容易相处。

他没有食言，很少打扰她。他经常出城去，忙着办案，有些案子上了报纸专栏，有些案子则似乎沉寂了。他自己已经出国六个月了，除了"办事"，没有其他解释。有一年夏天，他卷入了一件怪事，让他在一家广告公司谋到了一份工作。他觉得办公室生活很有趣，但是落得了一个奇怪又让人痛苦的结果。

有一天晚上，他赴约来进餐，但他明显难以下咽，也聊不动天。最后，他坦言说自己头痛欲裂，还在发烧，只好痛苦地让她送自己回家。她非常担心，没有离开他，直到他安全地回到自己的寓所，让能干的邦特来照顾。邦特安慰她：这是正常反应——每次结束了一桩审判案件就会这样，很快就会好的。一两天后，病人打电话来，给她道了歉，又重新约定了相聚，之后的约会中，他就是精神振奋的样子了。

哈莉叶从来没有在别的情形下踏进过他的家，他也未曾叨扰梅克伦堡广场的幽居。有两三次，出于礼貌，她邀请他进来，但是他总是借口离开，她明白他已经决心离开这里，至少不让她产生任何尴尬的联想。很明显，他并没有愚蠢地想通过回避来提高自己的身价，他的神情似是想要弥补什么。大概每三个月，他就再向她求婚一次，以免双方都要生气。四月一日，他从巴黎传来了一个用拉丁语写的问题，开头沮丧地说："真的不？"众所周知，这种句子以"不"来作答。哈莉叶在语法书里翻找"礼貌的否定形式"，回答得更简短了："谢过。"

哈莉叶回顾她的牛津之行，发现有一种让人不安的影响。她一开始认为关于温西的话题也没什么，就像军工厂里的人们习惯了炸药那样。但是，她发现，仅仅是听到他的名字，她心中就如点燃炸药一般——别人赞扬或责备他，她都满腔怒火——这让她忧心忡忡，那炸药也许还是炸药，即使年深日久，看上去毫无威胁。

在她起居室的壁炉台，有一张字条，是温西写的，字迹又小又难认。信上说，他是被帕克警长叫走的，他陷入了英格兰北部的一起谋杀案。因此，他只好遗憾地取消他们那个星期的约会。因为他自己无法前来，她可以帮忙用掉这两张票吗？

哈莉叶看着最后那一句谨慎的措辞，抿紧了嘴。曾有一次，在他们相识的第一年，他送给她一个圣诞礼物，而她出于困窘的自尊心，言辞严厉地将礼物退了回去，之后他就再不敢给她赠送物质上的礼物了。即使他忽然消失了，她手边也不会有任何可以纪念他的东西。她拿起票，一时不决。她可以送人，也可以去找个朋友一起。总之，她不希望旁边有一个班戈的鬼魂，同领座争着旁边的座位。她把票放在一个信封里，寄给了那对带她去阿斯科特赛马会的夫妇，然后把纸条撕了，放进了废纸篓里。送走了班柯之后，她松了一口气，开始处理这一天的下一个麻烦事。

那是她的三本书的修订稿。重读自己的作品往往让人沮丧；任务完成后，她已疲惫不堪，对自己心生厌烦。书的走向还算不错，算得上是有水平的智力锻炼，但还是缺少了一些东西。现在读起来，似乎写书时心里有所保留，决意隐藏自己的思想和个性。她心烦意乱地考虑着两个人物关于婚姻生活的谈论，只是肤浅的小聪明。如果她不是害怕暴露自己，她本可以做得更好的。与现实的摩擦所带来的压迫感，妨碍着她下笔。如果她能让自己抽身，她就会获得自信和掌控力。这是学者极其需要的素质——在有限的能力范围内——甚至是一种天赐：一心看向目标，不会因私人明明暗暗的心绪而暗淡或冲散。"真的是私人的吗？"哈莉叶自言自语，一面烦躁地把校样塞进牛皮纸袋。

你不孤单，当你尚且独处之时，上帝，为了你我愿独自一人！

真高兴，她已经处理掉了那两张票。于是，当温西终于从北方探险回来时，她带着一种好战的精神去见他。他邀请她一起吃饭，这次是在自我主义者俱乐部——不同寻常的地方。那是一个星期六的晚上，房间里只有他们两个人。她提到了牛津之行，并利用这个机会跟他讲了一长串有前途的学者，她们学术能力出众，但后来因婚姻而黯然失色。他温和地承认，确实有这样的情况，而且通常都是这样，他提到了一位才华横溢的画家，在一位有社会抱负的妻子的怂恿下，现在已经成了一台灵巧的机器，天天给学院画肖像画。

"当然，"他和缓地说道，"伴侣有时候纯粹是嫉妒，或者是自私，或者纯粹是因为愚蠢，那不是他们的本意。很奇怪，很多人都只是年复一年地度日，没有清晰的想法。"

"我觉得，不管他们的本意是什么，他们拦不住事态的发展。是伴侣的个性造成的问题。"

"是的。最好的意愿是难以落实的，从来都很难。你可能会说，你不会干涉另一个人的灵魂,但你的确在干涉——仅仅是因为你的存在。可以说,障碍是实际的困难。我的意思是,我们就存在于此,是啊,我们该怎么办呢?"

"嗯,我想有些人会把与他人维系关系当作人生的事业。他们是无所谓的,可其他人该怎么办?"

"很厌烦,是吗?"他说,像是来了兴致,这使她很恼火,"你认为他们应该完全断绝人际交往吗?这并不容易。总有肉店老板、面包师、房东太太或者其他需要来往的人。还是应该让有思想的人坐着不动,让有感情的人来照顾他们?"

"他们往往就是这样的。"

"的确。"他第五次叫侍者为哈莉叶拿餐巾,"为什么天才都不是好丈夫,诸如此类?那些生来就不幸兼具了头脑与感情的人,又该怎么办呢?"

"抱歉,我总掉东西;这块丝绸太滑了。这就是问题所在,不是吗?我认为他们必须做出选择。"

"而不是妥协?"

"我不认为妥协会奏效。"

"恐怕我这辈子第一次听到一个英格兰血统的人愿意妥协!"

"哦,我不是纯血统的英格兰人。我还存着部分苏格兰和爱尔兰血统呢。"

"这就证明你是英格兰人。没有别的种族会自称血统不纯。很不巧,我就是个英格兰人,除了常见血统之外,我还有十六分之一的法国血统。所以我生来就是会妥协的。然而,你应该把我归类为感情还是思想?"

哈莉叶说:"没人能否认你的思想。"

"谁会否认?那么你就要否认我的情感,我不允许你否认它的存在。"

"你像伊丽莎白时代的智者一样在辩论———一语双关。"

"这是你说的。如果你想要恺撒牺牲,你就得否认一些事情。"

"恺撒什么……"

"一只没有感情的野兽。你的餐巾又不见了吗?"

"不——这次是我的包。就在你的左脚下面。"

"哦!"他环顾四周,侍者不见了,"情感的职责是服侍思想,但是考虑到——"

"算了吧,"哈莉叶说道,"这一点也不重要。"

"考虑到我已经断了两根肋骨,我最好还是不要试了;因为我一旦跌倒,可能就再也爬不起来了。"

"天哪!"哈莉叶说,"难怪我觉得你比较僵硬。你为什么没告诉我,而像个殉道者一样坐在那里,诱使我错误地评价你呢?"

"看来我怎么做都不对。"他悲哀地说。

"怎么会这样?"

"毫不雅观地摔下了墙。我当时有点赶时间;对面有个相貌平平的家伙拿着枪。主要不是墙,因为墙角有一辆手推车。肋骨不太影响,但是石膏太麻烦了。它被绑得紧紧的,痒得要命。"

"你真是受苦了。很抱歉。那个拿枪的家伙后来怎么样了?"

"啊!恐怕再也不会有麻烦困扰他了。"

"如果不是你走运,你就如那个人一样永无烦忧了。"

"或许是,那我就不会再烦你了。如果我的思想跟着情感一起走,我可能会接受这种解决办法。但是我的思想考虑过我的工作,我就飞快地跑掉了,以便能活着把这件案子办完。"

"嗯,我很高兴,彼得。"

"真的吗？这表明，即使是最强大的思想也很难变得完全无情。让我想想，今天不够做我向你求婚的日子，带上几码长的石膏也玩不出花样。不过，如果你不介意的话，我想在会客厅喝咖啡，因为这把椅子像那辆小推车一样硬，刚好会碰到我受伤的那几处。"

他小心地起身。侍者来了，把哈莉叶的提包放回原处，里面还有几封信，是她出门时从邮差那里拿来的，她没顾得上看，直接塞进了提包的外口袋。温西领着他的客人走进客厅，让她在椅子上坐下，然后带着满面痛苦的表情缩在一张矮沙发的一角。

"挺难熬的，是不是？"

"挺过去就好了。很抱歉我总是表现得这么糟。当然，我这样做是有目的的，为了吸引注意，唤起同情；但恐怕小心思太明显了。你想喝酒加咖啡还是白兰地？两杯陈年白兰地，詹姆斯。"

"好的，勋爵。这是在餐厅桌子下面发现的，女士。"

"也是你掉的吗？"温西说，她接过明信片，这时候，他看到她满脸通红，厌恶地皱起眉头。"是什么？"他问。

"没什么。"哈莉叶说，把丑陋的潦草字迹塞进包里。

他看着她。

"你经常收到那种东西吗？"

"什么东西？"

"匿名的构陷。"

"现在没那么频繁了，我在牛津收到过一次，但以前每封邮件里都有。别担心，我都已经习惯了。要是来之前我看过就好了；掉在你的俱乐部里，还让侍者看到，真是太可怕了。"

"粗心大意的小家伙，是不是？我可以看看吗？"

"不，彼得，算了。"

"把它给我。"

她垂着头把它递给了他。"问问你的男朋友，汤里喜欢加砒霜吗？你给了他什么让你脱罪？"那张纸上的语句咄咄逼人。

"天哪！太可恶了！"他很生气，"看来这就是我造成的结果，我早该知道的，我不希望事情是这样的。可你什么也没有告诉我，让我只顾自己。"

"没关系，这只是后果之一，你也无能为力。"

"我可以想办法不让你接触到这些。天知道你有多想摆脱我。事实上，我觉得你为了赶走我用尽了办法，除了那一个。"

"嗯，我知道你会很烦的。我不想伤害你。"

"不想伤害我？"

她意识到，在他听来，这毫无道理。

"我是认真的，彼得。我知道我已经把能想到的难听话全说了。但我有自己的底线。"一阵愤怒忽然在她心中涌起，"我的天，在你的眼里我就是这样吗？你以为没什么事是我做不出来的，是吗？"

"你完全有理由告诉我，我在这会给你添麻烦的。"

"是吗？难道你指望我告诉你，你在损害我的名誉，而我却无可奈何？告诉你，谢谢你把我从绞刑架上救了出来，却被丢下示众？说我本是烂泥，却被捧成了百合花？我没有那么虚伪。"

"我明白了。事实是，我没有做什么，只是给你的生活平添了痛苦。还真是谢谢你没这么直说。"

"你为什么非要看它呢？"

"因为，"他划了一根火柴，护住火苗，拿向明信片的一角，"我固然能够泰然地逃离那些拿着枪的恶棍，却更愿意迎接其他的麻烦。"他把燃着的纸扔进托盘，碾碎灰烬，这使她又想起了在袖子里找到的字条。

"你没有什么可自责的——你没有告诉我这些,是我自己发现的。我承认自己失败了,现在和你道别。可以吗?"他说。

俱乐部的侍者端来白兰地。哈莉叶眼睛盯着自己的手,手指搅在一起。温西看了她几分钟,温柔地说:"别那么消沉。咖啡要凉了。毕竟,嗯,让我感到安慰的是,打败我的不是你,是命运。我的自尊完好无损,这就够了。"

"彼得,我思路混乱了。我今晚来这儿,是想要你放弃的。我宁愿自己战斗。我——我——"她抬起头来,用颤抖的声音继续说,"我要是因为那些恶棍或写匿名信的人就让你消失,那我可真该死!"

他猛地坐了起来,喜悦的惊呼在半道成了一声痛苦的呻吟。

"噢,该死的石膏……哈莉叶,你很勇敢,对吧?伸出手,我们会一直战斗到倒下。来吧!没事的。你不能在这个俱乐部里哭,这里没发生过这种事情,你这样会让我难堪,委员会就要和我吵起来了,他们可能会把女洗手间全部关闭。"

"抱歉,彼得。"

"还有,别在我的咖啡里加糖。"

晚上晚些时候,她一边用一只结实的臂膀把他从沙发深处拯救出来,一边抱怨着,扶着他去休息,在爱与绷带的痛苦中找到平衡。她这时有空想一想,如果命运会打败他们之中的一个人,那一定不是彼得·温西,他太了解摔跤运动员如何用自己的力量战胜对手的诀窍了。然而她反应过来,如果当他说"我可以走了吗"的时候,她可以坚定而亲切地回答"抱歉,这样更好",那么,事情就会有个圆满的结局了。

"我希望,"她对欧洲之旅的朋友说,"在某些事情上,他可以强硬一些。"

"可是他是这样的,"这位头脑清醒的朋友回答说,"他知道自己想要什么。问题在于,你不知道。我知道这样结束很不好受,但我不明白,为什么他要为你包揽那些你嫌恶的事情,他也并不想那样做。至于理会匿名信,真是有些荒唐。"

这位朋友话说得轻巧,因为她的生活轻快而勤劳,没有什么软肋。

"彼得说我应该找个秘书,把它们清理掉。"

"嗯,"朋友说,"不管怎么说,这个建议很符合实际。不过我想,既然这是他的提议,你总能找到别出心裁的理由拒绝吧。"

"我也不至于。"哈莉叶说,然后聘用了一位秘书。

就这样,几个月过去了。她没有再去讨论情感和思想之间的冲突。这个话题会引起一场危险的人格较量,而他的智力和自制力更强,总是能把她逼到墙角,而不暴露自己。只有用野蛮的胡搅蛮缠,她才能打破他的戒心;可她开始害怕这种冲动会让她陷入野蛮。

这段时间里,她未曾听说什鲁斯伯里学院有什么消息。只有秋季学期的一天,《伦敦日报》上有一段相当愚蠢的关于"本科女的破衣服"的报道,告知全天下,在什鲁斯伯里的方庭,有人用学生的袍子点了一堆篝火,接着,"女头头"就采取了纪律措施。当然,女人总是新闻人物。哈莉叶给报社写了一封刻薄的信,她指出,"本科生"或"女学生"都比"本科生女"更符合英语词汇的用法,而描述巴林博士的正确方法是"院长"。结果,就招来了一封以"本科女士"为开头的信,还用了"可爱的女本科生"的说法。

她告诉温西——他恰好是身边最适合抱怨的人——这种粗俗是一般男人对待女性知识兴趣的典型态度。他回答说,这种不礼貌总是让他感到恶心,但这能比用不带头衔的教名来称呼外国君主更糟糕吗?

不过,大约在春季学期结束前的三个星期,学院又有事情吸引了哈莉叶的注意力,这一次的事情更私人、更令人不安。

二月正伴着一种悲情，呼啸着进入三月，她收到了学监的一封信。

亲爱的薇恩小姐：

请问，下周四你是否能来牛津参加校长主持的新图书馆翼的开馆仪式。你知道的，这一向是正式典礼的日子，我们本来希望在学期开学时就让这座建筑投入使用。然而，由于承包商公司的一场纠纷，以及建筑师不幸生病，工期被延误了，我们就刚刚能赶上日子。事实上，一楼的室内装修还没有完成。不过，我们也不能要求奥克艾普尔勋爵改期，因为他是个大忙人；毕竟，图书馆才是最重要的，其次才是教工的住宿，不管她们多需要有家可安，可怜的人们。

我们——我和巴林博士——都特别希望你能抽空前来（当然，你的安排很满）。这里发生了一件非常不愉快的事情，我们需要你的建议。我们不是在期望侦探小说家能当警察，但我知道你参与过真正的调查，我相信在追捕罪犯方面，你知道的比我们多得多。

别以为我们会在床上被谋杀！在某些情况下，我相信一个"体面的、干净的谋杀"比我们的情况更容易处理！

情况是，我们被促狭鬼和秽语侵扰，你可以想象到，每个人都会对此感到恶心。似乎很久以前就有这样的信，但一开始没人注意。我想每个人都会时不时地收到粗俗的匿名信；有些讨厌的东西不是邮寄来的，但在这样的地方，我们无法阻止外来者把它们丢在门房，甚至是学院。但是，肆意破坏公共财产是另一回事，最近的事件太恶劣了，必须采取切实的措施。可怜的利德盖特小姐的《英语音韵学》——你见过的她正在创作这部巨作——被损毁得一片狼藉,一些重要的手稿彻底被毁了,不得不重新写作。她都要哭了,可怜人——令人担忧的是,现在看来,这一定是某个大学生干的。我们猜想某些学生一定很憎恨研究活动室——但他肯定不只憎恨——一定是走火入魔了。

我们不可能叫警察来——如果你看过那些信,你就会懂,越不张扬越好,你知道这会越描越黑。你一定注意到报纸上有一段关于去年十一月方庭燃篝火的烂俗报道。顺便说一句,我们一直没发现是谁干的;我们想当然地认为这是一个愚蠢的恶作剧;但现在大家开始怀疑,这是否都属于同一场阴谋。

因此,如果你能抽空为我们提供宝贵经验,我们将不胜感激。一定有什么办法应对——这种迫害不能再继续了。但在这样一个地方,查证是非常困难的工作,有一百五十名学生,学院日夜都是开放的。

恐怕这封信有些语无伦次,但我的感受就是如此,开幕式就要到了,一大堆入学申请和奖学金文件都像瓦隆布罗萨的落叶一样在我周身飞舞!非常希望下周四能见到你。

你真诚的,
利蒂希娅·马丁

真是棘手!这种行为对女大学生的伤害最大——不仅是在牛津,全世界都是如此。当然,任何一个团体里,都可能窝藏着讨厌的家伙;而父母们显然不愿意把年幼天真的孩子送到变态狂泛滥又没人管的地方,即使这一恶毒的阴谋没有公然造成灾难(你永远不知道人们会被逼到什么地步),但将丑闻公之于众,也不会给什鲁斯伯里带来任何好处。因为,尽管已经挖出十分之九的污泥,而关键的往往是剩下的那十分之一,仍牢牢粘在真理之井的底部。

谁比她更懂呢?看到学监的信,她苦笑了一下。"抽空为我们提供宝贵经验",是的,没错。这句话完全不知情,没料想到它会刺痛旧伤。马丁小姐自己不会想到,她的信会冒犯一位曾被指控谋杀,又无罪开释的人,而且毫无疑问,她从未想到过,向名誉扫地的薇恩小姐询问意见,就等于在谈论绞刑室里的绳子。典型的例子,这些生活范围窄小的女性学者有多不世故啊。如果学监知道,这件事不找哈莉叶谈才是最仁慈的,她一定会大吃一惊,甚至,在牛津,在什鲁斯伯里学院里——

在什鲁斯伯里学院,在华宴当天。这就是重点。她在自己袖子里找到的那封信,是放在什鲁斯伯里学院和华宴夜的。不仅如此,那张涂鸦是她在方庭里捡到的。这两件事中的一件,或者全部,都只是她自己的悲惨境遇吗?还是说,她们更倾向于与随后在学院爆发的事件联系起来?什鲁斯伯里不太可能在这么短的时间内连续出两个肮脏的疯子。但是,如果这两起疯狂的事件是同一个疯子所为,就很有隐患了,她必须不惜一切代价出面干预,至少把她知道的情况说出来。有时为了公共利益,不得不把个人感情放在一边,这件事似乎就是这样。

她不情愿地拿起电话,拨通牛津。她一边等候,一边从这个新的角度来考虑这件事。学监没有透露这些匿名信的细节,只说它们表明了对研究活动室的憎恨,而且罪犯似乎是学院的人。人们很容易把这些事情归咎于本科生,但是,学监并不知道哈莉叶知道些什么。扭曲和压抑的心灵很容易反噬,"腐坏的童贞""不正常的生活""半疯的老处女""饥渴的欲望和压抑的冲动""不健康的氛围"……她能想出一整套现成的绰号,随时都在流传。这就是山巅之塔的住户吗?它会不会像《嬉戏的风》中亚塔利雅夫人的塔一样，是沮丧、堕落和疯狂的温床？"如果你睁一只眼闭一只眼，就全身沐浴光芒"——但从生理上来说，人怎么可能只有一只眼睛呢？"你要拿那些兼具情感和思想的人怎么办呢？"这些人需要立体的视野，谁不是呢？（这是一个愚蠢的文字游戏，但颇有意趣。）那么，选择一种生活方式呢？难道为了保持理智，就必须妥协吗？这样，一个人就注定要永远陷入悲惨的内部战争中，伴随嘈杂的纷争与染血的衣服——她继而沮丧地想到了战争的后果：货币贬值、政府衰朽、风雨飘摇。

这时，电话里传来了牛津的声音，学监的声音很是激动。哈莉叶急忙表示，自己在现实生活中的侦探能力只是一种假象，然后表达了关心和同情，接着，她问了一个对她来说最重要的问题。

"信上写着什么？"

"这就是困难所在。它们大多是用报纸的碎片粘在一起的。所以，你看，无法辨认笔迹。"这似乎解决了问题，不是两个匿名者，只有一个。很好，那么：

"是只有淫秽内容，还是带着侮辱和威胁呢？"

"三个都有。用可怜的利德盖特小姐听都没听过的名字骂人——她所知道的最糟的就是复辟戏剧里的——从公开处刑到绞刑架全都威胁了一遍。"

果然就是亚塔利雅夫人的塔。"除了研究活动室，还有别人发现吗？"

"难说哇，人们又不公开讲。不过我想，有一两个学生收到过它们。"

"它们之前是寄过来的，放在门房？"

"是的。现在开始出现在墙上了，最近，还会在夜间出现在门缝。所以看起来就是学院某个大学生干的。"

"何时出现的第一封?"

"我所知道的第一封,是去年秋季学期寄给德·范恩小姐的。那是她在这里的第一个任期,她理所当然地认为有人对她怀恨在心。但不久之后又有几个人收到了,所以我们肯定不是那个原因。从前这里没有过这种事,所以目前我们打算去调查一下一年级的学生。"

不可能是这群人做的,哈莉叶想。然而,她只是说:"不要太理所当然。人们通常都很友好,直到什么事情触怒了他们。这些事情的全部困难在于,这个人在其他方面通常表现得相当正常。任何人都有可能。"

"的确,我想可能是我们中的一员。这就很可怕了,是的,我知道——老处女之类的。你每时每刻都可能与这个人摩肩接踵,真是够难受的。你觉得这个可怜的家伙知道她到底做了些什么吗?我总被噩梦惊醒,不确定自己有没有在睡梦中游荡,向人吐口水。啊,亲爱的,我为下星期担忧啊!可怜的奥克艾普尔勋爵要来为图书馆揭幕,他的靴子会踏过湿嗒嗒的毒液!万一他们给他准备了什么呢!"

"好吧,"哈莉叶说,"我想下星期我会去的。我确实不是处理这件事的合适人选,但另一方面,我觉得我应该来。我们见面时我会告诉你原因的。"

"你太好了,我相信你能给出一些建议。你应该会想看看全部匿名信的,对吗?很好。每一块碎纸片我们都会好好保存。为了更好地保存指纹,我们应该用钳子来夹吗?"

哈莉叶不确定指纹能有多大用处,但她建议,原则上应当小心些。电话另一端传来学监反复的感谢,她挂了电话,手中拿着听筒,坐了一会儿。她有没有什么可以求教温西的地方呢?有的,但她不急于讨论匿名信的话题,也不想讨论学术高塔里住着什么货色。她坚定地挂上电话,把电话推开了。

　　第二天早上醒来,她改变了主意。她说过,个人感情不应该妨碍公共事业。的确不能。如果温西对什鲁斯伯里学院有用的话,她会求助于他的。不管她愿不愿意,不管她是否要忍受他说"我早就说过了",她总要把自尊揣在口袋里,问他最佳做法是什么。她洗澡、更衣,意识到自己为真理事业的无私奉献,显得神采奕奕。她走进起居室,吃一顿丰盛的早餐,还在为自己祝贺。正当她吃完面包和果酱时,秘书来了,送来了早晨的邮件。里面有一张温西匆忙寄来的便条,是前一天晚上从维多利亚站寄来的。

> 又被一道通知拖到国外去了。先去巴黎,然后去罗马。然后上帝知道还有哪里。如果你需要我——当然不大可能——可以联系大使馆,邮局也会把皮卡迪利大街的收件转寄给我。无论如何,你会在4月1日收到我的信。
>
> 　　　　　　　　　　　　　　　P.D.B.W.

　　抓住机会要趁早。一个人很难为了牛津大学里一件隐晦又麻烦的小事,大张旗鼓地向大使馆发出信件,尤其是当他的通讯记者正忙着调查整个欧洲的其他事情。这封信一定很急,因为写得很潦草,看上去真像是在下出租车之前写的。哈莉叶好奇地想,究竟是卢里塔尼亚的王子被枪杀了,还是欧洲大陆的大骗子发动了一次新的政变,抑或是一场用死亡之光摧毁文明的国际阴谋——所有这些情形在她的小说中都很常见。不管这一切是什么,她只能一个人行动了,她得在独立的精神之中寻求慰藉。

全员监控

贞操是一幅精美的图画，正如博纳文图拉所说，它本身就是一种天赐，如果你相信天主教徒的话，它还是值得称赞的。虽然一些不便、厌烦、孤独等伴随着这些人……然而，她们是受尊重的玩物，是可以被忍受的，如果加诸婚姻中的累赘……我想，总有一天，在这么多有钱的单身汉中间，应该找一个捐助者，为年老的、衰朽的、变样的或不满的女人们建一所修道院，让她们和那些失去初恋，或流产，或愿意过单身生活的人住在一起。其余的，我说，都是受尊重的玩物，她们因贞操得到了无数的回报和无与伦比的特权。

罗伯特·伯顿

哈莉叶赶着开车去牛津，一路上冻雨瓢泼，从窗帘缝间灌进来，挡风玻璃上的雨刷动个不停。这再不济也比去年六月的那次旅行要好，但最大的变化是她自己的心境。那时，她很不情愿，很不安，如同一个回归的浪子，没有浪漫的风情，也没有丰硕的内在。现在，是学院自己毁了清誉，像请专家一样请她来，几乎不顾个人道德，只对专业技能抱有孤注一掷的信心。这倒不是说她有多关心这个问题，也不是说她很有信心来解决。但现在她已经能够把它当作一个纯粹的问题以及一项有待完成的工作。六月里，遇到路上的每一个里程碑，她都曾对自己说："还早着呢——再开三十英里，我才需要感到别扭——还有二十英里的缓冲呢——还能再拖十英里。"这一次，她显然只是急于尽快到达牛津——这样的心理状态很可能与天气有关。她顺着海丁顿山滑下去，只注意别打滑就是了；穿过玛格德林桥时，她只看到一群推自行车的人；到圣十字路大门处时，她叹了句"感谢上帝"，高兴地对看门人帕吉特说了声"下午好"。

"下午好，小姐。今天真糟。学监留了个口信，将你安排在都铎楼的客房，她出去开会了，但会回来用茶。小姐，你知道客房吗？那大概是你毕业之后有的。啊，在新桥，小姐，都铎楼和北侧楼中间，那里之前本来有小木屋，小姐，当然，现在全都没有了，你得由主楼梯上去，经过报告西厅，小姐，它以前是本科生活动室，小姐，后来开了新入口，改了楼梯，然后向右转，就在走廊的中间。小姐，你不会弄错的，小姐，如果你能在附近随便找到一个校工，她都会指给你看的。"

"谢谢你，帕吉特。我会找到的。我把车开到车库去。"

"别麻烦了，小姐，现在雨太大了，真的。待会儿我来开。车在街上不会有事的。小姐，我一会儿就把你的包拿上来。不过在帕吉特太太从食品室回来之前，我走不开，不然我一定亲自给你带路。"

哈莉叶再次表示，不用麻烦他了。

"嗯,小姐,你知道了就会找到的。就是这儿拆,那儿建,这也改,那也改,我们的许多老校友女士回来看望的时候,都会迷路。"

"我不会迷路的,帕吉特。"事实上,她毫不费力地就找到了移动楼梯旁边那间神秘的客房和已经拆了的小屋的位置。她注意到,从这里的窗户能俯瞰旧方庭,不过看不到新方庭,而且新图书馆的一大部分都被都铎楼的侧楼挡住了。

和学监一起喝过茶,哈莉叶坐在研究活动室里,参加由院长主持的研究员和导师的非正式会议。她面前的箱子里放着那堆证物——才意识到自己远远没想到会有多肮脏。她从中挑选了十五封来调查。里面有六幅画,和她在宴会那天看到的那一幅差不多。有一些信是写给研究活动室不同成员的,用各种各样刺眼的字眼告知她们,她们的罪行会暴露出来,她们不适合体面的社会,除非离开男人们,否则各种不愉快的事情都会降临。一些信件是通过邮局寄来的,另有一些是在窗台上被发现的,或是在门缝下面;所有的信都由同样的剪报字母贴在粗糙的稿纸上。另外还有两封信是寄给本科生的:一封是给一位大四学生的,她是一个很有教养、毫无锋芒的女生,正在修古典课;另一封给了弗拉克斯曼小姐,一位才华横溢的二年级学生。这一封信针对性更强,因为它提到了一个名字:"如果你还敢纠缠小费林顿。"还加了一个侮辱性的字眼,"你会更遭殃的。"

其余的证物中,先是巴顿小姐写的一本小书:《现代国家中女性的地位》。这是图书馆的馆藏,在一个星期天的早晨,有人发现它在伯利楼的本科活动室里燃烧。其次是利德盖特小姐的《英语音韵学》的校样和手稿。情况是这样的:利德盖特小姐终于把她对文本的所有修改都誊写到了最后的清样上,就把之前的改稿都销毁了。然后,她把清样和导言一起交给希尔亚德小姐,希尔亚德小姐答应帮忙核实某些历史典故。希尔亚德小姐说,她是在一个星期六的早晨收到的,并把带到她自己的房间里(她的房间在利德盖特小姐的楼上)。后来,她把这些书带进了图书馆(也就是都铎楼的图书馆,即将被新图书馆取代),她在那里对照参考书,研究了一阵子。她说,当时图书馆只有她一个人,此外,有一个她没见过的人在远处的侧厅走来走去。希尔亚德小姐把稿件留在图书馆的桌子上,到大厅去吃午饭,随后,她去河边给一群一年级的学生进行划船测试。喝完下午茶,她回到图书馆继续工作,发现桌子上的文件不见了。她起初以为是利德盖特小姐进来了,看到清样就又带走修改了,大家都知道她爱反复修改。她去利德盖特小姐的房间打听情况,但利德盖特小姐不在。她说自己有点吃惊,利德盖特小姐没打招呼就把文件都拿走了。但那时她还没有真的慌张,直到晚餐前,她又敲了一次利德盖特小姐家的门,才突然想起英语老师说过,她要在午饭前离开,到城里去住几晚。当然,她们立即展开了调查,但毫无结果。直到星期一一早晨,礼拜刚过不久,人们才发现遗失的书稿散落在研究活动室的桌子和地板上。正是派克小姐发现的,她是那天早上第一个走进房间的老师。负责清理活动室的校工确信,在礼拜之前,根本不存在这种东西;它们的出现表明,是有人从窗户扔进来的,任何人都做得到。然而,没有人看到什么可疑的东西,尽管整个学院,特别是那些迟来礼拜的学生,还有那些从窗户可以俯瞰这个活动室的学生,都受到了盘问。

找到的清样,全部被厚厚的一层墨水弄脏了。空白处的所有改动都被涂黑了,有几页上,用粗体大写字母写着侮辱性的字眼。导言已经被烧毁了,第一页清样上还贴着一张得意扬扬的字条,也是印刷字母拼贴的。

这就是星期一利德盖特小姐早餐后回到学校时,希尔亚德小姐不得不告诉她的消息。她们已经花了很大功夫,查明这些清样究竟是何时从图书馆里被取走的。远处侧厅里的人已经被找到了,原来是图书管理员巴罗斯小姐。然而,她说她没有看到希尔亚德小姐,她比她来得晚,比她早去吃午饭。她也没有看见,甚至没有注意到桌子上的那些清样。星期六下午,图书室里的人并不多。有一个学生大约三点钟的时候来查晚期拉丁语词典,在希尔亚德小姐做审阅的侧厅,她说,她把词典取下来,放在桌上看,而且她认为,如果清样一直在那里,她就会注意到它们。这个学生是沃特斯小姐,二年级修法语的学生,是肖小姐的学生。

总务长所说的情况使这件事更微妙了,她确定自己看到希尔亚德小姐是在星期一早晨礼拜前走进活动室的。希尔亚德小姐解释说,她只走到门口,以为她把长袍忘在那儿了;但她还没进去,就想起自己把它挂在了伊丽莎白女王楼的衣帽间,就没走进去。她生气地问总务长,是不是怀疑到了她身上。史蒂文斯小姐说:"当然没有,但如果希尔亚德小姐进去了,她就能看到清样是否已经在房间里了,可以为那部分调查提供人证了。"

这就是所有能找到的实质性证据了,还有,学校秘书兼财务主管艾利森小姐的办公室里,丢了一大瓶复印墨水。财务主管在星期六下午和星期天都没有进入过办公室。她只记得,瓶子在星期六一点钟的时候还在原处。她从来都不锁门,因为办公室里没有钱,所有重要文件都锁在保险箱里。她的助理不在学院住,周末也不在学校。

还有一件有关联的事情,就是走廊和盥洗室的墙上突然出现了一些难以入目的涂鸦。当然,一经发现,它们就被抹掉了,再也看不到了。

利德盖特小姐的清样被毁损了,后续又发生了这么多事情,学院自然有必要正式调查。巴林博士在整个学院发表了演讲,询问是否有人可以提供任何证据。没有人知道线索，于是，院长发出警告，不准把这些事泄露出学院，并暗示说，如果有人向校报或日报发送欠考虑的信件，就会受到严厉的纪律处分。学院也对其他女子学院进行了旁敲侧击，结果相当清楚，到目前为止，只有什鲁斯伯里陷入了这个麻烦。

由于到目前为止，未有证据表明，去年十月之前就有破坏行为，所以怀疑自然集中在一年级学生身上。直到巴林博士讲到这一点，哈莉叶才觉得有必要说出来。

"院长，"她说，"恐怕我可以排除一年级学生，实际上也包括目前的大多数在校生。"

接着，她有些惴惴不安地向与会者讲述了她在参加华夜之宴时和那以后发现的两封匿名信。

"谢谢你，薇恩小姐，"她说完后，院长说，"我真为你难过，竟会经历这些。但你提供的信息大大缩小了范围，如果罪魁祸首是参加过宴会的人，那么，一定是在现场等待答辩的那几位学生中的一个，或者是某个校工，或者——我们中的一个。"

"是的。恐怕就是这样。"老师们面面相觑。

"当然，"巴林博士接着说，"不可能是一个老校友做的，因为后来暴行还在继续；也不可能是学院外的牛津居民，因为我们知道，有人在夜里把某些信塞进人们的门缝，更不用说墙上的涂鸦了，它们都是在午夜到第二天早晨之间出现的。因此，我们必须扪心自问，在我提到的这三类人中，人数相对较少的当中，是谁有可能要对此负责呢？"

"当然，"巴罗斯小姐说，"更有可能是校工，而不是我们。我简直无法想象这个活动室里的人会做出如此令人恶心的事情。而那一类人——"

"我认为这种看法很不公平，"巴顿小姐说，"我强烈地感到，我们不应该被任何形式的阶级偏见所蒙蔽。"

"据我所知，女校工们都品行优良，"总务长说，"你可以相信，我在雇佣校工方面是非常谨慎的。洗衣服的女工和其他白天进来的人自然不会受到怀疑。另外，你们一定记得，大部分的校工睡在她们自己的侧楼里。外面的门在晚上会锁住，一楼的窗户有栅栏。除此之外，还有一扇铁门，隔开了后面的入口和其他学院。晚上只可能通过地窖到这来，但它也是锁着的。校工负责人有钥匙，嘉莉在我们这儿干了十五年了，应该是值得信赖的。"

"我一直不明白，"巴顿小姐尖刻地说，"为什么这些可怜的服务人员晚上要被关起来，好像她们是危险的野兽似的，其他人却可以自由来去。不过，照目前的情况来看，对她们也算是好事。"

"原因你很清楚，"总务长回答说，"因为商店的入口没有看门的人，而且外面的人也不难从大门爬进去。我还要提醒一点，一楼所有正对着街道或厨房院子的窗户都有栅栏，包括那些老师的窗户。至于锁住食品室，可以说，是为了防止学生们像在我的前任在任时那样洗劫食物，至少我听说是这样的。我们怎么防范校工，也怎么防范学院的师生。"

"那其他楼里的校工呢？"财务主管问。

"每栋楼里大概有两到三人住在临时宿舍，"总务长回答说，"她们都是值得信赖的女人，在我任职之前就一直为我们服务。我这里暂时没有名单，不过我想，都铎楼有三个，伊丽莎白女王楼有三四个，新方庭的四间小屋阁楼各有一个。伯利楼住的都是学生。当然，还有院长自己的勤务人员，以及与护理主管住在一起的女护工。"

巴林博士说："我将采取措施，确保我自己的人没有问题。总务长，你最好也确认一下医务室的人。而且，为了住在学院里的校工着想，她们最好也接受监督。"

"当然了，院长——"巴顿小姐气冲冲地说。

"为了她们自己的名誉，"院长轻声强调道，"我完全同意你的看法，巴顿小姐，要怀疑她们，就也得怀疑我们自己。但这就是为什么更应该立即彻底排除她们。"

"无论如何都要查清。"总务长说。

"至于监视校工或其他人的办法，"学监说，"我真的觉得，知道这件事的人越少越好。也许薇恩小姐能提出一个好建议，可以私下告诉我，或者……"

"正是，"希尔亚德小姐冷冷地说，"对谁说？在我看来，我们中间谁也不能信。"

"真不幸，的确是这样，"院长说，"我也不能例外。虽然不必说，我对学院的高级成员有充分的信心，对这个团体还是个人都是如此，但在我看来，就像校工的情况一样，为了我们自己的利益，我们必须也受到监管，这也是为了我们自己。副院长，你觉得呢？"

"好吧，至少你是没有嫌疑的。"学监说，"你是最大的受害者。"

"我们或多或少都是受害者。"希尔亚德小姐说。

"恐怕，"艾利森小姐说，"我们必须考虑到这些不幸的——嗯，啊——匿名写信人的众所周知的做法，他们给自己写信以转移怀疑。是不是这样，薇恩小姐？"

"是的，"哈莉叶坦率地回答，"从表面上看，似乎没有人会像利德盖特小姐那样对自己造成物质上的损害。但一旦我们开始区分，就没有止境了。我认为，除了明显的不在场证明以外，任何证据都不应该被接受。"

"我也没有不在场证明，"利德盖特小姐说，"星期六，直到希尔亚德小姐去吃午饭，我都还在学院。而且，午饭时间我还去过都铎楼，走之前把一本书还给了希尔佩里克小姐。那时候我从图书馆里取走手稿也不难。"

"但是清样被放进研究活动室的时候,你有不在场证明。"哈莉叶说。

"不在,"利德盖特小姐说,"甚至之前也不在。我搭早班火车来的,那时大家都在做礼拜。要做这件事,我必须迅速地跑过去,把清样扔进活动室,然后再回到自己的房间;但我想我也能做到。无论如何,我也不能被区别对待。"

"谢谢你。"院长说,"有谁还有异议吗?"

"相信大家都看法一致。"学监说,"现在还有一类人没考虑。"

"宴会日在校的学生,"院长说,"是的。怎么看待她们?"

"我记不清她们都有谁了,"学监说,"但我想大多数都是学校里的,后来就离校了。我会查看一下名单。哦,当然,还有卡特莫尔小姐,她来参加学位初试——这是她第二次参加了。"

"啊!"财务长说,"是的。卡特莫尔。"

"还有一位参加课程考试的人——她叫什么?"

"哈德森吗?她也在的吧?"

"是的,"希尔亚德小姐说,"在。"

"我想,她们现在应该上二年级和三年级,"哈莉叶说道,"顺便问一下,有人知道这封给弗拉克斯曼小姐的信中提到的'小费林顿'是谁吗?"

"这就是问题所在,"学监说,"小费林顿是——新学院的本科生,我想——刚入学的时候,他跟卡特莫尔订过婚,现在又跟弗拉克斯曼订了婚。"

"这样吗?"

"据我所知,或多或少就是因为那封信。有人告诉我,弗拉克斯曼小姐指责卡特莫尔小姐把信寄给了费林顿先生,结果那位绅士解除了婚约,将爱意转移到了弗拉克斯曼身上。"

"这可不好看。"哈莉叶说。

"确实。但我认为卡特莫尔的婚约只是家族的安排,而新婚约只不过是公开承认这一既成事实。我想,二年级的学生对这件事是有些看法的。"

"我明白了。"哈莉叶说道。

"问题是,"派克小姐说,"我们打算采取什么措施呢?我们征求过薇恩小姐的意见,我个人也同意——尤其是考虑到我们今晚了解的情况——我们需要外部人士的帮助,显然不能叫警察来。但我想问,在目前这个阶段,需要薇恩小姐亲自进行调查吗?或者,她会建议我们把这件事交给私人探员处理吗?或者有其他出路吗?"

"我觉得我的位置比较尴尬,"哈莉叶说,"我愿意提供力所能及的任何帮助;但你知道的,这种调查往往相当耗费时间,尤其是当调查人员必须独自处理的时候。在这里,人们随时随地可以出出进进,很难有效维持治安或巡逻。这需要一小队调查人员——就算把他们伪装成校工或学生,也难避免尴尬。"

"只调查信件不足以得到实质性证据吧?"派克小姐问,"就我而言,我已经准备好采集指纹,或采取任何可能必要的预防性措施了。"

"我担心,"哈莉叶讲道,"搜集指纹证据并不像书本上写的那样容易。我的意思是,我们自然可以取指纹,取研究活动室的,或许还有校工的,尽管她们不会乐意这样。但我很怀疑,像这样粗糙的稿纸能否显示出可分辨的指纹。而且……"

"再说,"学监说,"现在每个罪犯都熟知不能留下指纹,都会戴手套。"

"那么，"德·范恩小姐第一次开口，语气有点严肃，"就算我们以前不知道，现在也知道了。"

"我的天！"学监激动地叫道，"我都忘了我们都是嫌疑人了。"

"你看，我就是这个意思，"院长说，"我说过最好不要随便讨论调查方法。"

"已经有多少人接触过这些物件了？"哈莉叶问道。

"挺多的了。"学监说。

"可是能不能找找——"希尔佩里克小姐说。她是最年轻的教师，一位娇小、漂亮、胆小的年轻女子，是英语语言文学的助理辅导老师，最著名的事迹是她与另一所大学的一名大三教师订过婚。院长打断了她的话。

"希尔佩里克小姐，拜托，不应该在这里提出这样的建议。这能反而警醒罪犯。"

"这，"希尔亚德小姐说，"太令人无法忍受了。"她愤怒地看着哈莉叶，仿佛她要为这个状况负责似的；从某种意义上说，也没错。

"在我看来，"财务主管说，"我们请来薇恩小姐给大家出主意，却无法采纳，甚至都不能听听是什么。真是滑稽。"

"我们必须在一定程度上有所了解。"院长说，"你会建议我们找私家侦探吗，薇恩小姐？"

"不是普通的那种，"哈莉叶说道，"你们不会喜欢的。但我确实知道有一个机构里可以找到合适的人选，而且是最有辨识力的那种人。"

因为她记得有一位凯瑟琳·克林普森小姐，她表面上开一家打字局，实际上有效地组织着一个女性团体，负责一些稀奇古怪的小调查工作。机构是自给自足的，尽管她知道背后有彼得·温西的资助。她是这个国家为数不多的知情者。

财务主管咳嗽了一下。

"付给调查组织的费用,"她说,"在年度审计中会显得很奇怪的。"

"我想这是可操作的,"哈莉叶说道,"我与这家机构有交情。也许不需要收费。"

"不能这样,"院长说,"当然,费用是必须支付的。我很乐意自己负责。"

"那也不好,"利德盖特小姐说,"我们不希望这样做。"

"或许,"哈莉叶提议,"我可以弄清楚这笔费用的可能名目。"事实上,她根本不知道这项业务是如何运作的。

"打听一下也无妨,"院长说,"以及——"

"我可否提个建议,"学监说,"院长,我们还是把物证交给薇恩小姐吧,因为她是这个房间里唯一没有嫌疑的人。也许她可以再考虑一晚,明早再向你报告。或许不是早上,因为奥克艾普尔勋爵和开幕的事宜,不过可以在明天的某个时候。"

"可以,"哈莉叶迎向院长询问的目光,说道,"我可以这样做。如果我还能想到什么有用的办法,我都会尽力的。"

院长向她道谢。"我们都清楚,"她补充说,"现在的局面相当尴尬,我相信我们都会尽己所能地合作,弄个水落石出。我想说,无论我们的想法和感觉是什么,最重要的是,我们应该尽可能摒除我们头脑中模糊的怀疑,尤其注意我们的言辞,不要脱口就成了对其他人的控告。在这样一个紧密的团体中,没有什么比相互不信任更可怕的。我重申,我对学院的每一位资深成员都非常有信心。我将努力保持完全开放的心胸,我也将期待我所有的同事都能做到。"

老师们都答应了,会议结束了。

"哎呀!"当学监和哈莉叶走进新方庭的时候,她说,"这是我熬过的最难受的一次会议。亲爱的，你简直给我们扔了一枚炸弹！"

"恐怕是这样的。但我能怎么办呢？"

"你没别的法子。哦，天哪！院长谈论开放的心胸是很好，但想想别人怎么看待我们，简直是闹心，还有，我们自己的谈话是否听起来也很蠢。你知道，太蠢了，太可怕了。"

"我知道。顺便说一句，学监，我绝对拒绝怀疑你。你是我见过的最清醒的人。"

"这可不是开放的心胸，但还是要谢谢你的好话。人们不可能怀疑院长或利德盖特小姐，对吧？但我最好还是住嘴，我想。否则，这个无止境排除的过程——哦，上帝！看在上帝的分上，我们就不能找到一位局外人，看似有铁证如山的不在场证明，却一击即溃吗？"

"我们希望如此。当然，还需要排除那两个学生和校工们。"她们拐进了学监的房门。马丁小姐重重地拨了拨客厅里的炉火，坐在扶手椅上，盯着闪动的火焰。哈莉叶缩在沙发上，望着马丁小姐。

"听着，"学监说，"你最好不要向我透露太多你的想法，不过我们没有理由不把我们的想法告诉你，是不是？是。好的，这就是关键。这一切迫害的目的是什么？看起来不像是私怨，而是一种盲目的恶意，针对学院里的每个人。背后是什么呢？"

"嗯，可能是有人觉得整个学院伤害了她，也可能是掩藏在普遍攻击之下的私怨，或者可能只是为享受乐趣而制造混乱的疯子；这往往就是爆发的原因，如果能称之为原因的话。"

"如果是这样，那就太蠢了，就像那些乱扔家具的讨厌孩子和装鬼的仆人。说到仆人，你会觉得更可能是那个阶层的人做的吗？巴顿小姐当然不会同意。但毕竟，有些词相当粗鄙。"

"是的，"哈莉叶说，"但实际上，呃……没有一个词是我没见过的。

我相信，即使是最拘谨的人，在昏头的情况下，也可能会从潜意识中提取出特别奇怪的词汇——事实上，越拘谨越语出惊人。"

"还真是。你注意到了吗，一整串话里都没有一个拼写错误。"

"我注意到了。它可能指向一个受过良好教育的人；尽管反过来逻辑就不通了。我的意思是，受过教育的人经常故意犯错误，所以拼写错误并不能说明什么。而特意想做到没有错误，才是一件难事。我可能没有讲清楚。"

"不，说清了。一个好的拼写者可能会假装是糟糕的拼写者；但拼写不好的人是装不出好的，就像我装不出数学家一样。"

"她可以用词典。"

"但这样的话，她就得有足够的知识储备，要有较强的词典意识——用流行语说。我们的坏作者干吗全拼写对，是不是有点傻？"

"我不知道。受过教育的人常常故意拼写错；混淆简单单词的拼写，却准确写出相当难的单词。看出他们在装模作样就没么难。我想，在这件事上，他们不大会装腔作势。"

"我明白了。这是否会将校工排除在外？但可能她们的拼写比我们优秀。她们往往确实受过良好的教育，我肯定她们更讲究穿着。不过这有点离题了。当我要是跑题了，就提醒我。"

"你在说正题，"哈莉叶说道，"你所说的都完全正确，目前我看不出能够排除什么人。"

"那么，"学监问，"那些破报纸说明了什么呢？"

"这可不行，"哈莉叶说，"你真是一针见血。这也是我想知道的。"

"嗯，我们调查过了。"学监说，语气中带着满意，"自从这件事引起我们的注意——也就是说，差不多自本学期开始，我们就查了研究生和本科生活动室的所有报纸。在打浆之前，每一份都要和清单核对，确保没有任何东西被剪裁过。"

"谁来做这件事?"

"我的秘书,古德温太太。我想你还没见过她,她学期内住在学院。她是个好姑娘——确切地说,好女人。她成了寡妇,生活非常拮据,有个十岁的儿子在预科学校上学。当她的丈夫去世后——他是一名教师——她开始接受秘书培训,干得非常出色。她真是难得,是最细心、可靠的。"

"她在宴会上吗?"

"她当然在。她是——上天!你一定不会认为——亲爱的,这太荒谬了!最坦率和理智的人。她很感激学院为她找到了一份工作,当然不想冒失去这份工作的风险。"

"尽管如此,她还是会出现在嫌疑人名单上。她在这儿多久了?"

"让我看看,差不多两年了。在那之前,什么事也没有发生过,你知道,那时候她已经来了一年了。"

"但是高级活动室和住在学院的校工在这里的时间更长,大多数人都是。我们不能排除这个可能。其他的秘书呢?"

"院长的秘书——帕森斯小姐——住在院长的公寓里。总务长和财务主管的秘书都住在学院外,可以把他们划掉。"

"帕森斯小姐在这儿很久了吗?"

"四年啦。"

哈莉叶记下了古德温太太和帕森斯小姐的名字。

"我想,"她说,"考虑到古德温太太的名誉,我们最好再检查一下那些报纸。也不是因为这有多重要,而是,如果写匿名信的人知道报纸会被检查,她就不会用那些报纸了。我想她也定然知道,所以才仔细地处理报纸。"

"很有可能。真是麻烦呢，对吧？"

"那么人们的私人报纸呢？"

"嗯，当然，我们没法检查它们。我们已经尽力留意废纸篓了。就是，看看有什么被损毁的纸张，而它们都被节俭地装在袋子里，给造纸工人回收，或者跟回收旧纸张的人卖钱。帕吉特奉命检查麻袋——一项大工程。当然，既然所有的房间都有火炉，为什么还会有人在废纸篓留证据呢？"

"还有在方庭里烧袍子这件事呢？"

"那一定花了大功夫，一个人肯定是做不到的。我们不知道这是否属于同一场阴谋。星期天晚餐前，大约有十几个人把她们的袍子到处乱扔——对，她们一贯这样。一些在伊丽莎白女王楼的门廊，一些在大厅楼梯的底下，这儿那儿的。人们把袍子带来，扔下，准备晚上去教堂时穿，(哈莉叶点点头；星期日晚上七点四十五会做礼拜，这是规定，也是一种发布通告的学院会议。) 嗯，铃响的时候，她们找不到自己的袍子了，没法进教堂。大家都没怎么在意，但半夜有人看见方庭里有火，竟然是斜纹布袍子点的篝火。袍子都浸在汽油里，燃烧得十分热烈。"

"汽油是从哪儿来的？"

"是马林斯给摩托车加油用的。你记得马林斯吧？乔伊特小路的门卫，他的车停在旅馆花园的小外屋。他没有上锁——有什么必要呢？他现在锁上了，可也晚了。什么人都能把它取走，他和妻子什么也没听到，他们已经上床安眠了。篝火砰的一声在老方庭的中央燃起，把草皮烧出很难看的一大块。火焰一响，很多人都冲了出来，肇事者很可能混迹于人群中了。遭殃的是四件硕士袍，两件学者袍，其余为普通学生袍。但我不觉得这是经过特意挑选的，应该是碰巧被拿走的。"

"我想知道，在晚饭和篝火的这段时间里，这些袍子会被放在什么地方。如果有人带着一大堆袍子在学院里走动,那会很惹人注目的。"

"不,那是十一月底,天黑得透透的。袍子随便就可以被塞进一间讲堂里,等用的时候拿出来。学院当时没有正式组织搜查,那些可怜的受害者没了长袍,以为有人在开玩笑;她们非常愤怒,但也听之任之了。大多数人都只是冲过去指责她们的朋友。"

"是的,我想到目前为止,我们不能从那一事件中得到多少信息。好吧——我最好去洗漱一下,等会儿去吃晚餐。"

大厅里的这顿饭很是尴尬,谈话的内容只能在学术圈和世界大事的范围内勇往直前。大学生们笑语喧哗;笼罩在学院上空的雾霾似乎并没有影响到她们的心情。哈莉叶的目光扫视着她们。

"坐在右边桌子上的是卡特莫尔小姐吗?穿绿色连衣裙、脸上化浓妆的那位?"

"就是她,"学监回答说,"你怎么知道?"

"我记得在宴会上见过她。无往不胜的弗拉克斯曼小姐在哪儿?"

"我没看见她,她可能不在大厅吃饭。她们很多人宁愿在自己的房间里煮一个鸡蛋,这样就省得换衣服了。小邋遢鬼。那是哈德森小姐,穿着红色套头衫,坐在中间那一桌上。黑头发,角质镜框。"

"她看起来挺正常的。"

"据我了解,是挺正常的。据我了解,我们都是。"

"我想,"派克小姐无意中听到最后一句话,说道,"即使是杀人犯也和其他人没什么两样,薇恩小姐。还是说,你对龙勃罗梭提出的理论有什么看法?他的那些理论引起了不小的轰动呢。"

要聊杀人犯的问题,哈莉叶真是要感谢她了。

走出大厅,哈莉叶觉得自己有空闲了。她认为自己应该做点什么,比如采访一下谁,却又不知该从何说起。学监说自己要忙着对一些名单,但稍后会有空接待访客。在校长来访之前,图书管理员巴罗斯小姐要最后收拾一下图书馆。这一天,她大部分时间都在搬运和整理书籍,还找来了一小群学生帮忙把书放在书架上。其他许多老师提到她们有工作要做;哈莉叶觉得,有人在身旁的时候,她们似乎有些害羞。

哈莉叶逮住总务长,问她能不能弄到学院的平面图以及各个房间和住客的名单。史蒂文斯小姐主动提出帮忙,说她印象中财务主管办公室有一张。她带着哈莉叶到新方庭去拿这些东西。

"我希望,"总务长说,"你不要太在意巴罗斯小姐关于校工的那些不好的话。就我自己来说,如果可行,我十分愿意把所有服务人员都调到侧楼去,让她们洗脱嫌疑;但是那里没有留她们的房间。当然,我不介意把睡在学院的人的名单给你,而且,我当然赞成,我们应该采取预防措施。但在我看来,利德盖特小姐这件事绝对可以把校工排除掉了。她们中很少有人可能知道或在意清样,也不可能想到把手稿毁损。粗俗的信件——的确,有可能。但破坏这些清样的人是受过教育的。你不这样觉得吗?"

"我还是不要把我的想法说出来了。"哈莉叶说道。

"没错,的的确确。但我想到什么就说什么。除了你,我不会对任何人说。不过,我还是不希望把校工当作替罪羊。"

"奇怪的是,"哈莉叶说,"偏偏是利德盖特小姐被选为受害者。怎么会有人——尤其是她自己的同事——对她怀恨在心呢?这难道不像是,犯人其实对书稿的价值一无所知,而只是向世人耀武扬威吗?"

"当然,这很有可能。我得说,薇恩小姐,你今天的发现让事情变得很复杂。我承认,我宁愿怀疑校工也不愿怀疑同事,但是,当最后一个与手稿同处一室的人草率地提出那些指控时,我只能说——嗯,这太不明智了。"

哈莉叶什么也没说。总务长显然觉得她说得有些过了，又补充道："我没有怀疑任何人。我要说的是，没有证据就不应该随意断言。"

哈莉叶表示同意，她在总务长的名单上标出有关的名字后，就去找财务主管了。

艾利森小姐画了一张学院的平面图，在上面标出了人们各自住的房间位置。

"我希望这意味着，"她说，"你将亲自进行调查。我想，我们不应该为这种事情太花你的时间。但我强烈的直觉是，学院花钱雇来的侦探一定会很恼人，不管她们有多谨慎。我为学院服务已有许多年，很关心学院的利益。你知道，任何外人搅和这种事情都不大好。"

"千真万确，"哈莉叶说，"尽管如此，任何地方都可能出现心怀恶意或者精神错乱的仆人。当然，最重要的是尽快弄清谜题的真相。一两个受过训练的侦探，会比我的效率高得多。"

艾利森小姐若有所思地看着她，扶了下眼镜，上面的金链悠悠地前后晃动。

"依我看，你比较倾向于最轻松的处理办法。也许我们都是这样。但还有另一种可能性，我想提醒一下，我很清楚从你的立场来看，你是不愿意指认研究活动室的成员。但话说回来，比起外面的专业侦探，我更相信你在这种事情上的机敏。你已经很了解学院的运作制度了，这是很大的优势。"

哈莉叶说，她想当她对一切情况做过初步评估之后，就知道该提出什么建议了。

"如果，"艾利森小姐说，"你确实要进行调查，那么我提醒你，你可能会遇到一些阻力。事实上已经有了——不过我或许不该告诉你这些。"

"这得由你来决定了。"

"有人说，把嫌疑人的范围缩小到今天开会讨论的那个范围，这完全是基于你的断言。当然，我指的是你在华夜之宴找到的那两张纸。"

"好吧。难道这些都是我搞出来的吗？"

"不至于。但是你说过你自己也收到过类似的信，有人会觉得——"

"如果我收到了什么东西，我就会随身带着吗？这是很有可能的，只是这些信的风格和学院发现的非常相近。不过，我也承认，这只是我的一家之言。"

"我一点也不怀疑。她们说的是，你在这些事情上的经历——如果有的话——是一种劣势。原谅我，我不该这么说的。"

"正因如此，我非常不愿意跟调查扯上关系，这毋庸置疑。我的生活不是清白无瑕的，这是无法改变的。"

"你若是问我，"艾利森小姐说，"有些人无懈可击的生活其实也是有漏洞的。我不是傻瓜，薇恩小姐。毫无疑问，若就更大的罪恶而言，我自己的生活是无可指摘的。但在有些问题上，我希望你能比在座的某些人更保持中立。我想不需要再说更多了，对吗？"

哈莉叶的下一站是去拜访利德盖特小姐。她来的由头是问问，利德盖特小姐准备拿这些残缺的清样怎么办。她发现这位英语老师在耐心地批改一堆学生的小论文。

"请进，请进，"利德盖特小姐高兴地说，"我差不多改完了。哦，关于我悲惨的清样？恐怕它们对我没什么用处了。真的无从辨认。恐怕唯一的做法，就是再校对一遍。印刷工们一定会受不了的，可怜的家伙们。我想，大部分内容不会有太大困难。导言的草稿还在，所以不算那么糟。最严重的损失是，我最后加入的一些脚注和附录，是要反驳埃尔克巴顿先生《现代诗体》这本新书中一些我觉得相当欠考虑的表述；我把它们写在了清样的空白页上，无法挽回了，我真蠢，我得再次核对埃尔克巴顿的参考文献。真烦人，尤其是临近学期末，总是很忙。不过，我是咎由自取，没有把所有内容都记录好。"

"我想问问，"哈莉叶说道，"我是否能帮助你来整理这些清样？如果我能帮得上忙，我很乐意待上大概一星期，我习惯和校样打交道，我想，我还没全把学校所学抛下，还是可以理解盎格鲁－撒克逊和早期英语的。"

"那可真是帮了大忙！"利德盖特小姐叫道，面露喜色，"不过，这样是不是太占用你的时间了？"

哈莉叶说不会的，她的工作进度比较超前，并且喜欢在英语诗歌上花些时间。她心里想，如果她真打算到什鲁斯伯里去调查，利德盖特小姐的校样可以给她一个去学院的好借口。

这个建议暂时定下来了。至于那些暴行是谁的手笔，利德盖特小姐无从知晓。不过，不管那人是谁，这个可怜的家伙一定有精神问题。

当哈莉叶离开利德盖特小姐的房间时，遇到了希尔亚德小姐，她正从自己的寓所下楼。

"怎么样，"希尔亚德小姐说，"调查进展如何？虽然我不该问这个。你成功地在我们中间投下了引起纠纷的金苹果。不过，既然你已经习惯了接受匿名邮件，无疑是处理这种情况的最佳人选。"

"对于我的个人情况，"哈莉叶说道，"这一定程度上是我应得的待遇。但这是另一回事了，根本不是同一个问题。利德盖特小姐的书不会冒犯到任何人。"

"除了那些被她批评的人，"希尔亚德小姐回答说，"然而，实际上，我们似乎将男性排除在调查范围之外了。否则，这种对女子学院的大规模攻击，会让我想起男性对受过教育的女性通常怀有的敌意。当然，你会觉得那很荒唐。"

"一点也不。很多男人都很恶毒。不过夜里肯定不会有男人在学院里游荡的。"

"我可不敢肯定，"希尔亚德小姐说，嘲讽地笑笑，"总务长大谈大门上锁挺可笑的。一个人在大门上锁之前就躲起来，在早晨大门打开时再逃走，这是防不住的。或者干脆爬墙，是不是？"

哈莉叶认为这种想法有些牵强附会；但她更为注意的是，这番言论透露出的偏见，简直是顽固。

"我觉得这些事就该是一个男人做的，"希尔亚德小姐接着说，"因为巴顿小姐的书的遭遇，这本书是强烈支持女权主义的。我想你没有读过，也许你不会感兴趣。不然，为何要单单挑出这本书呢？"

哈莉叶与希尔亚德小姐在方庭的转弯处分手，到都铎楼去了。她很清楚谁会反对她的调查。要说有人的思想比较扭曲，希尔亚德小姐的确就很执拗。不过，仔细想想，也没有任何证据表明，利德盖特小姐的校样曾被送到过图书馆，或离开过希尔亚德小姐的手。同时，毫无疑问，星期一早上，在礼拜之前，有人看到她站在研究活动室门前。如果希尔亚德小姐真的精神错乱到这个地步，对利德盖特小姐造成了如此大的打击，那她真的要进精神病院了。但事实上，谁这样做都应该被送进去。

她走进都铎楼，敲了敲巴顿小姐的房门，进门的时候，她问是否可以借一本《现代国家中女性的地位》。

"侦探开工啦？"巴顿小姐说，"好的，薇恩小姐，书就在这儿。对了，上次你来的时候，我说了一些不当的话，我想为此道歉。很高兴，是由你来处理这件最为棘手的事情，这对你来说一定很不愉快。凡是能把公共利益置于个人情感之上的人,我都非常敬佩。这起事件十分病态——在我看来,所有的反社会行为都是病态的。但我想,还是不必走法律程序。至少,我希望不会。我非常担心这件事,它不应被诉诸法庭,因此,我反对雇佣任何类型的侦探。如果你能弄清真相,我愿意尽我所能提供帮助。"

哈莉叶向这位学者的这番话和她的书表示了谢意。

"你大概是这儿最好的心理学家了,"哈莉叶说,"你是怎么想的?"

"可能再寻常不过了:一种病态的、寻求关注和制造公众骚乱的渴望。最为可疑的就是青少年和中年人。我很怀疑是不是还有别的可能。此外,我的意思是,这些附带的污言秽语表明,她有某种性障碍。这在这类案件中司空见惯。不过,你是该寻找一个憎恶男人的人,还是一个祸害男人的人,"巴顿小姐又说,哈莉叶第一次在她身上看到了一丝幽默的影子,"那我就说不上了。"

哈莉叶在自己的屋子里整理好此行的各种收获,觉得是时候去见见学监了。她看到巴罗斯小姐也在那里,在图书馆里忙了一场之后,她一脸的倦意和灰尘。她正在喝一杯热牛奶提神,马丁小姐一定要在牛奶里加上威士忌,好为她助眠。

"作为一个老毕业生,我可真是对研究活动室有了新认识哇。"哈莉叶说,"我一直以为学校里只有一瓶烈性酒,被总务长锁着,生死攸关的时候才拿出来呢。"

"过去是这样的,"学监说,"但我越老越不在意啦。就连利德盖特小姐也储备了少量的樱桃白兰地,在节假日里喝。总务长甚至在考虑为学院储存些波尔多酒。"

"我的天哪!"哈莉叶说。

"学生是不应饮酒的,"学监说,"可我也说不准学院哪个柜子里会不会有一两瓶。"

"不管怎么说,"巴罗斯小姐说,"她们那讨厌的父母也会在家里让她们来些鸡尾酒什么的,所以对她们来说,在这里喝不了,就很可笑。"

"我们又能怎么办呢?让警察搜查她们的物品吗?好吧,我断然拒绝这样做。我们不能把这里管成监狱。"

"问题在于,"图书管理员说,"每个人都鄙视规则,要求自由,直到发生一些令人嫌恶的事情。然后,她们又开始愤怒地抱怨规矩都到哪里去了。"

"现在没办法再规定那种老旧的纪律了,"学监说,"这会很讨人嫌的。"

"现代观念认为,年轻人应当自律。"图书管理员说,"可是适用于她们吗?"

"不,她们不行,责任令她们厌烦。战前,她们还热衷于在学院会议上讨论各项事宜;现在,她们不高兴再参加了。像大学辩论和三年级剧这样的老项目,有一半都已经式微了。她们不想承担责任。"

"她们都被那些年轻小伙子吸引住了。"巴罗斯小姐说。

"什么年轻小伙子啊。"学监说,"我们读书的时候,只渴望承担责任。我们在这里求学,是为了精神境界的提升,当我们被委以重任时,这种力量就迸发出来,向人们展示自己出色的组织能力。"

"你如果要问我,"哈莉叶说,"那就是中学的过错,纪律自由什么的。孩子们对管理事务和尽忠职守都厌烦得要命;来牛津读书的时候,她们已经受够了,只想退后一步,让别人来掌管这一切。即使在我那个时候,那些来自新派共和党学校的人也不愿意上台,可怜的蠢货。"

"时过境迁了,"巴罗斯小姐打了个呵欠说,"不过,今天我确实让图书馆的学生志愿者做了不少事情。我们已经把大部分架子都放满了书,画也挂上去了,窗帘也收拾好了。看起来不错。我希望校长能留下好印象。楼下的暖气片还没有刷完,但我已经把油漆罐和其他东西都塞进柜子了,希望一切顺利。我还请了一组校工来打扫过,给明天减轻些负担。"

"校长什么时候到?"哈莉叶问。

"十二点,那时候在研究活动室有个接待活动,然后带他参观学院。之后在大厅有午宴,希望他会满意。仪式在下午两点半举行。他接着就要离开,去赶三点四十五分的火车。一个不错的人;但我受够了开幕式。从新方庭开始,一路到教堂(唱诗)、研究活动室的餐厅(与退休老师和学者的午餐)、都铎楼侧楼(与老毕业生进茶)、厨房和教工的翼楼(有皇室成员在)、疗养院(利斯特医学教授致辞)、会议室和院长的公寓,我们要为已故院长画像、威利特纪念日晷和新的大钟揭幕。现在又到图书馆了。上学期,当我们在对伊丽莎白女王楼进行整改时,帕吉特对我说:'不好意思,学监女士,小姐,您能告诉我开幕的日期吗?''什么开幕,帕吉特?'我说,'我们这学期没有什么开幕仪式。还有什么可开幕的吗?'帕吉特说:'呃,小姐,我以为这些新厕所需要,抱歉,学监女士,小姐,每次新开的地方都要办开幕仪式,我还以为那些也需要开幕,小姐,如果真有的话,麻烦早点告诉我,这样好安排出租车和停车位。'"

"多好的帕吉特啊!"巴罗斯小姐说,"他可真是学院的一道亮色。"她又打了个哈欠,"我要困死了。"

"带她去睡觉吧,薇恩小姐,"学监说,"今天先这样吧。"

书楼窄光

  他们上床睡觉的时候，里门常被猛地打开，门厅里的柜门也是如此。到处是暴力和嘈杂。一个晚上，到他们睡觉时还在壁炉旁边的椅子，全都忽然被整整齐齐地挪到了房间中间，一个漏勺被挂在满是洞的墙上，内门的钥匙挂在另一扇门上。白天，当她们坐在屋子里纺织的时候，可以看到谷仓的门时常被打开，但不知是谁。有一次，爱丽丝正坐着纺织，纺锤或者线杆儿，好几次从转盘上跳到了屋子中间……还有更多像这样离奇的事情，说也说不完。

威廉·特纳

  "彼得。"哈莉叶说。隐约听到自己的声音，她在睡意蒙眬中离开他有力的臂弯，穿过阳光斑驳的山毛榉树叶的绿色海洋，进入黑暗之中。

"哦,可恶,"哈莉叶轻声自语,"哦,可恶。我不想醒来。"新方庭里的钟有韵律地敲响了三下。

"这可不行,"哈莉叶喃喃道,"真的不行。我的潜意识里有危险的想象力。"她摸索着床头灯的开关,"一个人的梦从来不能代表一个人的真实愿望,而总是一些更糟的事情,这真是令人不安。"她打开灯,坐了起来。

"如果我真的想被彼得热情拥抱,我就应该会梦些别的什么,做牙医或园艺之类的事情。我真想知道,非要通过彼得的拥抱来象征的东西,到底是什么可怕的深渊啊。可恶的彼得!我不知道他会怎么应对这种案子。"

这使她回想起自我主义者俱乐部的那个晚上,还有那封匿名信。之后想起他对于石膏的狂怒。

"但我的心思暂时还在工作上啊……"

她想,有时人们会认为他很聪明,而他在工作时,注意力确实集中在工作上,一心一意地工作。是的。我在做什么啊,心猿意马的。这到底算一份工作,还是……?坏笔头子现在会不会正在走动,把信丢到人家门口……不过,谁的门呢?我们守不住所有的门啊……我应该靠窗坐,凝神留意院子里有什么蹑手蹑脚的人……应该有人去做——但谁值得信任呢?此外,教师有她们的工作要做;她们不能白天工作晚上守夜。这个任务……专注于工作……

她现在下了床,将窗帘拉到一边。无月的夜,什么也看不见。甚至也没有熬夜赶论文的灯光。

在这样的黑夜里,任何人都能到处走动,她想。她甚至看不清右边都铎楼顶的轮廓,也看不清左手边从侧楼后面探出的新图书馆的黑色楼房。

图书馆，空无一人。

穿上晨袍，她轻轻地打开了房门。天寒地冻的。她找到墙上开关，沿着侧楼的中央走廊走去，经过一排门，屋内的学生们正在睡觉，不知在梦些什么——考试、运动、大学生、聚会，这一切奇奇怪怪的事物都可以归结为"活动"。她们的门外放着一堆堆脏兮兮的餐具，等校工收走清洗，还有鞋子。门上挂着名片，上面写着：布朗小姐、琼斯小姐、科尔伯恩小姐、斯雷波斯基小姐、艾萨克森小姐——这么多陌生的人名，这么多要做人妻和人母的人，或者这么多未来的历史学家、科学家、教师、医生、律师，总有更为倾向的职业。过道尽头有一扇大窗，上下敞开，通风很好。哈莉叶轻轻地掀起下方的纱窗，哆嗦着向外张望。

她突然意识到，不知是有原因还是出于直觉，她恰好望向图书馆。新图书馆应该很黑才对，可它不是，一扇长窗，被一道窄窄的光自上而下划开。

哈莉叶飞快地思考着，如果这是巴罗斯小姐，做着她正当的准备工作（虽然是在一个不合理的、牺牲自我的时段），她为什么还要费劲拉上窗帘呢？这些窗户上安了窗帘，因为朝南的图书需要保护，以防强光照射。但对于图书管理员来说，要在三月的一个黑夜里隐蔽自己做正常的工作，是很荒谬的。学院领导并没有那么神秘，一定有什么事情发生。是应该自己去调查，还是去找其他人呢？

有一件事是明白无误的，如果帘子后面是研究活动室的成员，带一个学生来撞破就不明智了。哪些老师在都铎楼住呢？哈莉叶没看名单，就想起巴顿小姐和希尔佩里克小姐在那里有房间，不过是在楼的另一边。无论如何，这是一个调查她们的机会。哈莉叶临走前看了一眼图书馆的窗户，迅速回到自己在桥楼的房间，进入主楼。她抱怨自己没带手电筒，笨手笨脚地摸索开关，耽误了时间。沿着走廊，走到楼梯口，向左转。那层楼不住教师，一定是楼下。后退，下楼梯，再向左转。楼道的一串灯都在她身后亮起，不知道这些亮光会不会引起其他楼栋的注意。最后，她左边的一扇门上出现"巴顿小姐"的名牌。门开着。

她重重敲门，迈步进去，客厅里没有人。继续向前，卧室的门也开着。"哎呀！"哈莉叶说，"巴顿小姐！"没有回答，她往里望，发现卧室和客厅一样空无一人。被子是翻开的，应该在床上睡过，但是睡觉的人已经起身离开了。

想到一个合理的解释还是很容易的。哈莉叶站了一会儿，沉思着，然后想起房间的窗户正对着方庭。她拉开窗帘，向黑暗中望去。那道光依然在图书馆的窗户中；但就在她看的那一刻，灯灭了。

她跑回楼梯脚下，穿过门厅，这栋楼的前门半开着，她拉开门，跑了出去，穿过方庭。她奔跑的时候，前方似乎出现了什么东西。她朝它走去，慢慢接近它。它紧紧地抓住了她。

"是谁？"哈莉叶狠狠地问道。

"你又是谁？"

那只手松开了，哈莉叶的脸被手电筒照亮。

"薇恩小姐！你在这儿做什么？"

"是巴顿小姐？我正在找你。我看到新图书馆有灯光。"

"我也是。我到那儿想调查，发现门是锁着的。"

"锁的？"

"而且钥匙还在里面。"

"有没有别的办法可以进去？"哈莉叶问。

"是的，当然有。我应该想到这一点，穿过大厅，经过小说图书室。一起走！"

"等一等,"哈莉叶说道,"不管那个人是谁,她可能还在里面。你盯着大门,别让她从那里出去。我来穿过大厅。"

"很好,好主意。来!你没有手电筒吗?最好拿上我的。开灯会浪费时间。"

哈莉叶拿起手电筒,边跑边使劲想,巴顿小姐的话似乎是可信的,她中间醒了(什么原因呢?),看见了灯光(很可能她睡觉时没有拉住窗帘),就出去看,而那时哈莉叶正在楼上跑来跑去,找她要找的房间。与此同时,图书馆里的那个人要么已经完事了,要么可能偷瞄到都铎楼的灯亮了,吓了一跳,把灯关了。那个人没有从正门出去;当巴顿小姐和哈莉叶在院子里撞到的时候,她要不然就藏在大厅和图书馆翼楼中间的什么地方,要不然就是悄悄从大厅的楼梯溜走了。

哈莉叶找到了大厅的楼梯,向上走,尽量少开手电,把灯光调低。她强烈地感觉到,她正在追捕的那个人就算没有疯掉,也——必然——精神不正常,可能会从黑暗的角落里给她狠狠一击。她走到楼梯口,推开那扇摇摇晃晃的双扇玻璃门,通往大厅和食品室之间的走廊。就在这时,她听见前面似乎有窸窸窣窣的跑动声,几乎同一时间,她看见了手电筒的亮光。右边应该有一个双向开关,就在门后。她找到了它,按了下去。灯光闪动一下,就变黑了。保险丝断了?她嘲笑自己。当然不是,走廊另一端的那个人与她同时按下了开关。她又按了一下开关,走廊里亮起了灯。

在她的左手,她看到了通向大厅的三扇门,中间是食品窗口;右边是过道和厨房之间很长的白墙;在她前方,走廊的尽头,靠近食品室的门,站着一个人,一只手捂着身上的晨袍,另一只手拿着一个大罐子。

哈莉叶迅速地走向这个幽灵,对方温顺地迎向她。他看起来似乎有些眼熟，不一会儿她就认出来了，原来是晚宴上的三年级学生哈德森小姐。

"这么晚了，你究竟为什么在这儿？"哈莉叶厉声问道。她倒没有什么特别的权力去询问学生们的行动，而且她也觉得自己穿着睡衣，裹着毛织的晨袍，没有什么尊严或权威可言。果然，哈德森小姐在凌晨三点被一个陌生人这样搭话，看上去吃了一惊。她盯着她，说不出话。

"为什么我不能在这儿？"哈德森小姐最后挑衅地说，"我不知道你是谁。我和你一样有权利到处走动……哦，天哪！"她又说道，大笑了起来，"我想你是校工吧？你不穿制服我都认不出来了。"

"不，"哈莉叶说，"我是一个老校友了。你是哈德森小姐，对吗？但是你的房间不在这里。你去过食品室吗？"她盯着罐子，哈德森小姐脸红了。

"是的——我想要些牛奶。我有一篇论文要写。"

她说起这件事，就好像自己做了丑事一样。哈莉叶咯咯地笑了。

"还和以前一样，是吗？嘉莉和我们那时候的阿格尼斯一样心软。"她走到食品室的门口，晃了晃，但是门锁着，"不，她显然不是。"

"我请她留着门，"哈德森小姐说，"但我想，她忘了。拜托，别出卖嘉莉。她人很好。"

"你很清楚，嘉莉是不应该留门的，你应该在十点钟以前拿牛奶。"

"我知道。但人们并不总是知道自己何时需要。我想，您在校的时候也干过同样的事吧？"

"是的，"哈莉叶说，"好吧，你还是赶快走吧。等一下，你什么时候来的？"

"和你前后脚。"

"你遇到什么人了吗？"

"没有。"哈德森小姐显得很惊慌,"怎么?出了什么事吗?"

"据我所知没有。去睡觉吧。"

哈德森小姐逃了出去,哈莉叶试了试食品室的门,那扇门和那些窗都锁得紧紧的。她继续向前,穿过那间空无一人的小说图书室,把手放在通往新图书馆的橡木门把手上。

门推不动,锁孔里没有钥匙。哈莉叶环顾小说图书室,窗台上放着一支细铅笔,旁边放着一本书和几张纸。她把铅笔插进钥匙孔,没有遇到阻力。

她走到小说图书室的窗前,把它推上去。窗户对着一个小凉廊的屋顶。这个捉迷藏只有两个人玩是不够的,她把一张桌子拉到图书室的门口,这样,如果有人想从她背后走出去,她就会发现;接着,她爬上凉廊的屋顶,俯身看向阳台下方。她看不清下方,但还是从口袋里拿出手电筒,用它打了个信号。

"喂!"巴顿小姐在下方小心翼翼地回应。

"另一扇门锁着,钥匙也不见了。"

"太尴尬了。如果我们谁走掉,那个人就会趁机出来;如果我们大声呼救,就会引起骚动。"

"差不多会是这样。"哈莉叶说道。

"好吧。这样,我试着从一楼的窗户进去。它们好像都拴上了,不过我或许可以打破一块窗格。"

哈莉叶等待着,不久她听到轻微的叮当声,接着是一阵沉寂,又过了不久,就听到了窗框移动的声音,然后又没有声响了。哈莉叶回到小说图书室,把桌子从门口拉开。过了大概六七分钟,她注意到门把手动了,橡木把手另一边有人敲门。她俯下身听着钥匙孔,喊道:"怎么啦?"

"这儿没人,"另一边传来巴顿小姐的声音,"钥匙被拿走了。这里一片狼藉。"

"我这就来。"

她匆匆返回,穿过大厅,绕到图书馆前面。她看到巴顿小姐打开的那扇窗户,便爬了进去,顺着楼梯进了图书馆。

"哎呀!"哈莉叶说。

新图书馆宽敞、美观,南面有六个隔间,许多落地窗,可以保证采光;北面的墙没有窗户,有十英尺高的架子。墙的上方是空白的,将来有一天,如果书架上的书放满了,就可以利用这个空间。巴罗斯小姐和她的小帮工们用一些版画做了装饰,这些画是学术机构都会有的,有帕特农神庙、斗兽场、图拉真记功柱和其他古典时代的地域。

房间里所有的书都掉了出来,砸在地上,是直接把书架推倒了。那些画被扔了下来,露出空白的墙面,还装饰了一列粗鄙的棕色涂鸦和一英尺高的题字,都是些极不体面的话。在废墟中,有一架图书馆的梯子和一罐插着宽刷子的油漆,在耀武扬威地宣示这些变动是怎么完成的。

"全都毁了。"哈莉叶说道。

"是的,"巴顿小姐说,"真是能好好接待奥克艾普尔勋爵了。"

她的声音阴阳怪气的——几乎是满意的。哈莉叶敏锐地看向她。

"你打算怎么办?应该做什么?拿个放大镜去看看吗?还是叫警察来?"

"都不是。"哈莉叶说道,接着思考了一会儿。

"第一件事,"她说,"就是请学监过来;第二,是查找原始钥匙或者备用钥匙;第三,在别人看见之前把这些肮脏的涂写清理干净。第四,是赶在十二点以前把图书室收拾好。时间来得及。请你把学监叫醒,带她过来可以吗？我现在会在周围查看有没有线索。我们稍后再讨论是谁干的，以及她是怎么逃出来的。请尽快。"

"嗯！"这位学者说，"我喜欢有决断的人。"她走得出奇的快。

"她的晨袍上满是油漆，"哈莉叶心里的声音大声说，"但可能因为她是爬进去的。"她下了楼，检查了一下开着的窗户，"对，她是从这里爬过还没干的暖气片，我想我也被沾上了，没错，我也是。无法确定是不是从这里沾上的。潮湿的脚印，她的和我的，没问题。等一下。"

她顺着那些湿漉漉的痕迹一直走到楼梯顶上，在那里，这些痕迹渐渐淡去了。她没有找到第三个人的脚印，但是入侵者的脚印可能晾干了。不管是谁，最迟一定是在午夜后不久就开始行动了。油漆溅得到处都是，如果能在整个学院搜查沾染油漆的衣服就好了，但这会引起一场巨大的丑闻。哈德森小姐——她身上有沾到油漆吗？哈莉叶觉得没有。

她又看了看四周，突然意识到她把灯开得很大，窗帘也大开着。如果有人从对面其他楼看过来，这个房间简直就是一个灯火通明的舞台。她迅速关灯，小心地拉起窗帘，再重新开灯。

"啊，"她说，"我明白了，就是这样做的。那个人干坏事时拉上窗帘，然后灯熄了，窗帘打开了，那位行家逃走，把门给锁上。早上，从外面看，一切都一如往常。谁会是第一个进来的人呢？早来的校工吗，做最后一次清洁？那时她会发现门是锁着的，以为是巴罗斯小姐锁上的，就很可能不理会了。巴罗斯小姐可能会先上来，在什么时候呢？刚刚做完礼拜，或者在礼拜之前？她可能就不进去了，找钥匙会浪费时间。就算真有人能进来，要收拾这个烂摊子也太晚了。人们都到场了，而校长？巴罗斯小姐会是第一个上来的，昨天她也是最后一个走的，是最清楚颜料罐放在哪里的人。她会不会砸了自己的劳动成果，就像利德盖特小姐毁掉自己的书稿一样呢？这听起来也太离谱了吧？一个人有可能会破坏世界上的一切，除了自己的作品。可是另一方面，如果一个人足够狡猾，知道人们通常就是这样想的，那么她反倒会做好自己的作品要被毁掉的准备。"

哈莉叶在图书馆缓缓走动。镶木地板上洒了一大块的油漆，而在它边缘——啊，是的！在这个地方或许可以搜寻到沾有油漆的衣料。不过从脚印看，罪犯没有穿拖鞋。她为什么非要穿什么呢？这一层的暖气开得很足，不穿衣服又聪明，又舒适。

那人是怎么逃走的呢？哈德森小姐（如果她可信的话）和哈莉叶在上来的路上没有遇到任何人。但熄灯之后，那个人还有足够的时间跑掉。如果身影鬼鬼祟祟地从大厅的拱门溜走，从远处的老方庭是看不见的。或者说，当哈莉叶和哈德森小姐在走廊里谈话的时候，很可能有人潜伏在大厅。

"我失算了，"哈莉叶说道，"我应该打开大厅的灯确认一下。"

巴顿小姐和学监一起走了进来，学监看着周围，惊呼道："天哪！"她梳一条红色马尾辫，穿着一件蓝色的绗缝睡衣，上面爬满了绿红相间的龙，看起来活脱脱一个中国官吏。"我们真傻，居然想不到会有这种事。当然，就是这么干的！如果我们考虑周全，巴罗斯小姐就可以在走之前把门锁好了。我们现在怎么办呀？"

"我的第一反应，"哈莉叶说道，"是用松节油。第二是找帕吉特。"

"亲爱的，太有道理了。帕吉特应付得来，他很靠谱，他就像慈善家，从不让我们失望。真幸运，是你们看到了这一切。等我们把这些恶心的字清理干净，可以刷上一层速干水粉，或者用墙纸来贴住，然后——哎呀！我不知道从哪里找松节油，除非油漆匠能剩下很多。我们需要一小缸比较新的。不过帕吉特能应付的。"

"我去把他叫来，"哈莉叶说，"同时，我要叫来巴罗斯小姐。我们得把这些书放回原处。现在几点？差五分钟四点，我想可以搞定的。你能在我回来之前守着这里吗？"

"好的。现在正门开着。还好，我有一把备用钥匙，一把漂亮的镀金钥匙——准备给奥克艾普尔勋爵开门的。但我们得找个锁匠去开另一扇门，除非建筑工还有备用的钥匙。"

在这个非凡的早晨里，最非凡的是帕吉特的沉着冷静。他穿着一件好看的条纹睡衣，应召而来，极其沉稳地接受她的指令。

"帕吉特，学监很遗憾地告诉你，有人在新图书馆里玩了一些讨人嫌的把戏。"

"真的吗，小姐？"

"整个房间都被翻了个底朝天，墙上都是歪七扭八的下流涂鸦。"

"太不幸了，小姐。"

"棕色的油漆。"

"这真尴尬，小姐。"

"我们需要立刻清理干净，免得被人看见。"

"放心，小姐。"

"然后我们得找个刷墙工人或别的什么人，赶在校长来之前贴上墙纸或者擦干净。"

"没问题，小姐。"

"你觉得你能行吗，帕吉特？"

"交给我来办吧，小姐。"

哈莉叶的下一项任务是去找巴罗斯小姐，她听到这个消息后，大叫着表示不满。

"太可恶了！你的意思是说，所有书都得再整理一遍吗？现在？

哈！上天，是的——我想是没有办法了。幸亏我没有把乔叟的作品和其他贵重书籍放在陈列柜里，上帝！"

图书管理员爬下床。哈莉叶看到了她的双脚，都很干净，但是卧室里有一股怪味。过了一会儿，她顺着气味走到水盆的附近。

"啊——那是松节油吗？"

"是的，"巴罗斯小姐回答道，费劲地穿好袜子，"是我从图书馆带回来的。我移动那些油漆罐的时候，手上沾了油漆。"

"我希望你能借给我。我们刚才没办法，就从潮湿的暖气片上爬进了窗户。"

"好的。"

哈莉叶困惑地走了出去。为什么巴罗斯小姐要费事把罐子带到新方庭呢？她本可以当场就把油漆都清理掉的。而她很清楚，如果有人在犯案时被打断了，又想清理脚上的油漆，那除了抓起罐子逃走之外，别无他法。

然后她有了另一个想法。那个罪犯不可能光着脚离开图书馆，她会再次穿上拖鞋，如果沾上油漆的脚又穿上拖鞋，那拖鞋上应该有油漆的痕迹。

她回到自己的房间，更好衣，然后返回新方庭。巴罗斯小姐走了，她的卧室拖鞋放在床边。哈莉叶仔细地从里到外检查了一遍，上面一点油漆都没有。

哈莉叶再次折返，赶上了帕吉特。他不慌不忙地穿过草坪，两只手各拿着一大罐松节油。"大清早的，这是从哪儿弄来的，帕吉特？"

"啊，小姐，马林斯骑上他的摩托车，敲一个熟人的门，那人住在自己的油漆店里，小姐。"就这么简单。

过了一段时间，哈莉叶和学监穿着得体的长袍，穿过伊丽莎白女王楼的东侧,前面是帕吉特和装修工头。

她们听到帕吉特说:"年轻女士就像年轻绅士一样,会尽情地寻欢作乐。"

"当我还小的时候,"工头回答说,"年轻的女士就是年轻的女士,年轻的绅士就是年轻的绅士。如果你明白我的意思。"

帕吉特说:"这个国家需要的就是,希特勒。"

"对,"工头说,"让姑娘们待在里面。你这工作真有意思,伙计。管一群小母鸡之前,你做什么的?"

"在动物园帮忙喂骆驼,也是挺有意思的活计。"

"那怎么不干了?"

"败血症。我的胳膊被一头母骆驼咬了。"帕吉特说。

"啊!"工头说。

等到奥克艾普尔勋爵来的时候,图书馆已经没有有污慧眼的地方了,只有上方有些潮湿和条痕,因为新墙纸晾得不均匀。玻璃已经打扫干净,地板上的油漆污迹也清理干净了;从储藏室里翻出的二十幅古典雕像的照片,替换了罗马圆形大剧场和帕特农神庙。书籍重归书架,陈列柜里恰到好处地摆着乔叟的对开本、莎士比亚的第一版的四开本、凯尔姆斯科特出版的三本莫里斯、签名版《有产者》和什鲁斯伯里伯爵夫人的刺绣手套。

学监在校长身边打转,像一只护着小鸡的母鸡,忧思劳苦,生怕什么不雅的东西从餐巾中落下来,或者从长袍的皱褶里意外地飞出来。午宴后,在研究活动室里,她从口袋里掏出一叠纸片,迷惑不解地皱眉翻看,她紧张得几乎把糖罐子都弄翻了。结果,其实她只是把一句希腊引文放错了地方。院长虽然知道图书馆的事件,但仍然如往常一般自若。

哈莉叶不知道这边的情况。在装修工完工之后，她整个休息时间都待在图书室，注视着来往人群的一举一动，看她们有没有见不得人的举动。

不过，学院那位促狭鬼在这里显然展不开拳脚。这位自封的调查员面前端来了一份冷餐，一张餐巾盖在上面，餐巾下面除了一盘火腿三明治，和其他无害的东西之外，没有掩藏什么。哈莉叶认出了这位校工。

"是安妮，对吗？你现在是厨房的员工吗？"

"不，夫人，我在大厅和研究活动室服务。"

"你的两个小女儿怎么样了？我记得利德盖特小姐说过你有两个小女儿。"

"是的，夫人。你真好。"安妮喜笑颜开，"她们很好呢。牛津适合她们，好过我们之前住的那个制造业城市。你喜欢孩子呀，夫人？"

"啊，是的。"哈莉叶说道。其实，她并不太关心孩子；但是，对那些拥有宝贝孩子的人，又不能直接这么说。

"夫人，你应该结婚，就可以有小孩啦。哎呀！我不该说这些——这不是我该说的。但是，看到这么些未婚的女士住在一起，我觉得很可怕。这事并不正常，不是吗？"

"好吧，安妮，那得看你的口味了。你必须等到合适的人。"

"那倒没错，夫人。"

哈莉叶突然想起安妮的丈夫是个古怪的人，或者自杀了，或者遭遇不幸，她不知道自己这些寻常话是否得体。但安妮似乎挺高兴的，她又笑了起来，她有一双大大的、浅蓝色的眼睛，哈莉叶心想，在她变得瘦削和劳碌之前，一定是个美丽的女人。

"一定有属于你的那一位——也许你订婚了，要结婚了？"

哈莉叶皱起了眉头。她对这个问题没什么特殊兴趣，也不想和校工袒露私事。但是提问的人并不是无礼的，所以她愉快地回答说："现在还不行；但你也料不到。你觉得新的图书馆如何？"

"这图书室真漂亮，是吧，夫人？但这么大的地方只留给女人读书，似乎太可惜了。我不知道女孩们端着书有什么用处。书本教不了她们怎么当好妻子。"

"这个看法很可怕呢！"哈莉叶说，"你为什么在女子学院工作呀，安妮？"

校工一脸忧伤："唉，夫人啊，我也有过不幸。我是知足常乐的。"

"是的，当然了；我只是开个玩笑。你喜欢这份工作吗？"

"不错的。但有些聪明的女士会有点古怪，你不觉得吗，夫人？我是说，很有趣。她们不通人情。"

哈莉叶想起了她和希尔亚德小姐曾有过误会。

"哦，不，"她轻快地说，"当然，她们都是大忙人，没有多少时间关注外面的世界。不过她们都是心善的人。"

"是的，夫人，我相信她们是好人。但我总是想起《圣经》里说的'学问多，人疯魔'，这是不对的。"

哈莉叶敏锐地抬起头来，发现校工眼中神色古怪："这话是什么意思，安妮？"

"没什么意思，夫人。有时会发生些可笑的事情，当然，你是来做客的，不应知道这些，我也没有资格提起——如今我只是个仆人。"

"当然了，"哈莉叶有所警觉，"我不会向外面的人或者宾客提你说的那些事情。如果你有什么意见，可以去找总务长或者院长。"

"我没有什么意见啦，夫人。不过，你也许听说了有人在墙上写粗话，还有方庭烧东西的事情——嘿，都上报纸了呢。你会发现，夫人，这些事都是在某个人进了学院之后才有的。"

"是谁?"哈莉叶严肃地问。

"其中一位有学问的女士,夫人。好吧,或许我不该再多说什么了。你写侦探小说吧,夫人?你会发现那位女士是有一些过去的,一定会发现什么的。至少,很多人是这么说的。跟这种女人在一起,对谁都不是好事情。"

"你一定是搞错了,安妮,最好不要这样散布谣言了。现在,你最好还是回大厅吧,我想她们正需要你呢。"

原来仆人们是这么议论的。当然是德·范恩小姐了,她是那位"有学问的女士",她来的时候恰是骚乱肇始——时间吻合到连安妮自己都不知道,除非她也看到了华夜之宴上的那幅涂鸦。一个有趣的女人,德·范恩小姐,毫无疑问,在那双令人不安的眼睛后面隐藏着不简单的经历。但是,哈莉叶倒有点喜欢她,她当然没疯到如"坏笔头子"那样;不过,倘若知道她会在某方面有些狂热,也不足为奇。还有,她前一晚在干什么?她目前在新方庭有房间,应该不大可能为她找到不在场证明了。德·范恩小姐——好的!对她与其他人要一视同仁。

图书馆开幕进展顺利。校长用镀金的钥匙打开了大门,没有意识到前一天晚上在奇怪的情况下,正是这把钥匙打开了大门。哈莉叶仔细地观察着聚集在一起的教师与教工们的神情:看着图书馆气派地被打开,没有人面露惊讶、愤怒或失望的神色。哈德森小姐也在,看起来心情愉悦,没什么烦忧。卡特莫尔小姐也在,像是哭过一般;哈莉叶注意到,她一个人站在角落,没有和人讲话,直到仪式结束时,人群中一个戴着眼镜的黑皮肤姑娘冲她走了过去,她们就一起走开了。

那天晚些时候,哈莉叶去找院长,向她汇报。她指出,独自应对前一夜那样的突发事件很有难度,如果可以有几个在方庭和通道仔细巡逻的助手，或许就抓住罪犯了；不管怎样，都能早些锁定那些嫌犯。她强烈建议从克林普森小姐的机构招募一些女性，就是她之前介绍过的那个机构。

"我了解了，"院长回答道，"但据我所知，至少有两名研究活动室的成员强烈反对这样做。"

"我知道，"哈莉叶应声说，"艾利森小姐和巴顿小姐。为什么呢？"

"我也在想呢，"院长没有正面回答，她继续说，"这件事肯定不好办。学生们会怎么看待这些晚上在校园里徘徊的陌生人呢？她们会想知道，为什么我们自己不能够承担起警察的职责，我们几乎无法透露，我们甚至是受怀疑的对象。而要达成你说的这些任务，就需要相当多的人手——如果要守住整个要地。可是这些人对大学生活一无所知，会跟踪错或者问错人的。真不晓得，我们怎么才能避免恼人的丑闻和抱怨。"

"这些我都明白，院长。但不管怎样，这是最快的解决办法。"

院长低下头，看着她手头正在织的漂亮挂毯。

"我知道这样做很不理想。我知道你会说，整件事都很不理想。我完全站在你这一边。"她抬起头来，"我想，薇恩小姐，你自己不能抽出时间来帮我们吗？"

"我可以抽出时间的，"哈莉叶缓缓地说，"但如果没有人相助，就很难。哪怕有一两个人没有嫌疑也好得多。"

"巴顿小姐昨晚帮了你很大的忙。"

"是的，"哈莉叶说，"可是——怎么讲呢？如果我要写一篇关于这件事的报道，第一个到现场的人就会是第一个受到怀疑的。"

院长从篮子里选出一根橙色的线，认真地穿了进去。"请你解释一下好吗？"

哈莉叶仔细解释了。

巴林博士说："你说得很清楚，我完全理解。那么，这位学生，哈德森小姐呢。她的解释似乎不太理想，她不能指望自己在那个时候从食品室买到吃的；也确实没买到。"

"是的，"哈莉叶说，"可我自己清楚，我们那时候，和校工说一声，让她夜里留着食品室的门，也不算难事。那样，如果有人熬夜写论文或者做其他事情，肚子饿了，就可以拿到自己想要的食物。"

"天哪。"院长说。

"我们很诚实的，"哈莉叶说道，"会把账目都记上，在学期末的时候，账单上会有这些的。不过，"她又想了想说，"肯定少写了些冷肉和烤肉酱。所以——我看哈德森小姐的解释还算过得去。"

"实际上，窗口是锁着的。"

"是的，没错。而且，我已经见过嘉莉了，她向我保证，是昨晚十点半上锁的。她告诉我，哈德森小姐的确让她留着门，但她说自己没有这样做，因为就在昨天晚上，总务长已经给出了特别指示，要求食品室的门和窗口都要锁好。毫无疑问，那是在会议之后说的。她还说这学期她比以前更警惕了，因为上学期也在这种事情上遇到过麻烦。"

"好吧——我看不出有什么证据说明哈德森小姐有罪。我觉得她是个相当活泼的姑娘，所以最好还是注意一下她。她能力出众；不过，之前的行为有点欠家教，我敢说，她甚至有可能把那些出现在——呃——通讯中的那些混账看成一个玩笑。我告诉你这些，并不是要对那姑娘有什么偏见，只是希望能有点参考价值。"

"谢谢你。好的，那么，院长，如果你觉得不可能找外人帮忙，我觉得我应该在学校待上几个星期，表面上是帮利德盖特小姐校对，同时也在图书馆做些自己的研究；实则继续调查。如果到学期末，还没有决定性的进展，我真的觉得我们得面对聘请专业人士的问题了。"

"你的建议非常慷慨。"院长说,"我们大家都会非常感激你的。"

"我应该提醒你,"哈莉叶说道,"有一两个高级成员不认可我。"

"这可能会造成一些阻力。但如果你愿意为了学院的利益,忍受这种不愉快,那只会增加我们的感激。避免曝光的重要性,我再怎么强调也不为过。没有什么比报刊上充满恶意、胡编乱造的流言蜚语更损害学院和大学女生的名誉了。到目前为止,学生们似乎都很忠诚。如果她们中有谁走漏风声,我们现在肯定已经知道了。"

"弗拉克斯曼小姐在新学院的那个未婚夫如何?"

"他和弗拉克斯曼小姐都表现得很好。起初,这自然被当成单纯的私事。事态发展到这个地步,我和弗拉克斯曼小姐谈过,她向我保证,她和她的未婚夫将对此事保密,直到这件事得到妥善解决。"

"我知道了,"哈莉叶说道,"好的,我们必须尽力而为。我想提一个建议,有的通道的灯晚上应该开着。在灯光里巡视这么大一片建筑已经够难了,在黑暗中就更加做不到了。"

"这很合理,"巴林博士回答说,"我会跟总务长说的。"虽然这些安排不够理想,但哈莉叶也只好答应了。

东墙暗影

> 哦,我亲爱的克洛莉斯,不要悲伤,
> 也不要被复仇女神吓倒,
> 就让这些蠢女人发疯吧,
> 她们陷入地狱般的自负;
> 不要堕落了你高贵的思想
> 她们的爱如此低微,
> 谁也劝告不了她们,
> 上帝也无法纠正。
>
> 迈克尔·德雷顿

知名侦探小说家哈莉叶·薇恩小姐在学院逗留几个星期,在牛津大学研究谢里丹·勒法努的生平和作品,什鲁斯伯里学院上下并未太关注此事。这个借口已经够好了，哈莉叶的确是在查找勒法努的研究资料，只不过不怎么着急，尽管博德利图书馆不一定是理想的资料来源。这样，她就有理由待在这儿，牛津大学也愿意相信这一点，因为博德利就是学者的宇宙中心。她在学术期刊中找到了足够多的参考文献，可以愉快地应对关于研究进展的善意询问。其实，为了弥补每夜在走廊里蹲点少睡的觉，她白天在杜克·汉弗莱公爵[1]的怀抱里睡了不少，一定不止她一个人知道，图书馆里的旧皮革沙发和暖气很适合入睡。

  这段时间，她又花了好几个小时整理利德盖特小姐乱七八糟的书稿。引言重写了一遍，将被抹去的段落从作者广阔的记忆中搜寻了回来；损毁的纸页更换为新的清样；交叉引用中删改了五十九处错误和模糊的内容；对埃尔克巴顿先生的反驳被加入正文，措辞更为有力；出版社的负责人开始充满希望地商量成书日期。

  或许是因为哈莉叶的夜巡，又或许是因为嫌犯的范围已经大大缩小，又或者是别的什么原因，"坏笔头子"察觉到了危险，后来的几天里，基本上没有动乱出现。不过有一件烦心事，就是研究活动室盥洗池的排水道给堵住了。后来她们发现，是有人拿杆子把一些撕裂的碎片捅到了下水道的栅格里，水管工取出了它们，原来是一双布手套，染有棕色油漆，全然辨不出是谁的东西。还有一桩，图书馆丢失的那一串钥匙丁零当啷地从一卷在讲堂里放了半小时的照片中掉出来，派克小姐利用这些照片来讲解帕特农神庙的壁画。这两起事件没有带来新进展。

  对于哈莉叶，研究活动室表现出一种严谨而公允的尊重，这是学者们对于他人的使命的尊重，承继于学术传统。她们很清楚，一旦她被任命为官方调查员，就要保证她不受干扰地调查。她们也没有急着

---

[1] 指汉弗莱图书馆，汉弗莱被誉为牛津大学图书馆的奠基人。

去找她，阐明自己的清白，抑或是疾呼自己的愤慨。她们超然地对待这一情况，不多言语，在活动室只谈公共话题或者学术圈的事宜。她们一个个客气地请她到自己的房间里喝雪利酒或咖啡，对这件事不予置评。巴顿小姐还特意邀请哈莉叶谈谈她对《现代国家中女性的地位》的看法，还与她商量德国的情况。她坦言自己对书中的很多观点都持异议，但都是客观的想法，绝无个人恩怨；那个关于业余人员调查犯罪的权利的棘手话题被体面地放在了一边。希尔亚德小姐也放下敌意，认真地询问哈莉叶一些技术层面的问题，比如埃德蒙·贝里·戈弗雷爵士谋杀案，以及埃塞克斯伯爵夫人涉嫌毒害托马斯·奥佛伯里爵士等历史案件。当然，这可能是一种有策略的铺垫，但是哈莉叶倾向于认为，这只是她讲礼节的自然之举。

与德·范恩小姐之前的谈话都很有意思，这位学者的个性让她着迷又不解。她觉得，德·范恩小姐对智性生活的热爱，比其他任何老师都要浓烈。她认为，这种热爱并非出于天赋或习得，而是来自一种有力的精神召唤，压倒了其他潜藏的兴趣及欲望。她本来就对德·范恩小姐过去的生活很是好奇，无须别人提醒。但是询问起来不怎么容易，她总觉得自己说的比听到的要多。她猜她有一段不平静的过往，但是她很难相信，德·范恩小姐会不清楚或者无法控制自己的压抑。

为了与本科生活动室保持友好关系，哈莉叶鼓起勇气，为一个文学社团做了一场题为"事实与虚构中的侦查"的"演讲"。这是一件危险的工作，她自然不会提及自己被怀疑为嫌疑人的那起不幸事件；在随后的讨论中，也没有人会鲁莽地提起。威尔弗库姆谋杀案则是另一回事，她没必要不与学生们谈论此事，只是，每句话都要提一次彼得·温西，她很心烦，但又不好因为自己的个人原因来剥夺学生们的正当兴趣。尽管她的讲座比较学术，可能有些枯燥，也还是赢得了热烈的掌声。

讲座结束时，一位高年级学生，米尔班克斯小姐，邀请她去喝咖啡。

米尔班克斯小姐住在伊丽莎白女王楼，房间的装饰很有品位。她是一个身材高大、举止优雅的姑娘，显然家境很好，穿着比大多数学生讲究，学业上也得心应手。她在做一个无资金支持的项目，公开宣称，自己做学术，只因不想在死去时还一无建树。除了咖啡，她告诉哈莉叶，也可以喝马德拉酒或鸡尾酒，并礼貌地表示抱歉，因为学校里条件受限，无法在摇壶里加冰。哈莉叶不喜欢晚饭后喝鸡尾酒，来到牛津后，已经喝了太多马德拉酒和雪利酒了，真是受够了。她要了咖啡，在杯子倒满的时候笑了起来，米尔班克斯小姐很有礼貌地问她想到了什么好笑的事情。

"哈哈，"哈莉叶说，"我前几天从《晨星报》一篇文章读到，用那位记者那令人作呕的话说，'本科女'完全靠可可活着。"

"记者，"米尔班克斯小姐傲气地说，"总是落后于时代三十年。你在学院里见过可可吗，福勒小姐？"

"哦，是的。"福勒小姐说。她是三年级的学生，肤色很深，体格粗壮，身上的毛衣很脏，她已解释过了，自己没有时间换毛衣，因为一直到加入哈莉叶的聊天，她还愁着怎么写一篇文章呢。"是的，我在教师的房间里见过。偶尔见过。但我一直觉得这真是幼稚。"她补充道。

"这难道不是英雄时代的再现吗？"米尔班克斯小姐打趣说，"什么，哦，这铁器时代的美好往昔。[1]"

"团契成员[2]才喝可可。"另一个三年级学生补充道。她身材瘦削，语气急促又高傲，没有为她的毛衣感到抱歉，显然她认为这样的事情

1　原文为法语。

2　19世纪中期牛津运动的参与者，是由一些有英国牛津大学教职的神职人员发起的天主教复兴运动。

不值一提。

"可是她们都,哎!那么温柔地包容其他人……"米尔班克斯小姐说,"雷顿小姐'变'过一次,但现在又变回来了。能维持下去,那也很好。"

雷顿小姐缩在火炉旁的椅子里,淘气地抬起她心形的小脸。

"我的确喜欢跟别人讲我对他们的看法,那相当畅快,特别是在公共场合承认我对那个叫弗拉克斯曼的女人有多厌恶。"

"讨厌的弗拉克斯曼。"肤色深的姑娘简短地说。她的名字叫海多克,正如哈莉叶刚得知的,她是一个慎重的历史系一年级学生。"她搞得整个二年级流言纷飞,我一点也不喜欢她造成的影响。如果要我来说,我感觉卡特莫尔不大对劲。天知道呢,我可不想管这趟子事——我们在学校里已经受够了——但如果卡特莫尔做出什么应激的事情,那就太尴尬了。作为高年级学生,莉莉安,你觉得有什么办法吗?"她问道。

"亲爱的,"米尔班克斯小姐反驳说,"谁都没办法呀!我又不能拦住弗拉克斯曼扰乱别人的生活。我能拦住,也不会去管的。你没打算让我去搞那套权威吧?拉人参加学院会议已经够受了。活动室不理解我们仅有的那一点可怜的热情。"

"我猜在她们那个年代,"哈莉叶说,"人们还是热衷于会议和组织的。"

"院际活动很多,"海多克小姐说,"我们会讨论一大堆事项,会为混合党派的监督条例感到愤慨。而我们对内部事务的热情是有限的。"

"好吧,我想,"海多克小姐直截了当地说,"我们有时会过度自由放任了。如果爆发了什么乱子,不会对任何人有好处的 。"

"你是说弗拉克斯曼的横刀夺爱吗?还是那件破事?对了,薇恩小姐,你应该听说过学院秘闻吧。"

"听说了一些,"哈莉叶说道,很是谨慎,"听说相当令人难堪。"

"要是没个完就简直受不了了,"海多克小姐说,"我们应该自己组织一些私人侦查。研究活动室好像没什么进展。"

"嗯,上次的调查结果不是很让人满意。"米尔班克斯小姐说。

"说的是卡特莫尔吗?我不相信是卡特莫尔,她太张扬了,而且她没有那个胆量。她的确做了些蠢事,但她不至于做这些偷偷摸摸的事情。"

"没有对卡特莫尔不利的证据,除了那封写给弗拉克斯曼的挑衅的信,说她抢走了卡特莫尔的男人。卡特莫尔当然有嫌疑,但她做出其他的事情又是为什么呢?"

"是啊,"雷顿小姐对哈莉叶说,"当然,最明显的嫌疑人总是无辜的。"哈莉叶笑了起来。米尔班克斯小姐说:"没错,但我认为卡特莫尔还是不能排除,为了吸引注意力,她什么都干得出来的。"

"不,我不相信是卡特莫尔,"海多克小姐说,"她为什么要给我写信?"

"你收到了信?"

"是的,不过只是祝我考试挂科。也是字母拼出来的蠢东西,我把它烧了,还壮了胆,请卡特莫尔吃了一顿晚餐。"

"真可以啊,海多克小姐。"

"我也收到过一封,"雷顿小姐说,"美女——这是跟我在地狱里同道走的女人的奖励。所以,按照这个提示,我把它烧给了我未来的地址。"

"全都是一样的,"米尔班克斯小姐说,"令人恶心。我不太在意这些匿名信,但是烧袍子和墙上的涂鸦太过分了。要是有些探头探脑的人知道了,就成公共丑闻了,是学院之耻。我也不是多有公德心,但也还是有一点的。我们不希望整个学院都被封锁,我也不想被人说我们住的地方是一个疯人院。"

"太无耻了,"雷顿小姐赞同,"不过当然,什么地方都是能出一两个怪人的。"

"一年级就出了几个怪胎,"福勒小姐说,"为什么学生一届比一届更糟糕呢?"

"向来都是这样的。"哈莉叶说。

"是的,"海多克小姐说,"我想,我们一年级的时候,三年级也是这样说我们的。但事实是,这一批新生进学院之前,我们并没有这些麻烦啊。"

对于这一点,哈莉叶没有反驳,她也不想只怀疑研究活动室或者不幸的卡特莫尔,而(正如大家都知道)她在华夜之宴的时候是在校的,同时要与惨淡的爱情和学位缠斗。

不过,她问了问,卡特莫尔小姐之外的其他学生,是否有任何嫌疑呢。

"也不是完全没有,"米尔班克斯小姐回答,"有哈德森,是的——她入校前就有些爱捉弄人的名声。但我觉得她表现不错。在我看来,我们这个年纪的人都表现不错。卡特莫尔只能感谢自己的所作所为。我是说,她是咎由自取的。"

"哪些方面?"哈莉叶问道。

"很多方面,"米尔班克斯小姐谨慎地说,考虑到哈莉叶与研究活动室过从甚密,不能把细节告诉她,"她甚至会故意打破规矩——要是真能从中获得乐趣,可她也没有。"

"卡特莫尔要陷入困境了,"海多克小姐说,"想让那个——名字叫作——费林顿的年轻人知道,他不是沙滩上唯一的鹅卵石。这没问题啊,但她做得太露骨了,她去追那个叫庞弗雷特的家伙了。"

"女王学院的那个漂亮的小笨蛋?"福勒小姐说,"唉,她又要倒霉了,因为弗拉克斯曼也开始想走近他了。"

"讨厌的弗拉克斯曼!"海多克小姐说,"她就不能放过别人的男人吗?她已经俘获了费林顿;我还当她或许会把庞弗雷特留给卡特莫尔的。"

"她没有给别人留下任何东西的习惯。"雷顿小姐说。

"我想,"米尔班克斯小姐说,"她不会是想接近你的杰弗里吧。"

"她没有这个机会,"雷顿小姐淘气地露齿一笑,"杰弗里靠得住——是的,亲爱的,绝对靠得住——但我不能碰运气。上次我们请他去本科生活动室喝茶,弗拉克斯曼也莽撞地进来了——真抱歉,她不知道有人在这儿,她落下了一本书。门上明明有硕大的'使用中'牌子。我没有介绍杰弗里。"

"他想让你介绍吗?"海多克小姐问道。

"他问她是谁。我说她是坦普尔顿的学者,是世界上最苦学的人,他就望而却步了。"

"孩子,当你拿到一等的时候,杰弗里会怎样呢?"海多克小姐问。

"嗯,伊芙——那应该挺尴尬的。可怜的小羊!我可得让他相信,我能拿一等,不过是在考试的时候显得脆弱又可怜而已。"

雷顿小姐的确有意让自己看着脆弱可怜些,一点学习样都没有。而问过了利德盖特小姐之后,哈莉叶才知道她是英语老师的宠儿,并且正在学习特别语言课。如果雷顿小姐可以让语言学的枯燥转为生动,那她确实是一匹黑马。哈莉叶敬佩她的智识,如此出奇的个性,或许无所不能。

三年级的看法就这么多,哈莉叶与二年级的一次私人接触更具戏剧性。

在上一周,学院里一直很安静,哈莉叶甚至可以暂时放下蹲点任务,去参加朋友办的私人舞会。朋友结婚了，住在牛津北部。十二点到凌晨一点之间，她把车停在学监的私家车库里，静静地穿过车行道口与学院中间的栅栏，打算穿过旧方庭，走进都铎楼。天空更明朗了，云彩伴月，泛出微光。微光之下，哈莉叶看向伯利楼的剪影，看到东墙有些奇怪的隆起，靠近院长的小门通往圣十字路的地方。很清楚，用那首老歌的歌词来说，就是"不该有男人的地方有个男人"。

如果她对他喊，他就会跳出去逃跑。她随身带着小门的钥匙——一整套都是用于巡逻。哈莉叶用黑色晚礼服挡着脸，轻轻迈着步子，快速从院长公寓和研究员花园之间的草地穿行而过，无声无息地到达圣十字路，等在墙下。当她出现时，第二个黑影从阴影中走出来，急促地说："啊！"

墙上的绅士环顾四周，惊呼道："啊，可恶！"然后仓促地翻下楼梯。他的朋友快步逃走了，但是爬墙者似乎在下降的过程中伤了自己，速度很慢。虽然告别了牛津九年，哈莉叶依旧身手敏捷。在离乔伊特小路拐角几码远的地方，她追上了他。他的那个同伙，已经跑远了，犹豫地回头看了看。

"跑哇，老伙计！"俘虏喊道，然后，他转向哈莉叶，怯怯一笑，说道，"唉，被逮到了。我好像扭伤了脚踝。"

"你在我们的墙上干什么，先生？"哈莉叶质问他。在月光下，她看见一张青春、美丽、天真的脸颊，孩子似的圆脸，露出胆怯而又高兴的表情。他长得很高，但是哈莉叶紧紧地抓住他，除非弄伤她，他无从逃脱，而他也没有表现出暴力倾向。

"参加筵席的，"年轻人马上说，"打两个赌，哈。把我的帽子挂在什鲁斯伯里山毛榉顶上的树枝上。我的朋友是目击者。我好像迷路了，是不是？"

"那么,"哈莉叶严肃地说道,"你的帽子呢?还有礼服呢?先生,你的名字和学院?"

"好吧,"年轻人放肆地开口,"要说这个,你的学院和名字呢?"

当一个人差几个月就要过三十二岁生日的时候,这样的问题算是一种恭维。哈莉叶笑了,"我亲爱的年轻人,你把我当本科生吗?"

"一个老——一个女老师,上帝保佑我们!"年轻人叫道,虽然喝了烈酒,他还不至于过度亢奋,情绪相当稳定。

"嗯?"哈莉叶说。

"我不信,"年轻人说,一边在微暗的光线中尽可能看清她的脸,"不可能的,如此年轻、如此迷人、如此有幽默感。"

"也不能幽默到让你跑掉,小孩子。我也不觉得这种私闯行为是幽默的。"

"啊,"年轻人说,"我真的非常抱歉。我们只是在开玩笑,我们也确实没有造成任何伤害,绝对没有。我是说,就只是赢了赌,然后悄悄离开。哎呀,放轻松些吧。我是说,你既不是院长也不是学监,这两位我认识,你就不能别管吗?"

"很好,"哈莉叶说道,"但我们不能允许有这样的事情发生。行不通,你必须明白,这是行不通的。"

"嗯,我明白,"年轻人表示赞同,"绝对,肯定。我们做了蠢事,会造成误解。"他缩了缩身,抬起腿,揉了揉受伤的脚踝,"但如果你看到一堵那么诱人的墙——"

"啊,是的,"哈莉叶说道,"诱惑在哪里?给我看看呢?"她不顾他的抗议,坚定地领他朝后门走,"哦,我懂了,对。扶壁上突出一两块砖,不错的垫脚石,你们还以为砖是设计成这样的,是不是?然后,学者花园还有一棵好爬的树。总务长得处理一下。你很熟悉这块扶壁吧,年轻人?"

"大家都知道,"她的俘虏承认,"不过,听我说,我们没有——我们没有打扰任何人或者做什么事,就是,如果你明白我的意思的话。"

"我希望没有。"哈莉叶说道。

"不,我们都是独来独往的,"年轻人急切地解释,"没有别的参与者。天啊,没有。还有,你看,我的脚踝摔伤了,我们肯定会被关起来的,啊!亲爱的,好心的女士——"

就在这时,学院的围墙里传来很响的一声呻吟,年轻人的脸上又痛苦又惊恐。"那是什么?"哈莉叶问。

"我真的无可奉告。"年轻人说。

呻吟声又一次响起。哈莉叶紧紧地抓住大学生的胳膊,领着他走到屋后。"可是,你看,"年轻人愁苦地跟在她身边,一瘸一拐地说,"不要——请不要认为——"

"我去看看是怎么回事。"哈莉叶说道。

她打开后门,带进来她的俘虏,又把大门重新锁好。那堵墙下,就在年轻人爬的地方的下方,有个人蜷缩着,看起来非常不适。

"其实,"年轻人不再有什么伪装,"我对此非常抱歉。恐怕我们有点欠考虑。我的意思是,我们没注意;我的意思是,恐怕她身体不舒服。呃,我们没有注意到她的情况。"

"这姑娘喝醉了。"哈莉叶毫不让步地说。

在过去那些糟心日子里,她见过太多的年轻诗人出现类似的情况,没什么好误解的。

"嗯。恐怕——是的,是这样子。"年轻人说,"罗杰斯把酒混在了一起。不过听我说,老实说,并没有什么伤害,我是说——"

"好了!"哈莉叶说,"好了,别喊。那座房子是院长公寓。"

"天呐！"年轻人又问了一次，"哎呀——你能不能通融一下？"

"那要看情况，"哈莉叶说道，"你已经够幸运了，我不是教授，我只是待在大学里，是个自由身。"

"上帝保佑你！"年轻人激动地叫道。

"别着急，你得把这件事说清楚。那么，那女生是谁？"那位病号又发出一声呻吟。

"哦，拜托！"学生说。

"别担心，"哈莉叶说道，"她只会难受一会儿。"她走过去看了看那个受罪的人，"没关系，你可以保持绅士的沉默。我认识她，她的名字是卡特莫尔，你的名字呢？"

"我是庞弗雷特——女王学院的。"

"啊！"哈莉叶说。

"我们在我朋友的房间里开了个派对，"庞弗雷特先生说，"起码，一开始是开会，结果后来搞成了聚会，没出什么岔子。卡特莫尔小姐是来玩，就只是聚一聚，不过我们人很多，这一杯那一杯，就给喝多了，后来我们发现卡特莫尔小姐不大舒服。所以我把她叫起来，罗杰斯和我——"

"嗯，我明白了，"哈莉叶说道，"不怎么好看，对不对？"

"不，难看极了。"庞弗雷特先生承认道。

"她获准参加会议吗？获准晚归了吗？"

"我不知道。"庞弗雷特先生不安地说，"恐怕——你看，这些事情都挺麻烦的。我是说，她不是那个社团的——"

"哪个社团？"

"开会的社团。我猜她就是挤进来凑凑热闹。"

"不速之客吗？嗯，那她应该没有晚归许可。"

"听起来很严重。"庞弗雷特先生说。

"这对她来说很严重,"哈莉叶说道,"我想,你的待遇大概是一笔罚款或者禁足几日,但我们的情况很特殊。这是一个充斥恶意的世界,我们必须记住这一事实。"

"我知道,"庞弗雷特先生说,"真的,我们都担心死了。我们费了好大的劲才把她弄过来,"他悄声说,"幸好我们是从墙的这一头来的。呼!"他掏出手帕擦了擦额头,"不管怎样,"他接着说,"幸亏你不是老师。"

"确实是,"哈莉叶严肃地说道,"但我是学院的资深成员,我觉得自己也需要负责。这不是大家会希望发生的事情。"

她冷冷地看了一眼不幸的卡特莫尔小姐,她正是最难受的时候。

"我敢肯定我们也不想走到这个地步,"庞弗雷特先生说着,看向别处,"但是我们能做什么呢?又没办法收买你们的门房,"他率直地补充说,"已经试过了。"

"没错。"哈莉叶说,"对,你们没办法让帕吉特通融的。还有什鲁斯伯里的其他人参加会议吗?"

"是的——弗拉克斯曼小姐和布莱克小姐。但是她们是有活动许可的,大约十一点左右就回去了。她们没事。"

"她们应该带着卡特莫尔小姐一起回去。"

"是啊。"庞弗雷特先生说,他看上去比以前更心慌了。哈莉叶在想,很明显,弗拉克斯曼小姐才不会在意卡特莫尔小姐有没有麻烦。布莱克小姐的动机更加隐晦,但她也可能只是没怎么考虑。哈莉叶一时间心上恼怒,卡特莫尔小姐明明可以避免自己的麻烦的。她走到那个瘫软的人跟前,把她拉了起来。卡特莫尔小姐痛苦地叫了一声。"她会好的,"哈莉叶说道,"不知道这个小傻瓜的房间在哪儿。你知道吗?"

"嗯，我知道大概位置。"庞弗雷特先生回答，"听起来不大好，不过——人们确实会带别人参观自己屋子的，你知道，不管有没有什么规定。就在那边，穿过那个拱门。"

他朝新方庭的另一头指了指。

"哎呀！"哈莉叶叫道，"恐怕你得帮我一把。我拉不动她，不能把她留在潮湿的地方。就算有人看见我们，也只能这样。你的脚踝怎么样了？"

"好多了，谢谢。"庞弗雷特先生说，"我想我可以慢慢走。我说，你挺行的啊。"

"继续走，"哈莉叶冷冷地说道，"别浪费时间闲聊了。"

卡特莫尔小姐是个壮实的年轻姑娘，还蛮重的，她基本上已经昏迷了。哈莉叶的高跟鞋不好走路，庞弗雷特先生一瘸一拐的，他们极其狼狈地穿过方庭。脚下的石头和沙砾发出吱吱的声音，中间那个瘫软的人被拖着走，还咕哝着。哈莉叶时时刻刻都在担心，万一有一扇窗户被推开，或者有哪个紧张的家伙冲出来，要求庞弗雷特先生解释一下为什么会一大早出现在此处。她终于找到了宿舍的门，把无助的卡特莫尔小姐塞了进去，这才如释重负。

"接下来呢？"庞弗雷特先生声音嘶哑，轻声询问。

"我得把你弄出去。我不知道她的房间在哪，但是不能让你在学院里到处晃。等一下，我们把她留在最近的洗手间，在拐角处，这样方便些。"

庞弗雷特先生听话照做。

"好啦。"哈莉叶说。她让卡特莫尔小姐仰卧在盥洗室的地板上，从锁上取下钥匙，走出来，锁好了身后的门。"她得在那儿待上一会儿了。现在我要送走你，应该没人看见我们，如果我们在路上遇到人，你就说参加了赫曼夫人的舞会,之后送我来的。明白了吧? 不是很让人信服,因为你不大会这样做,但总比讲实话强。"

"我要是参加了赫曼夫人的舞会就好了。"庞弗雷特先生很是感激,"我要和你跳每一支舞,追加的也不漏掉。你介意告诉我你是谁吗?"

"我名叫薇恩。你最好别太热情啦,我不是为了你考虑的这件事,你跟卡特莫尔小姐熟吗?"

"很熟。嗯,是的。自然了。我的意思是,我们都认识一些人。事实上,她曾经和我的一个老同学订过婚——一个新学院的人——不过没成。不关我的事,但你知道就是这种事情。认识一个人之后,就能认识一圈的人。就是这样。"

"是的,我明白了。好吧,庞弗雷特先生,我不想让你或者卡特莫尔小姐被麻烦缠上——"

"我就知道你最通情达理了!"庞弗雷特先生叫道。

"别嚷嚷——但是下次再不许了。不许晚归,不许再翻墙。你知道的。不可以带上其他人。这是不公平的。如果我把这件事告诉学监,你倒不会有太大的麻烦,但卡特莫尔小姐要是不被开除就算走运了。看在上帝的分上,别做蠢事了。想要享受牛津生活,办法多得是,不是非要和女学生们鬼混。"

"我知道的。我知道这样挺糟的,真的。"

"那为什么要这样做?"

"我不知道。为什么人会犯傻呢?"

"为什么呢?"哈莉叶说,他们正走过教堂尽头,哈莉叶停了下来,强调以下的内容,"我来告诉你为什么,庞弗雷特先生。因为当有人要求你放轻松些的时候,你没有胆量拒绝。这个愚蠢的词惹到的麻烦,比词典里所有其他词加起来还要多。如果鼓励女孩子们打破规矩、喝到酩酊大醉、为了你把自己搞得一团糟都叫作放轻松的话,那么我可不愿通融,试着做一个绅士吧。"

"啊,我——"庞弗雷特先生很是沮丧。

"我是认真的。"哈莉叶说道。

"好吧,我明白你的意思。"庞弗雷特先生不安地挪动着双脚说,"我会尽力的。你真能放——我是说,你所做的一切完全是绅士之举——"他咧嘴一笑,"我要设法——天呐!有人来了。"

大厅和伊丽莎白女王楼之间的走廊上,传来了急促的拖鞋声。哈莉叶灵机一动,退了一步,推开教堂的门。

"进去。"她说。

庞弗雷特先生急忙溜进她身后。哈莉叶把他关在门外,静静地站在门前。脚步声越来越近,来到门廊对面,突然停了下来。夜行者小声喊了一句。

"噢!"

"是谁?"哈莉叶说。

"啊,小姐,是你!你吓了我一跳,你看到什么了吗?"

"有什么吗?顺便问一下,你是谁?"

"艾米丽,小姐。我睡在新方庭,小姐。我醒来了,确定自己听见庭院里有男人的声音,就往外看了看,清清楚楚,果然有人,小姐。他跟着一位年轻小姐往这边来了。于是我穿上拖鞋,小姐……"

"糟糕!"哈莉叶心想,不过还是说些真相为好。

"没事的,艾米丽。是我的一个朋友,他和我一起进来的,想在月光下看看新方庭。我们就走了过去,又走了回来。"

很蹩脚的借口,但可能比直接否认强一些。

"哦,我明白了,小姐。请原谅。我只是太紧张了,因为这样那样的事。而且这有点不寻常,请原谅我这么说,小姐……"

"是的,当然了,"哈莉叶一边说,一边朝新方庭的方向轻轻地走着,这样校工必然会跟着她走,"我真蠢,没想到会打扰到其他人。我明早会和学监汇报的。你下来是对的。"

"噢,小姐,我当然不知道那是谁。学监又特别交代过。发生了这么多怪事……"

"是的,对,当然了。很抱歉我这么欠考虑。那位先生现在已经走了,你不会再被吵醒了。"

艾米丽看起来有些犹疑。她是那种把一件事讲三遍才确定自己说过的人。她在楼梯脚下停步,想把一切再说一遍。哈莉叶不耐烦地听着,想到教堂里激动的庞弗雷特先生,她最后终于摆脱了这位校工,原路返回。

真难搞,哈莉叶想着,像一场闹剧一样的愚蠢。艾米丽以为她抓住了一个学生;我想我抓住了一个爱恶作剧的人。我们互相抓到对方。小庞弗雷特留在教堂里,他以为我在好心地保护他和卡特莫尔。把庞弗雷特小心地藏起来,又只好承认他来过。但如果艾米丽是那个搞恶作剧的——也许她就是——可我又不可能让庞弗雷特帮忙追她。这一趟侦查也太混乱了。

她推开教堂的门,门廊里空空的。

"该死!"哈莉叶不恭敬地说道,"那白痴走了,不然就是走到里面去了。"

她从里门看过去,灰白的橡木座位上隐约映出一个黑影,她松了一口气。然后,随着突然的剧烈震动,她发现还有第二个黑影,在半空中奇奇怪怪地荡着。

"喂!"哈莉叶说。庞弗雷特先生转过身来,透过南面窗户的微光,她看见白衬衫的反光。"只有我在。那是什么?"

她从包里拿出手电筒,不顾一切地打开了。在座位上方的横梁上,有一个阴森的影子,悬挂着,来回摆动,荡悠悠地转着。哈莉叶冲了过去。

"这些女孩们的想象力真变态,是不是——"庞弗雷特先生说。

哈莉叶凝视着那顶硕士帽和袍子,它们罩在一条连衣裙外面,里面塞着个靠枕,用一根细绳挂在一起,给屋顶设计了一个装饰物。

"肚子上还插着一把面包刀,"庞弗雷特先生继续说,"像我姑姑说的,把我人都吓没了。你抓住那个年轻女人了吗?"

"没有,她先前在这里吗?"

"嗯,当然了。"庞弗雷特先生说,"你看,我觉得我得躲远一点,我就进来了。然后我看到了这个,就四下查看了一番,听到有人从另一扇门溜走了——就在那边。"

他模糊地指了指房子的北面,那儿有通往法衣室的门。哈莉叶连忙走上前,发现门开着,尽管法衣室外面的门是关着的,却显而易见被人从里面开过锁。她盯着外面,一切无声无息。

"这些做坏事的家伙,"哈莉叶回答道,"不,我没见过那位女士,她一定是在我带艾米丽回新方庭的时候逃走的。运气真差!"她最后低声抱怨道。促狭鬼就那样逃脱了,都是中间出了个艾米丽。她又走到假人跟前,看见一张纸被面包刀插在中间。

"引的是经典。"庞弗雷特轻松地说,"看来有人对你们的老师不满。"

"小蠢货!"哈莉叶说道,"还真是有说服力的杰作。如果我们没有先发现,这事发生在大家齐声祈祷时,一定会引起轰动,那必然要展开调查。好了,现在你该安静地回去了,好好为灵魂考虑一下吧。"

她把他带到了后门,让他出去。

"对了,庞弗雷特先生,我希望你不要把这件事告诉任何人,这不怎么体面。我们有来有往吧。"

"如你所说,"庞弗雷特先生回答,"还有,那个——我明天可以再来一趟吗——已经是今天早上了,是不是?——帮你打听打听什么?规规矩矩的,嗯。你什么时候在呢?拜托啦!"

"早上不可以有访客,"哈莉叶立即回答,"我不知道下午的安排。不过你可以问问门房。"

"哦,我可以吗?那太好了,我会打电话的。如果你不在,我就留张便条。我是说,你一定要过来,一起喝杯茶或鸡尾酒什么的。我真诚地保证,我将尽力不让这种事再发生了。"

"好的。顺便问一下,卡特莫尔小姐是什么时候到你朋友那里的?"

"哦——大约九点半吧,我想,不是很确定。怎么了?"

"我只是想知道她有没有在门房的册子上签字。我来看就好,晚安。"

"晚安,"庞弗雷特先生说,"非常感谢。"

哈莉叶锁上他身后的后门,穿过院子返回,她觉得,经历了这些荒谬而又烦人的事情,自己还是很有收获的。这个假人大概是在九点半之前放到位的,因此,蠢到家了的卡特莫尔小姐还是给自己找到了一个板上钉钉的不在场证明。哈莉叶心中感动,她终于在调查上迈出了一小步,因此她决定,如果可能的话,要尽量避免卡特莫尔小姐因昨晚逾矩受到惩罚。

这让她想到,卡特莫尔小姐还躺在卫生间的地板上,等待营救。如果她中途忽然清醒了,叫了起来,那可就尴尬了。还好,哈莉叶到了新方庭,打开门,发现她的囚徒酒劲儿还没过去,依旧沉睡不醒。她沿着走廊稍稍走了一圈,得知卡特莫尔小姐的房间在二楼。哈莉叶打开了房门,就在这时,隔壁的门也开了,探出一个脑袋。

"是你吗,卡特莫尔?"那个脑袋低声说,"啊,不好意思。"脑袋又缩回去了。

哈莉叶认出,这是图书馆开馆后来找卡特莫尔小姐说话的那个姑娘。她走到她的房门前,门上写着"C.I. 布里格斯",她轻轻地敲了敲门,脑袋又伸了出来。

"你等着卡特莫尔小姐做什么呢?"

"啊,"布里格斯小姐说,"我听见有人在她门口——噢!是薇恩小姐,对吧?"

"是的。你为什么熬夜等着卡特莫尔小姐呀?"

布里格斯小姐睡衣的外面套着一件羊毛大衣,神情警觉。

"我有事要做的,我总是熬夜。怎么了?"

哈莉叶看着这个女孩。她个头不高,挺结实的,拥有一张朴实、健康、明事理的脸,看起来值得信赖。

"如果你是卡特莫尔小姐的朋友,"哈莉叶说,"你最好过来帮我带她上楼,她在楼下洗手间里。我发现一个年轻人帮她从墙上翻进来,她有点不舒服。"

"哦,天哪!"布里格斯小姐说,"很醉吗?"

"恐怕是的。"

"她就是傻瓜,"布里格斯小姐说,"我知道她迟早有一天会有麻烦的。好的,我来了。"

她们俩合力架起卡特莫尔小姐,把她从光亮的楼梯拖上来——动静不小——然后扔在床上,在可怕的沉默中,替她脱去衣服,盖好被子。

"她睡一觉就好了,"哈莉叶说道,"还有,我希望知道到底发生了什么。可以吗?"

"来我的房间吧,"布里格斯小姐说,"你想喝点热牛奶、可可、咖啡,或者别的什么呢?"

哈莉叶选了热牛奶。布里格斯小姐把水壶放在对面食品室的炉子上，走了进来，她拨了拨壁炉里的火，然后坐在坐垫上。

"请告诉我，"布里格斯小姐说，"发生了什么事？"

哈莉叶解释了一下，没有提到那位先生的名字，但布里格斯小姐却立刻说出了这个遗漏。

"一定是雷吉·庞弗雷特，"她说，"可怜的傻瓜。他总是惹事上身。要是有人抓到他，那怎么办呢？"

"真尴尬，"哈莉叶说道，"我的意思是，你需要了解这个世界，才能优雅地退出。那姑娘真的喜欢他吗？"

"不，"布里格斯小姐说，"不怎么喜欢。她只是孤单了，你知道。当她的婚约被毁了之后，她深受打击。是这样，她和莱昂内尔·费林顿儿时是好朋友，她入学前就定好婚约了。结果费林顿被那位弗拉克斯曼小姐挖走了，当时吵得很凶，事情闹了一阵。维奥莱特·卡特莫尔为此事筋疲力尽。"

"我知道，"哈莉叶说道，"那种绝望的感觉——我一定要再找个男人——之类的。"

"是的，不在乎他是谁。我觉得这是一种自卑心理，或者别的什么。一个人必须做一些傻事来维护自己。你明白我说的吗？"

"哦，是的，我完全明白。人们总是这样，有些人无法对抗自己的心魔。这种事经常发生吗？"

"嗯，"布里格斯小姐坦言，"比我料想的多。我试着让维奥莱特保持理智，可是对别人说教有什么用处呢？当他们陷入亢奋状态，你就像在和月球上的人对话。虽然这样对庞弗雷特来说真的不好，他很正派、很可靠。如果他够坚定，一定会放弃的。不过我倒很庆幸他没有放弃，因为要不是他，卡特莫尔可能会落在别的什么乱七八糟的人手上。"

"这件事会有结果吗?"

"你是说结婚?啊——不,我认为他会自我保护的,不会导致这种结果。而且——唉,薇恩小姐,这真是太难堪了。弗拉克斯曼小姐就是不放过任何人,她又想把庞弗雷特抢走了,尽管她不想要他。如果她能放过可怜的维奥莱特,这事可能就慢慢平静了。我想说,我很喜欢维奥莱特,她是个正派的人,她和合适的男人在一起的话,一定能过好。她根本没必要来牛津,真的。她真正想要的是,找到一个好男人,一起过美好的家庭生活。但那个人必须是一个坚定、有决断的人,要坚定地表达热情。但雷吉·庞弗雷特不行,他是个有骑士风度的小傻瓜。"

布里格斯小姐使劲拨了拨炉火。

"好吧,"哈莉叶说,"得想个办法处理一下。我不想去找学监,可是——"

"当然,总得想个办法,"布里格斯小姐说,"太走运了,是你发现了她,而不是老师们。我一直预感会有什么事发生,我非常担心这件事,我根本不知道该怎么办。但不管怎样,我要站在维奥莱特这边——不然我就会失去她的信任,天知道她到时候还会做什么蠢事出来。"

"我认为你说得很对,"哈莉叶说道,"不过现在,也许我可以跟她说一说,告诉她自己当心。毕竟,如果我不想向学监告发她,她就得保证自己没有出格的行为。我想,或许需要一些出于善意的威胁。"

"是的,"布里格斯小姐同意道,"你可以这么做。你真是太好了。我很感激你能帮我这个忙。这些事情真劳神——确实是会影响学业的。毕竟,我们是为了学业而来到这里的。下学期我就要参加学位考试了,这些事情太让人不安了,我不知道接下来还有什么事情。"

"我想,卡特莫尔小姐很依赖你。"

"是的,"布里格斯小姐说,"可是听别人倾诉的确很占时间,而且我不太擅长控制脾气。"

"做知己是很费力不讨好的事情，"哈莉叶说道，"她这么歇斯底里，并不奇怪，她能像你一样保持理智才让人吃惊。但我认同你应该卸下知己的担子，只有你一个人吗？"

"是的。因为这起风波，可怜的维奥莱特失去了很多朋友。"

"那么写匿名信的事呢？"

"哦，你听说了？当然不是维奥莱特，那太可笑了。但弗拉克斯曼把这事传遍了全校，而且一旦发起了指控，伤害就是很大的。"

"是的。好了，布里格斯小姐，你和我最好去休息。早饭后我再去找卡特莫尔小姐。你不要太担心。我相信，这次的烦心会因祸得福。好了，我要走了。你能借给我一把结实的刀吗？"

布里格斯小姐吃了一惊，但还是拿出了一柄结实的小刀，道了声晚安。哈莉叶在去往都铎楼的路上，把悬挂的假人砍下来带走了，准备之后再检查检查，考虑采取什么行动。她觉得自己现在太需要睡一觉了。

她一定是累坏了，因为她一上床就睡着了，既没有梦见彼得·温西，也没有梦见其他什么。

绉纱礼服

> 她泪眼凝望着他，
> 一阵心颤，
> 无从开口。
> 往昔的忧愁徒生枝丫，
> 在这年轻的面庞上，
> 她似乎看到父亲优雅的轮廓。
>
> 埃德蒙·斯宾塞

"现在这个情况是，"派克小姐说，"我九点钟得上课。谁能借给我一件袍子？"

许多老师都在研究活动室的餐厅里吃早餐。哈莉叶走了进来，刚好听到了她的求助，是用一种高昂又愤怒的语调提出的。

"派克小姐,你丢了礼服吗?"

"派克小姐,我可以给你的,"希尔佩里克小姐温和地说道,"但恐怕我这件不够长。"

"这些时日,什么东西都不能留在研究活动室的衣帽间,根本不安全,"派克小姐说,"我敢说昨天晚饭后它还在那儿,我亲眼所见。"

"抱歉,"希尔亚德小姐说,"我九点也要上课。"

"我的给你,"巴罗斯小姐提议说,"如果你能在十点前把它还给我的话。"

"去问问德·范恩小姐或巴顿小姐吧,"学监说,"她们没有课。或者问问薇恩小姐——她的适合你。"

"当然可以,"哈莉叶漫不经心地回答,"你还要方帽吗?"

"方帽也不见了,"派克小姐回答,"上课用不着它,但我就是想知道自己的东西有什么去处。"

"东西丢得太奇怪了,"哈莉叶一边吃着炒蛋,一边说道,"人们都很粗心。对了,是谁有一条黑色双绉的简易礼服,上面印着一束束红绿相间的罂粟花图案,胸前搭褶,裙腰很厚,是喇叭裙和喇叭袖,大概是三年前的款式。"

她环视了一下餐厅,现在已坐满了老师。"肖小姐,你比较有衣品。你能认出这条裙子吗?"她问。

"我可能看见了才能认出,"肖小姐说,"只听你的描述,我想不起来这样一个人。"

"你发现了这样的裙子?"总务长问。

"谜团的又一章?"巴顿小姐联想道。

"我敢肯定,我的学生里没有这样穿的,"肖小姐说,"她们喜欢过来给我看她们的连衣裙。我想着一起聊衣着也挺好的。"

"我不记得研究活动室里有过这样的裙子。"总务长说。

"瑞格利小姐不是有黑色绉纱的裙子吗?"古德温太太问。

"是的,"肖小姐说,"但她离开学院了。而且她那条是方领的,没有裙腰。我记得很清楚。"

"你能告诉我们是什么秘密吗,薇恩小姐?"利德盖特小姐问道,"还是你什么都不说更好呢?"

"好吧,"哈莉叶说,"也没什么不好讲的。昨晚我跳完舞回来的时候,我——呃——四处走了走。"

"啊!"院长说,"我想我听到有人在我的窗外走来走去。还有窃窃私语。"

"是的——艾米丽出来碰到了我。我猜她以为我是那个恶作剧祸首。嗯——我碰巧进了教堂。"

她讲了整个故事,只字未提庞弗雷特先生,只说那个罪犯显然是从教堂的门逃走的。

"还有,"她最后说,"不管怎样,这顶方帽和这身长袍都是你的,派克小姐,你随时可以拿走;面包刀大概是从大厅里拿走的,或者是从这儿;还有靠枕——我说不上她们从哪儿弄来的。"

"我想我能猜出来,"总务长说,"特洛特曼小姐不在学院,她住在伯利楼的一楼,溜进去把她的枕头装起来不是难事。"

"特洛特曼怎么不在?"肖小姐问,"她从没告诉过我。"

"她的爸爸生病了。"院长说,"她昨天下午匆匆走了。"

"我不明白她为什么不和我打招呼,"肖小姐说,"我的学生有困难时总是来找我。你还以为学生重视你的感情呢,真伤人——"

"可是你喝茶去了。"总务长实事求是道。

"我在你的信箱里放了张便条。"学监说。

"哦,"肖小姐说,"好吧,我没看到,我对此一无所知。奇怪,也没有人提起过这件事。"

"都有谁知道呢?"哈莉叶问道。

一阵沉默,这个间隙里,大家都在想,肖小姐居然没有收到纸条,也没有听到特洛特曼小姐离校的消息,真不可思议。

"我记得昨天晚上有人在高桌上提到过这件事的。"艾利森小姐说。

"我那时吃饭去了,"肖小姐说,"我去看看那张纸条在不在那儿。"

哈莉叶跟着她走了出去。纸条就在那儿——折叠在一起,在信封里,封口是开着的。"好吧,"肖小姐说,"我从没注意到。"

"随便什么人都可能读过它,再把它放回去的。"哈莉叶说道。

"是的——你的意思是包括我自己在内。"

"我没这么说,肖小姐。随便谁都会的。"

她们回到了活动室,各个闷闷不乐。

"那个——啊——玩笑出现的时间是在晚饭过后,那时派克小姐丢了她的礼服,我发现的时候,大约差一刻凌晨一点钟,"哈莉叶说,"如果有人能提供这段时间内的不在场铁证,那就太好了。特别是晚上十一点十五分之后的,我想我能查到是否有学生晚归,当时进来的人可能会目睹什么。"

"我有名单。"学监说,"门卫可以告诉你晚上九点以后进来的人。"

"那很有帮助。"

"与此同时,"派克小姐一边说,一边推开盘子,卷起了餐巾,"日常工作还是要推进的。能把我的袍子——或者给我一件袍子吗?"

她和哈莉叶一起走进都铎楼,哈莉叶把袍子交还给她,然后向她展示了黑色绉纱的裙子。

"我没有关于这条裙子的印象,"派克小姐说,"我不算很有观察力,不过，它似乎是中等身材的人穿的。"

"不能说谁能穿就是谁做的，"哈莉叶说道，"就像你的袍子一样。"

"当然不能，"派克小姐说，"不是的。"她用那双锐利的黑色眸子迅速瞥了一眼哈莉叶，接着说，"但是衣服的主人或许能为抓到小偷提供线索。或者不能——请原谅，我有些越界了——能否从衣服牌子上看出什么信息呢？"

"显然能的，"哈莉叶说道，"可是牌子已被取下来了。"

"哦，"派克小姐说，"我得去上课了。我一有空就会给你一份我昨晚活动的时间表。不过，大约也没什么帮助。晚饭后我回到了自己的房间，十点半就上床睡觉了。"

她拿着帽子和长袍，昂首阔步地走了出去。哈莉叶看着她离开，从抽屉里拿出一张纸。还是一贯的做法，拼贴出的句子上写着：

> 没有比这更卑劣的异兆
> 没有比这更残忍的瘟疫
> 神的愤怒从冥河的波涛中升起
> 鸟儿的脸是少女的脸
> 却是腹中涌出的最污秽之物
> 手蜷曲成双爪
> 嘴唇永远因饥饿而苍白[1]

"哈耳庇厄，"哈莉叶大声说出口，"哈耳庇厄。这似乎暗藏一种思路。但恐怕我们不应由此怀疑艾米丽或其他用维吉尔式的六步诗来抒发感情的教工。"

---

[1] 本段是拉丁文，出自维吉尔的《埃涅阿斯纪》第三卷。

她皱起了眉头,研究活动室看起来真是一团糟。

哈莉叶敲了敲卡特莫尔小姐的房门,不顾门上的大告示:头痛——请勿打扰。布里格斯小姐打开了门,她眉头拧成一团,但当她看清来客时,愁眉便舒展开了。

"我害怕可能是学监。"布里格斯小姐说。

"不,"哈莉叶说道,"到目前为止,我一直都没有透露。病人怎么样了?"

"不大好。"布里格斯小姐说。

"啊!'大人他已经喝了自己的洗澡水,又去睡觉了。'我想是这样吧。"她大步走到床边,低头看了看卡特莫尔小姐,她咕咕哝哝睁开了眼睛,一双淡褐色的大眼睛,嵌在玫瑰色圆润的脸上,发着亮光。一绺蓬松的棕色头发从额头散落,现在的她像是一只刚被放生还惊魂未定的安哥拉兔。

"感觉很糟吗?"哈莉叶同情地说。

"太可怕了。"卡特莫尔小姐说。

"你活该,"哈莉叶说道,"如果你一定要像个男人那样喝酒,至少也应该像个绅士。你得对自己的酒量心里有数啊。"

卡特莫尔小姐看上去相当愁苦,哈莉叶不禁笑了起来:"看来你对这类事情不怎么在行。这样,我给你弄点醒酒的东西,然后再跟你谈谈。"

她快步走了出去,出门时险些撞到了庞弗雷特先生。

"你怎么在这?"哈莉叶说,"我告诉过你,早上不允许有来访者,这样会给方庭制造噪音,而且是违反规定的。"

"我不是访客,"庞弗雷特先生笑嘻嘻地说,"我一直在听希尔亚德小姐的宪政沿革课。"

"算你走运!"

"我看到你从这个方向穿过方庭,我就像指南针一样转过来了。黑暗,"庞弗雷特先生兴致勃勃地说,"真实,与温柔,就是北方。这是一句引用。我也就只知道这一句,这么应景真不错。"

"不应景。我一点也不温柔。"

"啊……卡特莫尔小姐怎么样了?"

"严重的宿醉。如你所料。"

"啊……抱歉……我希望,没有闹起来吧?"

"没有。"

"上帝保佑你!"庞弗雷特先生说,"我也很幸运,我的朋友有个靠窗的绝佳位置,朝向西边很安静,所以——你看,我希望我能做点什么——"

"你可以的。"哈莉叶说道。她从他腋下抽出他的讲稿笔记,在里面写了起来。

"找药房把它配好后拿回来。我要是自己跑去要治疗肝疼的方子,那可真是小题大做了。"庞弗雷特先生一脸敬佩地看着她,"你从哪儿学来的这一招?"他问。

"不是在牛津大学。可以说,我从来没有机会喝这种药;估计很难喝。对了,越快弄到它越好。"

"好的,好的。"庞弗雷特先生闷闷不乐的,"你不想见到我,好吧。不过我真希望你什么时候能过来见见罗杰斯,他真心感到内疚。过来喝茶,或者喝一杯什么的,就今天下午来吧,来吧,只是为了表示我们没什么恶意。"

哈莉叶正要开口说不,这时她看向庞弗雷特先生,心软了。他就像一只年幼的大型犬——有一种可爱的荒唐。

"好吧,"哈莉叶说道,"我来。非常感谢。"

庞弗雷特先生欢欣鼓舞，一边念叨着，一边随着哈莉叶走到大门口，就要出去时，他退了一步，给一个又高又黑的推自行车的学生让路。

"喂，雷吉！"一个年轻女人叫道，"找我吗？"

"啊，早上好。"庞弗雷特先生吃了一惊。然后，他看见女同学的后面出现了一张帅气的面庞，于是他稳住了语气，"你好，费林顿！"

"嗨，庞弗雷特！"费林顿先生喊道。"拜伦式"这个形容词很适合他，哈莉叶想。他的面部轮廓有些桀骜，一头栗色的卷发，迷人的棕色的眸子和阴沉的唇形，他看起来不太愿意见到庞弗雷特先生，至少不像庞弗雷特先生那么热情。庞弗雷特先生向哈莉叶介绍新学院的费林顿先生并低声说她当然应该也认识弗拉克斯曼小姐。弗拉克斯曼小姐冷冷地注视着哈莉叶，说她非常喜欢那天晚上她关于侦探话题的讲座。

"我们要在六点办一个派对，"弗拉克斯曼小姐对庞弗雷特先生说。她脱下她的学士袍，随手塞进自行车篮里。"你来吗？里奥的房间，六点钟。我想有雷吉的地方的，对吧，里奥？"她问。

"或许吧，"费林顿先生不怎么客气地说，"反正会有一大群人要来。"

"那我们总可以再塞一个进去。"弗拉克斯曼小姐说，"别介意里奥了，雷吉，他今天早晨不在状态。"

庞弗雷特先生似乎觉得不止他一个人不在状态，他的回答比哈莉叶想得还要决绝："不好意思，我已经有约了。薇恩小姐要和我一起喝茶。"

"以后再说吧。"哈莉叶说道。

"哦，不。"庞弗雷特先生说。

"你们就不能一起来吗？"费林顿先生说，"就像凯瑟琳说的，总是有能塞下人的地方的。"他转向哈莉叶，"我希望你能来，薇恩小姐。我们会很开心的。"

"呃——"哈莉叶说。现在轮到弗拉克斯曼小姐生气了。

"欸,"费林顿先生突然想起了什么,"你就是那位薇恩小姐,那位小说家……你是!那么,听着,你一定要来。我将是新学院最令人羡慕的人,我们全都是侦探小说迷。"

"你觉得呢?"哈莉叶让庞弗雷特先生来决定。

很明显,弗拉克斯曼小姐不想邀请哈莉叶,费林顿先生不想邀请庞弗雷特先生,而庞弗雷特先生是不愿去的。她带着小说家邪恶的快感体验这一荒诞的情形。当下他们没有人有办法礼貌地解开这个僵局,最终他们接受了所有的邀请。庞弗雷特先生和费林顿先生一起走到了街上;弗拉克斯曼小姐勉勉强强地陪薇恩小姐穿过了方庭。

"我不知道你也认识雷吉·庞弗雷特。"弗拉克斯曼小姐说。

"是的,我们见过面,"哈莉叶说道,"昨晚你为什么不带卡特莫尔小姐回去呢?你分明看到了她情况很糟。"弗拉克斯曼小姐吃了一惊。

"这事与我无关。"她说,"这事传出去了吗?"

"不,但你们做了什么预防措施吗?你们本可以的,对不对?"

"我又不是维奥莱特·卡特莫尔的监护人。"

"不管怎么说,"哈莉叶说道,"你可以高兴地知道,这件荒唐事带来一个好结局。卡特莫尔小姐现在完全清白了,所有关于匿名信和其他骚乱的怀疑都与她无关了。所以现在应当尊重她一些,你不觉得吗?"

"我来说吧,"弗拉克斯曼小姐说,"这件事闹成怎样,我都不在乎。"

"当然。但是你散播了关于她的谣言,现在需要你来辟谣了。我觉得应该告诉费林顿先生真相,这样才公平。如果你不去,我就去。"

"你似乎对我的事情很感兴趣,薇恩小姐。"

"大家都很感兴趣的,"哈莉叶直白地说,"我不会因为最初的误会而怪你,但现在这件事情澄清了——你可以相信我——我相信你会明白,让卡特莫尔小姐做替罪羊是不公平的。你在你的年级还是有分量的,你愿意尽这份力吗?"

弗拉克斯曼小姐又是困惑,又是恼火,完全不明白自己应该把哈莉叶置于什么位置,她勉强地说:"当然了,如果不是她干的,我倒挺高兴的。很好。我会告诉里奥的。"

"非常感谢。"哈莉叶说道。

庞弗雷特先生来回跑得一定很快,一眨眼就取回了配的药,同时出现的还有一大束玫瑰。这一回是对症下药,卡特莫尔小姐不仅出现在了大厅里,而且还在吃午饭。哈莉叶在她离开时赶上了,带她向自己的房间走去。

"唉,"哈莉叶说道,"你真是个小傻瓜,是不是?"卡特莫尔小姐沮丧地表示同意。

"这有什么意义呢?"哈莉叶说,"你打算把记录表上的规定都触犯一遍?这很好玩吗?你在就餐之后,没有请假,就到男生的屋子里参加集会,你应该离开的,因为你是不请自来的。这也违反了规则。不管怎么说,你是在晚上九点以后离开的,也没有登记自己的名字,这要罚你两先令。你在晚上十一点十五分后才回到学院,但没有晚归准假——这要罚五先令。事实上,你是午夜之后才回来的,即使有许可,也要罚十先令。你还爬了墙,应当被禁足。最后,你喝得烂醉不醒,可以被开除了。顺便说一句,这是另一项社会犯罪。你有什么要辩驳的,吧台的罪犯,难道不应该给你判刑吗?抽根烟吧。"

"谢谢你。"卡特莫尔小姐有气无力地回应。

"要不是,"哈莉叶说道,"因为这件荒唐事,你已经洗清了嫌疑,不可能是学院那个疯子,那我就会去找学监了。事实上,这段小插曲还是有用的,所以我还是慈悲为怀的好。"

卡特莫尔小姐抬起头来。

"我出去的时候发生了什么事吗？"

"是，有事情。"

"哦——"卡特莫尔小姐说着落泪了。

哈莉叶看了几分钟，然后从抽屉里拿出一块干净的大手帕，默默地递给了她。

"你可以忘记这一切，"当这位受害者的呜咽声稍稍平息，哈莉叶说道，"但是不要再做这些荒唐事了，来牛津不是为了做这些的。你随时都可以去追求年轻人——天知道世人都是这样。但是，浪费一生中这不同凡响的三年时光是可笑的，这对学院不公平，这对牛津大学的其他女性不公平。你想当傻瓜就当傻瓜吧——我那时也傻过，大家都这样——不过，看在上帝的分上，找个不会连累其他人的地方犯傻吧。"

卡特莫尔小姐有些语无伦次，她说，她讨厌大学，讨厌牛津，不对这些机构负有责任。

"那么，"哈莉叶说道，"你为什么在这里呢？"

"我不想待在这儿，从来都不愿意，可是我的父母热心得很。我母亲致力于捍卫女性的权利——你知道的——职业之类的东西。父亲是一所小小的地方大学的讲师。他们做出了很多牺牲。"

哈莉叶认为卡特莫尔小姐可能是这种牺牲的牺牲品。

"我倒也不介意来上学，"卡特莫尔小姐接着说，"因为我已经跟别人订了婚，他也来这里，我想这会很有趣，学校这一套老做派也没什么大不了的。可是我和他已经没有婚约了，怎么可能指望我去操心这些逝去的历史呢？"

"要是你不想来，而且已经订了婚，他们为什么还费心把你送到牛津来呢？"

"啊!他们说订不订婚没区别的,每个女人都应该接受大学教育,即使她结婚了。现在,当然,他们会说,真庆幸我还能继续我的大学生涯。我无法让他们明白我讨厌它!他们不懂,一个人的成长过程中,周围的人全部都大谈特谈教育,这足以让人讨厌教育了。我受够受教育了。"

哈莉叶并不怎么惊讶。

"那你喜欢做什么呢?我的意思是,假如你的婚约没有出问题的话。"

"我想,"卡特莫尔小姐擤了擤鼻子,又抽了一支烟,"我想自己或许可以做厨师,也可能做医院的护士,但我觉得我应该更擅长烹饪。不过,你知道,这是我母亲致力于让人们摆脱的两件事,她不想让人们认为女性就应该囿于这两件事。"

"做个好厨师可以赚很多钱的。"哈莉叶说道。

"是的——但这不是教育上的进步。再说,牛津没有烹饪学校,你知道,必须去牛津,或者剑桥,因为这样可以结交到合适的朋友。只是我尚未交到朋友,她们都恨我。也许现在她们不那么恨我了,既然那些可恶的信——"

"正是这样,"哈莉叶急忙接话,她怕她情绪又要不稳定了,"布里格斯小姐怎么样?她似乎是个很好的人。"

"她相当好,但我就得一直心存感激。这让我沮丧,让我不舒服。"

"你说得太对了,"哈莉叶说道,这句话切中肯綮,"我知道,感恩是个麻烦事。"

"现在,"卡特莫尔小姐极其坦率地说,"我得感谢你了。"

"你不必的,我有自己的用意,只是顺便帮到了你。但我会告诉你,如果我是你,我将要怎么做。我会停下做那些耸人听闻的事情,因为这迟早会让我陷入欠别人人情的境地;我也不会再追大学生了,因为那样会让他们厌烦透顶，还会干扰他们的学业；我会好好学习历史，通过考试；然后我会转过身说：'现在我已经完成了你要我做的事，我要当一名厨师了。'再好好坚持下去。"

"你会吗？"

"我猜想，你希望得到别人真心的喜爱，像袋鼠老人一样，好厨师都是这样的。不过，既然你已经开始修历史了，你最好还是多在这方面上上心吧。这不会有坏处，你懂的。如果你学会了如何应对一门学科——任何一门学科——你就学会了如何应对所有的学科。"

"行吧，"卡特莫尔小姐半信半疑地说道，"我试试看。"

哈莉叶带着怒气走了，路上遇见了学监。

"他们为什么把这类人送到这儿来？让自己痛苦，还占据了原本会喜欢牛津的人的位置。我们没有多余的位置容纳那些不是也永远不会成为学者的女人。男子学院有这些活跃的混日子的学生，他们赌博、玩闹，这样他们就可以继续在预科学校里赌博和玩闹。但这个沉闷的小鬼一点热情都没有，她简直一团糟。"

"我知道。"学监不耐烦地说，"但是老师和家长都是这样的傻瓜。我们尽了最大的努力，但我们没法完全清扫他们的错误。我自己的秘书——被叫走了，因为她那讨厌的小儿子在他那烦人的学校得了水痘。哦，天哪！我不应该这么说，因为他是个娇嫩的孩子，孩子自然是第一位的，可这太叫人受不了了！"

"我要走了，"哈莉叶说道，"真抱歉你要在这里工作一整个下午，我还打扰了你。顺便说一句，不妨告诉你，昨晚的事情，卡特莫尔有不在场证明。"

"她有？好的！这算数。虽然我觉得，这意味着我们这帮可怜人的嫌疑更大了。不过，事实就是事实。薇恩小姐,昨晚方庭里是怎么回事？

跟着你的那个年轻人是谁？今天早上在活动室里我没有问，因为我知道你不想让我问。"

"我不想。"哈莉叶说道。

"你依然不想吐露吗？"

"正如夏洛克·福尔摩斯在另一个场合所说，'我认为我们必须在这方面请求特赦'。"

学监机灵地朝她眨了眨眼睛。

"二加二等于四。好吧，我相信你。"

"但我建议在学者花园的墙头安装一排栅栏。"

"啊！"学监说，"好吧，我什么都不想知道，而且大部分事情都不过是任性而为，他们想把自己塑造成英雄儿女。学期的最后一周是最棘手的，他们会用爬墙来打赌，我得在学期结束前把它们做完。讨厌的小疯子们。反正，这是不允许的。"

"我想，这种事以后不会再发生了。"

"很好。关于栅栏的事，我要跟财务主管大致地谈谈。"

哈莉叶换了衣服，心里琢磨着，她也受邀参加这次派对，未免有些荒唐。显然，庞弗雷特先生抓住她，是为了对付弗拉克斯曼小姐，费林顿先生抓住她，是为了对付庞弗雷特先生；而女主人弗拉克斯曼小姐，明显是一点都不想要她来的。遗憾的是，她不能对费林顿先生下手，不然就能完成一个咬尾蛇的闭环了。但是，若要让她迷上费林顿先生那拜伦式的轮廓，她已过了年纪了，或者还未到年纪；在圈外保持缓冲状态或许有更多的乐趣。不过，她确实对弗拉克斯曼小姐有些不满，她处理卡特莫尔事件的方式不对。她哈莉叶穿了剪裁相当考究的外套和裙子，戴上了一顶非常漂亮的帽子，开始今天下午的第一项活动。

她毫不费力地找到了庞弗雷特先生所在的楼栋，也轻而易举地找到了庞弗雷特先生。她在黑暗中爬上古老的楼梯，经过了史密斯先生紧闭的门，班纳吉先生的橡木门和霍奇斯先生敞开的门，他好像在招待一大群吵吵闹闹的男性朋友，她意识到楼上有人发生了口角，不一会儿，庞弗雷特先生也出现了，他站在自己的门口，和一个背对着楼梯的人争吵。

"你见鬼去吧。"庞弗雷特先生说。

"很好，先生，"那个背影说，"我去找那位小姐怎么样？如果我去告诉她，我看见你推着她翻过墙去——"

"滚蛋！"庞弗雷特先生叫道，"闭嘴行吗？"

听到这里，哈莉叶踏上了最高一级楼梯，与庞弗雷特先生对上了目光。

"噢！"庞弗雷特先生吃了一惊。然后，他对那人说："现在走开，我忙着呢。你最好再来一趟。"

"先生，你很受女士们欢迎啊？"那人带着敌意说道。

说完这些，他转过身来，使哈莉叶惊奇的是，这是一张熟悉的面庞。

"哎呀，朱克斯，"她说，"想不到在这儿见到你！"

"你认识这个讨厌鬼啊？"庞弗雷特先生说。

"我当然认识，"哈莉叶说道，"他是什鲁斯伯里的门卫，因为偷盗而被解雇了。我希望你现在走上正道了，朱克斯，你的妻子怎么样了？"

"好吧，"朱克斯沉郁地说，"我还会再来的。"他想从楼梯上滑下去，但是哈莉叶的伞尴尬地撑在中间，挡住了他的去路。

"嗨！"庞弗雷特先生说，"听听这个吧。请回来一会儿，好吗？"他伸出一只有力的胳膊，把不情愿的朱克斯拉了回来。

"你不能老在那桩旧事上做文章，"朱克斯轻蔑地说道，这时哈莉叶跟着他们进来了,砰的一声关上了她身后的橡木门,"那都是过去的事情了,跟我刚才说的那件小事一点关系也没有。"

"什么小事?"哈莉叶问。

"这个讨厌的家伙,"庞弗雷特先生说,"居然来这儿说,如果我不花钱买断他那张臭嘴,他就会把昨晚的事情传扬出去。"

"敲诈勒索,"哈莉叶很感兴趣地说道,"这是严重的罪行了。"

"我可没说要钱,"朱克斯一副受伤的样子,"我之所以告诉这位先生,是因为我看到了一些不应当发生的事情,让我的心里感到不安。他说我可以下地狱了,我就说,既然这样,我就去找那位女士,我良心上是很不安的,你看不出来吗?"

"很好,"哈莉叶说道,"我就在这。继续吧。"朱克斯先生盯着她。

"我想,"哈莉叶说,"你昨天晚上看见庞弗雷特先生帮我翻墙进入什鲁斯伯里的墙,那是因为我当时没带钥匙。顺便问一下,你在墙外做什么呢?故意游荡?然后你可能看到我随后又出来了,我感谢了庞弗雷特先生,邀请他进来,在月光下看看学院的建筑。如果你等得够久,你就会看到我又放他出来了。是这样吧?"

"说得轻巧,我不相信。"朱克斯有点不安地说。

"或许吧,"哈莉叶说,"但如果高级成员选择以非传统的方式进入自己的学院,我不认为有谁可以阻止他们。你当然更不行了。"

"我一个字也不相信。"朱克斯说。

"那我就没有办法了,"哈莉叶说道,"学监看到了庞弗雷特先生和我,她可以证实的。没人会相信你的。庞弗雷特先生,你为什么不立刻把事情的全部经过告诉这个人,好让他放宽心呢?顺便说一句,朱克斯,我刚告诉学监,她应该给那面墙装上栅栏。我们倒是挺方便的,但它的确拦不住窃贼和其他不受欢迎的人。你继续在那儿闲逛是没什么好处的。最近人们的房间里少了一两件东西,"她补充了一些实情,"也许可以在那条路上派专人看守。"

"什么都没有,"朱克斯说,"我可不想被人污蔑我的人格。如果真的如你所说,那么我绝对不想像你这样的女士惹麻烦的。"

"我希望你能记住这一点。"庞弗雷特先生说,"也许你需要点什么东西来帮忙记住。"

"别动我!"朱克斯喊道,朝门口退去,"别动我!你敢碰我!"

"如果你这张脏脸再敢出现在这里,"庞弗雷特先生打开门说,"我就把你踢下楼,踢出院子。懂了吗?现在滚吧!"

他一手把橡木门往后一甩,另一手把朱克斯推出去。在一阵撞击声和诅咒声中,朱克斯一定是溃逃到楼梯口处了。

"唷!"庞弗雷特先生叫道,"天啊!真是太好了!你真是太棒了!你是怎么想到这一点的?"

"很明显,我想那都是虚张声势,真的,我不觉得他会知道卡特莫尔小姐是谁。我很好奇他是怎么缠上你的。"

"一定是在我出来的时候跟着我回来了。但我并不是从这扇窗户进去的——很明显——那他是怎么——哦!对!我敲布朗窗户的时候,我记得他探出头问:'是你吗,庞弗雷特?'粗心大意的傻瓜。我会跟他谈谈的,我说,你可真是大家的守护天使,不是吗?你的头脑能一直保持清醒,真是厉害。"他那一双小狗一样的眼睛注视着她。哈莉叶笑了起来。这时罗杰斯先生端着茶水走了进来。罗杰斯先生读三年级——个头挺高,皮肤黝黑,开朗活泼,面色带着对那晚的悔悟。

"这一类四处闲逛、违反规定的做法很是荒唐,"罗杰斯说,"我们为什么要这么做呢?因为他们说这很好玩,我们就相信了;为什么会相信呢?我想不通。我们应该更客观地看待这些事情。这些事情的内在有美好可言吗？没有。那我们就不要继续了。对了，庞弗雷特，你扒了卡尔佩珀的裤子，有人找上来吗？"

"我等着呢。"庞弗雷特先生说。

"是呢，卡尔佩珀是个毒瘤，令人讨厌的家伙。扒掉裤子会让他看起来更好吗？不，苏格拉底，他不会。丑态更是明显了。如果有人要被扒掉裤子，那得是有经得住曝光的双腿的人——比如你自己，庞弗雷特。"

"那你试试，就这样。"庞弗雷特先生说。

罗杰斯继续说："无论如何，扒裤子都没什么用，也早就过时了。我是不会鼓励现代人这种暴露无美感的双腿的狂热的，我不会参与的。我打算改过自新，从现在起，我只考虑事物本身的价值，在任何舆论面前都不受动摇。"

罗杰斯先生以一种愉悦的方式忏悔了自己的罪过，答应改邪归正，然后优雅地将话题转移到了大家的关注点上。他大约在五点离开了，歉疚地念叨着关于功课和导师的事，仿佛非得和这些不合时宜的事情打交道。说到这一点，庞弗雷特先生突然变得严肃了起来，像是年轻小伙子和年长的女人单独相处的那种状态，他同哈莉叶谈论了很多自己对生命意义的看法。哈莉叶尽力带着理性的同情倾听他的讲述，但当三个年轻人冲进来借庞弗雷特先生的啤酒，开始在一旁对科米萨耶夫斯基争执不休时，哈莉叶还是觉得自己解放了。庞弗雷特先生似乎有点恼火，最后他宣布，该到新学院去参加费林顿的派对了，才终于找回了自己的清净。他的朋友们略带遗憾地放走了他，哈莉叶和她的同伴还没有走出门，他们就坐上扶手椅，继续争论下去了。

"马斯顿，"庞弗雷特先生温和地说，"他是牛津戏剧社团的小名人，放假了就会去德国。我真不知道他们怎么会对戏剧那么痴狂。我喜欢好的戏剧，但我不理解那些所谓风格处理和视觉层次之类的东西。不过你应该了解吧？"

"一字不通，"哈莉叶愉快地说道，"我敢说他们也一知半解。总之，我不喜欢要演员在楼梯上滚上滚下的戏剧，还有那些让你看不清的照明艺术，以及那种让你一直好奇中心舞台的旋转物有何象征意义的表演，如果真有意义的话，这些东西让人分心。我宁愿到霍尔本皇家剧院，找找凡俗的乐趣。"

"你会吗？"庞弗雷特先生若有所思地说，"假期你会来伦敦和我一起看一场剧吗？"

哈莉叶含含糊糊地应下了，庞弗雷特先生似乎很是高兴。不久，他们就来到了费林顿先生的起居室，他们像沙丁鱼一样挤在一群大学生中间，手肘都动不了，连雪利酒和饼干都难以企及。

人群太拥挤了，哈莉叶自始至终未曾见着弗拉克斯曼小姐。然而，费林顿先生确实历经重重阻挡来到了他们身前，还带来了一群想谈谈侦探小说的年轻男女。他们似乎读过很多这类文学作品，其他书像是没怎么读。哈莉叶暗想，如果侦探小说是一个学科，那必然是可以招到一大批优秀学生的。她认为，自她那个时代以来，精神分析就已经不再流行了。她本能地意识到，一种对行动和具象事物的渴望正在取代它。战前的庄严和战后的疲惫都已烟消云散；人们现在的愿望是要做一些确定的事，尽管定义不同。毫无疑问，大家接受侦探小说，因为小说中已经有了确定的内容，作者事先已经轻松地决定了内容。哈莉叶深信，所有这些青年男女都要开始在一块非常坚硬的土地上锄地了。她深为他们感到难过。

完成一些确定的事情。是的，确实。第二天早晨，哈莉叶回想了这些情景，深感不满。她一点也不喜欢朱克斯这件事。她猜想，他不可能与那些匿名信有什么关联：他能从哪儿弄来《埃涅阿斯纪》的这一段呢？但他确实胸有怨恨，心思不纯，还是一个小偷。他养成了天黑后在学院围墙周围闲逛的习惯，这真让人不舒服。

哈莉叶独自待在研究活动室里，其他人都去工作了。活动室的校工进来了，手里拿着一堆干净的烟灰缸，哈莉叶突然想起她的孩子住在朱克斯家。

"安妮，"她冲动地说，"天黑以后，朱克斯到牛津来干什么？"

这个女人看起来很吃惊："是吗？夫人。我想不是做什么好事吧。"

"昨天晚上我发现他在圣十字路游荡，在一个容易翻进来的地方。你知道他现在老实了吗？"

"我说不上，夫人，我也有我的怀疑。我非常喜欢朱克斯太太，也很抱歉给她添麻烦，但我从不相信朱克斯这个人。我一直在想，我应该把我的女儿们送到别的地方去，他可能会对她们影响不好，你的看法呢？"

"我当然是这样想的。"

"我最不愿意给一个体面的已婚女人添麻烦了，"安妮狠狠地把烟灰缸往下一拍，接着说，"当然，她忠于丈夫是对的。但是，孩子是最为重要的，不是吗？"

"当然，"哈莉叶漫不经心地回答，"哦，是的。应该为她们另寻去处。我想，你从未听到过朱克斯或他妻子说过什么关于他——嗯，他从学院偷东西或者对教师怀有恶意的事情吧？"

"我没怎么和朱克斯打过交道，夫人，即使朱克斯太太知道什么，她也不会告诉我的。如果她告诉我，那就不对了。他是她丈夫，她得站在他的那一边，我很理解的。但如果朱克斯不本分，我就得给孩子们找别的去处了。非常感谢您的提醒，夫人。我星期三会过去一趟，那天下午我有空,我会借这个机会通知她们。夫人,请问你对朱克斯说了什么吗?"

"我已经跟他谈过了,我告诉他,如果他还在这儿逗留,就得去和警察打交道了。"

"听你这么说我很高兴,夫人。他没有理由到这儿来。如果我知道这件事,我简直寝食难安。当然应该制止它。"

"是的,必须制止。顺便问一下,安妮,你在学院里见过穿这种裙子的人吗?"哈莉叶从她旁边的椅子上拿起黑色绉纱裙子。安妮仔细地检查了它。

"不,夫人,我没这个印象。也许哪个比我待得久的女佣会知道。格特鲁德在餐室里,你想问问她吗?"

不过,格特鲁德也没能帮上忙。哈莉叶让她们拿着衣服,去问问其他的员工。问了一圈,但没什么结果。在学生中进行的询问也没找到什么线索。裙子又被送回来了,仍然无人认领,也没人可以认出来,这又成了一个谜团。哈莉叶断定,这可能是匿名者自己的衣物;但如果事实如此,就得先将裙子带到学院藏起来,之后再戏剧性地展示在教堂里。因为,如果谁在学院里穿过它,那就一定会被认出来的。

研究活动室的成员们都很配合地提供了不在场证明,但没有一个是无懈可击的。这并不奇怪;如果铁证如山,那反倒令人奇怪了。只有哈莉叶(当然还有庞弗雷特先生)知道不在场证明需要贴合的确切时间。虽然有许多人都能证明,午夜时分,她们都睡下了,所有人都说,十二点四十五分的时候,她们都规规矩矩地待在屋里或者床上。门房的记事簿和晚归特许都被检查过了,所有学生都被询问过,有没有人看到谁在半夜里出现在院子里,有没有人目睹到可疑的人,穿着长袍,拿着靠垫和面包刀。在这种地方犯罪太容易了,学院很大,又是开放的，即使有人看到有人带着一个靠垫，甚至一套完整的床上用品和一张床垫穿过方庭，也不会有人在意的。她们很自然会得出这样的结论：有人想睡在外面，呼吸新鲜空气。

哈莉叶很是恼火，她走进博德利图书馆，开始研究勒法努。在那里，她至少心里清楚自己在调查什么。

她觉得亟须抚慰的力量，下午就去了基督教堂，在大教堂里听礼拜。她还去逛了逛——买了些东西，包括一袋蛋白糖饼，那是为了招待当晚她邀请到她房间参加小型派对的几个学生——直到她抱了满怀的东西，她才产生了去教堂的念头。那个地方离她有些距离，不过东西倒也不算重。她绕过卡尔法克斯塔，那些现代生活的汽车嘈杂和错综复杂的指示灯让她动怒。她随着一群路人走上圣奥尔达路，穿过沃尔西那座未完工的大方庭。

大教堂里沉静又安宁。中殿里的人走了以后，她留在座位上，直到风琴师结束了自己的义务演奏。她随即慢步走出去，转向左边，恍惚间觉得应该再欣赏欣赏学院壮观的阶梯和大厅，这时，一个穿灰色西装的清瘦身影从黑暗的门口闪现出来，几乎要撞到了她，还把她的包和手提袋都碰飞了，在走廊里散落一地。

"可恶！"一个声音说，这种出乎意料的熟悉感让她的心怦怦直跳，"我撞疼你了吗？我到处乱跑——横冲直撞，像一只在瓶子里乱窜的大黄蜂，简直笨手笨脚的！啊，请告诉我你没有受伤。因为，要是我碰伤你了，我就要径直跑开，让自己淹死在墨丘利喷泉里。"他伸出没有扶着哈莉叶的手臂，向喷泉池比画了一下。

"一点也没有，谢谢。"哈莉叶缓了缓神，说道。

"感谢上帝。我今天真不走运。我刚和初级检查员谈得很不愉快。包里的东西有没有摔碎呀？噢，瞧！袋子给开了，小东西都掉下台阶了。

请不要动,你站在那里,要什么就告诉我,我来把它们一个个捡回来,我会对它们一一说'是我的错'。"

他言行一致照做了。

"恐怕这没有增益蛋白糖饼的口感。"他抱歉地抬起头来,"不过,如果你肯原谅我,我们就到厨房里再拿些来——真正的那种——你知道的——特色菜,那种。"

"不必麻烦了。"哈莉叶说道。

当然不是他。至多二十一岁的小伙子,蓬乱的卷发披散开来,面庞俊俏又执拗,充满了魅力,尽管弯弯的嘴唇和向上翘的眉毛给他增添了几分文弱,但他的发色很合适——成熟大麦的淡黄色;还有那轻柔的、舒缓的嗓音,发音清晰又滔滔不绝;还有那一闪而过的微笑的侧脸;最为重要的,是那双熟练地将"小东西"收集回来的漂亮又灵巧的手。

"你不知道我的名字吧。"年轻人说。

"我觉得我几乎能叫出你的名字来了,"哈莉叶说道,"你是不是——是不是彼得·温西的亲戚?"

"欸,当然啦,"年轻人说着,踮起脚后跟站了起来,"他是我的叔叔;他的热心肠胜过犹太人,"他补充说,仿佛被一些忧郁的联想所击中,"我们在什么地方见过吗?还是你猜出来的?你不会觉得我像他吧?"

"你讲话的时候,我还以为是你叔叔呢。你有的地方确实与他很像。"

"我妈妈要是听到了会伤心的,"年轻人咧着嘴笑着说,"她不喜欢彼得叔叔。我真希望他在这里,这会儿他可是能派上用场的。但他好像又如往常那样走了,神秘的老汤姆猫,是不是?我想你是认识他的——忘了说世界真小了,还真被说中了。那个老家伙现在在哪儿?"

"我想他在罗马。"

"他应该在那儿。那就得写信了。书信难以有说服力,你不觉得吗?我是想说,这一切都需要大费周章地解释,而且白纸黑字也难以彰显我们家族名望的魅力。"

他把最后一个掉落的东西捡了起来,向她微笑着,有种迷人的坦率。

"我想,"哈莉叶调侃他说,"你想要获得彼得叔叔的好感吧?"

"是这样,"年轻人说,"他很有人情味,真的,你知道,如果你用正确的方法对待他。再说,你看,我已经知道怎么搞定彼得叔叔了。如果最坏的情况发生了,我随时可以威胁说我要割断喉咙,把草莓叶留给他。"

"留下什么?"哈莉叶说,她想这一定是牛津最近流行的讥讽语。

"草莓叶,"年轻人说,"香膏、权杖和圣球。四排被虫蛀的貂皮。更不用说在丹佛摧毁大营房,把它发霉的脑袋吃掉。"看到哈莉叶仍然茫然地望着他,他加以解释说:"我很抱歉,我忘了介绍,我的名字叫圣乔治,我的父亲没有给我留下兄弟,所以在我死后,他们会在死亡证明上写下无子嗣,那么彼得叔叔就是继承人了。当然,我父亲可能比他活得更久;我倒不认为彼得叔叔会英年早逝,除非某个小罪犯会把他干掉。"

"这是很有可能发生的。"哈莉叶说,心里想着之前的那个恶棍。

"啊,那他也太惨了,"圣乔治勋爵摇着头说,"他冒越多的险,就会越快地陷入婚姻的俗套里。同老邦特住在皮卡迪利大街公寓的单身汉自由就一去不返了。而且也不再有出色的维也纳歌手了。所以你看,他的生活如此精彩,他不会让我出什么事的。"

"显然。"哈莉叶对这个新见解很感兴趣,说道。

"彼得叔叔的弱点,"圣乔治勋爵一边小心地把压扁了的蛋白糖饼从包装纸上掰下来,一边说,"就是他强烈的公共责任感。可能不怎么明显,但确实是这样的。(我们用它们喂鱼怎么样?我感觉不适合给人吃了。)到目前为止,他保持置身事外的状态——顽固的老家伙。所以说,他一定要找合适的人结婚,不然就不结婚。"

"但如果合适的人说不呢。"

"那是他编的故事,我一个字也不信。为什么会有人拒绝彼得叔叔呢?他不是很帅,话又很多;不过他现在相当富有,很有教养,是有名有姓的社会名流。"他在墨丘利喷泉池的边缘保持平衡,凝视着宁静的水面,"看!有一条大的。看它的样子,像是有喷泉时候就在这里了——沃尔西主教的宠物。"他把一块饼渣扔了过去,大鱼迅速咬住,重新潜入水中。

"我不知道你对我叔叔的了解程度,"他继续说,"不过,如果你有机会的话,请告诉他,见到我的时候,我看上去很不舒服,愁容满面,有自杀倾向。"

"我会突出这一点,"哈莉叶说道,"我要这样说,你连爬着走都困难,事实上,还晕倒在我怀里,不小心把我袋子里的东西都压碎了。他不会信的,但我会尽力的。"

"不——他不怎么相信别人,讨厌的家伙。恐怕我还是得写信,摆出证据。不过,我不明白为什么要拿这些琐事来烦您。快到厨房来。"

基督教堂的厨师用学院古老而著名的烤炉,高兴地做着蛋白糖饼。哈莉叶欣赏着光亮的大壁炉,听他们说一学期内每周烤多少肉、消耗多少燃料,她又跟着向导走到方庭,得体地表示了感激。

"别客气啦,"圣乔治勋爵说,"我先撞到你的,导致你的东西掉得到处都是,恐怕也没怎么补偿你。顺便问一下,我能知道我有幸冒犯到的人的名字吗?"

"我叫哈莉叶·薇恩。"

圣乔治勋爵站住了,重重地捶了一下自己的前额。

"上帝呐,我做了什么?薇恩小姐,我恳求你的原谅——我卑微地请求你的原谅。若是我叔叔知道了,他永远不会原谅我的,我就真的要割断自己的喉咙了。我反应了过来,我把不该说的话全讲出来了。"

"是我的错,"哈莉叶看出他确实很惊慌,"我应该先告诉你的。"

"说实在的,我无权对任何人说这些。恐怕我遗传了叔叔的话多和母亲的单纯。听我说,看在上帝的分上,忘掉那些胡话吧。彼得叔叔是很好很好的人,向来都很正派。"

"我本来就知道。"哈莉叶说。

"我想是的。对了——真糟!我好像造成麻烦了,我应该解释一下,我从来没听他说起过你。我是说,他不是那种人。是我的母亲,她什么话都说。对不起,我把事情搞得越来越糟了。"

"不用担心,"哈莉叶说,"不管怎么说,我了解你的叔叔,嗯——知道他是什么样的人。我当然不会出卖你。"

"看在上帝的分上,千万不要。这不仅是因为,我从他那儿再也得不到什么了——我现在真是一片狼藉——而且他的责备会让人很难堪的。我想你从来没有被叔叔责怪过吧——当然没有。要是在两者之间二选一,我宁愿被剥皮。"

"我们的处境是相似的。我也无权去听。再见,感谢你的蛋白糖饼。"

她走到圣奥尔达的半路,勋爵又追了上来。"啊,我刚想起来,那个我犯蠢翻出来的旧事——"

"那个维也纳舞者吗?"

"歌手——他喜欢音乐。请忘了吧,我是说,那已经过去了,六年了。我那时还在上学,我保证全翻篇了。"

哈莉叶笑了,答应发自内心地忘掉维也纳歌手。

债台高筑

> 来吧，朋友，听到你这样的事，我感到羞耻……你已经差不多九岁了，至少也八岁半了，既然你清楚你的责任，却又疏忽了，就应该受到更大的惩罚。不要以为祖先的高贵为你赋予了为所欲为的权利，相反，你更应遵守美德。
>
> 皮埃尔·艾伦戴尔

"那么，"总务长说，随后的星期四，她来到高桌上吃饭，"朱克斯又倒霉了。"

"他又偷东西了吗？"利德盖特小姐问，"真是的，好令人失望啊！"

"安妮告诉我，她已经怀疑了一段时间了，昨天只有半天班，她刚下楼告诉朱克斯太太，她得把孩子们送到别的地方了——就亲眼看到警察走进来了，发现了一大堆两周前在霍利韦尔一个大学生房间里失窃的东西。真难堪——我是说对安妮来说。他们问了她很多问题。"

"我一直觉得让孩子们待在那里是个错误。"学监说。

"原来这就是朱克斯晚上的行径。"哈莉叶说,"我听说有人在学院外面看见过他。其实还是我告诉安妮的。真可惜她没能早点把孩子们带走。"

"我以为他现在过得不赖呢,"利德盖特小姐说,"他有一份工作——我知道他养鸡——还有钱给小威尔逊,我是说安妮的孩子——所以他应该没必要去偷东西,可怜的家伙。或许朱克斯太太不善经营。"

"朱克斯是个坏种,"哈莉叶说,"坏透的家伙。他最好离远点。"

"他偷盗了很多吗?"学监问。

"我从安妮那里听说,"总务长说,"好多小偷小摸都是朱克斯名下的。我看现在的问题是找到他的买家。"

"我想,他会找个销赃犯来处理,"哈莉叶说道,"当铺老板之类的人。他之前进去过——监狱吗?"

"据我所知,没有。"学监说,"虽然他早该进去了。"

"那我估计,他会被当作初犯从轻处置的。"

"巴顿小姐会知道的,我们之后问问她。我真希望这事与可怜的朱克斯太太不沾边。"总务长说。

"当然不会,"利德盖特小姐嚷道,"她是个很好的女人。"

"她一定知道这些的,"哈莉叶说道,"除非她蠢透了。"

"知道自己的丈夫是个盗窃犯?多可怕啊!"

"是啊。"学监说,"靠这种方式糊口太难受了。"

"糟透了,"利德盖特小姐说,"我想不出还有什么事情会让一个诚实的人更伤心。"

"那么,"哈莉叶说,"考虑到朱克斯太太,我们只能希望她与他同样有罪了。"

"多么可怕的期望!"利德盖特小姐叫道。

"唉,她只能在内疚与伤心之间做出选择。"哈莉叶说道,一边把面包递给学监,眨了眨眼睛。

"我完全不赞同,"利德盖特小姐说,"她要么是无辜而不幸的,要么是有罪而不幸的——我看不出她怎么还能快乐呢,可怜的家伙。"

"我们下次见到院长时问问她,"马丁小姐说,"一个有罪的人有没有快乐的可能。倘若如此,是选择快乐,还是选择真诚。"

"得了,学监,"总务长说,"我们不能容忍这种事。薇恩小姐,你高兴的话,请给学监一碗毒芹。回到刚才讨论的话题,到目前为止,警察还没有带走朱克斯太太,所以我想她没有什么错处。"

"这令人高兴。"利德盖特小姐说。这时肖小姐来了,她正为她的一个学生老是头痛不能工作而发愁。于是她们聊起了别的话题。

学期就要结束了,调查似乎没有多少进展。不过,可能是因为哈莉叶的夜间巡查,以及计划在图书馆和教堂展开的诡计受挫,犯案者收敛了很多,没有爆发什么事情,盥洗室的涂鸦和匿名信接连三天没有出现了。学监这段时间忙得不可开交,总算松了口气。还有件高兴事,是她得知秘书古德温太太星期一要回来,帮忙处理期末堆积的事项。卡特莫尔小姐开朗多了,她给希尔亚德小姐写了一篇关于亨利八世海军政策的论文,很有水准。哈莉叶请神秘的德·范恩小姐去喝咖啡。像往常一样,她本来打算把德·范恩小姐的心事都套出来,结果发现缴械的又是她自己。

"我同意你的看法,"德·范恩小姐说,"把智力上的兴趣和情感上的兴趣结合起来是很困难的。我不认为只有女性才受影响,男性也一样。但当男性将公共生活置于私人生活之前时,不会像女性那样受到公众的针对,因为女性比男性更能忍受被忽视的感觉,她们从小就是带着这种预期长大的。"

"不过,假如你不知道该把哪一个放在第一位呢?假设,"哈莉叶援引了其他人说过的话,"假如一个人同时受到情感与思想的诅咒呢?"

"通常,"德·范恩小姐说,"你看看你会犯什么错误就知道了。我很确信,对于真正想要做到的事情,人是不会犯根本性的错误的。根本性的错误是缺乏真正的兴趣所导致的。我的理解就是这样。"

"我曾经犯过一个很大的错误,"哈莉叶说,"我想你知道。我不认为这是因为缺乏兴趣。在那个时候,这似乎是世界上最重要的事情。"

"而你是犯了错误的。你真的觉得自己是全身心投入了吗?你在意吗?你像遭词造句时那样小心谨慎、仔细推敲了吗?"

"这样相比太困难了。一个人肯定不能用置身事外的精神来应对情感上的激动。"

"遭词造句难道不是一种情感上的激动吗?"

"是的,当然了。至少,当你找到了正确的行文方式,确定那一定没错,不会有比这更令人兴奋的了。简直不可思议,它会让你在第七天觉得自己是上帝——即使是短暂的片刻。"

"嗯,我就是这个意思。你解决了麻烦,没有犯任何错误——随即体验到狂喜。但是,如果有的事情,你做到二流也满足了,那么它就不是你所致力的事情。"

"你说得非常有道理,"哈莉叶停顿了一下,说道,"正如伊丽莎白女王所说,如果一个人真的感兴趣,他就会知道如何耐心等待,静待时间流逝。也许这就是天才是永恒的耐心这句话的意思,我原先觉得这很可笑。如果是真心所求,就不会想着轻而易举地到手,否则就不是真心想要。甘愿为一件事情耗费心神,才是真的重要,你觉得呢?"

"在我看来,很大程度上是这样的。但最重要的考验是,没有犯下根本错误,一切都做得得当。当然,总是难免有表面的误差。但若犯下根本性的错误,就是不关心的标志了。我希望现在有人能告诉人们,想要什么又要取巧,这是不可靠的。"

"今年冬天,我在伦敦看了六出戏,"哈莉叶说道,"全都在宣扬取巧的道理。留给我的感觉就是,没有一个角色知道他们想要什么。"

"是的,"德·范恩小姐说,"一旦你确定了自己想要什么,你就会发现其他一切都不再重要,如同落下滚筒的草——所有其他的兴趣,你自己的和别人的都不再重要。利德盖特小姐不喜欢听我这么讲,但她和其他人都是这样的。她那世界上最为慈悲的灵魂,只对不感兴趣的事情展现出来,比如朱克斯的偷盗,但她对埃尔克巴顿先生的韵律理论毫不慈悲宽大。她不会为了让埃尔克巴顿先生免于绞刑而支持他的论点。她会说,自己做不到。她当然做不到。如果她真的看到埃尔克巴顿先生因羞愧而痛苦挣扎,她会感到难过的,但她绝不会改动任何一句话,那是背叛。就自己的事业而言,不能可怜其他人。我想你也愿意快活地撒谎,除了——什么?"

"哦,什么都行!"哈莉叶笑着说道,"除了非要称赞其他人写得蹩脚的书,我不能这样做。这会为我树很多的敌,但我不能这样做。"

"不,不能,"德·范恩小姐说,"无论多么痛苦,如果一个人的思想有根基在,总要真诚地对待一件事情。这是我凭自己的经验看出来的。当然,这件事可能是感情方面的;不是不可能。一个人可能会犯遍有史以来所有的罪,但仍然对一个人忠心和诚挚。如果是这样,那么这个人可能就是他的天职。我并非轻慢这种忠诚,只不过这不是我的境况。"

"你是在犯下一个大错后才认识到的吗?"哈莉叶有点紧张地问。

"是的,"德·范恩小姐说,"我曾与一个人订过婚,却发现自己太莽撞——伤害了他的感情,做出傻事,犯了一些与他相关的低级错误。直到最后意识到,我对待他,根本没有像对一篇有争议的文章那么尽心。所以我决定了,他不是我的事业。"她笑了笑,"尽管如此,我还是很喜欢他,胜过他喜欢我。他娶了一个相当好的女人,她全心待他,让他成为她的事业——我想是把他当作全职工作。他是一个画家,总是在破产的边缘;不过他画技很好。"

"我想,除非做了把对方当作全职工作的准备,否则就不应该嫁人。"

"或许不是,我相信还有少数人不把对方当作事业,而是当作战友。"

"我觉得菲比·塔克和她的丈夫就是这样的人,"哈莉叶说,"你在华夜宴会见过她,看起来是相得益彰的合作。但是,嫉妒丈夫的工作的妻子,还有嫉妒妻子的兴趣的丈夫怎么办呢,似乎我们大多数人都把自己当作了事业。"

"事业最糟糕的地方,"德·范恩小姐说,"就是会毁坏一个人的个性。我为那些成为了别人的事业的人感到难过;他(当然,或者她)的结局不是吞噬,就是被吞噬,都是不好的结局。我的画家吞噬了他的妻子,虽然他们谁也未曾意识到;可怜的卡特莫尔小姐处境危险,人们都把她和她父母的工作绑定起来,这将吞噬她。"

"那么,你赞成的是不掺杂情感的事业?"

"是的。"德·范恩小姐说。

"可你也说,你不轻视那些把别人当作事业的人?"

"不仅不会轻视,"德·范恩小姐说,"我还认为他们很危险。"

基督教堂学院,
星期五。

亲爱的薇恩小姐，

如果你能原谅我前几天的愚蠢行为，是否愿意星期一下午一点来和我共进午餐？希望你前来。我依然惴惴不安，如果能来，将是你的善举。我希望糖饼都安全到家了。

谨致问候
圣乔治

我亲爱的年轻人，哈莉叶一边想，一边写信接受这封幼稚的邀请信：

如果你认为我看不出这一点，那就大错特错了。这不是为了邀请我的，而是为了彼得叔叔美丽的钱袋瞄眼吧。不过，基督教堂学院厨房的水平还是可以的，我会来的。顺便问问，你打算要多少钱。丹佛的继承人应该够富有了吧，还要向叔叔求助吗。真的！回想我当时有奖学金付学费、服装费，还有一学期五镑，已经过得称心如意了！所以我无法同情你，也支持不了你什么，勋爵。

星期一，她开车到了圣奥尔达路，依旧心绪凝重，向汤姆塔的看门人打听圣乔治勋爵，却被告知，勋爵不在学院。

"啊！"哈莉叶困惑地说道，"可是他邀请我来用午餐。"

"真抱歉，小姐，你不知道，圣乔治勋爵星期五晚上遭遇了严重的车祸，他在医务室。你没在报纸上看到吗？"

"没有，我没有看到。他伤得很重吗？"

"我们听说，他的肩膀受了伤，脑袋也被划破了，伤势很重，"看门人说，他很抱歉，但告诉别人坏消息时，又有点激动，"他昏迷了二十四小时；但我们得知，他有所恢复。公爵和公爵夫人看望过他，又回乡下了。"

"我的天！"哈莉叶说，"真是令人难过。我得去看望一下。你知道他现在可以见访客了吗？"

看门人带着父亲般的目光打量着她，这使她恍惚觉得，如果她是本科生，答案肯定是否定的。

"我想，小姐，"看门人说，"丹弗斯先生和沃博伊斯勋爵今天上午被允许探望勋爵了。我只知道这些，抱歉。方庭那边是丹弗斯先生，我去确认一下。"

他从玻璃隔间里出来，去追丹弗斯先生，而丹弗斯先生立刻向门房赶来。

"那个，"丹弗斯先生说，"你是薇恩小姐吗？因为圣乔治这个可怜的家伙才想起你来。他深感抱歉，我要带着你去吃点东西。一点也不麻烦——我很荣幸。我们本应该通知你的，可是他撞糊涂了，可怜的老伙计。再有他的家人乱成一团，你认识公爵夫人吗？她今早走了，然后我才被允许来探望，接到了这个指示。非常非常抱歉。"

"怎么会出事呀？"

"飙车威胁公众安全，"丹弗斯做了个鬼脸说，"想在大门关闭前赶到。现场没有警察，所以我们不知道究竟什么情形。万幸的是，没有撞死人。圣乔治显然是撞到了一根电线杆，一头冲上去，然后砸到肩膀。幸好他把挡风玻璃放下来了，不然就要没命了。车报废了，我都不知道他怎么挺住的。所有温西家族的人都有猫一样多的命。来吧，这些是我的房间。我希望你愿意吃些寻常的羊排——我也来不及准备什么特别的了。但我接到特别指令，要找出圣乔治二十三年的那瓶尼尔施泰因酒，还要和你提一下彼得叔叔什么的。是这样吗？我不知道是彼得叔叔买了这瓶酒,还是推荐了这瓶酒,要么就是爱喝它,还是别的什么关系,但他就是这么嘱咐我的。"

哈莉叶笑了:"他做了哪一样都行。"

尼尔施泰因是美酒,哈莉叶品得津津有味,觉得丹弗斯先生很会招待人。

"你一定要上楼看看病人,"丹弗斯先生说,最后送她到门口,"他现在可以接待客人了,他会非常高兴。他住的是私人病房,你随时都可以进去。"

"我这就过去。"哈莉叶说道。

"去吧,"丹弗斯先生说,"那是什么?"他转身看向门卫,门卫手里拿着一封信走出来。"哦,是寄给圣乔治的。对,是的,如果这位女士现在要进去,我想她可以帮忙带过去。或者我可以等送信的人来。"

哈莉叶看了看上面的字。"圣乔治勋爵家,基督教堂学院,牛津,英国[1]"。即使不贴意大利邮票,也能看出是谁寄过来的。"我来送,"她说,"可能是急件。"

圣乔治勋爵右臂挂着绷带,绷带遮住他的前额和一只眼睛,另一只眼睛发黑且充血,他一再热烈地欢迎哈莉叶,并表达歉意。

"我希望丹弗斯把你招待周到了,太感谢你过来看我了。"

哈莉叶问他伤得是否严重。

"嗯,可能会更糟。我想彼得叔叔险些就继承头衔了,结果我只是擦破了头,磕到了肩膀,也受了惊吓,还有瘀伤什么的,比我应得的轻得多。留下和我聊聊天吧。一个人真无聊,而且我只能用一只眼睛,什么都看不见。"

"多讲话不会头疼吗?"

---

[1] 原文是意大利语 Inghilterra。

"已经疼得不能更疼了。你声音好听。行行好,留下来。"

"我从学院给你带来一封信。"

"又是催债鬼吗。"

"不,是罗马寄来的。"

"彼得叔叔。哦,天呐!我还是考虑最坏的情况吧。"

她把信放在他左手中,看他的手指摸索着宽大的红色封蜡。"啊!封蜡和家族纹章。我知道那是什么意思。彼得叔叔最严肃的一面。"

他费力想要打开那个坚实的信封,有些不耐烦。

"要我帮你打开吗?"

"帮我打开吧。请天使读给我听。就算两只眼睛都能看到,我也怕他的拳头。"

哈莉叶抽出信,扫了一眼开头的几个词。"这看起来相当私密。"

"你来读总比护士来读强,而且是同情我的女士的声音,会好受些。对了,有附件吗?"

"没有附件。没看到。"

病人在呻吟。

"彼得叔叔步步紧逼。可怕。开头是什么?如果是'小黄瓜''杰里',哪怕是'杰拉德',就还是有希望的。"

"开头是'我亲爱的圣乔治'。"

"哦,天哪!那他真的很生气,他把能想起来的首字母都写出来了吧?"

哈莉叶把信翻过来。"签的是全名。"

"无情怪物!你看,我预感到他不会接受的。我真不知道现在到底该怎么办。"他看上去很是难受,哈莉叶有些不安地问:"或者我们留到明天再看?"

"不！我必须知道自己的处境。继续吧，温柔地讲给小男孩，唱给我听。这样好些。"

  我亲爱的圣乔治，
  关于你对于自身事宜极其不连贯的陈述，如果我没有理解错，你已经欠了一笔无力偿还的债务。你开具了支票，但无从兑现，然后拆东墙补西墙，向一位朋友借了钱，开具了填迟日期的支票，最终也没有支付得起。你的建议是，由我迁就你，支付六个月的账单；如果做不到这一点，你可以（a）"再借钱试试"，或者（b）自我了断。正如你也承认，前一种选择将让你负债累累；后一种——我愿意冒昧地指出——不仅无法偿清你在朋友身上的债务，还会让你颜面扫地地破产。

  圣乔治勋爵烦躁地在枕头上扭动。"他这套说理的方式真是够清醒的。"

  你可以说，你找的是我，而不是你的父亲，因为在你看来，我更有对不明债务产生同情的可能。这样的想法我可不敢当。

  "这不是我的意思，"勋爵呻吟道，"他很明白我的意思。父亲会大发雷霆的。可恶，这是他自己的错！他不应该让我这么拮据。他想怎么样啊？看看他在孟浪的时候花了多少钱，他就应该理解。对于彼得叔叔——他稍稍解囊也无妨嘛。"

  "我认为与其说是钱的问题，不如说是那些空头支票的问题，不是吗？"

"没错。那他为什么偏偏要在最被需要的时候，大摇大摆地前去罗马呢？他知道如果我能还清，我是不可能落到这个地步的。可是他不在，我找不到他。行吧，继续读下去，让我听听最糟的内容。"

> 我很清楚你的英年早逝会让我成为假定继承人——

"假定继承人吗？……哦，我懂了，那就是我的母亲逝世，父亲可再婚。残忍的人。"

> ——爵位和财产的假定继承人。尽管继承这些会很乏味，但请原谅，我觉得我可能是比你更为诚实的继承人。

"可恶！这可太伤人了吧，"勋爵说道，"这简直要攻破我的防线了。"

> 你说到今年七月份成年时，你的津贴会增加。然而仅仅是你提到的债务，就达到了一年的最高收入，你在六个月时间内偿清债务的设想根本遥不可及；我也想不通，把预期的收入都用来还债，你打算靠什么生活。此外，我不相信你提到的数目就是你所欠的全部债务。

"该死的读心术！"勋爵喊起来，"当然不是。但他怎么会知道？"

> 在这种情况下，我只能拒绝支持你的账单，也不能借钱给你。

"好吧,他直说了。为什么不在开头就告诉我呢?"

不过,既然支票上签了你的名字,名字是不能被玷污的,我已经告知银行——

"来吧!听起来有戏。好彼得叔叔!抓住家族姓氏就抓住了他。"

——告知我的银行支付你的支票——

"是支票还是那些支票?"
"那些支票,当然。"

支付你的那些支票,直到我回到英国,到时候我会来看你,大概是夏季学期结束之前。我要求你在那之前清偿所有的债务,包括在牛津夸张的债务,还有给伊拉克孩子们的善款。

"人性的第一丝曙光。"勋爵说。

此外,我可以提一点建议吗?请记得,那些看起来业余实则专业的人,是特别贪婪的。这既适用于女性,也适用于赌博的人。如果你要投资赛马,就要在合理的价格范围内,要能进能退。而且,如果你坚持破罐子破摔,那也不要给别人制造麻烦和混乱。

爱你的叔叔,
彼得·戴斯·布莱顿·温西

"唷！"圣乔治勋爵舒了一口气，"这个讨厌鬼！我似乎从最后一段看到他心软了一些。不然的话，应该说，对于一个痛苦又受伤的人，没有比这更让人难受的信了。你觉得呢？"

哈莉叶私下里也同意，她也不会愿意收到这种信。事实上，彼得身上让她最讨厌的那些部分，都在信里展现出来了：居高临下的优越感、社会等级带有的傲慢，以及像是打一拳而附赠的慷慨。然而——

"他所做的超过了你的要求，"她指出，"在我看来，信里没有阻止你签一张五万英镑的支票来还债。"

"这就是症结。他抓住了我的要害，他把这笔钱都交托给我，我本以为他会帮我还清，但他让我来做这件事，甚至都没有要我的账户。这意味着我必须亲自去做，我无路可逃，他真是魔高一丈，所有的压力都在我身上。哦，见鬼！我的头要疼裂开了。"

"你还是安静地休息一会儿吧，试着睡着。现在没什么可担心的了。"

"不，稍等，不要走开。支票问题解决了，这是最重要的。那也挺好，因为我还得筹些钱，存上一些。对了——我这只胳膊动不了，这样我无法写出带着感激和忏悔的长篇回信了。"

"他知道你出事了吗？"

"除非玛丽婶婶给他写信。我祖母住在里维埃拉，妹妹应该也不知道，她在学校。父亲从来不给任何人写信，我母亲当然也不会去找彼得叔叔。听着，我必须做点什么。我是说，这个老家伙不能再周到了，真的。你可以写句话帮我做个解释吗？我不想让其他家人知晓此事。"

"当然可以了。"

"告诉他，只要我能拿出一个能认出来的签名，我就会解决这些该死的债务。真的！想想看，能支配彼得叔叔这么大一笔钱，却无法在支票上签字，猫都会发笑，不是吗？我——怎么措辞？——感谢他的信任，不会让他失望的。就这样！你能帮我把壶里的东西给我吗？我觉得自己就像那个寓言中叫不上名字的巨富。"

他带着感激之情把冰饮料一饮而尽。

"不，可恶！我必须做点什么。这老伙计真的很担心我。我感觉手指还能稍稍活动一下。给我笔和纸，我试试。"

"我看还是算了。"

"是的，最好算了。如果太痛苦了，我就放弃。给我拿一下吧，那儿有。"

她找来了纸笔，帮他拿着纸，他潦草地涂写了几个词，疼到冒汗；脱臼的肩关节才刚恢复原位，第二天一定会很不好受。但他咬紧牙关，坚定地写完了。

"瞧，"他淡淡一笑，说，"这样子真是可怜。现在就看你的了。为我说说情吧。"

哈莉叶想，或许彼得对他的侄子再了解不过了。这个男孩理所当然地把别人的钱当作他自己的；如果彼得一概答应，他会认为他的叔叔很容易对付，日后故伎重演。如今，他看起来能反省一下了，并且他还满怀感激之情，这是哈莉叶自己也缺乏的。他轻率地接受恩惠，可能很肤浅；不过，为了写这痛苦的回信，他还是付出了一定的代价。

晚餐之后，她到了自己的房间，准备给彼得写信时，这才意识到，自己的任务有多棘手。她得简略地叙述自己与圣乔治勋爵相识的经历，用安慰的语气讲述他遭遇的意外事故，都是轻而易举的事。困难始于这位年轻人的财务问题。她的初稿写得很顺利，语气有一丝幽默，让施助人觉得，他那珍贵的资助是用来敲打受助人的脑袋的，如果那脑袋没在别处打破的话。她觉得自己写得不错。把信读了一遍，却失望地发现，里面有一种多管闲事的无礼。她撕掉了这一封。

学生们的脚步声和笑声在走廊里轰鸣。哈莉叶暗暗咒骂几句，又写了一遍。第二稿生硬地写着："亲爱的彼得——我代表你的侄儿写信，很不幸——"

这封信写完以后，读起来的感觉仿佛是，她一点都不喜欢这对叔叔和侄子，急于和这件事撇开干系。

她把稿子撕了，又咒骂了一遍那些学生，然后写了第三稿。

写成的这一稿，又变成了专门为那个小罪人而做的同情而有力的辩护，却没有传达到感激和忏悔的意思，而这才是她一再被要求传达到的。第四稿则是在反方向上用力过猛，显得虚情假意。

"我到底是怎么了？"她大声说，"为什么我不能直截了当地写一篇命题作文呢？"

当她摸清了这个简单问题背后的困难时，超然的理性就让她接受了这个学术任务，并且给出了答案。

"因为，不管你怎么措辞，这一切都将深深伤害他的自尊心。"回答正确。

除去那些套话，她要讲的就是：你的侄子行为愚蠢，不够诚实，我都知道了；他和父母相处得不好，这我也知道。他告诉我很多私事，而且，还有关于你的事情，我本来是没有权利知道的。事实上，我知道了很多你不希望我知道的事情，而你却无能为力。

事实上，这是他们相识以来，她第一次占了彼得·温西的上风，只要她愿意，就可以让这位贵族丧失颜面。五年以来，她一直在寻找这样的机会，如果她不赶快抓住，就太奇怪了。

带着很大的痛苦，她慢慢地开始写第五稿。

亲爱的彼得：

我不清楚你是否知道，你的侄子目前在医院里，他刚刚经历了一场严重的车祸。他的右肩脱臼，头部受伤很重；不过他现在正在恢复，很幸运没有生命危险。他的车撞到了电线杆上。我不了解细节；也许你已经从他的家人那儿得知了。几天前我偶然遇见了他，直到今天我去学院看他时，才得知这件事。

到目前为止，一切顺利；现在到尴尬的时候了。

他的一只眼睛缠着绷带，另一只眼睛肿得很严重，所以他让我帮忙读你这封刚到的信。（他的视力没有受损——我问过护士，只是割伤和擦伤。）当时没有人可以帮他读信，他的父母在今天早上就离开牛津了。由于他自己不方便写信，他让我将所附的那张字条寄给你，说他非常感谢你，也非常抱歉。他很感激你对他的信任，一旦他身体恢复，他会严格按照你的要求去做。

她希望写的内容不会冒犯到他。她一开始写的是"遵照你的要求"，然后换了个词：提到遵从就意味着它的反面。她的意识似乎变成了一个敏感的神经中枢，能够检测到自己话语中最轻微的含沙射影。

我没有待太久，因为他真的不太舒服，不过他们保证他正在康复。他坚持要自己写这张字条，尽管我想应该拦住他。在我离开牛津之前，我会再去看看他的——完全是我自己的想法，因为他非常有意思。我希望你不介意我这么说，虽然我知道这句话有些多余。

哈莉叶·D. 薇恩谨上

"我真是费了很大的劲,"她想,接着又仔细检查了一遍。"如果我相信德·范恩小姐的话,我就会开始想入非非了——那些讨厌的学生!——真想不到,写一封简单的回信要花上两个小时!"

她果决地把信装进信封,写上地址,贴上了两个半便士的邮票后,信就不会再被打开了。就这样了。从现在开始,她要花几个小时全身心投入到谢里丹·勒法努的事情中去了。

她兴致勃勃地工作到十点半,过道不再喧嚣,她也文思泉涌。时不时地,她的视线离开报纸,斟酌着某一个词。透过窗户,她看到对面伯利楼和伊丽莎白女王楼的灯光也亮着,和她屋子的灯光交相辉映。毫无疑问,灯火通明下正是许多欢乐的聚会,就像翼楼里的聚会一样,另一些灯则照亮了像她这样求知的人,墨水填满了纸张,不时地在一个词上踌躇。她觉得自己是一个有同样目的的团体的一分子。"威尔基·柯林斯,"哈莉叶写道,"在处理超自然问题时,总是被一些致命的欲望所阻碍(欲望会妨碍一个人吗?是的,为何不会呢?不管怎样,随它去吧),那种想要为一切做出解释的致命欲望。他有过法律的底子——讨厌!太长了;被试图解释一切的致命欲望所阻碍,那是律师的职业病。他作品里的鬼与灵——不,不够幽默;他的那些梦中的幻影和幽灵都做事缜密,把裹尸布披得整整齐齐的,不留任何蛛丝马迹来搅扰我们。正是在勒法努的作品里,我们发现了自然的创造者——自然的主人——天生制造恐慌的大师。如果我们比较一下……"

尚未来得及比较,灯突然灭了。

"可恶!"哈莉叶说。她站起来,按下墙上的开关。灯没有亮。"保险丝！"哈莉叶一边念叨，一边开门看个究竟。走廊里一片漆黑，两边的哀嚎说明都铎楼的灯全灭了。

哈莉叶从桌上拿起手电筒，往右转向大楼的主楼。她很快被挤进了一群学生中，有的拿着手电筒，有的抓着拿手电的人，大家吵吵嚷嚷，想知道怎么了。

"闭嘴！"哈莉叶说道，一边透过手电筒的灯光向后面张望，找她认识的人，"一定是主保险丝断了。保险丝盒在哪里？"

"我想它在楼梯下面。"有人说。

"待在原地，"哈莉叶说道，"我去看看。"

当然，没有人会待在原地。大家都想帮忙，都烦躁地来到楼下。

"是搞恶作剧的。"有人说。

"这次让我们抓住她吧。"另一个人说。

"也许只是烧断的。"黑暗中传来怯怯的声音。

"不可能是烧断的！"一个轻蔑的声音大声喊，"主保险丝多久会烧断一次？"接着，她又激动地低声说，"啊，是希尔佩里克小姐。对不起，我大声了。"

"是你吗，希尔佩里克小姐？"哈莉叶说，她很高兴这里有研究活动室的成员，"你在哪儿看到过巴顿小姐吗？"

"没有，我才刚下床。"

"巴顿小姐不在。"下面大厅里一个声音说，接着又有一个声音插话说："有人拔掉主保险丝，拿走了！"

然后，在下面的走廊尽头传来尖叫声："她跑了！看！正跑过方庭！"

哈莉叶被二三十个学生裹挟着一起跑下楼梯，遇见一些大厅里忙得团团转的学生。门口挤满了人。她和希尔佩里克小姐走散了，也到不了前面。当她挤到露台上时,看到昏暗的天空下,一堆人跑过方庭。有人尖声喊叫,然后,当最前面六七个人追到伯利楼明亮的窗户下时,那里的灯光也忽而灭了。

她不顾一切地跑向了伊丽莎白女王楼,而非伯利楼,因为那儿也乱哄哄一团。她断定伊丽莎白女王楼将是下一个攻击点。她知道侧门是锁着的,她冲过大厅的楼梯,来到门廊,扑向大门。大门也是锁着的。她后退一步,隔着最近的窗户喊:"当心!有人在这捣鬼,我要进去了。"一个学生伸出蓬乱的脑袋,又冒出了其他脑袋。"让我过去,"哈莉叶说道,一边把窗户推起来,爬过窗台,"她们想灭了学院所有的灯。你们的保险丝盒在哪里?"

"我肯定不知道。"当哈莉叶正翻进房间时,那个学生说道。

"你当然不知道!"哈莉叶脱口而出。她猛地推开门,猛冲——冲进了阴森的黑暗中。这时,追赶的喊叫声传到了伊丽莎白女王楼。有人发现了前门,打开了门,骚动加剧了,里面的人拥出来,外面的人拥进去。有个声音说:"就在灯灭了之后,有人穿过我的房间,从窗户出去了。"手电筒接而出现了,时不时照亮一张张脸——大部分面庞都很陌生。然后,新方庭的灯也开始从南边熄灭。人们都在漫无目的地乱跑。哈莉叶沿着廊柱飞奔,和一个人撞了个满怀,她用手电筒照亮那人的脸,是学监。

"感谢上帝!"哈莉叶说,"来对人了。"她紧紧抓住她。

"怎么了?"学监问道。

"站着别动,"哈莉叶说,"很棒不是吗,你要有不在场证明了。"就在她说话的时候,东北方向的灯熄灭了。"你没事了,"哈莉叶说道,"现在!朝西楼走,我们去抓住她。"

这和另一群人想到一块儿了,西楼的入口堵了一群学生,又拥来好多校工,是嘉莉从他们自己的翼楼放出来的。哈莉叶和学监强行从里面挤出来,发现利德盖特小姐站在那里不知所措,紧紧地将校样搂在胸前,一心护着它。她们围上她——"就像在演舞台剧一样。"哈莉叶想——向楼梯下的保险丝盒走去。在那里,她们看到了帕吉特神情严肃地站着,裤子匆匆套在睡衣外,手里有一根擀面杖。

"她们够不到的,"帕吉特说,"把这事交给我吧,学监女士,小姐。我刚要就寝,晚归的女士们都回来了。我妻子已经给杰克逊打过电话,让他弄些新保险丝来。小姐,你看到那个盒子了吗?是凿子或者什么撬开的。干了件好事。她们够不到这个。"

"她们"也是。在新方庭的西侧,重新上锁的栅栏门后面亮着灯,有院长的房子、医务室和校工翼楼。但当杰克逊带着新保险丝过来时,每一栋熄过灯的建筑都留下了受损的痕迹。当帕吉特坐在老鼠洞旁却没等到老鼠的间隙,恶作剧者已经在学院走了一圈,打破了墨水瓶,烧了论文,砸碎了灯和餐具,把书扔向窗玻璃。大厅的主保险丝也被取走了,高桌上的银杯被掷向画像,打碎了玻璃,一个维多利亚时代的捐赠人的石膏半身像从石阶上摔了下来,一地支离破碎的髭须和五官。

"天哪!"学监说,一边查看着石膏像的残骸,"至少有一件事值得庆幸。我们见到了麦尔基塞德克·恩特威斯尔牧师的最后一面。但是,哦,主啊!"

离开牛津

>有人说你的过错是年少轻狂
>有人说你的优雅是青春风流
>优雅和过错,或多或少都为人所爱
>你犯了过错变为优雅
>那是给你的恩惠。
>
>　　　　　　　　　　　莎士比亚

这个事件有那么多人目睹,前前后后大概有一个小时(即从都铎楼的第一次警报开始算起,到最后安上保险丝),乍一看,似乎很容易就能为许多无辜者找到不在场证明。可实际上根本不是这样,因为人类的执拗就是拒绝待在固定的地方。证人众多反而造成了困难;因为罪犯很可能在黑暗中一次又一次混迹人群之中。一些人的不在场证明是确定的：新方庭东北角的灯光熄灭时，哈莉叶和学监正站在一起；院长是骚动开始后才离开她自己屋子的，她的用人可以作证。两个门房都有各自的妻子做担保，事实上，本来也没有人怀疑过他们，因为之前很多骚乱都是他们在岗时发生的；医护人员和用人也都待在一处。哈德森小姐，那个被当作"可能人选"的学生，当骚动开始时在一个咖啡聚会里，是清白的。利德盖特小姐也曾到伊丽莎白女王楼那里，接受三年级学生的盛情款待，这使哈莉叶大为宽心。她刚起身道晚安，说已经过了睡觉的时间，这时灯就熄了。之后她被困在人群之中，一脱身出来，就急忙跑到楼上自己的房间里去护住自己的手稿。

研究活动室的其他成员就没有这么幸运了。巴顿小姐的经历紧张又神秘。据她自己的描述，在都铎楼，当保险丝被拔出时，她正坐着工作。她试了试墙面的开关，望向窗外，看见那人的影子在院子闪过，就立即去追。那人影在伯利楼绕过她两回，躲开了她，然后突然从后面向她扑来，"以非凡的力量"把她撞到墙上，还打掉了她握着的手电筒。还未来得及回神，那个坏蛋就把伯利楼的灯熄灭了，而后逃离。巴顿小姐无法描述这个人的相貌，只说她穿着"什么黑乎乎的"，跑得飞快，她没有看见正脸。这个故事的唯一证明，是巴顿小姐的侧脸一处严重的瘀伤，她说那就是她被撞到大楼墙上时碰的。被袭击之后，她在那里躺了好几分钟；而那时，新方庭已经开始乱了起来。她可以肯定，躺在这里的时候，肯定有几个学生看到她了。然后她跑去找学监，看到房间是空的，就又跑出去，在西楼同哈莉叶和其他人会面。

希尔佩里克小姐的故事同样缺少佐证。听到那声"她跑了"时，她在最先跑出去的那群人之间，但是她没有手电，又过度兴奋，没有注意到自己是在往哪里跑。她被绊了一下，从台阶上摔下来，脚轻微地扭到了，结果就迟迟没有赶到现场。她和人群一起来到女王楼，跟随她们穿过门廊，径直跑进了新方庭的建筑里。她感觉自己右面有脚步声，就跟着走了。这时灯灭了，她不熟悉自己的所在，于一片混乱中仓皇游荡，最后终于找到了通往方庭的路。希尔佩里克小姐离开都铎楼后，似乎没人记得在哪里见过她了；她就是那样的人。

财务主管一直坐着整理本学期账目。她所住的楼栋，灯是最后灭的，她的窗户朝向大路，而不是方庭，所以直到事件的尾声，她才知道这件事。当黑暗来临，（她说）她走到对面的总务部——总务部里可以更换电气设备。总务长既不在卧室，也不在办公室。可是正当艾利森小姐出来找她的时候，她出现在保险丝盒所在的地方，说主保险丝不见了。财务主管和总务长也融入了方庭的人群。

派克小姐对动向的描述似乎是最令人难以置信的。她住在财务主管的楼上，一直在为一个学术会刊撰稿。当她的灯熄灭时，她说："讨厌！"然后点燃她为紧急情况备用的蜡烛，继续心无旁骛地工作。

巴罗斯小姐说她正在洗澡，这时伯利楼的灯不亮了，太不巧了，她匆匆跑出来，又发现自己把毛巾忘在卧室了。她没有独立浴室，只好用晨衣裹着湿漉漉的身体，沿着走廊摸索进卧室,在黑暗中擦干自己，穿好衣服。这耗费了相当长时间，令人惊讶。当她加入大部队时，最闹腾的部分已经结束了。没有证据能够证实，除了浴室地板上的确有一堆肥皂水。

肖小姐的房间在总务长的楼上，从她的卧室望出去是圣十字路。她那时候已经上床躺下了，她非常累，所以睡得很沉，直到闹剧收场，她才知道这件事。古德温太太的故事也类似。她当天才回到学校,因为护理工作累到没有力气。至于住在利德盖特小姐楼上的希尔亚德小姐和德·范恩小姐，她们的灯从来没有灭过，而且窗户是对着马路的，她们不知道发生了什么，把方庭里模糊的嘈杂声归结为本科生天生的好动上。

帕吉特在老鼠洞徒劳地坐了大约五分钟之后，哈莉叶才开始做早该做的事，清点研究活动室的人数。然后，她发现她们都各自归位，与自述一致。但是，要把她们都集中到一个亮灯的房间里，留她们一会儿，就没那么容易了。她让利德盖特小姐待在自己的房间里，找到其他人，让她们直接在利德盖特小姐的房间会合。这时候，院长来了，她对学生们说，请待在原地，保持安静。不幸的是，就在有可能弄清每个人的下落的时候，一些游手好闲的学生去了旧方庭，上气不接下气地跑来，说礼堂也遭到了破坏。立刻，人群又乱了起来。那些老师们像羊羔一样跑进羊圈，现在像是失去了领头羊，和学生们一起跑进了黑暗中。巴罗斯小姐尖叫道："图书馆！"话音未落，拔腿就跑。总务长为学院的财产哀叹着，跟在她后面冲了出去。院长叫道："拦住她们！"派克小姐和希尔亚德小姐接到指令，冲了出去，随即消失。在后面这场混乱中，每个人都迷路了二十多次；等换好保险丝，清点聚集的人数时，已经到处都被破坏了。

短短几分钟竟可以做这么多事情，真令人惊讶。哈莉叶猜想，最先遭到破坏的可能是礼堂，因为它是在独立的侧楼里，制造的噪音不大会引起过多的注意，几分钟就可以完成。从都铎楼的第一次熄灯到新方庭的最后一次熄灯，要不了十分钟。第三件事，也是最长的一件——破坏黑暗建筑里的房间，花了一刻钟到半小时之久。

院长在礼拜之后对学院发表了讲话，再次强调谨慎行事，要求罪犯站出来，并声称如果她不认罪，将采取一切可能的手段把她找出来。

巴林博士说："我无意因为一个人不负责任的行径让整个学院遭受任何限制或惩罚。关于这个愚蠢的恶作剧者的身份，希望有建议或有证据的人私下告知，要么找院长，要么找我本人，谈话会保证绝对保密。"

她在学院团结方面说了几句，神情凝重地走了，袍子在身后飘动。

玻璃工人开始修复被砸坏的玻璃。在礼堂里，总务长在被砸坏的肖像的位置上贴了整齐的卡片："马西森小姐肖像：1899—1912年任院长。撤出清洗。"破旧的瓷器从老方庭的草地上清扫干净了。学院意图向外界展示一副平和的面貌。

午餐后不久，当人们发现研究活动室的镜子上贴着一张打印出来的"哈！哈！"和一个粗俗的绰号时，没有人会不怒火中烧。据大家所知，活动室从九点钟之后就没人。女校工在午餐时端着咖啡杯走进来，第一个看到了纸条。那时它已经干透了。总务长在一夜喧闹后丢失了一瓶胶水，现在发现它正放在活动室壁炉台的中间。

出了这件事，研究活动室的氛围有了些微妙的变化。人们说话更尖刻了；超然的表象维持不下去了，怀疑带来的不安愈发明显；只有利德盖特小姐和学监被排除了嫌疑，还是一如既往。

"你的坏运气似乎又来了，巴顿小姐，"派克小姐尖刻地说，"在图书馆事件和上次爆发的事件中，你好像总是现场第一人，但真不幸，你并没有抓住罪犯。"

"是的，"巴顿小姐说，"真惨。如果下次我的袍子也被拿走了，学院的侦探就会开始怀疑些什么了。"

"古德温太太，辛苦你了，"希尔亚德小姐说，"才回来要休息，又遇上烦心事。我相信你儿子会好起来的。真令人生厌啊，你不在的时候，我们没遇见杂七杂八的事情。"

"太恼人了，"古德温太太说，"做蠢事的可怜鬼一定是疯了。当然，这种疾病确实容易在独身者或者这个群体里出现。我想，这是为了补偿缺少的其他兴味。"

"最大的错误，"巴罗斯小姐说道，"当然是我们没有在一起。我是很想看看图书馆有没有遭受什么破坏——可是为什么会有那么多人跑在我后面——"

"我管的是大厅。"总务长说。

"啊！你真的到大厅了吗？我完全没在方庭里看到你。"

"这，"希尔亚德小姐说，"正是我追你时想要避免的灾难。我大声喊你停下，你一定听到我的话了。"

"噪声那么大，我什么都听不见。"史蒂文斯小姐说。

"我一穿好衣服，就来到利德盖特小姐的屋子，"肖小姐说，"我以为所有人都要到那里去。竟然没有人。我估计搞错了，就想找薇恩小姐，但她好像奔向了永恒一样。"

"你一定花了很长时间穿衣服吧？"巴罗斯小姐说，"光穿长筒袜的时间，别人都能绕学院跑三圈了。"

"显然，有人干了这件事。"肖小姐说。

"她们开始生嫌隙了。"哈莉叶对院长说。

"你还能指望什么？一群愚蠢的杜鹃！要是她们昨晚能乖乖地坐着，我们的问题就全都解决了。这不是你的错，你不可能同时在所有现场现身。我们怎么能指望学生遵守纪律呢？我想象不来。连这群中年老师慌乱中都像一群母鸡似的。外面那位是谁？对着顶楼窗户大声喊话的。哦！我想是贝克的小男朋友。我想，纪律是必须遵守的。把电话给我，好吗？谢谢。我不知道我们要怎么阻止这次骚动——喂！玛莎！请您转达学监对贝克小姐的问候，提醒她牢记上午不能接待访客的规定——学生们遭到财产损失，相当恼火。我觉得她们会召开一个本科生活动室会议，这对她们很不公平，可怜的小羊羔们，陷入互相怀疑之中，但我们能做什么呢？谢天谢地，这是本学期最后一周了！我想我们不会再犯大错了吧？必定是我们中的一个，不是学生，也不是校工。"

"我们似乎把那些学生排除了——除非这是她们两个人的阴谋。是有可能的,哈德森和卡特莫尔一起。至于校工——我现在可以给你看这个,我想,有谁会引用维吉尔的话吗?"

"不会。"学监说,一边检查着"哈耳庇厄"那一段,"不,感觉这不太可能。哎,我的天呐!"哈莉叶回去的时候发现回信来了。

> 我亲爱的哈莉叶,
>
> 你真是太好了,我那没礼貌的侄子麻烦你了。恐怕这件事让你对我们的印象都不好了。
>
> 我很喜欢这个男孩,而且,他就像你说的,很是可爱;可他太容易随波逐流,在我看来,我的哥哥教导他的方式不是最明智的。为了他的前程考虑,杰拉德的生活费很少,他就自然觉得自己有权得到任何能获得的帮助。不过,他必须学会分清楚粗心和不诚实。我提出自己增加他的生活费,但他的家人们不同意。我知道,他的父母觉得我在窃取他对他们的信任;但如果我拒绝帮助他,他就会去别处想办法,陷入更大的麻烦。虽然我不喜欢被逼到"柯德林是朋友,肖特不是"[1]的境地,但我仍然认为他最好还是来找我,而非投奔一个局外人。我把这叫作家庭骄傲;这可能纯粹是虚荣。我知道这是自寻麻烦。我向你保证,到目前为止,我信任杰拉德的时候,他都没有让我失望。某些陈词滥调对他很管用,但他不会接受那种溺爱加严苛交替的管教,我觉得谁都不愿意接受。

---

[1] 语出狄更斯《老古玩店》。

我必须再次表示歉意,我们的家庭事务打扰到了你。你到底在牛津做什么?你是已经隐退,开始追寻沉思默想的生活了吗?我现在不会拦着你,但想告诉你,按照惯例,明年四月一日我还会旧事重提的。

对你满心感激的,

P.D.B.W.

我忘了说,谢谢你告诉我这次事件,还让我宽心。我是从你这里首次得知的——正如老詹姆斯·福尔赛所说:"从未有人告诉过我任何事情。"我会好好对他表达问候的。

"可怜的老彼得!"哈莉叶叹道。

这句话或许应该被收录在《伟大的第一次》的选集里。

当她去向圣乔治勋爵告别的时候,他气色好多了。但他面露担忧,床上堆满了乱七八糟的纸张,他似乎在着手处理他的棘手事,但进展不乐观。他一看见哈莉叶就喜形于色。

"噢,瞧!我一直在祈祷你的到来呢。我的脑筋处理不来这些事情,可恶的账单全都从床上往下掉。我很会签名,但我理不清这堆东西。我敢肯定,我给其中某些畜生付过两次钱了。"

"我能帮到什么吗?"

"正等你这句话,你真是太宠爱我了。我想不出这些账目怎么能堆成这个样子。这结果太可怕了。但是人总得有吃的,不是吗?也要参加几个俱乐部,玩一两项游戏。马球当然有点贵,不过现在我已经不玩了。那些其实不算什么,最大的错误是上个假期在城里赌的那群马。我母亲觉得那些马还行,都是优良品质,但它们脾气火爆。如果它们害得和她的宝贝儿子一起进了监狱,她一定会很吃惊的。旧贵族家庭可悲的没落,诸如此类,知识阶层总是这样严肃地斥责。搞不清怎么回事,我新年就开始拮据了,之后都入不敷出。我看彼得叔叔大概要被吓一跳了。对了,他回信了。这才像他。"他把信递了过来。

亲爱的杰里,在那些长期折磨亲戚的讨厌鬼之中,你是最糟心的一位。看在上帝的分上,不要开那辆车了,别要了命;或许有点奇怪,但我对你依然有感情。我希望他们终生吊销你的驾照,我希望你吃到教训。你也许已经有这样的感受了。别再担心钱的事了。

我写信是为了感谢薇恩小姐对你的好意。我非常看重她的看法,理解一下我作为一个男人和你的叔叔的感受吧。

得知此消息,邦特添了不少烦恼。他非常震惊,希望对你表示他怀着敬意的同情,并建议做个头皮按摩(指的是给我做)。

等你都处理好了,就写信给你那爱抱怨又老之将至的叔叔,告知进展。

P.W.

"当他发现我没有付车保险金时,他会添更多烦恼的。"勋爵把信拿回去的时候,冷冷地念叨。

"什么!"

"得亏没有其他人搅和,警察也不在现场。但我想邮局应该会为电线杆找个说法。如果我一定要上法庭,父亲听到,会很生气的。修好汽车要花钱。我本想把这该死的东西扔掉,只是父亲难得慷慨地赠给了我。当然,这事发生后,他问的第一件事就是保险。我没办法争吵,就说是办妥的。只要保险的事不登在报纸上，就没事了——只是在彼得叔叔的总开支中，维修费会占一笔可观的数目了。"

"让他为此付出代价，这公平吗？"

"大大不公平。"圣乔治勋爵高兴地说，"父亲应该自己付保险费。他就像塞莫皮莱的老人，做不好该做的事情。要是说这个，赌马输掉的那些钱，都让彼得叔叔来付也不公平。或者，我也可以把身边那些讨厌的掘金者——把他们都归到'零碎'账目下。他会说：'啊对！邮票、电话和电报费。'我就会失魂落魄，说：'是的，叔叔——'我讨厌用'是的，叔叔'开头的句子。真是没完没了，没个尽头。"

"你不主动提出来，我想他是不会细问的。看！我把账目整好了。我帮你把支票开出来，然后你来签字吗？"

"帮我开吧。对，他不会问的。他只会和蔼地坐在那，直到我自己说出来。我想这就是他让罪犯招供的办法，真是个坏趣味。你收到列维的纸条了吗？这个是最主要的。还有一封来自一个叫卡特莱特的人的信，比较关键。我在城里跟他借过一两次钱。他说有多少？哦，可恶！怎么可能有那么多……让我看看……嗯，我想他算的没错……阿奇·坎贝尔——他是我的庄家——天啊！一群吸血鬼！他们不应该放那些可怜的马出去的。零头呢？你理账目的方法真巧妙啊。我们把它们都加起来，看看一共多少。如果我晕倒了，你就按铃，叫护士过来。"

"我算术不太好，你最好对一下，看起来很夸张，但不会再少了。"

"再加上汽车修理费，大概一百五十镑，然后再看看。哦，拜托！现在我们有什么？"

"一幅眨眼的白痴的肖像画。"哈莉叶忍不住地说道。

"莎士比亚这个'好'小子。什么场合都能用。是的，又得说'是的，叔叔'了，好吧。当然，我月底会拿到我那季度的生活费，但还要用来过假期和下个学期。那么,我最好回家安稳待着,再不能到处晃了。父亲或多或少暗示过,我应该自己付医药费,我假装没听出来。母亲把整件事归咎于彼得叔叔。"

"为什么?"

"因为他是个开快车的坏榜样。当然,他是有点野,但他没遇见我这种坏运气。"

"会不会是他的车技更好呢?"

"亲爱的哈莉叶,你真不给面子。你不介意我叫你哈莉叶吧?"

"说实话,我挺介意的。"

"但你已经知道我见不得人的秘密了,我无法对这样的人一直叫'薇恩小姐'。也许我应该习惯讲'哈莉叶婶婶'……怎么啦?你总不能拒绝当我的婶婶吧?我的玛丽婶婶一直在家里,没时间照顾我,而我母亲的姐妹们天生就是蛇发女妖,我根本就没有被她们爱护过。"

"你不该有叔叔,也不该有婶婶,看你怎么待他们的。你打算今天签好这些支票吗?不然,我还有别的事情要做。"

"很好,我们来继续抢劫彼得叔叔的钱吧。你真是对我言传身教,这么忠于职守,如果是你来管教我,我应该会过得很好。"

"请签名吧。"

"但你似乎不太容易动感情。可怜的彼得叔叔!"

"等你都签完了,可怜的彼得叔叔才真是可怜。"

"我就是这个意思。五十三,十九,四——别人居然抽了我这么多烟,我肯定一半都是我的校工包揽的。二十六、十二、八、十九、七、二。还没来得及看,就已经花了一百镑了。三十一、十四、十二、九、六、五、十五、三。什鲁斯伯里最近闹鬼的故事是什么呀?"

哈莉叶跳了起来。"可恶!是我们哪个小畜生给你讲的?"

"不是她们说的,我不怎么和女学生来往,毫无疑问,她们都是挺好的姑娘,但太邋遢了。今天在楼梯上,有个家伙给我讲了这个故事……我都忘了,他叫我不要提。都是怎么回事呀?为什么这么隐秘?"

"哦,我的天!我们恳求过她们不要说的。她们从来没有想过,这种事情对学院会造成什么危害。"

"嗯,就是搞恶作剧的对不对?"

"恐怕还不止。听着,如果我告诉你为什么这件事需要保密,你能保证不外传吗?"

"好吧,"圣乔治勋爵坦率地说,"你知道我是个大嘴巴,不大靠得住的。"

"你叔叔说过。"

"彼得叔叔?主啊!他一定是疯了。这般优秀的大脑也坏掉了,真让我难过。当然,他已经不像以前那么年轻了……你看起来在这件事上很严肃。"

"是相当严肃的,真的。我们担心'麻烦'是由某个头脑不太正常的人引起的。不是学生——当然,我们不能这样跟学生讲,现在我们还不知道到底是谁。"

勋爵睁大了眼睛:"天哪!这太委屈你们了!我很理解你的意思。你自然不想让这样的事情传得人尽皆知。好吧,我只字不提,真的,我不会说的。如果有人提到它,我会做出一副不感兴趣的样子。对了!你知道吗,我在想,我会不会见过你们的那个闹心鬼。"

"见过她?"

"是的,我确实遇到过一些看起来不太正常的人。真是吓人。我还没和别人讲过。"

"什么时候的事情?告诉我吧。"

"上学期期末。我手头特别紧,跟一个人打了个赌,说我能进什鲁斯伯里,然后——"他停下来,抬眼看她,笑意不大对劲,"你知道些什么吧?"

"如果你指的是小门旁边的那面墙,那上面已经安装了一串尖钉,环绕了一整面。"

"啊!都知道啦。好吧,那天晚上不太合适翻墙——是满月什么的——但似乎是拿到十镑的最后机会了,所以我跳了进去。那儿有花园吧。"

"'学者'花园。是的。"

"对,我正要离开,突然有人从灌木丛后面跳出来抓住了我。我的心差点从嘴里蹦出来,跳到草坪上了。我只想溜之大吉。"

"什么样的人?"

"一身黑,头上裹着黑色的东西。除了眼睛,什么也看不见,是很野蛮的眼神。我叫了声:'哦,天哪!'她问:'你想找她们中的哪一个?'难听的声音,像胶水似的。那声音并不好听,也不是我所期待的。我没有假装自己是一个乖学生,那不是我当时的本意。我说:'不是这样的,我只是打了个赌,说自己不会被抓住,现在我被抓住了,那我就要回去了,抱歉了。'她说:'好,你走吧。像你这样漂亮的男孩,我们会杀死他们,再吃掉他们的心。'我接了一句:'天哪,太吓人了吧!'实在让人难受。"

"这都是你编的吗?"

"保证不是。接着她说:'另一位也有一头金发?'我说:'不是的吧。'她说了些什么,我忘记了——我觉得她脸上像是带着一种饥渴的神情,如果你明白我的意思的话——总之,整件事都让人反胃,我说:'抱歉,我想我该回去了。'然后我挣脱了(她的手腕力气惊人),像探险家约翰·史密斯一样,翻身远走了。"

哈莉叶看着他,他看起来是严肃的。"她多高?"

"大概和你差不多高,我看,或者比你矮一点。我其实被吓到了,没记清,我想我再也认不出她了。她看上去不像个年轻人,我只能说出来这些了。"

"你说你没有把这一不得了的事迹告诉别人?"

"是的。听起来不是我的作风吧?但这件事有点微妙,我不知道。如果我告诉男生们,他们只会觉得搞笑。但这件事不那么搞笑。所以我就没提,我总觉得不该讲出去。"

"我很高兴,你做了正确的决定。"

"对,这位男生直觉很准。嗯,就是这样。二十五、十一、九。那辆讨厌的汽车简直就是吃石油和汽油的——所有大引擎都是如此。保险的事情会很尴尬的。拜托,亲爱的哈莉叶婶婶,我还得继续做这些吗?太让我忧伤了。"

"你可以先放下,等我走了再说。填好所有的支票和信封。"

"好严苛的监工啊!我要哭出来了。"

"那我给你拿手帕来。"

"你是我见过的最没有柔情的女人,我对彼得叔叔深表同情。你看!六十九、十五——开了账单;我都没怎么搞清楚。"

哈莉叶什么也没说,继续开支票。

"奇怪,我不记得在布莱克威尔酒吧消费过啊。只有六镑十二先令。"

"半便士的面包够灌下这么多的酒。"

"你这引用的习惯是跟彼得叔叔学的吗?"

"你不必再往你叔叔肩上压重量了。"

"你一定要戳我伤口吗?我也没怎么在酒商那花钱啊,我已经戒酒了。这不是很令人满意吗？当然，父亲偶尔也会喝上一两瓶。你喜欢那天的尼尔施泰因吗？彼得叔叔送给我的。这种账目还有多少啊？"

"还有不少。"

"哎哟，我的胳膊疼得厉害。"

"要是你太累的话——"

"不，我能行。"

半小时后，哈莉叶说："都在这了。"

"感谢上帝！现在跟我好好聊聊吧。"

"不行，我现在得回去了。我顺路把这些寄出去。"

"你不是真的要走吧？现在就走吗？"

"是的，现在就去伦敦。"

"真希望我是你。你下学期还来吗？"

"我不知道。"

"哦，天哪，哦，天哪！好吧，给我一个告别的吻吧。"

既然她无论怎么拒绝，他都会说些尖酸的话，哈莉叶就平静地答应了。她正要转身离开，这时护士来了，通知说又来了一位访客。这是一个年轻的女人，穿着时下流行中最愚蠢的那种服饰，戴着一顶酒鬼才戴的帽子，涂着明亮的紫色指甲。她走上前，一脸同情，泪汪汪的：

"噢，亲爱的杰里！真让人心碎一地！"

"哇，吉莉安！"勋爵的语气里少了些热情，"你——怎么？"

"我的小羊羔！你听起来没那么高兴。"

哈莉叶逃走了，在走廊里看到了护士，正将一捧玫瑰放在一只花瓶里。

"我希望这件事没太累着你的病人。"

"你来帮他解决这件事，真让人高兴；他一直惦记着这件事。这些玫瑰漂亮吗？是那位年轻女士从伦敦带来的。他有很多访客，但没什么好惊讶的是不是。他是个好孩子，还有他对护士长说的那些话！让人憋笑好半天。他现在看起来好多了，你不觉得吗？维布罗先生把头上的伤口缝得很完美。他现在拆线了——嗯，是呢！几乎看不出来。真是老天眷顾对吧？因为他长得这么帅。"

"是的，他是生得很好看的年轻人。"

"他长得像他的父亲。你认识丹佛公爵吗？他也非常英俊。我不能说公爵夫人长得很漂亮，比较受人瞩目吧。她非常担心勋爵会就此毁容，那也太可惜了。但维布罗先生是个出色的外科医生，你很快会看到他恢复的，护士长非常高兴——我们说，她全心在为十五号考虑。我相信，我们大家都会舍不得同他告别的，他为我们带来了很多活力。"

"我想他是的。"

"还有他跟护士长开玩笑的样子。她叫他横冲直撞的小猴子，忍不住笑他的样子。哦，天！十七号在按铃了，我想她想要个便盆。你知道怎么走出去吧？"

哈莉叶离开了，她觉得做圣乔治勋爵的婶婶是一件很麻烦的事情。

"当然，"学监说，"如果假期里出了什么事——"

"我觉得应该不会，"哈莉叶说道，"观众不够多。我想，公众丑闻才是目标。如果类似事件还会发生，范围就缩小了。"

"是的，研究活动室的大部分人都不在。下学期，既然院长、利德盖特小姐和我都没有嫌疑，我们就更方便巡逻了。你还有什么打算吗？"

"我不知道。我一直在考虑回牛津一段时间，做些研究，这个地方让人着迷，没有商业化的芜杂。我脑子里有了些小想法，我需要整合一下。"

"为何不来读个文学学士呢？"

"那会很有趣的。不过恐怕勒法努不适合做论题吧？一定要找个更无聊的人来研究，我也应该享受一点无聊。一个人不得不写小说赚黄油和面包，但我倒想换个口味，在茶点上加个扎实的、学术性的鸡蛋，来调调口味。"

"好吧，不管怎样，我期望你下学期能回来待一阵子。在这些校样送到印刷厂之前，你也没法从利德盖特小姐身边走开。"

"这个假期我都有些不敢离开她。她对吉拉德·曼利·霍普金斯的章节不满意；她觉得自己的切入角度完全不对。"

"哦，不是吧！"

"恐怕是……嗯，是的……好吧，不管怎样，我能应付得来。剩下的——好吧，我们走着看吧。"哈莉叶午饭后就离开了牛津。正当她把手提箱放进车里时，帕吉特走到她面前。

"对不起，小姐，学监认为你会想看看这个的，小姐。它是今天早上被发现的，在德·范恩小姐的壁炉里，小姐。"哈莉叶看着那张烧了一半的皱巴巴的报纸，广告栏里有纸张被剪下了字母。

"德·范恩小姐还在学院吗？"

"她坐十点十分的车走了，小姐。"

"这个我留着，帕吉特，谢谢你。德·范恩小姐通常读《每日报讯》吗？"

"应该不读，小姐。她更有可能读《泰晤士报》或《每日电讯报》。不过这个很好打听。"

"当然，谁都有可能把这个扔在壁炉里，这证明不了什么，但我很高兴看到了它。再见，帕吉特。"

"再见，小姐。"

漫漫假日

> 爱，已离我而去，抵达尘土；而你，我的心灵，向往飞升；
> 心灵永不生锈，日益丰足；即使褪色，亦在消逝中带来欢愉。
> 敛起光芒，收束潜力，落入甜蜜的枷锁，觅得恒久的自由；
> 它破云而出，光芒披露；熠熠生辉，光彩照人。
>
> 菲利普·西德尼

伦敦看起来空旷又沉闷，却有诸多事情正在上演。哈莉叶见到了她的经纪人和出版商，签了系列作品著作权的合同，听了报业老板戈伯斯莱勋爵和评论家阿德里安·克鲁特先生之间争吵的内情，她热情地参与了卡冈都亚色彩影视有限公司、演员加里克·德鲁里先生和《西番莲之派》的作者斯内尔·威尔明顿夫人之间激烈的三角之战，还了解到苏格·图宾小姐对《每日头条》骇人的诽谤行为；当然，她还兴味盎然地听说,杰奎琳·斯奎尔斯在她的新小说《充气灯泡》中对她第二任前夫的习惯和性格进行了恶意曝光。

然而,不知何故,这些道听途说并没有真正提起她的兴趣,更糟的是,不知怎的,正在写的推理小说卡住了。她有五个嫌疑人,恰好被关在一个旧水磨坊里,除了独木桥,没有任何其他进出方式,这些人全都有作案动机与不在场证明,能构想出一场精彩的谋杀。构思似乎没有根本性的问题,但五人关系的排列与组合,呈现出一种不自然的、令人难以置信的对称。人类不是这样子的;人类的问题并非如此;你真正看到的是,二百来个人在大学里进进出出,像兔子一样,做她们的工作,过她们的生活,一直受自己都无法理解的动机驱使,就在这重重迷雾中——发生的并非一场普通的、可解释的谋杀,而是一种毫无意义的、混沌的精神错乱。

无论如何,一个人若是连自己的动机和感受都不清楚,又如何能理解他人的动机与感受呢?为什么一个人为四月一日要收到信件感到气愤,却又因它不是第一批到达的,而感到惊慌和冒犯呢?那封信很可能被寄到牛津了,它不是急件,信里的内容是早已知晓的,包括该怎样答复。但只是坐着等着,就很让人烦心。

门铃声。秘书带着电报进来(可能就是这个)。一封废话连篇无关紧要的电报,是美国杂志社代表说,她即将抵达英国,很想和哈莉叶·薇恩小姐谈谈,他们想要出版她的一篇小说,相当诚恳。这些人到底想谈些什么?故事又不是谈出来的。

又是门铃声。第二批电报,上面有意大利邮票。(毫无疑问,是派送时延迟了。)谢谢你,布雷西小姐。真是蠢货,英文水平很差,想把薇恩小姐的作品翻译成意大利文。薇恩小姐能告知这位作者你的作品情况吗?翻译们都是这样的——不懂英语,不解详情,没有背景。哈莉叶简略讲了几句对他们的看法,让布雷西小姐把这事交给经纪人,然后继续口述。

"威尔弗里德盯着手帕:它怎么会在温彻斯特的卧室里出现呢?带着一种好奇的感觉……"

来电话了。请稍等。(这不太可能是这样;如果要接一个昂贵的国外电话,那就太可笑了。)"嗨!是的。请讲。哦?"

她可能早就知道了。雷吉·庞弗雷特身上有一种温和的固执。薇恩小姐可不可以,薇恩小姐能不能同他共进晚餐,同他一起看帕拉狄翁剧院的新演出?今晚怎样?那明晚呢?随便哪个晚上呢?就今晚吧?庞弗雷特先生激动得语无伦次。谢谢你!挂断电话。"我们说到哪儿了,布雷西小姐?"

"带着一种好奇的感觉——哦,是的,威尔弗里德。威尔弗里德在被谋杀的男人的卧室里发现了他年轻女友的手帕,这让他感到很痛苦。真是揪心。一种好奇的感觉——在这种情况下你会怎么想?布雷西小姐?"

"我想,应该是洗衣店搞错的。"

"哦,布雷西小姐!我们最好说是一块蕾丝手帕,不管洗衣店送过来什么,温彻斯特都不会错把一块蕾丝手帕当成自己的。"

"可艾达会用蕾丝手帕吗,薇恩小姐?因为她很有男孩子气,喜欢户外活动,而且她没有穿晚礼服,因为她需要穿一套粗花呢出现。"

"没错。好吧,那就写一块小手帕,不要有花边,样子普通但质量好的那种。回到对手帕的描述……哦,天哪!不,我来接好吗?喂?喂?是的!……不,恐怕不行。不,真的。哦?那你最好问问我的经纪人。是的,对。再见……某个俱乐部想要办一场关于'天才应该结婚吗'的辩论。他们俱乐部没有这样的人啊,何苦来?……是的,布雷西小姐?

嗯,对,威尔弗里德。讨厌的威尔弗里德!我开始反感这个人了。"

茶点时间到了,威尔弗里德的表现让人生厌,哈莉叶一怒之下把他打发走了,出门参加一个文学鸡尾酒会。聚会的房间相当热,又很拥挤,聚在一起的作者们都在讨论:出版商,经纪人,自己作品的销量,别人作品的销量,以及"当下之书"评选委员会将其今年的桂冠授予塔斯克·赫普沃特的《假海龟》,太意想不到了。"我读完了这本书,"一位杰出的评委说,"看得涕泗横流。"《蛇之牙》的作者吃着小香肠,端着一杯雪利酒,对哈莉叶说:"那一定是无聊哭的。"但《尘埃与战栗》的作者说:"不,那大概是欢乐的眼泪,是给书里出其不意的幽默逗弄的。"她见过赫普沃特吗?一个气冲冲的年轻女人宣布整个事情是一场难看的闹剧,她的书没有入选。"当下之书"是从每个出版商的名单中依次选出的,因为她的出版商在去年一月得过奖,因此她的《阿里阿德涅·亚当斯》就自动被排除在名单之外。不过,她私下被告知说,《晨星》的书评人读到最后一百页的《阿里阿德涅·亚当斯》时,哭得像个孩子一般,很有可能会选它作为"两周之书",只要能说服出版商在报纸上登广告。《挤干的柠檬》的作者也觉得,最重要的是广告:有没有听说过《每日闪亮》是如何勒索汉弗莱·昆特打广告的?在他拒绝之后,他们阴沉地说:"嗯,你知道会发生什么事吗,昆特先生?"这就是为什么从那以后,没有一本昆特的书得到过《每日闪亮》的评论。昆特后来在《晨星》上揭露了这件事,他的净销售额提高了百分之五十。嗯,不管怎么说,很了不得。但《寻乐月见草》的作者认为,对于那些喜欢"当下之书"的人来说,最重要的是"个人影响力"——他们肯定记得赫普沃特娶了沃尔顿·斯特伯里最新一任妻子的妹妹。《欢乐日》的作者也同意影响力的说法,但认为评奖时还有政治性因素,因为在《假海龟》中有一些强有力的反法西斯宣传,众所周知,你总是可以在攻击右翼方面得到老司尼普·福特斯丘的欢心。

"那么《假海龟》讲的是什么呢？"哈莉叶问道。

对于这个，作者们大都含糊其词；但是有一个在杂志上写幽默故事的年轻人，对小说比较看得开，他说他读过这本书，觉得挺有趣，只是篇幅有点长。它讲的是一个海滨浴场的游泳教练，由于看见过多的裸体美女而不幸产生了一种反裸体情结，全然抑制了他自然的情感。随后他在一艘捕鲸船上找到一份工作，对一个因纽特人一见钟情，因为她身穿厚实的衣服，美丽动人。于是，他与她结婚了，带她回到郊区生活，而在那里，她爱上了一个素食的裸体主义者。这让丈夫有些发疯，继而痴迷于巨型海龟，他成日泡在水族馆的海龟水箱旁，看着这些奇特的、迟缓的怪物，在它们的外壳里悠游。当然，书中含义丰厚——这是一本反映作者对世界的看法的书。总之，如果用一个词形容它，那就是"很有意义"。

哈莉叶开始觉得，甚至是《命落风水际》的情节可能也值得一提，没有意义也可以很有意义。

哈莉叶往回走，愤愤地经过梅克伦堡广场。走进屋子时，还能听到电话在一楼愤怒地响着。她急匆匆地跑上楼去——万一是谁打来的呢。当她把钥匙插进锁里时，电话突然不响了。

"可恶！"哈莉叶说。门里面放着个信封，里面有剪报。一份称她为维因小姐，说她是在剑桥取得学位的；另一份说，她的作品不如一位美国惊悚小说作家的作品；第三份是对她上一本书滞后的评论，还泄露了故事情节；第四份将别人的惊悚小说归在她名下，并表示她"对生活采取了一种好冒险的态度"（随便什么意思吧）。"今天，"哈莉叶大为恼火，说道，"就是其中的一个日子！四月一日，千真万确！而现在，我却得和这个失意的大学生一起吃饭，还得被提醒自己的年龄有多大了。"

不过,令她惊讶的是,晚餐和表演都很令人舒心。雷吉·庞弗雷特的单纯让人耳目一新。他对文学界的明争暗斗一无所知;他也不怎么在乎个人坚守和职业忠诚哪个更为重要;那些明显的笑话会使他开怀大笑;他不会暴露你或他自己最在意的事情;他不会含沙射影地说话;他不会发出挑衅,让你攻击他,然后突然卷成一个狐獴一样的球,用讽刺的语句作为光滑的护盾;他不说暗话;他是一个脾气温和的年轻人,虽然有些钝钝的,他热情地为对他有好感的人带来快乐。哈莉叶觉得他能够给人带来相当安稳的感觉。

"你要不要上来一会儿,喝点东西什么的?"哈莉叶站在自家的台阶上说道。

"非常感谢,"庞弗雷特先生说,"如果还不算太晚的话。"

他吩咐出租车等着,高高兴兴跑了上来。哈莉叶打开公寓的门,又打开灯。庞弗雷特先生很有礼貌地弯下腰,捡起放在垫子上的信。

"哦,谢谢你。"哈莉叶说道。

她领着他走进客厅,让他帮忙脱下斗篷。过了一会儿,她发现手里还拿着那封信,而她的客人和她自己都还站着。

"不好意思,请坐。"

"请——"庞弗雷特先生做了个手势,说,"读信吧,不用管我。"

"没什么,"哈莉叶把信封扔在桌子上,说道,"我知道里面写的是什么。你要喝点什么?你自己来吧?"

庞弗雷特先生打量着周围的饮品,问可以给她调些什么。饮品的问题解决了,有一阵子沉默。

"哦——顺便问一下,"庞弗雷特先生说,"卡特莫尔小姐现在怎么样?认识你的那天晚上之后,嗯,我就没怎么见过她。上次我们见面时,她说她在努力学习。"

"哦，是的，相信她在用功，她下学期有学位考试。"

"啊，可怜的姑娘！她非常崇拜你。"

"她吗？那是为什么呀。我好像记得上次自己毫不留情地批评了她。"

"嗯，你对我也很严厉，但我同意卡特莫尔小姐的看法。当然，我是说，我们都很钦佩你。"

"你们真好。"哈莉叶漫不经心地说道。

"是的，真的，非常钦佩。我永远不会忘记你对付朱克斯那家伙的样子。你知道了吗，没到一周，他就惹上了麻烦。"

"是的。我不觉得惊讶。"

"对，真是个讨厌鬼，彻彻底底的坏蛋。"

"他一向如此。"

"是啊，得了，不聊朱克斯了。今晚的演出还不错，你觉得呢？"

哈莉叶振作了起来。她突然对庞弗雷特先生没有耐心了，希望他赶快走。但是她不可以对他表现得不礼貌，这不厚道。她兴致勃勃地谈论起他好心带她去参加的娱乐活动，相谈甚欢，庞弗雷特先生过了将近十五分钟才想起，他的那辆出租汽车还在那儿等着，满心欢喜地离开了。

哈莉叶拿起信。现在她可以尽情打开它了，而她却有点怵，因为这封信搅扰了她整整一个晚上的兴致。

亲爱的哈莉叶，

我像所得税专员一样，按部就班地提交税单；当你看到信封的时候，你或许会说："哦，天哪！我就知道又是它。"

唯一的区别是，人们迟早是得注意到所得税的。

你是否愿意嫁给我？——这句话开始像是一出闹剧里的台词了——要说上很多遍，才会变得不乏味；在那之后，每次听到它，你都会笑得更开心。

我想给你写那种自己就可以将纸张烧掉的话——但那样的词句不仅让人难忘，也让人无法原谅。无论如何你都会把纸烧掉；如果你一定要忘记，我希望信里没什么是你忘不了的。

就这样啊。无须担心。

我的侄子（顺便提一句，你似乎激励出了他异常勤奋的那一面），为了让我的远行有些乐趣，他暗示我说，你在牛津从事着某种不愉快而又危险的工作，为了荣誉，他必不能透露任何内容。我希望是他弄错了，但我知道，如果你接手了什么事情，面对不快和危险，都不会使你退缩，但愿不是这样。无论如何，我祝你顺利。

当下我无从决定自己的行动，不知道下次会被派遣到哪里去，也不知道什么时候可以回来——我相信很快就会回来的。在此期间，我可不可以希望时不时听到你的消息，确认你一切安好？

属于你，超过属于我自己的，
彼得·温西

读罢书信，哈莉叶明白，她不回信是无法休息的。开头几段的苦闷，在后两段里可以得到解释。他大概认为——他不可能不这样想——她认识他这么多年，最后却不是与他倾诉，而是同一个年龄不到他一半的男孩，又是他自己的侄子谈心，她才认识他的侄子几个星期，还没有理由交出信任。他没有置评，也没有问任何问题——这才是更糟的事情。更为贴心的是，他不但没有主动提出帮助她，给她出主意，从而不至于让她反感；他还特意承认她有权自己冒险。"一定要当心""我不愿想到你遭遇不快""要是我能在那里保护你就好了"；任何这样的话语，都是正常男性的反应。千万人之中，没有一个男人会对自己心爱的女人或任何女人说："你不会在不快与危险面前回头，上帝也拦不住。"这是对平等的承认，而她没想到他会做到这一步。如果在他心目中也是这样考虑婚姻，那么她就可以从一个新的角度来审视问题了；但这似乎不太可能。要坚持下去，他就不是一个人，而是一个奇迹。但是关于圣乔治的事必须马上说清楚。她飞快地落笔，没有停下来想这想那的。

　　亲爱的彼得：
　　不，我做不到，但还是要谢谢你。关于牛津的事——我早就告诉你了，只是这不是我一个人的秘密。我本来不会告诉你侄子的，但他偶然知道了一部分，我不得不把剩下的也跟他讲清楚，免得他在无意中泄露。我希望我能告诉你，如果可以得到你的帮助，我会非常高兴的；如果有机会，我会告诉你的。这件事的确不快，但没有危险。谢谢你没有让我放手走人——这是你对我最好的褒奖。
　　我希望你手头的案子，或者别的什么案子，都进展顺利。花了这么多工夫，一定很棘手。
　　　　　　　　　　　　　　　　　　　　　　　　　哈莉叶

彼得·温西勋爵坐在一家酒店的露台上读这封信，俯瞰沐浴在灿阳下的宾西亚花园。他很是惊讶，读了有四遍，这才发现，站在他身边的人不是侍者。

"我亲爱的伯爵！请原谅！失礼了！我在想入非非。请和我一起坐坐吧。服务生！"

"你不必道歉，是我来打扰你的。我只是担心昨晚可能会影响到局势——"

"说那么长时间，还那么晚，真是很蠢。成年人就像疲倦的孩子，终于被允许熬夜到半夜了。我承认我们都很暴躁，我自己也不例外。"

"你总是很随和。所以我才想单独跟你说一说——我们都是通情达理的人。"

"伯爵，伯爵，我希望您不是来劝我做什么事的。我觉得拒绝你太难了。"温西把信折起来放在他的小本子里，"阳光这样灿烂，我可能会因为过分自信而犯错。"

"那么，我必须抓住这个好机会了。"伯爵把胳膊支在桌子上，身体向前倾，拇指尖对拇指尖，小指尖对小指尖，面露微笑，让人难以拒绝。四十分钟后，他离开了，依然微笑着。不知不觉地，他放弃了劝说，获得了些什么，温西讲的十个字比他在别处听到的一千个字还有价值。

不过自然了，哈莉叶对这段插曲是一无所知的。当天晚上，她一个人在罗马诺餐厅吃饭，心情有些低落。快吃完的时候，看见一个男人，正要离开餐厅，他做了一个模糊的手势，表示认出她来了。他四十多岁，头有点秃，面部光滑而空洞，留着黑色的胡子。她想了好半天，这到底是谁；随后，他慵懒的步态和衣着无可挑剔的剪裁让她想起了在罗德板球场的一个下午。她向他微笑，他走到她桌旁。

"你好呀！希望我没打扰到你。最近都好吗？"

"很好，谢谢。"

"那可真棒。我本来打算开溜了，就此度过今天，或者说今晚。不过我怕你不记得我了，把我当成个讨厌鬼。"

"我当然记得你。你是阿布特诺先生——尊敬的弗雷德里克·阿布特诺——你是彼得·温西的朋友，两年前我在伊顿公学和哈罗公学的比赛上见过你，你结婚了，有两个孩子。他们都好吗？"

"还过得去，谢谢你。你记性真好！是的，那天下午也热得可怕。真不明白为什么好好的姑娘要被拽去看无聊的比赛，参加一群小男孩的校园对战。（开个玩笑。）我记得你举止相当得体。"

哈莉叶稳重地回答，她一直喜欢看精彩的板球比赛。

"真的吗？我认为只是出于礼貌。要我说，这比赛进程太慢了。我自己从来都打不好板球，老彼得倒是得心应手，他总是跃跃欲试，觉得要是他自己下场，会打得更好。"

哈莉叶特地给他点了咖啡。

"真的会有人在罗德情绪激动吗，我不觉得有。"

"嗯，那里的气氛不像世界杯决赛那么激烈；但是温和的老绅士们有时也会发出啧啧声。来杯白兰地怎么样？服务员，两杯利口酒。你现在还在写书吗？"

这个问题总是会引起职业作家的愤怒，哈莉叶抑制住这种愤怒，说自己在写。

"会写书真是很了不起，"阿布特诺先生说，"我常常想，如果我脑子够用，我也能编出一个好故事来。对，写些怪事，奇怪的交易，诸如此类的事情。"

哈莉叶忽然模糊地想起温西曾经说过的某句话：金钱，这就是两人之间的联系。尽管阿布特诺先生在其他方面可能是个白痴，却在金钱上独具天赋。他知道那些神秘的商品是用来做什么的；那是他天生知道的事情，靠本能就了解。一旦物价有波动，弗雷德里克·阿布特诺的脑海里就会敲响一个小警钟，不用解释原因，他只要按照警告行事即可。彼得有钱，弗雷德里克懂钱；他们之间无法解释的情谊，一定可以通过共同利益和相互信任的纽带来做解释。她对这种奇特的利益联系很是欣赏，看起来能够把男性人类联结成一个紧密的小蜂巢，它们只与彼此接触一个面，却构成了一种坚韧而紧密的组合。

"有一天突然出现了一件有趣的事情，"阿布特诺接着说，"神秘的事情，完全摸不着头脑。老彼得一定会觉得很有趣。对了，老彼得怎么样了？"

"我有一阵子没见到他了。他现在在罗马，我不知道他在做什么，不过应该是在办案子吧。"

"不，我猜是为了国家好才走的。通常都是这样。我希望他们能帮忙恢复秩序，当下的交易形式不大好。"

"彼得和这次交易有什么关系？"

现在的阿布特诺先生看上去很有头脑。"没有联系。不过倘若有意外发生，外币交易势必会受到影响。"

"我完全不懂。彼得去做什么呢？"

"外交部。你不知道吗？"

"我什么都不知道。他不会被永久派遣到那里吧？"

"你是说罗马吗？"

"去外交部。"

"不会。但当他们觉得需要，就会把他派过去。他比较会和人打交道。"

"我明白了。不知为何他从来没有提起过。"

"哦，大家都知道，这不是秘密。他可能觉得你不会对这件事有兴趣。"阿布特诺先生心不在焉地把勺子放在咖啡杯上，"我真是太喜欢老彼得了，"他说了句挺突兀的话，"他真是个好小子。我上次见到他时，我觉得他好像有点低落。行了，我最好还是撤了吧。"

他忽然站起来，道了声晚安。

哈莉叶想，暴露自己的无知，是多么难堪啊。

还有十天就是新学期，哈莉叶再也无法忍受伦敦了。最后一根稻草是她看到了关于《命落风水际》的提前发售的公告，里面有特别浮夸的宣传。她强烈地怀念着牛津大学和《勒法努研究》——这是永远不会有任何广告价值的研究，但也许有一天，会有学者中肯地评价说："薇恩小姐以洞察力和准确性处理好了她的研究主题。"她给总务长打了个电话，得知可以在什鲁斯伯里住宿，就逃回了学术当中。

学院空无一人，只有她自己、总务长和财务主管，还有巴顿小姐——她每天都消失在拉德克里夫图书馆中，只有吃饭的时候才见得到人。院长回来了，但仍待在自己的房子里。

四月步入尾声，天气寒冷又变幻无常，但期许着美好事物的到来；这座城市被沉默而神秘的美所笼罩，这就是她的假期。古老的石墙之间，没有年轻人的喧哗声；狭长的特尔街上，也没有自行车飞行的嘈杂；在拉德克里夫广场，图书馆像阳光下的猫一样熟睡，偶尔有步伐缓慢的老师来访；即使在高街上，汽车和巴士的轰鸣声也似乎变淡了，因为还不是假日季。崭新的平底船和独木舟已在等待夏季的到来，漂荡在查维尔河上，就像马栗树上光亮的嫩芽一样。不过，在这闪亮的河道上，没有什么交通压力；高塔和尖塔上传来悠扬的钟声，诉说着在永恒的和平中流逝的时间；大汤姆钟每晚敲响一百零一次，只把基督教堂草地上的白嘴鸦叫回家。

她的早晨是在博德利图书馆度过的，在破旧的棕色书籍和失去光泽的汉弗莱公爵之间打盹，嗅着慢慢腐烂的皮革发出的淡淡霉味，听到他人小心翼翼踏过地毯的脚步声；漫长的午后，在谢尔河上划船，双桨摩擦生疏的手掌，听桨架哗啦哗啦响，很有节奏感，令人舒心，看着总务长在划桨时，肩膀上强健的肌肉在跳动，春寒料峭，吹平她的薄绸衬衫；或者，如果天气暖和些，就划着独木舟在莫德林墙下穿梭，再沿着美索不达米亚的国王磨坊，迂回驶入牧师之乐河，然后再回来，放松了心情，舒展了身体，活力充沛地在炉火边觥筹交错；到了晚上，打开灯，拉上窗帘，有书页的颤动和笔在纸上轻柔的摩擦声，唯有此声打破时间的寂静。哈莉叶不时拿出匿名者的杰作，细细翻阅，然而，在那盏孤灯的映照下，那些难看的涂鸦看起来都没那么可怕和伤人了，那整个令人难受的问题，也不如确定首版出版日期或探讨一篇有争议的文章更为重要了。

在这有韵律的寂静中，她找回了一部分昔日的、纯真的大学时代，那一部分的自己沉寂已久。那种歌声，早已被生存斗争的压力所压抑，因奇特的、不悦的激情而麻木，忽而开始断断续续地哼唱出含糊不清的旋律。美妙的金句，从何而来，到何而去，在她的梦境中游出，如同巨大又迟钝的鲤鱼在墨丘利冰冷的水中。有一天，她爬上舒托弗山，坐在上面俯瞰城市的尖塔，它深深扎根地下，矗立在圆形的河谷盆地中，遥远而可爱，就像绿色海浪下的青春之岛上的塔一样。她把一本活页笔记本放在膝上，里面有她对什鲁斯伯里丑闻的记录，但是她的心思并不在这个丑陋的事件上。一个独立的五音步，不知从哪儿冒出来，回响于她的耳畔——七步长——一句半的五音步：

> 到那旋转的世界静止的中心

在轴心入眠——

这是她自己写的还是背出来的？听起来很熟悉，但在她心里，她很确定，这是她自己的声音，她感觉相当熟悉，脱口而出，十分贴切。

她把笔记本翻到另一页，写了下来。她的感觉就像《一击》故事里的那个人："丽莎，很好的浴室呀——我们要做什么呢？"无韵诗？不……这是一首十四行诗前八行的一部分……有十四行诗的感觉。多么押韵！收起？卷起？……她笨拙地试探着韵头和韵脚，就像一个新手音乐人在拨弄废弃乐器的琴键一样。

然后，她又写了起来，历经了很多个失败的开头和空白韵脚，反复重写、组织语句又擦去，她内心深处明白，在漫长而痛苦的徘徊后，她似乎找到了自己的所在。

那么，在这里，在家……
中心，大海的中央，迷宫的中心……
那么，我们就在这里，在家里，远离暴风雨的折磨；我们调整步伐——航行——飞驰——合十双手，收起羽翼
那么，在这里，在家里，远离暴风雨的折磨；我们合十双手，收起羽翼；在这儿，玫瑰花瓣，卷起香气；在这里，太阳照耀，不知东西；这里没有潮汐；我们来过，恰如其分；来到广阔的空间，穿过眩晕的光圈，来到那个静止的中心；到那旋转的世界静止的中心，在轴心入眠——

好了，还算有些东西。虽然节奏单调，缺乏变换，"眩晕"和"旋转"的发音不是很合意。诗句在她那双笨拙的手中摇摆，不受控制。就算这样，还是写出了八行诗。

　　似乎一切都结束了。她已经说得差不多了，没什么要补充的了。她没法转到六行诗，写出隽语或者心情的变化。她试探性地画了一两行，然后擦除了。如果不能恰当地转折，生搬硬造也没用。她有了自己的意象——世界仿佛沉睡在永恒旋转的巨大纺锤上——再加上任何语句，都是硬凑。总有一天会浮现出什么的。与此同时，她把自己的心情写在了纸上——这是所有的作家，甚至是最软弱的作家，都会诉诸的解脱方式，像追寻爱情一样。只要找到了，他们就欢心地打起瞌睡，进入梦乡，不再劳神伤心了。

　　她合上笔记本，也合上那些丑闻和十四行诗，沿着陡峭的小路缓步前行。走到半路，她遇到了一队人在向上走：两个浅金发的小姑娘，跟着一个女人，乍看很眼熟。当她们互相走近时，她发现那是安妮，她没穿戴帽子围裙，看起来有些陌生，正带着孩子们散步。

　　出于礼貌，哈莉叶向她们打了招呼，问她们现在住在哪里。

　　"我们在海丁顿找到了不错的住处，夫人，谢谢你。我自己也要到那里去度假。这是我的女儿们，这是比阿特丽斯，这是卡萝拉。向薇恩小姐问好。"

　　哈莉叶郑重地和孩子们握手，问她们几岁，过得好不好。"她们同你住得这么近，真好。"

　　"是的，夫人。没有她们，我真不知道该怎么办。"那种迅速流露的骄傲和喜悦，几乎是带着强烈的占有欲。哈莉叶瞥见了自己在遣词造句时似乎遗忘了的一种基本激情；它像一颗不祥的流星，划破了她十四行诗的宁静。

　　"她们是我的全部——现在我已失去了她们的父亲。"

　　"哦，亲爱的，是的，"哈莉叶有点儿不安地说道，"他是——那是多久以前的事了,安妮?"

"三年前,夫人。他是迫不得已才这样做的。他们说他做了不该做的事,这使得他饱受折磨。但我不在乎,他从来没有伤害过任何人,一个男人的首要责任在于为妻子和家庭负责,不是吗?我很乐意与他一起挨饿,拼命工作来养活孩子们。但他无法释怀。这是个残酷的世界,对任何人来说都是,竞争太激烈了。"

"对的,确实如此。"哈莉叶说道。大女儿比阿特丽斯抬头看着她的母亲,她的眼睛流露出的聪颖,超过了八岁的年龄。最好还是不要谈她丈夫的过错与不公了,不管实情是怎样的。她喃喃地说,孩子们一定是很大的安慰。

"是的,夫人。没有什么比拥有自己的孩子更好的事情了。她们让生活变得有价值。比阿特丽斯简直就是照着她父亲的模子刻出来的,是不是,亲爱的?我很遗憾没有生个男孩;但现在我很高兴。没有父亲,抚养孩子是很困难的事情。"

"比阿特丽斯和卡萝拉长大后会做什么呢?"

"我希望她们都是好姑娘,夫人,做贤妻良母——我要把她们培养成这样的人。"

"我长大了想骑摩托车。"比阿特丽斯坚定地摇着她的卷发说。

"噢,不,亲爱的。你看,夫人,她们说什么呢。"

"不,我要,"比阿特丽斯说,"我要有一辆摩托车,还要开一个修理厂。"

"胡说,"她母亲有点严厉地说,"你不能这么说,那是男孩的工作。"

"可是现在有很多女孩从事男孩的工作。"哈莉叶说道。

"可是她们不应该如此,夫人。这不公平。男孩子们要找工作就已经很辛苦了。夫人,请不要把这些东西灌输给她。你要是在车库里搞东搞西，又丑又脏，你永远也找不到丈夫，比阿特丽斯。"

"我不想要，"比阿特丽斯坚定地说，"我宁愿要一辆摩托车。"安妮看起来是生气了，但哈莉叶笑的时候，她也跟着笑了。

"她总有一天会明白的，是不是，夫人？"

"那是有可能的。"哈莉叶说道。如果这个女人认定有丈夫总比没有好，那就没什么好争辩的。而且她已经养成了一种习惯，不谈男人和婚姻。她愉快地说了声"再见"，就大步走了。这有些影响到她的情绪，但也没什么。一个人要么喜欢讨论这些问题，要么不喜欢。但如果一个人心里的角落潜伏着丑陋的幽灵，那些见不得人的骷髅，就是无法告知别人的，连彼得也不可以——

当然不可以告诉彼得；万万不能是他。无论如何，他的立身之地不在牛津的灰墙之间。他代表着伦敦，那个迅捷、聒噪、喧闹、激动而又极度不安的紧张和喧嚣的世界。在这里，在静止的中心（是的，这句话很到位），他没有位置。整整一个星期，她几乎没有想起过他。

老师们都开始返校了，她们过了个满满当当的假期，并准备开启一学年中最苛刻，又最可爱的学期。哈莉叶望着她们返回，心里纳闷，这些愉快而坚定的面庞下，是否藏着什么秘密呢？德·范恩小姐去往佛兰德斯某古老小镇的一个图书馆查阅资料，那里保存着相当多的家庭信件，内容是伊丽莎白统治时期英格兰和佛兰德斯之间的贸易状况。她满脑子都是关于羊毛和胡椒的统计数据，很难让她想起春季学期的最后一天她都干了些什么。她肯定烧了一些废纸——其中可能有报纸——她当然从来不读《每日报讯》——她想不明白壁炉里的那些破报纸是怎么回事。

利德盖特小姐——如哈莉叶所料——在短短几周内就又把她的清样弄得一团糟了。她表示抱歉。她与一位研究希腊长短步诗的教授度过了一个长长的、有趣的周末,他找出了几个不准确的段落,还为第七章提出了新视角。哈莉叶无可奈何。

肖小姐带着她的五个学生办了一个读书会,赏了四场新剧,还买了一套活力十足的夏装。派克小姐花了相当长一段时间给当地博物馆馆长帮忙,把在埃塞克斯的一个田地里出土的三个有图样的罐子碎片和骨灰瓮碎片摆在一起。希尔亚德小姐开心自己终于返回牛津,她的姐姐假期里生孩子,她不得不在她家待了一个月;照看姐夫似乎使她的脾气变差了。此外,学监帮助一个侄女举办婚礼,而整件事都很搞笑:"一个伴娘走错了教堂,等典礼结束才出现,而我们有至少两百人挤在只能容纳五十人的房间里,我只喝了半杯香槟,结婚蛋糕也没有,我饿得肚皮贴背。新郎在最后还把帽子给丢了,我的天!你相信吗?他们还送镀金饼干桶呢!"希尔佩里克小姐跟她的未婚夫与他的妹妹去了一些有趣的地方,研究中世纪本土雕塑。巴罗斯小姐基本上一直都在打高尔夫球。学院还来了一位得力助手,是科学教师爱德华兹小姐,她刚休完一学期的假回来。她是一个年轻又活泼的女人,有方方的脸和宽宽的肩膀,一头短发,十分干练。研究活动室只有古德温太太还没回来,她的小儿子(可怜的孩子)一回到学校就出了麻疹,又需要他的妈妈来照顾了。

"她当然没办法了,"学监说,"但真讨厌,夏季学期才开始。要是我早知道,我就早点回来了。"

"我不知道,"希尔亚德小姐冷冷地说,"你让一位有孩子的寡妇来工作,还能指望什么呢。你必须为没完没了的干扰做好准备。而且因为种种原因,她们总会把家庭事务放在工作的前面。"

"对对,"学监说,"碰上重病,也是必须把工作放在一边的。"

"可是所有的孩子都会得麻疹。"

"没错。但这孩子身体弱,对吧。他的父亲就得过肺结核,可怜的人——事实上,他就是因为肺结核去世的——如果麻疹发作,转成肺炎,经常有这种可能,那后果会很严重的。"

"可是它转成肺炎了吗?"

"他们担心这个可能,他病得挺重的。而且,因为他是一个神经质的小家伙,自然喜欢妈妈和他在一起。不管怎样,她都是要被隔离的。"

"她和他在一起的时间越长,隔离时间就越久。"

"当然,这很烦人,"利德盖特小姐温和地插嘴说,"不过,如果古德温太太自己隔离,尽早回来——就像她带着勇气说的——她会感到非常焦虑的。"

"我们很多人都这样那样地深陷焦虑,"希尔亚德小姐尖锐地说,"我一直很担心我姐姐。三十五岁生第一个孩子,真的令人焦虑。但如果这件事是在学期内发生的,那我就帮不上忙了。"

"很难说应该把哪个职责放在首位,"派克小姐说,"每一桩事情都需要单独处理。我想,把孩子带到这个世界上,就要对他们承担起责任。"

"我不否认,"希尔亚德小姐说,"但如果家庭责任要优先于公共责任,那么就应该由别人来从事这项工作。"

"可是要保证孩子们不愁吃穿呀,"爱德华兹小姐说,"是的,那母亲就不应该做坐班的工作。"

"古德温太太是个出色的秘书,"学监说,"没有她,我会不好受的。想到我们能在她困难的时候帮到她,就很好。"

希尔亚德小姐没有耐心了。

"尽管你不承认,但事实上,这里的每个人面对已婚妇女和孩子时,都有自卑情结。尽管你们大谈事业和独立,但心里都同意,在任何一个履行了生物职责的女人面前,我们的身份都是被降低的。"

"纯粹胡说八道。"总务长说。

"我想,自然会认为已婚妇女过着更充实的生活吧。"利德盖特小姐说。

"而且更为实际,"希尔亚德小姐反驳道,"看看你们面对'什鲁斯伯里的孙辈'时有多大惊小怪!看着学生们结婚,你们多高兴啊!就好像在说'啊哈!教育没有影响我们的现实生活',当一个真正有才华的学者为了嫁给一个副牧师而放弃了前程时,你们只是敷衍道:'真可惜!当然,她自己的生活是首要的。'"

"我从来没说过这种话。"学监愤愤地喊道,"我总是说,她们昏了头才跑去结婚。"

"如果你们宣扬知识兴趣是第二位的,"希尔亚德小姐没有理会学监的话,"我不介意。但你们在理论上假装把它放在首位,在生活中却以它为耻。"

"没必要这么激动,"巴顿小姐打断了派克小姐愤怒的抗议,"毕竟,我们中的一些人可能是故意选择不结婚的。而且,如果你不介意——"

听到这句不祥的话,哈莉叶和学监急忙打断了话茬,生怕通向不可原谅的下半句。

"考虑到我们一生都在——"

"即使对于一个男人,也不能轻易说——"

她们都想圆场,却不小心互相打断。两人都打住话头,请对方原谅。巴顿小姐继续口无遮拦:"对已婚女性怀着如此多的敌意,是不明智的,也无法服人。就像你当初,以同样的没道理的偏见,把那位校工赶出了你的楼栋——"

"我反对这种区别对待,"希尔亚德小姐涨红了脸,"我不明白,为什么要因为仆人或秘书碰巧是带着孩子的寡妇,就容忍她们怠工。为什么要在校工翼楼给安妮一个专门的房间,让她来管理一条走廊,而比她资历久的仆人只能住集体宿舍。我不明白……"

"好吧,"史蒂文斯小姐说,"我认为她应当得到些照顾。一个在自己的小家里住惯了的女人——"

"很有可能,"希尔亚德小姐说,"不管怎么说,她的宝贝孩子们被寄养在一个小偷家里,并不是我的原因。"

"我一直反对那件事。"学监说。

"那你为什么要放任她呢?因为可怜的朱克斯太太是个好女人,还要养家糊口。她犯蠢嫁给了一个恶棍,就要得到关照和奖励。如果你同情一个狡猾的门房的家庭,从而两个学期都在犹豫要不要开除,那么,假装把学院的利益放在首位,又有何用呢?"

"好了,"艾利森小姐说,"我完全认同你说的。在这种情况下,学院应该是第一位的。"

"学院应该一直是第一位的。古德温太太应该认识到这一点,如果不能恰当地履行职责,就应该辞职。"希尔亚德小姐站起来,"不过,也许她应该离开,离得远远的。你也许还记得,上次她不在的时候,我们没有匿名信,也没有恶作剧吧。"她放下咖啡杯,快步出门。里面的人面色都不好看。

"我的天哪!"学监说。

"有什么地方不大对劲。"爱德华兹小姐直言道。

"她偏见很深,"利德盖特小姐说,"我总觉着,她不结婚挺遗憾的。"

利德盖特小姐能够把话背后的意思用孩童都懂的语言表达出来。

"真是如此,我要为那个男人感到抱歉了,"肖小姐说,"但这样,或许我又太关心男性了。我真是不敢开口了。"

"可怜的古德温夫人!"总务长叫道,"怎么可能是她!"

她气愤地起身,走了出去。利德盖特小姐跟在她后面。希尔佩里克小姐什么也没说,仓促走开,喃喃说自己要去工作了。活动室逐渐没有人了,只剩下哈莉叶和学监。

"利德盖特小姐最能一针见血,"马丁小姐说,"因为很有可能——"

"非常有可能。"哈莉叶说道。

詹金先生是一位年轻而和蔼可亲的老师,哈莉叶是上学期在北牛津的一次聚会上认识他的——事实上,正是在那次聚会上,她认识了雷吉·庞弗雷特先生。他住在莫德林,也是一位督查。哈莉叶碰巧对他讲了莫德林五月节典礼的事,他答应给她寄一张去塔楼的票。他是一名科学家,心思缜密,兑现了自己的诺言。票准时送到了。

什鲁斯伯里研究活动室的人都没有来。大多数人已经参加过五月早晨的典礼。德·范恩小姐没有参加过,不过就算有人给了她票,她的心思也不在这里。有学生收到了邀请,但哈莉叶不认识她,因此,她在天亮前独自出发了。她跟爱德华兹小姐约好了,等她下来,划船去伊希斯河,之后吃早饭。

唱诗班唱过了赞美诗。太阳升起来了,红彤彤地燃烧着,在刚刚醒来了的城市的屋顶和塔尖上投下淡红色的光晕。哈莉叶俯身在栏杆上,看着蜿蜒的高街上那动人心魄的美景,现在还没有汽油车的轰鸣声搅扰。在她的脚下,钟楼里的钟摆摇晃起来。有一小群骑自行车的人和步行的人,渐行渐远。詹金先生走上前来,打了个招呼,说他要和一个朋友到牧师之乐河洗澡。她不必着急——她一个人下台阶没问题吗?

哈莉叶开怀大笑,道过谢,他在楼梯口向她告别。她走到了塔楼东侧,那里有河流和莫德林桥,还有一艘艘平底船和独木舟。在那些人中,她认出了身材健壮、身穿橙色毛衣的爱德华兹小姐。站在世界之上,下方一片声音的海洋,上方一片空气的海洋,所有人都被缩放成蚂蚁堆的比例,多么奇妙!不错,塔上还有一群人在徘徊——是这个开阔的隐蔽之处的同行者。他们也被美景迷住了——

老天啊!那个女孩想干什么?

哈莉叶扑向那个年轻女子,她正单腿爬上石雕,站在栏杆的两个桩子中间。

"快下来!"她说,"你不能那样做,这是很危险的。"

那个女孩瘦削、白皙,一脸惊恐,立刻退了回来。"我只是想看看。"

"好吧,你真傻,你会头晕的。你最好下来,如果有人摔下去,莫德林当局会很为难的,他们可能不得不禁止让人们上来。"

"很抱歉。我没想到。"

"嗯,你应该想到。你有同伴吗?"

"没有。"

"我现在要下去了;你最好也来吧。"

"好的。"

哈莉叶带着这个女孩沿着黑暗的螺旋楼梯向下走。她没别的什么证据,但一时很好奇。那姑娘说话有口音,哈莉叶本来觉得她是个售货员,但事实上,参观伦敦塔的门票可能只对大学学生或他们的朋友开放。她可能是个本科生,拿的是镇上的奖学金。无论如何,自己可能有些小题大做了。

她们走过钟室,黄铜钟声响亮又悠长。这使她想起多年前彼得·温西给她讲过的一个故事。那一天,为了避免因糟糕的旅游吵架,他不得不一直讲故事。故事是说钟楼里有一具尸体,还有一场洪水,钟声回荡在三个郡里。

她走过去的时候,钟声在身后逐渐息声,同时,回忆也淡去了;

但在有些尴尬的下坡过程中,她停顿了片刻,那个不知是谁的女孩,已经走到她前面去了。当她走到楼梯口,走到明晃晃的日光下时,她看见那个瘦弱的身影匆匆穿过走廊,来到方庭里。她拿不准是否应该继续追着她。她远远跟在后面,望着那个身影转向高街,差点被庞弗雷特先生撞到。庞弗雷特先生从女王学院走下来,穿着一件非常不整洁的灰色法兰绒衣服,胳膊上蒙着一条毛巾。

"你好!"庞弗雷特先生说,"你去参加迎接日出的仪式了吗?"

"是的。日出一般,但是仪式不错。"

"我想要下雨了。"庞弗雷特先生说,"但我说过要去浴场,正在前往。"

"我也是,"哈莉叶说道,"我说过我要划船,正在前往。"

"我们真是一对英雄。"庞弗雷特先生说。他陪她到莫德林桥,一个坐独木舟的朋友急躁地喊他,说已经等了半个小时了,然后向上游划去,嘴里嘟囔着没有人爱他,而且他知道就要下雨了。

哈莉叶遇见了爱德华兹小姐,爱德华兹小姐一听说这姑娘的事,就说:"好吧,你也许可以知道她的名字,但我不知道那有什么用。我想,那不是学院的人吧?"

"我没认出她来,她好像也没认出我来。"

"那么可能不是,可惜你没有问她的名字。不应该有人那样冒险,太不顾别人了。你要在船头还是船尾划?"

离奇失踪

  阳光下的郁金香（我们的草药学家称之为水仙花），朵朵灿烂绽放；当太阳落山，或暴风雨来临，它就蜷曲起来，渐渐萎靡，再没有快乐留下……这就是爱人们。
  心灵对于身体很有效力，因他的激情与不安产生不可思议的变化，有忧郁、绝望、残酷的疾病，有时甚至是死亡本身……生活在恐惧中的人永远不会拥有自由、坚定、安全，永远不会得到快乐，持存的痛苦往往导致突然的疯狂。

罗伯特·伯顿

  由于图书馆大楼的落成，学生们重新安排了住处，加上爱德华兹小姐就任，夏季学期开学时，学院的人手更足了。巴顿小姐、巴罗斯小姐和德·范恩小姐搬进了图书馆一楼的三套新公寓，希尔佩里克小姐被调到新方庭。住宿都被重新分配了，都铎楼和伯利楼里就没有老师住了。马丁小姐、哈莉叶小姐、爱德华兹小姐和利德盖特小姐建立了一套巡逻制度，每晚不定期到新方庭、伊丽莎白女王楼和图书馆大楼巡视，密切监视一切可疑动向。

这样的安排很有效，匿名者暂时收敛了起来。不过，仍然收到几封匿名信，里面是对不同人的下流的影射，还有要报复人的威胁。哈莉叶仔细地记录了她听说或接触到的这些内容——她注意到，此时，研究活动室的每个成员都有遭遇，除了古德温太太和希尔佩里克小姐；此外，三年级学生开始收到关于她们前途的不祥诅咒，而弗拉克斯曼小姐收到了一张很丑的画，上面是哈耳庇厄在撕扯一位戴学位帽的绅士的肉。哈莉叶曾试图消除人们对派克小姐和巴罗斯小姐的怀疑，理由是她俩都有很好的素描功底，费劲也画不出这么难看的画。然而，她发现，虽然两人右手都很灵巧，但如果用左手来画，那也好不到哪里去，甚至更差。派克小姐在看到哈耳庇厄的画像后，指出这幅画在几个方面与对鹰身女妖的传统看法不一致；不过，专业人士显然也很容易装作自己不知情；也许，她急切地把注意力吸引到那些偶然的错误上，或者对她有利，或者没有。

另有一件奇怪的琐事，发生在学期的第三个星期一。一个勤奋的一年级新生紧张地说，她把一本完好的现代小说放在小说图书馆的桌子上，下午去了河边，回来取书的时候，发现书中有几页——她刚好看到的地方——被撕掉了，都被扔在了房间里。那个一年级学生是郡议会的奖学金生，穷得像只教堂里的老鼠，泪眼汪汪的。这不可能是她犯的错。她需要赔偿这本书吗？她来问学监，学监说不必了。这显然不是一年级新生的错。她愤怒地记录了这件事："C.P. 斯诺的《搜查》，第三百二十七至三百四十页被撕掉，五月十三日。"她把这一消息告诉了哈莉叶,哈莉叶记录在了她的案件日志里,她还记下的这些:"三月七日——寄给德·范恩小姐的辱骂信""三月十一日,寄给希尔亚德小姐和莱顿小姐的匿名信""四月二十九日——给弗拉克斯曼小姐的哈耳庇厄像"。现在这份清单已然令人生畏。

就这样,夏季学期开始了,阳光灿烂而可爱,四月随风旋转,即将离去,走向灿烂的五月。郁金香在花园中起舞;山毛榉绿叶仿佛有金色的流苏,颜色愈发幽深,谢尔河上的小船,穿行于萌发新绿的河岸之间,广阔的伊希斯河上都是八人赛艇队伍。黑色长袍和夏季连衣裙在城市的街道上飘扬,穿行于学院的大门,和光滑的绿色草皮、古老的石墙一起,随性地组成一个纹章般的画面。汽车和自行车危险地并排行驶,穿过狭窄的拐弯处;从莫德林大桥到新建的旁道上方的水道上,有留声机响亮的声音。老方庭里到处是晒日光浴的人,还有散乱的茶点聚会,新刷白的网球鞋晾在窗台上,像绽放出奇怪的、苍白的花朵。到处是像旗帜一样飘来飘去的泳衣,学监不得不让她们规范一些。热心的教师们像老母鸡一样咯咯叫着,温柔地对那些即将成熟的学术蛋进行孵化,待三年之后,考试楼里能孵出怎样的小鸡?学生们痛苦地发现,只剩下不到八周的时间来补旷的课和学习进度了,于是从博德利图书馆奔向教室,从拉德克里夫图书馆冲向辅导课;匿名信那一点点小风细浪,也淹没于考生滔滔不绝的咒骂之中,几乎被遗忘了。在学习热期间,依旧充斥着狂乱的气息。研究活动室有一次用赌马的方式来预测学生的考试结果,哈莉叶获得了两匹"马"的名字,据说其中一位是很受欢迎的纽兰小姐。哈莉叶问她是谁,她之前没有见过或者听说过她。

"你应该没见过。"学监说,"她是个害羞的孩子。不过肖小姐认为她稳稳能当第一名。"

"不过,她这学期状态一般。"总务长说,"我希望她不会垮掉。我对她说过,她不应该总是不来大厅吃饭。"

"她们应该来的。"

"她们下了河以后,就懒得换衣服了,宁愿穿着睡衣,在房间里吃个鸡蛋。但我敢肯定,一个煮鸡蛋和一条沙丁鱼是不够用来考试的。"

"而且把屋子弄得一团糟,还得由校工来清理。"总务长抱怨道,"房间里到处塞着脏碗,几乎不可能在十一点前清理干净。"

"纽兰的问题不是到河上玩,"学监说,"那个孩子真的在学习。"

"那就更糟了。"财务长说,"我不相信在最后一个学期熬油灯的人。如果你的马失了前蹄,我一点也不惊讶,薇恩小姐。我看她过度紧张了。"

"那有些令人难过,"哈莉叶说,"也许我最好趁价格还行的时候,卖掉一半的票。我同意埃德加·华莱士的说法,'给我一匹会把燕麦吃掉的笨马'。有人出价要纽兰吗?"

"纽兰怎么了?"肖小姐走到他们面前问道,当时他们正在学者花园喝咖啡,"对了,学监,你能不能贴一个告示,让她们不要坐在新方庭草坪上?我没办法,赶走两伙人了。我们不能让这个地方看起来像马盖特海滩一样。"

"当然不能,她们自然清楚这是不被允许的。为什么女大学生这么邋遢?"

"她们总是极其渴望像男人们一样,"希尔亚德小姐讽刺地说,"但我注意到,她们不像男人们一样尊重学院的公共场地。"

"就连你也必须承认男人是有一些美德的。"肖小姐说。

"更有传统和纪律,就这样了。"希尔亚德小姐说。

"我不知道,"爱德华兹小姐说,"我感觉女人天生就比较邋遢。天生喜欢野餐。"

"天气这么好，坐在户外挺不错的，"希尔佩里克小姐说，几乎带着些歉意（她的学生时代刚过去不久），"她们不觉得这有多糟糕。"

"在炎热的天气里，"哈莉叶把椅子挪回阴凉处，说道，"男人都知道应该待在凉快的室内。"

"男人们，"希尔亚德小姐说，"就喜欢闷在屋子里。"

"是啊，"肖小姐说，"可你刚才说纽兰小姐什么来着？你不会是把这好的机会卖掉了吧，薇恩小姐？她可是大受欢迎的。她拿的是拉蒂默奖学金，课业很出色。"

"有人说她不大有后劲了，可能拿不到名次了。"

"太不厚道了，"肖小姐愤慨地说，"谁都无权这样说。"

"我看她很焦虑，坐立不安。"总务长说，"她太刻苦了，很发愤图强。她的学业没什么问题吧？"

"没有什么问题，"肖小姐说，"她看上去确实有点脸色苍白，不过我想，是天气炎热的缘故。"

"她可能在担心家里。"古德温太太说。五月九日，她回到了学校，虽然儿子还没有脱离险境，但很幸运，已经在好转了。她看起来很焦虑，让人心疼。

"要是有问题，她会告诉我的，"肖小姐说，"我鼓励学生们向我吐露心声。当然，她是个很内向的姑娘，不过我已经尽力让她敞开心扉了。我想，如果她有什么心事，我一定会得知的。"

"好吧，"哈莉叶说道，"我必须先看看我的这匹马，然后再决定怎么处理我的票。我需要有人帮我认识她。"

"我想，她这会儿在楼上的图书馆里，"学监说，"晚餐前，我还看见她在那儿学习——像往常一样又没有去大厅。我差点就和她搭话了。来吧，薇恩小姐，如果她在，我们就为了她的健康把她赶出去。不管怎样，我也想去查一查参考资料。"

哈莉叶笑着站起来,陪着学监前去。

"我有时想,"马丁小姐说,"肖老师如果不老是探究学生们的内心,她会从学生那里得到更多真正的信任的。她希望人们喜欢她,但这样做不对。我的座右铭是,善待他人,但不要打扰他们。害羞的人,戳一下,就缩成一团;而自负的人,则废话连篇地吸引他人的注意。不过,人们各有其法。"

她推开了图书馆的门,在最里面停下,翻阅一本书,核实了一段引文,然后带路在狭长的房间里穿行。在靠近中间的一张桌子旁,一个瘦削、美丽的女孩伏案于一堆参考书中。学监停了下来。

"纽兰小姐,你还在?还没吃晚饭吗?"

"我等会儿再吃,马丁小姐。天气太热了,我想完成这篇语言学论文。"女孩看上去惊慌不安,她把湿漉漉的头发从前额拨开,眼白像一匹躁动不安的小马。

"别这样啦。"学监说,"在考试的学期里,只学习不玩耍是划不来的。如果你再这样下去,我们就得送你去休养一个星期,不准学习。你头痛吗?看起来不大舒服。"

"稍微有点,马丁小姐。"

"看在老天的分上,"学监说,"把那个该死的老杜坎戈和吕布克或者别的什么扔出去,出去玩吧。我总得把考试的学生赶到河边去,赶到乡间去,"她转向哈莉叶补充说,"我希望她们都像坎普尔顿小姐那样——她比你低几届。考试前她的时间全泡在河边和网球场,吓了派克小姐一跳,结果她得了一个优等。"纽兰小姐显得更加慌张了。

"我好像无法思考了,"她坦白说,"我会忘记事情,大脑一片空白。"

"当然会了。"学监轻快地说,"这显然是用功过度了。快停下来。

现在就起来,吃点东西,然后看本有意思的小说什么的,或者找个人陪你打网球。"

"请别费心了,马丁小姐。我还是想继续写。我不想吃东西,也不喜欢打网球——希望你不要操心了!"她说完话,有点歇斯底里了。

"好吧。"学监说,"上帝保佑,我不想大惊小怪。不过要理智些。"

"好的,真的,马丁小姐。我要先把论文写完,不然我会感到很不好受。我会吃点东西再睡。我保证我会的。"

"这才是个好孩子。"

走出图书馆,学监对哈莉叶说:"我不愿看到她们变成那种样子。你觉得你的马的胜算如何?"

"不是很大,"哈莉叶说道,"我的确认识她。我是说,之前见过她。上一次是在莫德林塔上。"

"什么?"学监说,"哦,天啊!"

至于圣乔治勋爵,哈莉叶在开学的头两个星期都没怎么见到他。他的胳膊不用挂吊带了,但还没全康复,不能参加过多的体育活动。当她遇见他时,他告诉她,他在工作。电线杆和保险的事已经平稳地解决了,也没有让他的父母动怒。"彼得叔叔"对这件事肯定是有话要说的,但是他虽然很刻薄,却很靠谱。哈莉叶鼓励这位年轻的绅士好好工作,并拒绝了与"他的人"共进晚餐和见面的邀请。她并不特别想见丹佛公爵夫妇,于是成功避开了见面的机会。

庞弗雷特先生一直非常客气。他和罗杰斯先生带她去了河上,也邀请了卡特莫尔小姐。大家都很有分寸,相处得很愉快,对于之前的邂逅,大家都心照不宣。哈莉叶对卡特莫尔小姐的表现很满意。她似乎在努力改头换面,希尔亚德小姐的报告鼓舞了她。庞弗雷特先生还邀请哈莉叶共进午餐,一起打网球。关于午餐,她坦诚表示,自己有约;

而对于网球,她搪塞说自己多年没有打球了,手很生,也不是很有兴致。毕竟,每个人都有自己的工作要做,不能把时间都花在本科生身上。

然而,在正式认识了纽兰小姐后的那个晚上,哈莉叶偶然遇到庞弗雷特先生。她去拜访一位住在萨默维尔研究活动室的什鲁斯伯里前辈,返回路上,穿过圣吉尔斯路,快到午夜了,她看见一群穿晚礼服的年轻人站在那条著名大道上,在一棵树的周围。哈莉叶好奇心重,前去打探有什么事情发生。街上只有寻常的车辆,几乎没有人。树枝剧烈地颤动着,哈莉叶站在下面这一小群人的近旁,从他们的话中听出,他们饭后打了一个赌,某某先生决定爬遍圣吉尔斯的每一棵树,而且不能被督查抓住。树实在太多了,又是公共场所,哈莉叶觉得这个赌打得足够乐观。她正要转过身去,穿过街道,向羊与旗帜酒吧走去,这时,一个显然是在放风的年轻人上气不接下气地走了过来,报告说,宽街的转角处来了一群督查。那个攀树者匆忙下来,一群人四散而逃——有人从她身边跑过,有人沿着小路跑开,还有几个胆大的人跑向叫作芬德的小围场里(因为它不归镇上管,属于圣·约翰大学管辖),尽兴地和督查们躲来躲去。有一个小伙子正朝这个方向飞奔,经过哈莉叶身边时,叫了一声,停了下来。

"怎么,是你!"庞弗雷特先生激动地叫道。

"又是我,"哈莉叶说道,"你总是在夜里不穿长袍乱跑出去吗?"

"差不多吧。"庞弗雷特先生说着,走到她身边,"真奇怪,你总是能抓到我。太幸运了,是不是……对了,你为什么这学期一直躲着我呀?"

"啊,没有,"哈莉叶说道,"我只是太忙了。"

"可是你一直在躲着我。"庞弗雷特先生说,"我知道。我觉得,指望你对我特别关注是不现实的。我想你从没想到过我,你大概看不起我吧。"

"别胡说了,庞弗雷特先生。我当然不会这样,我非常喜欢你,只是——"

"真的吗?……那你为什么不让我见你?知道吗,我一定要见你,我有件事要告诉你。什么时候可以和你谈谈呢?"

"什么事?"哈莉叶说道,一阵可怕的不安涌了上来。

"什么事?等等,别这么冷漠。你看,哈莉叶——不,不,你得听我说。亲爱的,好哈莉叶——"

"庞弗雷特先生,拜托别——"

可庞弗雷特先生是不可能被拦住的。哈莉叶躲在羊与旗帜酒吧旁的那棵大马栗树荫下,他热切地表白,像那种二十来岁的年轻绅士,会向一位比他年长、经验丰富得多的女士所倾吐的那样。

"我非常抱歉,庞弗雷特先生。我从未想过——不,真的,这是不可能的。我至少比你大十岁,何况……"

"那有什么关系呢?"庞弗雷特先生笨拙地做了个很大的手势,仿佛抹除了年龄差异,滔滔不绝地讲下去,哈莉叶同时对自己和对方而恼火,她根本无力制止。他爱她,他崇拜她,他极度痛苦,他无心学习,无心玩乐,因为他惦念她,如果她拒绝他,他不知道该如何是好,她一定看到了,一定意识到了——他想站在她和整个世界之间。

庞弗雷特先生有六英尺三英寸的身高,强壮又结实。

"请别这样,"哈莉叶有气无力,就像在对一个高大又不顺服的阿尔萨斯人说"别说了,恺撒","不,我是认真的。我无法让你——"接着又换了一种语气,"啊,督查!督查来了。"庞弗雷特先生惊了一跳,转身准备逃跑,但是,督查小队从门廊一路跑来,刚在圣吉尔斯猛追爬树者,飞快地跑过拱廊,接着看到一位年轻的绅士,在夜间不穿长袍,还拥抱着一位女士,便兴冲冲地向他扑来,就像扑向合法的猎物一样。

"哦,可恶!"庞弗雷特先生叫着,"那,你——"

"督查想和您谈谈,先生。"助理冷冷地说。

哈莉叶思索着,留下庞弗雷特先生,让他自己受命运的摆布,是不是太冷漠了。但是督查紧跟在助理们的后面,他站在离她只有几码远的地方,已经开始盘查罪犯的名字和学校了。似乎只能勇敢地面对了。

"等一下,督查先生,"哈莉叶开口了,为了庞弗雷特先生,她竭力忍住笑,"这位先生是和我一起来的,你不能——啊!晚上好,詹金先生。"

的确,他是那位和蔼可亲的督查。他望着哈莉叶,很是窘迫,说不出话。

"那个,"庞弗雷特先生插嘴说,虽然略有尴尬,但他有一种绅士的直觉,认为自己应该做出一些解释,"这完全是我的错。我是说,恐怕我打扰了薇恩小姐。她——我——"

"嗯,你不要处罚他,"哈莉叶劝说道,"怎么样?"

"我想一下,"詹金先生回答,"是的。你是高级成员,对吗?"他往远处给助理挥挥手。"不好意思。"他有点生硬地加了一句。

"怎么会呢,"哈莉叶说,"今晚天气真好。你在圣吉尔斯路上抓到人了吗?"

"明天就把两个捣蛋鬼送到学监面前来。"督查说,兴致很高,"我想没有人从这里跑吧?"

"除了我们,没有别人,"哈莉叶说道,"我可以向你保证我们在爬树。"

她引用的恶趣味诱使她加上"除了在赫斯帕里得斯园",但考虑庞弗雷特先生的感受,她忍住了。

"当然，当然，"詹金先生说，他紧张地搓搓手，把丝绒罩袍系带拉向肩膀，"我该离开了，去追爬树的人。"

"再见。"哈莉叶说道。

"再见。"詹金先生彬彬有礼地举起方帽说，他忽而转向庞弗雷特先生，"再见，先生。"

他轻快地大步走去，管状的长袖上下飘动。哈莉叶和庞弗雷特先生之间又出现了沉默，谁开口说一个字，就会像敲锣一样响动。谈刚才的事情，还是接续被打断的谈话，似乎都不可能。他们达成一致，转身往督查的相反方向走，再次走到了圣吉尔斯路，在庞弗雷特先生开口说话之前，向左拐去，穿过了现在空荡荡的芬德围场。

"我看起来真是个傻瓜。"庞弗雷特先生苦涩地说。

"真是太不幸了，"哈莉叶说道，"我一定显得更愚蠢了。我差点就跑掉了，好在结果好就一切都好。他是个很正直的人，我想他不会再多想这件事了。"

她想起那些无礼的人常用的一句话，内心又窃笑起来："抓到一个高级成员的勾搭女孩。""勾搭男孩"大概是"勾搭女孩"的阴性对应词；不知道詹金先生第二天在公共活动室会不会用它。她并不介意他的一时兴起；她足够成熟，知道再猛烈的流言，也不过是时间海洋里的小小涟漪，会转瞬即逝。然而，在庞弗雷特看来，这一波澜必将如一场大漩涡。他愠怒地嘟囔着什么笑柄。

"拜托，"哈莉叶说道，"别再担心这件事。这没有关系，我一点也不介意。"

"当然不会。"庞弗雷特先生说，"自然，你不会把我的话当真。你把我当个孩子看。"

"事实不是这样的。我非常感激——你对我说的一切让我深感荣幸。"

但说真的,这件事不可能的。"

"嗯,好吧,没关系。"庞弗雷特先生生气地说。

这太糟了,哈莉叶想。年轻的爱情被人践踏,够令人恼火了;还成为公然的笑柄,那真是无法忍受。她必须做点什么,维护这位年轻绅士的自尊。

"听着,庞弗雷特先生。我想我不会嫁给任何人,请相信我的反对完全不是针对个人的,我们一直是很好的朋友,我们可不可以——"

庞弗雷特先生冷冷哼了一声,接受了这句老掉牙的话。"我想,"他狠狠地说,"肯定另有其人吧。"

"我想你无权问这个问题吧。"

"当然没有。"庞弗雷特先生感到了冒犯,说道,"我无权问你什么。我应该为向你求爱而道歉,也为在督查面前出丑而抱歉。事实上,我为自己的存在抱歉。真是对不住。"

很明显,唯一能抚慰庞弗雷特先生受伤的虚荣心的,就是确信另有其人。可是哈莉叶不愿意自认这件事;再说,不管有没有别人,嫁给庞弗雷特先生的想法都是荒唐的。她请求他对这件事理智一些;但他依然闷闷不乐。其实无论说什么都不能减少这个情况的荒谬。本想以骑士风度保护一位女士对抗世俗的伤害,却被迫接受她作为长辈带来的保护,挡住愤愤不平的督查,这真是可笑。

他们有一段路顺路。带着有埋怨的沉默,走过石板路,经过贝利奥尔丑陋的前门和三一学院高大的铁门,走过恺撒学院十四个冷笑的恺撒像,还有克拉伦登楼厚重的拱顶,直到他们站在凯特街和霍利韦尔街的路口。

"好啦,"庞弗雷特先生说,"不介意的话,我就从这儿走了。快十二点了。"

"是的，别为我操心。晚安……再次谢谢你。"

"晚安。"

庞弗雷特先生慌忙朝女王学院跑去，身后响起一串洪亮的钟声。

哈莉叶顺着霍利韦尔走去，现在她想怎么笑就怎么笑，她真的笑了。她并不担心庞弗雷特先生的心会受到永久性的伤害，他太暴躁了，除了虚荣心之外，什么都伤害不到他。这件事中的荒唐，是怜悯和仁爱都无法消除的。不幸的是，出于教养，她不能跟任何人分享，她只能在孤独的狂喜中享受。她简直无法想象詹金先生会怎么想她，他会不会以为，她是毫无原则勾搭小男生的人？还是一个淫乱的色情狂？或者一个绝望的女人，在热切地抓住转瞬即逝的一线机会？还是别的什么呢？她越想自己在这一插曲里的角色，就越觉得好笑。她不知道如果再见到詹金先生，该对他说些什么。

她很诧异，庞弗雷特先生头脑简单的求婚，竟让她如此快乐。她应该为自己羞愧才是。她应该怪自己没有事先看出庞弗雷特先生的想法，然后及时制止他。她为什么没做到呢？很简单，她从未想到自己身上会发生这种事。她一直以为，除了彼得·温西的怪念头之外，不会有什么男人注意她了。当然，对他来说，她只是他创造的产物，是他映照自己宽宏大量的一面镜子。雷吉·庞弗雷特的忠诚虽然可笑，但至少是一心的。他不是科菲图亚国王，她不必因为他的关照，就心生卑微的感激。毕竟，这样的表白令人愉快。无论我们多大声宣称自己不值被爱，在听到公正的反驳时，很少有人会真正生气。

带着不知悔改的心情，她来到学院，走进后门。院长房间亮着灯，有人站在门口向外张望。听到哈莉叶的脚步声，学监的声音喊道："是你吗，薇恩小姐。院长要见你。"

"怎么了，学监？"

学监抓住哈莉叶的胳膊。

"纽兰还没回来,你在哪儿见到过她吗?"

"没有——我在萨默维尔附近。现在刚过十二点,她可能会回来了吧,你不会认为——"

"我们不知道该怎么想。未经许可就出去,这不像纽兰的风格。我们发现了一些东西。"

她领着哈莉叶走进院长的屋子。巴林博士坐在她的办公桌前,她俊俏的脸严肃而认真。海多克小姐站在她面前,双手插在晨袍口袋里,她看上去很激动,也很生气。肖小姐愁苦地缩在长沙发的一角,正在啜泣。高年级学生米尔班克斯小姐半是害怕,半是愤愤不平,在后面不安地徘徊。哈莉叶和学监一起进来的时候,每个人都满怀希望地朝门口望了一眼,然后又转回头去。

"薇恩小姐,"院长说,"学监告诉我,五月节的时候,你在莫德林塔楼看到纽兰小姐举止古怪。可以再说一些细节吗?"

哈莉叶把那次经历又讲了一遍。"对不起,"她最后补充说,"当时我不知道她的名字。我没认出她是我们的学生,我其实都不记得之前见过她,直到昨天马丁小姐把她指给我看。"

"对极了,"学监说,"你不认识她,我一点也不奇怪。她很安静,很害羞,很少到大厅来,也很少到其他地方露面。我感觉她差不多整天都在图书馆学习。当然,你告诉我五月节的事情后,我感觉还是应该有人看着些她。我通知了巴林博士和肖小姐,并问过米尔班克斯小姐,三年级学生有没有人注意过她的情况。"

"我不明白。"肖小姐叫道,"她为什么不能来找我呢?我总是鼓励我的学生全心信任我。我一遍又一遍地问她,我真的以为她是真心喜欢我的……"

她无奈地用一块湿手帕擤着鼻涕。

"我感觉不大对劲,"海多克小姐直截了当地说,"但不知道是怎么了。你越追问,她越三缄其口——我就问没问太多。"

"这个女孩没有什么朋友吗?"哈莉叶问。

"我以为她把我当朋友。"肖小姐抱怨道。

"她没有交到朋友。"海多克小姐说。

"她是个很内向的孩子。"学监说,"我想没什么人很了解她。我知道我做不到。"

"可是究竟发生了什么事呢?"哈莉叶问。

"马丁小姐跟米尔班克斯小姐谈起她的时候,"海多克小姐不管有人在等院长的回答,就满不在乎地插嘴说,"米尔班克斯小姐跟我说了这件事,说她觉得也指望不上我们做什么。"

"可是我不怎么认识她……"米尔班克斯小姐说。

"我也不大认识,"海多克小姐说,"但我想最好做点什么。今天下午我带她去了河边。她说她应该学习,但我告诉她,别犯傻,不然要垮掉的。我们在罗尔斯划小船,在公园附近喝了茶。那时她看起来没什么问题。我把她带回来,劝她到大厅好好吃饭。后来,她说自己想去图书馆学习。我另外有约,不能和她一起去——而且,我想如果我整天跟在她后面,她会觉得很奇怪的。所以我告诉米尔班克斯小姐,最好换个人继续下去。"

"是的,我自己接替了,"米尔班克斯小姐不耐烦地说,"我把自己的作业带了过去,坐在一张能看到她的桌子上。她在那儿待到九点半。我十点钟走的时候,发现她已经走了。"

"你没看见她出去吗?"

"没有。我在看书,我猜她溜出去了。很抱歉,但我怎么会知道呢?

这学期我要考试。目光不应该从她身上移开,这话说得轻巧,但我又不是护士什么的——"

哈莉叶注意到,米尔班克斯小姐变得越发没自信了。她像个中学女生一样,气呼呼又笨嘴拙舌地为自己辩护。

"回来的时候,"院长继续说,"米尔班克斯小姐——"

"那接下来你们怎么做了呢?"哈莉叶插嘴说,她对慢条斯理的学究式阐述不耐烦了,"我想是不是应该问她有没有到过拉德克里夫走廊上。"

"我后来也想到了,"院长回答,"也建议在那里找一找。后来得知,没有找到。然而,随后……"

"河边呢?"

"我正要谈到这个问题,我最好按时间顺序讲下去,我保证不绕弯子讲。"

"好的,院长。"

"返回的路上,"院长继续讲道,"米尔班克斯小姐把这件事告诉了海多克小姐,她们确认过纽兰小姐不在学院里,然后,立刻告知了学监,学监指示帕吉特,一看到纽兰进来就打电话。晚上十一点十五分,她还没有回来,帕吉特报告了学监。他还说,他自己也为纽兰小姐感到不安。他发现她喜欢一个人四处走,看上去很紧张的样子。"

"帕吉特很精明。"学监说,"我常常认为他比我们任何人都更了解学生。"

"直到今天晚上,"肖小姐哭着说,"我还以为我相当了解我的学生们呢。"

"帕吉特还说,他看到有几封匿名信,是寄给纽兰小姐的。"

"他应该上报这件事的。"哈莉叶说道。

"不是,"学监说,"上学期你来以后,我们才指示他来报告。他是在那之前看到的。"

"我明白了。"

"到那个时候,"院长说,"我们才开始惊慌,马丁小姐给警察打了电话。与此同时,海多克小姐在纽兰小姐的房间里找了一圈,想看看有没有什么能泄露她心境的东西,然后发现了这些。"

她从书桌上拿起一小捆文件,递给哈莉叶,哈莉叶叫了一声:"天呐!"

这一次,匿名者找到了一个现成的牺牲品。有三十多封信("我想也不全是这些吧。"学监说。)——威胁的、辱骂的、含沙射影的——全都无情地在一个主题上攻击:"你别以为你会侥幸逃脱。""如果你的学位考试不及格怎么办?""你活该失败,我要让你失败!"然后是更可怕的暗示:"你不觉得你的大脑停滞了吗?""如果他们看到你疯了,他们会把你开除的。"最后跟上了一连串凶险的情节:"你最好现在就结束这一切。""死也比进疯人院强!""换了你的位置,我应该从窗户跳下去!""到河里试试。"等等;这些致命打击都落在脆弱的神经之上,真是难以抵挡。

"要是她给我看就好了!"肖小姐在哭。

"她当然不会,"哈莉叶说道,"要内心很健全,才会告诉别人,有人会说她疯了,这就是难处所在。"

"太邪恶了——"学监说,"想想看,那个不幸的孩子收到了这么多恐怖的东西,被它们包围!不管是谁干的,我都想杀了她!"

"这肯定是蓄意谋杀,"哈莉叶说道,"可问题是,它得逞了吗?"

一阵沉默,然后院长用空洞的声音说:"船坞的一把钥匙不见了。"

"史蒂文斯小姐和爱德华兹小姐快到上游了,"学监说,"巴罗斯小姐和巴顿小姐划另一艘船前往伊希斯河。警察也在搜查,他们大约四十五分钟前出发的。我们才发现钥匙不见了。"

"那么我们也无能为力了,"哈莉叶说,她强压住愤怒,在发现纽兰小姐不在的时候,就应该检查船坞的钥匙的,"海多克小姐——你出去的时候,纽兰小姐有没有跟你说过什么——哪怕是什么——告诉你,万一她想投河,可能会去哪里?"

终于有人公开直言这件事,大家都很震惊。

海多克小姐双手抱着头。"等一下,"她说,"我确实记起了什么。我们穿过公园——是的——喝过茶后好一会儿才转弯。水况不好,我差点掉了竿子。我记得我说过那地方难划,因为杂草丛生。底部很糟——全是泥,有很深的洞。纽兰小姐问,那里是不是去年淹死了一个男人。我说我不知道,但估计就在附近。她再没说什么,我刚刚才想起来。"

哈莉叶看了看表。

"九点半,是最后有人看见她的时候。她会去船坞。她有自行车吗?没有?那她要花将近半个小时,就是十点。还要花四十分钟到达罗尔斯河,除非她很快——"

"她不擅长划平底船,她会乘独木舟。"

"路上逆风也逆水,或许是十点四十五。而且她还得自己把独木舟划过去,这需要时间,但已经有一个多小时了,我们可能太晚了,还是试一试吧。"

"但她去哪里都是有可能的。"

"那当然了,但还是有一丝可能的。人们有一个念想,就会抓住。而且要花一些时间做决定。"

"要是我了解这个女孩的心理——"肖小姐开口说。

"争论这个有什么用呢?"哈莉叶说,"她或者死了,或者活着,我们得冒险一试。谁和我一起去？我去开车——我们走公路要比过河快。我们可以在帕克斯河的某个地方征用一艘船——如果我们非得进船坞的话。学监……"

"我和你一起。"马丁小姐说。

"我们需要火把和毯子，还有热咖啡、白兰地。最好让警察派个警员来蒂姆斯等我们。海多克小姐，你划得比我好——"

"我会来的，"海多克小姐说，"我终于有事可做了。"

河上亮起灯光。双桨击水，桨架很稳。

小船慢慢地顺流而下。警员蹲在船头，用很亮的手电筒扫视河岸。哈莉叶掌舵，她关注着黑暗的水域和前方移动的灯光。学监慢慢地、平稳地划桨，目不斜视，全神贯注。

警员吩咐了一句，哈莉叶检查小船，让它顺水漂流，通向幽暗狭长的黑色水域。警员探出身子，小船摇晃起来。此处一片寂静中，下一个弯道处传来了微弱的应答声、水花飞溅的声音和划桨声。

"没什么，"警员说，"只是一些麻袋布。"

"准备，划！"

双桨再次击水。

"总务长的船过来了吗？"学监说。

"应该来了。"哈莉叶说道。

就在说话时，另一条船上有人喊了一声。前面传来重重的水花声和一声喊叫，警员也大声喊道："她在那儿！"

"火速过去！"哈莉叶说道。她把船舵的方向朝岸边调整，高高举起手电筒，她看见光束里，有一个要找的东西——一只独木舟发亮的龙骨，在河中央漂荡，船桨浮在旁边；河水在周围奔流，随着水波的冲击，形成一圈圈涟漪。

"女士们，当心，别搅下去了。就在这附近。"

"停。"哈莉叶说，"稳住！握好！"

河水淙淙，在倒转的桨叶上打旋。警员对着驶来的船喊了一声，然后指着左岸。

"就在那边的柳树旁。"手电筒的光照在叶子上，像雨滴洒落河边。有什么东西在树下打着旋儿，苍白而不祥。

"慢点。划。头桨划。划。再划。停。尾桨。划。划。划。停。换到头桨。划。划。停。当心头桨。"

小船顺着警员的信号荡过小溪，转过弯来。他跪在船上，凝视着船头那边的水。一个白色的小块露出水面，然后又沉了下去。

"小姐，再把她转过来一点儿。"

"准备好了吗？尾桨划，划。划。停。抱住她。"他探出身子，双手在水草中间摸索着，"后退一点。停。头桨抬起来。停船。坐到船尾。你抓到她了吗？"

"握住她了——可是杂草太茂盛了。"

"当心掉下去，不然就要捞两个人了。海多克小姐——准备，拖！看看你能不能帮警员。学监——轻轻地划一下，坐稳。"

船危险地颠簸，她们使劲地撕扯着缠绕的水草，它们像剃刀一样锋利，石头一样坚韧。快船赶上来了，正穿过水面。哈莉叶对史蒂文斯小姐喊，让她的双桨别乱动，两条船挤在一起。女孩的头露出水面，面色惨白，毫无生气，粘着黑色的烂泥和一条条水草。警员扶着她的身体，海多克小姐双手浸在水里，用刀砍着缠在腿上的水草。另一艘船的重量太轻，当船上的乘客伸手去抓的时候，船舷被水冲得倾斜了。

"稳住你的船，可恶！"哈莉叶生怕要多出两具尸体，很是愤慨，气得忘了她是在对谁说话。史蒂文斯小姐没有注意，爱德华兹小姐压住了一边。船身翘起,水中的身体也被抬起来了。哈莉叶稳稳地握住火把,好让救援人员能够看清,她看着最后一圈顽固的水草松开了。

"最好把她放在这艘船上来。"警员说。他们的船虽然空间小,但船身更结实,平衡性更好。沉重的身体被拖到船边,滚到了海多克小姐脚边,四处都是水。

这位警员是一个能干、精力充沛的年轻人,他以令人钦佩的速度采取了急救措施。女士们聚集在岸边,一脸焦虑地看着。这时,船坞里来了其他救援人员。哈莉叶上前应对源源不断的问题。

"是的,我们的一个学生,不怎么会游泳。一想到她独自乘独木舟,我们就来了。太轻率了。是的,我们担心会发生事故。逆风,水流汹涌。是的。不,这是违反规定的。(如果要有听证会的话,会有其他解释的。但不是在这里。不是现在。)非常不明智的,太冲动了。哦,是的。太不幸了。冒险……"

"现在她没事了。"警员说。

他坐起来,擦了擦眼睛里的汗。

白兰地,毯子。一小队人忧愁地沿着田野向船坞走去,好在不是最让人发愁的结果。然后是电话轰炸。随后,医生到了。这时,哈莉叶发现自己突然紧张得发抖,有人给了她威士忌酒。病人好些了,病人很好。那位能干的警员、海多克小姐和史蒂文斯小姐正在给他们自己的手包扎伤口,锋利的水草把他们的手割得深可见骨。人们七嘴八舌的,哈莉叶希望他们不要聊蠢话。

"好了,"学监在她耳边说,"这一夜真够受的!"

"谁在纽兰小姐那里?"

"爱德华兹小姐。我警告过她,如果可能的话,不要让孩子说话。我还把那个好警员的嘴封住了。是事故,亲爱的,事故。没什么的。

我们按照你的暗示说了,你真聪明。不过史蒂文斯小姐有点糊涂了,她开始哭,还说自杀什么的。我很快就会让她闭嘴。"

"可恶!"哈莉叶说,"她那样做是为什么?"

"为什么?你会以为她在特意制造丑闻吗。"

"显然有人想这样。"

"你不认为史蒂文斯小姐——她也在努力营救呢。"

"是的,我知道。好吧,学监,我没这么认为,我不愿这样想。我只是觉得她和爱德华兹小姐的船要翻了。"

"我们现在不要讨论这个问题。谢天谢地,最糟糕的事情没有发生,那女孩安全了,这才是最重要的。我们现在要做的就是好好掩盖这件事。"

将近凌晨五点了,缠着绷带的救援者们又疲惫不堪地坐在院长的屋子里。人们都在互相夸赞。

"薇恩小姐真聪明,"学监说,"知道这个可怜的孩子冲着那个地方去了。幸亏我们正好赶上。"

"这我可不大确定,"哈莉叶说道,"我们可能会反而办坏事。你知不知道,她是看到我们来,才下定决心跳到水里的。"

"你是说,如果我们没有去追她,她可能根本就不会那样做?"

"难讲,我想她是在犹豫。真正导致她跳水的,是另一条船上的喊叫声。顺便问一下,是谁喊的?"

"我喊的,"史蒂文斯小姐说,"我回头一看,发现了她。所以我喊了。"

"你看到她的时候,她在干什么?"

"站在独木舟上。"

"不,她没有,"爱德华兹小姐说,"你喊的时候我回头看了看,那时她刚站起来。"

"全弄错了,"史蒂文斯小姐反驳道,"我说我看见她的时候她正站着,我喊着阻止她。我挡在前面,你不可能看到。"

"清清楚楚,"爱德华兹小姐说,"薇恩小姐说得很对。她就是在听到喊声时才站起来的。"

"我知道我自己看到了什么。"总务长固执地说。

"真可惜你没带人掌舵。"

"没人能看清她背后发生了什么。"

"这没什么好争论的,"院长有些严厉地说,"得以避免悲剧,这才是最重要的。我非常感谢这里的每一位。"

"我讨厌那个暗示,"史蒂文斯小姐说,"说我驱使这个可怜的女孩自杀。至于说我们不应该去找她——"

"我从来没有这样说过,"哈莉叶疲倦地说道,"我只是说,如果我们不去,这事也许就不会发生。但我们当然得去。"

"纽兰自己是怎么说的?"学监问。

"她说,我们为什么不能让她一个人待着呢?"爱德华兹小姐回答。

"我告诉她,别做一个不体谅别人的小蠢货。"肖小姐说。

"如果我是你,"爱德华兹小姐说,"我就不会对这些人太心软,应该管管她们。你总让她们说那么多——"

"可她没跟我说,"肖小姐说,"我费了很大的劲鼓励她了。"

"如果你不烦她们,她们就更能敞开心扉了。"

"我想我们都该休息了。"马丁小姐说。

"好一个夜晚,"哈莉叶一边说,一边像狗一样疲倦地滚到被窝里,"好一个华丽的夜!"她记忆翻涌,像麻袋里的猫咪一样,脑海浮现出庞弗雷特先生和督查们的画面。他们似乎属于另一个时空了。

求助温西

> 当我敞开思绪,我将吐露忧伤;当我述说悲哀,你无从选择,只有感怀。面对亲密而可靠的心胸,何须多言,只将秘密安全地储藏;你真挚的劝导,或许可以缓解我的苦恼,否则它们会像动摇女人那样动摇我。
>
> 迈克尔·德雷顿

"你们一定要明白,"哈莉叶说道,"这样下去是不可行的。你们需要请专家帮忙,就算面临风险。什么丑闻都比自杀和审讯要好吧。"

"我想你说得对。"院长说。

院长屋子里只有利德盖特小姐、学监、爱德华兹小姐和巴林博士。勇敢强撑的自信姿态一去无存。在研究活动室里,成员们彼此回避着眼神,闭口不言。她们不再生气,不再多疑。她们很是惧怕。

"这姑娘的父母是不会放过这件事的，"哈莉叶毫不留情地继续讲，"如果她自杀成功了，我们现在就得让警察和记者进来了。这种谋杀企图下一次不是不可能实现的。"

"下一次——"利德盖特小姐说。

"还会有下一次的，"哈莉叶说道，"或许不是自杀，而可能是公开谋杀。我一开始就告诉你，我认为措施做得不够充分。我现在只能说，我不再承担任何责任了。我努力过，但每次都失败了。"

"警察能做什么呢？"爱德华兹小姐问，"我们找过他们——偷窃的事情，你记得吧，院长。他们大惊小怪还抓错了人，添了不少麻烦。"

"我不认为警方是合适的选择。"学监说，"你的想法是找一家私人侦探事务所？"她转向哈莉叶问道。

"是的，不过，如果还有谁有更好的建议——"

没有人提出任何有价值的建议。她们还在讨论。"薇恩小姐，"院长说，"我认为你的主意是最好的。你会帮我们联系这些人吗？"

"好的，院长。我给公司负责人打电话。"

"请你谨慎行事。"

"当然会的。"哈莉叶说道。她有点不耐烦了，对她来说，谨慎行事的时间似乎已经没有了。"你知道，如果我们叫人进来，我们就得让他们自由行动。"她补充说。

这个提示显然令人不快，尽管不得不承认它的分量。哈莉叶可以预见到，调查人员会受到无止境的阻碍，也将遭遇权利分割。警察不用听从任何人，而受雇的私家侦探则必须多少按指令行事。她望着巴林博士，心里在想，克林普森小姐或她的下属是否有能力抵抗这个可怕的人。

"现在，"学监说，她和哈莉叶一起穿过院子，"我得去应对纽兰夫妇了。我真不想去。他们会非常难过的,可怜的家伙。纽兰先生只是个微不足道的公务员,而他们女儿的学业对他们来说就是一切。撇开私人方面,如果这件事毁了她的考试,那将是可怕的打击。他们很贫穷,很辛劳,这样为她感到骄傲——"

马丁小姐做了一个绝望的手势,挺起身去面对她的任务。

希尔亚德小姐穿着长袍,正朝一间教室走去。哈莉叶觉得她眼窝深陷,神情绝望。她的左顾右盼,像是有人在追她一样。

伊丽莎白女王楼一扇敞开的窗户里,传来肖小姐上课的声音:"你还可以引用《论虚空》中的话。你们还记得这段话吧。我睡在家中,无数次想象有人会背叛我,可能在那个夜里袭击我——他对于死亡的病态想象——"

学术探讨还在继续。办公室的门口,总务长和财务主管站在一起,手里拿着文件。她们似乎在讨论财政问题,她们的目光躲躲闪闪,带着敌意。她们看上去就像闷闷不乐的狗,被链子拴在一起,因主人的训斥,而愤愤地装作和睦。

派克小姐走下楼梯,从她们身边走过,一言不发。她也沉默着经过哈莉叶的身边,转过廊柱。她昂首挺胸,目中无人。哈莉叶走进利德盖特小姐的房间。据她了解,利德盖特小姐正在讲课,她可以不受打扰地使用电话。她把电话拨到了伦敦。

一刻钟后,她心情沉重地挂上了电话。为何当她听到,克林普森小姐不在伦敦,有个她不好讲的"案子"要办的时候,她会这么惊讶呢?竟然会这样,但事实就是如此。她想和其他人通话吗?哈莉叶问了默奇森小姐,她只与她有私交。默奇森小姐一年前结婚了,哈莉叶觉得这几乎是对她个人的冒犯,她不喜欢把什鲁斯伯里事件的所有细节都讲给一个彻头彻尾的陌生人听。她说她会写信的,然后挂断电话,坐在那里，一阵怪异的无助感。

对事情做出决定，冲到电话前，找一个公司立刻"干点什么"，是方便的做法；可是对方不会双手合十地坐着等待，即使是他们相当关心的重要客户。哈莉叶嘲笑自己为此烦恼。她已下定决心，立即采取行动，现在却因为一家商业公司有自己的事务要处理，而怒气冲冲。可是不能再等下去了。事情转变为一场噩梦，一夜之间，人们的面孔越发狡猾而扭曲，眼睛里充满恐惧，最天真的话语都遭到怀疑。任何时候，新的恐怖事件都有可能爆发，动摇所有人。

她突然害怕起这些女人。花园紧闭，喷泉被封住，她们被墙围住，被封条围起来，这些将她拒之门外。她坐在明亮的晨光中，盯着书桌上平平无奇的电话，想起了可怕的阿尔忒弥斯，她是月亮女神，处女猎人，她的箭就是瘟疫和死亡。

她突然产生一个怪念头：她只不过在向另一群年纪大的单身女性求助罢了；就算她果真找到了克林普森小姐，她又怎么向她解释呢？她一看到那些匿名信就可能感到恶心，她也无从理解整个事情的麻烦之处。她很清楚，前面那些对那位女性的看法是不公正的；在六十多年的独身生活中，克林普森小姐见过许多桩怪事，她和其他人都一样，能够承受压抑和麻烦。而事实上，什鲁斯伯里的气氛使哈莉叶心烦意乱，她需要的是一个不需要拐弯抹角说话的人，一个能够平静接受人类的任何古怪行为的人，一个她相知且信赖的人。

对于伦敦的很多男男女女，讨论性变态都是常事，但大多数人都不值得信任。他们装着有教养，却像职业运动员身上的肌肉一样，看起来并不正常；他们没完没了地大谈特谈。对于这种跳脱的精神状况，普通人敬而远之。她在脑子里闪过一大堆名字，却没有合适的人。

"事实是，"哈莉叶对着电话说道，"我也不知道我是要一位医生还是一位侦探。但我总得找个人。"

她希望——这不是第一次——她能找到彼得·温西。当然,这并不是他可以亲自调查的那种案子,但他可能认识合适的人。他至少不会大惊小怪、惊慌失措,他对世情人情有着丰富的阅历,他是完全可以信赖的。但是他不在那里。就在她刚注意到什鲁斯伯里的事情的时候,他却从她的视野里消失了。真是太过凑巧了。像圣乔治勋爵一样,她开始觉得,彼得真是无权在需要他的时候消失。五年来,她一直愤然拒绝与彼得·温西建立联系,而现在,那件事对她来说已无足轻重了;如果她能确定,黑暗王子有彼得的好气性,她连同魔鬼签订契约都愿意。但彼得就像路西法一样遥不可及。

他吗?电话就在她的手边。她可以给罗马打电话,和给伦敦致电一样轻易——只是贵一些。可能只有节俭的工作者,才会觉得打越洋电话比同城电话更重大吧。无论如何,还是把彼得的上一封信拿来,找到他旅馆的电话吧,不会有坏处的。她迅速走出去,遇到了德·范恩小姐。

"啊!德·范恩小姐。"

"我是来找你的。我想最好给你看看这个。"她拿出一张纸,那些印着的大字又熟悉又可怕:

轮到你了

"有人提醒算好事了,"哈莉叶用不自知的轻松说道,"在哪里发现的?什么时候?谁发现的?"

"刚才从我的一本书里面掉出来的。"德·范恩小姐听到后说,在眼镜后面眨了眨眼。

"你最后一次看这本书是什么时候?"

"这一点,"德·范恩小姐说,又眨了眨眼睛,"是很奇怪。我没有看。希尔亚德小姐昨晚借了这本书,古德温太太带来给我的。"

考虑到希尔亚德小姐对古德温太太所说的那些话,她会帮忙跑腿,让哈莉叶有些诧异。但在某些情况下,这种选择当然有可能,甚至是明智的。

"你确定那张纸昨天不在里面吗?"

"我觉得不在。我翻了很多页,要是有就看到了。"

"你是直接交给希尔亚德小姐的吗?"

"不是的。去大厅吃饭前,我把书放在了她的信箱。"

"这样的话,任何人都有可能拿到它。"

"噢,是的。"

真气人。哈莉叶接过那张纸,走了过去。现在甚至不清楚到底是在威胁谁,更不用说威胁是来自谁的了。她拿来彼得的信,发现自己已在这时拿定了主意。她说了要给公司负责人打电话,她就去电。就算严格意义上,他不是公司负责人,他也肯定是支柱。她把电话打过去了,不知道要花多长时间才能找到他,但她跟门房讲了,说等他回电时,一定要找她。她十分惶恐。

接下来的事件,是肖小姐和史蒂文斯小姐的激烈争吵,她们原本亲密无间。肖小姐听完了昨晚的全部冒险经过,指责说,是史蒂文斯小姐把纽兰小姐吓得跳河。史蒂文斯小姐反过来指责肖小姐故意玩弄这位女学生的感情,才导致她如此心焦。

接着就是艾利森小姐搞出的动静。哈莉叶在上一学期就有所发现,艾利森小姐总喜欢把在背后听到的坏话传给本人听。现在,她本着坦率的态度,把希尔亚德小姐的暗示告诉了古德温太太,古德温太太去跟希尔亚德小姐对峙。她们搞得相当不愉快，艾利森小姐、学监和不巧被恶意卷入争吵的希尔佩里克小姐一样，都站在古德温太太一边，不认同派克小姐和巴罗斯小姐的看法，尽管她们认为希尔亚德小姐的话不够明智，但她们反感任何诋毁未婚者的话。这是在学者花园里发生的。

最后，艾利森小姐又把这件事绘声绘色地讲给巴顿小姐听，情况就更糟了。巴顿小姐发火跑过来，跟利德盖特小姐和德·范恩小姐说，希尔亚德小姐和艾利森小姐都用心险恶。这个早晨也相当够受。

在已婚者（或即将结婚的人）和未婚者之间，哈莉叶觉得自己就像伊索寓言中站在鸟兽之间的蝙蝠；她觉得，这就是年轻孟浪的结果吧。午餐的氛围紧张，她很晚才到大厅，发现高桌上的人已经分立两派，希尔亚德小姐在一头，古德温太太在另一头；德·范恩小姐和史蒂文斯小姐中间隔着一把椅子，艾利森小姐坐在德·范恩小姐的一边。于是她坐在中间，聊起货币和通货膨胀问题，把自己都逗乐了。她对这个问题一无所知，可是她们自然懂得很多，她的话头开得很机智，大家就这样聊起来了。对于坐在对面的学生们来说，这张桌子没有那么阴沉了。利德盖特小姐也很欣慰。这时，一个校工靠在艾利森小姐和德·范恩小姐中间，低声传了句话，事情开始向好了。

"从罗马吗？"德·范恩小姐说，"我想知道那是谁呀？"

"从罗马打来的电话？"艾利森小姐尖声说，"哦，我想是你的倾慕者吧。他一定比大多数历史学家要过得好。"

"我想这是给我的，"哈莉叶转向校工说道，"你确定说的是范恩，而不是薇恩？"校工不大确定。

"如果你在等电话，那一定是给你的。"德·范恩小姐说。艾利森小姐对一些国际名人作家做了些尖刻的评论，哈莉叶离开了桌子，尴尬地红了脸,又气自己为何要脸红。

当她走到伊丽莎白女王楼的电话亭时,电话已经接通了,她试图组织一下语言。简短的道歉;再简要解释一下,问问意见;这案子应该交给谁?当然,这没有什么难的。

来自罗马的声音讲了一口不错的英语,说彼得·温西勋爵不在旅馆里,但他们会再询问一下。说话间,她听到了大陆另一边来回走动的脚步声,然后又是那个声音,温和而充满歉意。

"勋爵三天前离开了罗马。"

"哦!你们知道他的目的地是哪里吗?"

他们再次询问。又是一阵停顿,传来意大利语的声音。然后又是那个声音。

"勋爵去华沙了。"

"哦!非常感谢你。"

就是这样了。一想到要给驻华沙的英国大使馆打电话,她就心绪黯然。她放下话筒,走上楼去。她的勇往直前,似乎没有什么收获。

星期五下午。哈莉叶想,危机总是发生在周末,因为邮差不会来。如果她现在就写信到伦敦去,再收到回信,大概率要到星期一才能采取行动。如果她给彼得写信,就会发航空邮件——但如果他根本不在华沙呢。他现在可能会前往布加勒斯特或柏林。她可不可以给外交部打电话,问问他的行踪?因为,如果这封信能在周末的时候送到他那里,他就能发电回信,她也不用浪费太多时间了。她不确定自己是否能和外交部打好交道。有人擅长这件事吗?弗雷德里克先生如何?

她花了些功夫才找到弗雷德里克·阿布特诺,接通了他在斯罗格莫顿街的办公室的电话。他不知道老彼得在哪里,但他会去打听打听,如果她愿意把信交给他(弗雷德里克),他会尽快送达。一点也不麻烦。

很高兴能有帮助。

信即刻写好了,寄给了弗雷德里克,这样就可以在星期六早晨随第一批邮件到达。信里有案件的概要,结尾写着:

想问问你,你觉得克林普森小姐公司的人能应付得了这件事吗?如果她不在,公司里谁最能干?如果没有,你可否告诉我还有谁可以胜任?也许应该是心理学家,而不是侦探。我知道你推荐的人都是值得信赖的。你可以收到信就回复我吗?我将不胜感激。我们都愈发紧张,我担心如果不迅速应对,可能会发生严重的事情。

她希望最后一句话不要让她看起来过度惊慌。

我给你罗马的宾馆打了电话,他们说你去华沙了。因为我不知道你现在可能在哪里,所以我请阿布特诺先生经由外交部来转交这封信。

听起来略有责备之意,但别无他法。她真正的意思是:"我希望勋爵在这里,告诉我该怎么做。"但她觉得这可能会让他感到为难,因为他显然无法到场。不过,问问也无妨。"你大概多久能回到英国?"信以这句话收尾,寄了出去。

"再应付一件事,"学监说,"有个男人要来吃晚饭。"

这个"男人"就是诺埃尔·塞普博士,一位相当富有的重要人士,是一个著名学院的学者,也是什鲁斯伯里的理事会成员。学院经常招待这样的朋友和赞助人,他们来赴宴是学院的荣幸,但当下却不是合适的时候。可是，他的这次来访是在开学时就定好的，不可能将塞普博士支开。哈莉叶说，她觉得这次来访可能是件好事，可以让研究活动室成员暂时将烦恼放在一边。"希望如此。"学监说，"他人很好，说话也很风趣。他是一位政治经济学家。"

"是坚硬的还是柔和的？"

"坚硬的，我想。"

这个问题与塞普博士的政治或经济学立场无关，只与他的衬衫前襟有关。哈莉叶和学监开始关注衬衫前襟了，是从希尔佩里克小姐的"年轻人"开始注意的。他又高又瘦，胸脯凹陷。为了突出这个缺点，他总是穿着一件有软褶的衬衫，这使他看起来（用学监的话说）像挖出来的甜瓜皮。与此对比鲜明的是，另一位著名的、身材魁梧的化学教授——另一所大学的访问学者——他的衬衫前襟很是僵直，像只鸽子的胸脯，完全不受控制地鼓起，两边露出大片的衬衫。第三种衬衫在学者中很常见，介于凹陷和凸出的两者之间；一次令人难忘的快乐经历是，一位著名诗人来演讲，讲述他的写作方法与诗歌的未来。他每做一个手势（他总在做手势），他的衬衫胸衣就会在空中隆起，带扣子的衬衫就会从紧身裤的腰线上蹦出来，像兔子一样。那一次，哈莉叶和学监的表现可是相当失礼。

塞普博士身材高大，为人亲和又健谈。乍一看，他似乎留下服饰批评的空间，但是，他在餐桌旁就座还没超过三分钟，哈莉叶就意识到，他注定要成为评论名录中最醒目的一位：因为他会发出砰声。当他弯下身去端盘子、转过身去递芥末、彬彬有礼地俯身去听邻座说话的时候，他的衬衫前襟就会像打开姜汁啤酒一样，发出一声欢快的小报告。那天晚上，大厅里人声喧哗，除了他的座位周围，其他人听不见砰砰声。但是坐在他旁边的院长和学监可以听到，对面的哈莉叶也听到了；

她简直不敢与学监对视。塞普博士太有教养了,也许是比较尴尬,没有提及这件事。他不动声色地谈天,声音越来越高,好让自己在一片学生的喧哗声中被听到。院长皱起了眉头。

"——女子学院和大学之间的良好关系,"塞普博士说,"当然……"

院长叫来了一个校工,校工先走到学生中间,照例捎个口信:"院长向你们问好,如果声音可以低一些,她将不胜感激。"

"对不起,塞普博士,我没听清楚。"

"当然,"塞普博士又说了一遍,礼貌地弯下腰,砰的一声,"很奇怪,那种古老的偏见依旧残存。就在昨天,副校长给我看了一封相当粗鄙的匿名信,是他在那天早上收到的……"

大厅里的喧闹声渐渐平息,像是暴风雨间歇时的平静。

"……上面是荒谬的指控——奇怪的是,尤其针对的是你们的研究活动室。谋杀指控什么的。副校长……"哈莉叶没有听到接下来的半句话;她正在观察,当塞普博士的声音在相对安静的环境中响起时,高桌上的脑袋忽然向他猛地转过来,像有电线拉着一样。"……贴在纸上,用了心思。我说:'我亲爱的校长先生,我不确定警察能做什么;这可能只是个无伤大雅的恶作剧。'但是,这种奇特的偏见在今天仍然存在——持续存在——这不是很奇怪吗?"

"确实很奇怪。"院长说,嘴唇紧绷。

"所以我建议警方不要干预——至少目前如此。但我说过,我会把这件事告知你们,因为提到了什鲁斯伯里。当然,我听从你们的意见。"

老师们全神贯注地坐在那里。就在那一刻,塞普博士俯身去听院长的决定,砰——一声巨响,回荡到桌子的另一头,反而吞没了大事的尴尬。希尔佩里克小姐突然发出一阵紧张的大笑。

晚餐是如何结束的,哈莉叶怎么也想不起来了。塞普博士走过去和院长一起喝咖啡,哈莉叶在学监的房间里,又兴奋,又紧张,手足无措。

"真的很严重,"马丁小姐说,"太可怕了。"

"我对副校长说——"

"砰!"

"别这样。不过说实话,我们该怎么办呢?"

"我尊重你们的意见。"

"砰!"

"我无法想象衬衫是怎么做到这个的。你能想出来吗?"

"我不知道。我本想今晚做些聪明事。你看,一个人来到我们中间,我想要看看大家的反应——然后就一直砰!"

"观察人们对塞普博士的反应是没有用的。"学监说,"大家都很熟悉他了。不管怎样,他有六个孩子。可是,如果副校长——"

"简直了。"

星期六的清晨沉闷而阴郁。

"我想,要打雷了。"艾利森小姐说。

"今年来得太早了。"希尔亚德小姐说。

"一点也不早,"古德温太太反驳道,"五月的雷雨很常见。"

"空气里肯定带电。"利德盖特小姐说。

"我也这样觉得。"巴顿小姐说。

哈莉叶睡得不好。事实上,夜里她一直在学院走来走去,脑海中的警报声折磨着她。最后,她终于上床睡觉了。她做了很烦心的梦,梦见自己要去赶火车,却收拾不完一大堆行李,她想把那堆模糊又复杂的东西装进箱子里,却白费力气。第二天早上起来,她绝望地整理利德盖特小姐写的吉拉德·曼利·霍普金斯那一章的校稿,发现它和行李一样难以处理,而且几乎一样模糊不清。她试图梳理清楚诗人自己的跳跃式、对位式和混合韵律式，区分好转接韵诗和韵脚的弱音节，就要看得懂利德盖特小姐充满韵律节奏的论述（里面有五种标注法和很多潦草的笔迹）；而同时，她在想，弗雷德里克·阿布特诺是否兑现了承诺；她在想，自己是否应该先打住，做些别的事情。如果这样，做什么呢？到了下午，她再也受不了了，就在阴沉的天空下走了出去，在牛津漫步，如果可能，一直走到精疲力竭。她进入高街，一时驻足，凝视着一家古董店的橱窗。那里有一副象牙雕棋子，她莫名地喜欢上了这些东西，她甚至想大胆地进去，买下它们；但她知道这太贵了，它们是中国生产的，每一件都是一个复杂的旋转小球，像精致的蕾丝一般精美。能赏玩它们一定很愉快，但买下来就太蠢了，她甚至都下不好棋，而且不管怎么说，用那样的棋子下国际象棋，反而不自在。她抛下诱惑，继续往前走。有一家商店，里面摆满了装饰着学院图案的木制品：书上、火柴架、头重脚轻的桨形钢笔、烟盒、墨水瓶，甚至还有粉饼盒。让奥里埃尔的狮子或伍斯特的圣马丁鸟看着，补妆的时候会更有热情吗？还是说，补妆的时候，要提醒自己，耶稣学院跳跃的雄鹿中，有自己的未婚夫；或者自己的兄弟身旁有基督圣体学院的鹈鹕？她过了马路，才来到女王学院（因为庞弗雷特先生可能会从大门跳出来，她尽量避免遇到他），然后从另一边走了过去。书籍和印刷品——总是很吸引人，但不足以诱人。礼服和长袍，都是五颜六色的，但她觉得太有学究气了，和现在的心情不搭。一个药店。一个文具店，有很多学院小纪念品，这次是玻璃摆件和陶器。一个烟草店，烟灰缸和烟筒上印着许多纹章。一个饰品店，勺子、胸针和餐巾环上都有学院徽章。她看够了学院的徽章，转进一条小巷，来到默顿街。在这条人烟稀少、铺满鹅卵石的路上，应该比别处更宁静些。但宁静存在于心中，而不在街道上，无论街道多么古老美丽。她穿过铁门进入莫顿小路，然后穿过亡灵小径，进入基督教堂学院的宽道，沿着这条路，绕到新河道和伊希斯河交汇的小径。她听到一个熟悉的声音在喊她，让她吓了一跳。像有邪恶力量介入了一般，是舒斯特－斯莱特小姐，她在为一群好奇心强的美国访客做向导，直到刚才她完全忘记了她在牛津。薇恩小姐可以介绍这一切。她知道这些船属于哪个学院吗？那些可爱的蓝金相间的小脑袋是狮鹫还是凤凰，有三头，是为了象征三位一体，还是只是偶然？那是莫德林百合吗？如果是的话，为什么在驳船周围都有大写字母"W"，它代表什么？为什么彭布罗克学院的盾章上方有英格兰玫瑰和苏格兰蓟？新学院的玫瑰也是英格兰玫瑰吗？为什么历史悠久的新学院要被称之为新呢？为什么不能称它为"新"而总是要叫"新学院"呢？哦！看，萨迪——是鹅飞过去了吗？是天鹅吗？多有趣啊！河上有很多天鹅吗？英国所有的天鹅都属于国王，是真的吗？那艘驳船上是天鹅吗？哦，是鹰。为什么有些驳船有船首装饰，有些没有呢？男孩子们在船上开过茶会吗？薇恩小姐可否解释一下追撞船赛的规则呢？因为萨迪讲的我们听不懂。那是大学的船吗？哦，是大学学院的船。所有课程都在大学学院里上吗？

如此这般——沿着河边小路，顺着长长的林道，一直问到草坪楼，问到基督教堂学院，从大厅到厨房，从教堂到图书馆，从墨丘利喷泉到大汤姆钟，天空越发低沉，天气变得更糟，哈莉叶觉得她的脑袋里好像塞满了羊毛，头疼欲裂。

直到晚餐之后，风暴都没有来，只有隆隆的雷声轰鸣。十点钟，第一道闪电像探照灯划过天空，在黑暗中映出紫罗兰蓝色的屋顶和树梢，接着的巨响震动墙壁。哈莉叶猛地打开窗户，探出身子。有一股即将下雨的甜香。又一次闪光和雷声；一阵疾风袭来；然后雨水倾盆而下，水沟里水流汩汩，还有宁静。

敞开心扉

> 休战吧温柔的爱，现今我渴望的和谈，我想，战争开始
> 已久，你我都不会好受：两败俱伤的战争有何意义。我愿献
> 上无条件的和平，献上我的心，抵押在这里，解除我们的武装，
> 停止彼此的恶意，我如是宣誓，也请你照做。
> 迈克尔·德雷顿

"好一场暴风雨。"学监说。

"好一场，"总务长淡淡地说，"喜欢的人迎接它，不喜欢也没辙。校工的住处一片混乱，我只好过去看了看。嘉莉歇斯底里，库克以为她大限将至了；安妮对着上天尖叫，说她亲爱的孩子们会被吓坏的，恨不得马上跑到海丁顿去安慰她们——"

"你怎么没有立刻安排专车送她去呢？"希尔亚德小姐讥讽地说。

"——还有一个厨房的女仆突然爆发了宗教性的忧郁,"史蒂文斯小姐接着说,"一遍遍向人们忏悔她的罪过。我不明白为什么人们的自制力这么差。"

"我非常害怕打雷。"希尔佩里克小姐说。

"可怜的纽兰又心烦意乱了。"学监说,"医护被吓到了。听说护工躲在亚麻橱柜里不出来,不想和纽兰单独待在一起。不过,肖小姐热心地应付了这件事。"

"那四个穿泳衣在方庭跳舞的学生是谁?"派克小姐问道,"看起来像是在搞仪式一样。我想起了一种仪式舞蹈——"

"我怕山毛榉会被刮倒,"巴罗斯小姐说,"我有时想,它们离建筑物这么近安全吗?如果倒了的话——"

"财务长,我的天花板严重漏水。"古德温太太说,"雨就像水柱一样落下——落在我的床上。我只能把家具全部挪走,而地毯就——"

"不管怎么说,"学监重复道,"好一场暴风雨,净化空气。你看,还能有更好更明亮的星期天早晨吗?"

哈莉叶点点头。阳光灿烂,照在潮湿的草地上,风吹而过,清新凉爽。

"我的头不痛了,谢天谢地!我想做一些平静、愉快、在牛津该做的事情。东西的颜色都很可爱,就像插图弥撒书里的蓝色、红色和绿色!"

"我来讲讲我们该做什么。"学监轻快地说道,"我们要像两个可爱的学生一样,听大学布道。这样够正常够学术了吧。阿姆斯特朗博士在布道,他总能讲得很有趣。"

"大学布道吗?"哈莉叶想想也觉得挺有趣,说道,"哇,我自己是怎么也想不到的。真是好想法,绝妙的想法。我们走。"

是的,学监说得对。这是伟大的英国国教最抚慰人心、最庄严的仪式。穿戴兜帽和披风的博士们庄严地列队前行；副校长向牧师们鞠躬致意；仪仗员在他们面前快步走过，穿黑袍的学者和教师们成群结队，她们穿着端庄又轻快的夏装；圣歌和祈祷；布道者穿着长袍，头戴兜帽，法衣和领饰都很肃穆；安静的演讲通过轻柔、清晰又学术的声音讲述，温和地探讨基督教哲学与原子物理学的关系。在这里，大学和英国国教会在正义与和平中亲吻，就像波提切利的《耶稣诞生图》里的天使：穿着精致的长袍、神情严肃又非常欢快、有意识地保持礼貌。在这里，他们可以温和地讨论共同话题，愉快地表达一致或者分歧。这些天使们对画面中那些奇形怪状、丑陋不堪的魔鬼形象没有什么话可说。如果被问起，他们会为什鲁斯伯里遇到的问题提出什么解决方案呢？其他教派可能会更大胆：圆滑、能干、经验丰富的罗马教派会有一个答案；新心理学派中那些古怪的、极不和谐的教派将给出一个丑陋、笨拙、试探性的答案，走的是充满激情的实验主义路径；想象弗洛伊德学派与罗马教派紧密结合在一起，很是有趣：它们肯定不会像英国教会和人文学院那样和谐相处。但是，想到哪怕只有一个小时，人类一切困难都可以用这种超然和亲切来解决，也很令人愉快的。"大学是天堂"——这是真的，但是——"然后我发现，即使是天堂之门，也有一条通往地狱的路……"

布道完成。仪式演奏开始——巴赫之前的赋格曲；队伍重新排列，再次散开，按照南北两个方向行进；会众们纷纷站起来，有序地散去。学监喜欢早期的赋格曲，她静静地坐在自己的座位上，哈莉叶也迷糊地坐在她身边，眼睛盯着圣坛屏风上那些色彩柔和的圣徒像。最后，她们起身走向门口。穿过欧文博士门廊的绞绳形柱时，一阵风吹来，学监忙抓住了她那顶叛逆的方帽帽檐，她们的长袍被吹鼓起来，变成宽大的弧形。在硕大的云朵之间，天空呈现出一片清透的海蓝色。

在凯特街转弯处，站着一群穿长袍的人，谈得热火朝天——其中有两个万灵学院的人，还有一个端庄的身影，哈莉叶认出他是贝利奥尔学院的院长。在他旁边还有一个文学硕士，哈莉叶和学监交谈着走过时，他突然转过身来，举起了他的学位帽。

相当长一阵子，哈莉叶简直不敢相信自己的眼睛。彼得·温西！彼得，偏偏是彼得。彼得，他本应在华沙，却稳重地站在高街上，像是在那里生长了很久一样。彼得戴着方帽，穿着长袍，就像正统的文学硕士一样，应该也虔诚地参加了大学的布道会，现在正与两个万灵学院的成员和贝利奥尔学院的院长在和气地探讨学术。

"为什么不能呢？"哈莉叶震惊了几秒钟后，接着想道，"他是文学硕士，从贝利奥尔学院毕业。如果他愿意，为什么不能和院长聊聊？但他是怎么来的？来做什么？什么时候来的？他为什么不告诉我呢？"她在混乱中接到指示，把彼得勋爵介绍给学监。

"我昨天从伦敦打过电话，"温西说，"可是你出门了。"继而是更多的解释——"从华沙飞来""我的侄子在基督教堂学院""院长的盛情邀请""给学院带个消息"什么的。然后，说了一堆礼貌的寒暄，她清晰地捕捉到了一句话。

"如果你半小时后有空，而且在学院里面，我可以过去看你吗？"

"我在，请过来吧，"哈莉叶犹疑地说道，"我很高兴。"她振作了起来。"我想，你的午餐已经有安排了吧？"看来他要和院长共进午餐，同时还有万灵学院的一个人。她想，其实是一个小小的午餐会，聊些与历史有关的论题，谈谈某个人在某某报刊上发表的文章，温西就要"来万灵学院走走——用不了十分钟"，还提到了宗教改革辩论小册子的印刷和分发——根据温西的专业知识——另一个人的专业知识——还有另一所大学的某个历史学家的不专业的假把式。然后，他们都散了。

院长举了下方帽,慢慢离开了,并且提醒温西和一位历史学家,午餐时间是一点十五分;彼得对哈莉叶说了句"二十分钟后到",然后就和那两个学者一起消失在万灵学院里。哈莉叶和学监一块儿走了。

"哇!"学监说,"原来就是他。"

"是的,"哈莉叶有气无力地说道,"是他。"

"亲爱的,他太迷人了。你从没提过他会来牛津。"

"我不知道,我以为他在华沙。我知道他这学期会来看他的侄子,但没想到他会这么快就来。我其实想问他——只是我想他不会这么快收到我的信——"

她觉得她的解释是越描越黑,最后她向学监坦白了整件事。

"我不知道他是否收到了我的信,并获悉这件事,或者,如果他没有收到,我是否应该告诉他。他是绝对可靠的。只是院长和研究活动室——我没想到他会这样出现。"

"我认为这是你能做的最明智的事,"马丁小姐说,"我在学院里不会多说什么。如果他愿意的话,请他加入吧,让他把我们整个盘查一遍。他的气度,可以让整个高桌折服。幸亏他是个历史学家——这会使希尔亚德小姐站在他这边。"

"我从来没把他当成历史学家。"

"啊,他考了一等呢……你不知道吗?"

她不知道,她连想都没想过,她从来没有有意识地把温西和牛津联系在一起,她想到的全都是外交部。如果他意识到她的轻率,一定会伤心的。她觉得自己是一个忘恩负义、冷酷无情的怪物。

"听说他被认为是同届最有能力的学者之一,"学监接着说,"A.L.史密斯对他评价很高。从某种意义上说,他没有继续走研究历史的道路,很令人遗憾——自然,他的主要兴趣不在学术上。"

"没有。"哈莉叶说。

所以学监是了解过他的。她当然会了。也许整个研究活动室现在都能给她一份温西大学生涯的年表了。这完全可以理解：她们喜欢打听。但她如果自己去研究学校名录，她大概坚持不了两分钟。

"他来学院后，我们把他带到哪里呢？我想如果我把他带到自己的房间，会给学生们立一个坏榜样，而且那里不够宽敞。"

"你可以用我的客厅。如果要讨论这件可怕的事，还是不要去公共场合了。我想，他确实收到了那封信。也许他锐利眼光后的热切兴趣，是出于他对我的怀疑。我要说这是出于我个人的魅力！这个男人很危险，虽然看上去不像。"

"这就是他的危险之处。但如果他读了我的信，他就会知道不是你。"

当她们来到学院时，一些小困惑被解开了。哈莉叶在信箱发现了一张彼得写的字条。信上说，他星期六下午很早就到了伦敦，发现哈莉叶的信在外交部等着他。"我试着给你打电话，但没有留下姓名，因为我不知道你是否要我亲自出面处理这件事。"那天下午他在伦敦有事，坐车去牛津吃晚饭，被贝利奥尔学院的几个朋友抓住，院长热情邀请他在这里过夜，他会在"明天某个时候"来拜访，希望能见到她。

于是她就在学监的房间里等着，懒懒看着夏日的阳光在新方庭的悬铃木树枝上跳跃，在基柱上留下舞动的影子，直到她听到了他的敲门声。当她说"请进"时，这个司空见惯的句子意义惊人。不管是好是坏，她已经从外面的世界召唤了某种爆炸性的东西，它将打破这里有序的宁静；她把这个缺口向外部力量交了出去；她站在伦敦的一边，来反对牛津，站在世界的一边，来反对幽栖之地。

而当他进来的时候，她知道那个画面并不真切。他走进这个安静的房间，仿佛他属于这里，而不是任何其他地方。

"你好哇!"他说,带着一种旧式的、轻浮的态度。然后他脱下袍子,放在她旁边的沙发上,把他的方帽放在桌子上。

"回来的时候,我看到了你的字条。那么你收到我的信了?"

"是的。遇见这么麻烦的事情,辛苦你了。我想,既然我是要到牛津去的,我最好还是来看看你。我本来打算昨天晚上来的,可是遇到些事情——所以我想,我还是先跟学院打个照面。"

"你能过来,真是太好了。请坐吧。"

她拉出一把扶手椅,他重重地坐了进去。她产生了一种奇怪的焦虑感,看着明亮的光线让他的下巴和颧骨显得很瘦削。

"彼得!你看起来累坏了。你最近在忙些什么?"

"谈话,"他不满地说,"说话,说话,说话。连轴转的几周。我是外交部的幽默专家。你不知道吗?嗯,我是。不经常出面,但若需要,可以随时待命。比如有些环节出了岔子——某个不太谨慎、法语水平较低的副部长的秘书在餐后演讲中用词欠妥,于是他们就派来了我这个搞笑演员,让全场又恢复了幽默。我带人们出去吃午餐,给他们讲有趣的故事,让他们氛围融洽。天哪!真够有趣的!"

"我不知道,彼得。我刚才觉得自己太自私了,甚至没有试着去了解全貌。但你平时不是这么沮丧的样子啊。你看上去……"

"别,哈莉叶。别说我应该考虑自己的年纪,别这样。永葆童心是我唯一的外交资本。"

"你看起来像是有几个星期没睡了。"

"既然你说到了,我想我确实没怎么睡。我考虑——我们都一度认为——可能会发生什么事,所有那老一套龌龊的骚乱。一天晚上,我甚至对邦特说:'来了,就在这里;回部队吧,中士。'可是最后,嗯,闹出点动静就消失了——暂时消失了。"

"多亏了你的言谈?"

"啊,不。天啊,不是。我的那件事不算什么。轻微的边境冲突。别以为是我救了帝国。"

"那是谁救了呢?"

"我不知道。无人知晓。从未有过。那辆古老的巴士朝着一个方向摇摇晃晃驶过来,你会想'糟了';然后它朝另一个方向摇晃而去,你会想'没事了';然后,有一天,它又远远晃动而来,你遭殃了,却不清楚自己怎么会落入这个地步。"

"这就是我们内心都害怕的东西。"

"是的。这让我感到恐惧。回来发现你在这儿,真的松了一口气——这里一切如常。这才是最重要的,哈莉叶——要是外面那些混蛋能闭嘴,能安分就好了。天呐!我有多厌烦唐突、暴力,还有所有那些可怕的诡计。不可靠,不学术,不真诚——只有鼓吹和恳求,和"我们该如何是好"。没有时间,没有和平,没有安宁;要是一个人能在这里的草地和石头中间扎下根,做值得做的事情就好了,哪怕只是重新恢复对工作的热爱。"她听到他如此热情的言谈,很是惊讶。

"可是彼得,你说的正是我一直以来的感受。但这能实现吗?"

"不,实现不了。不过,有时候人们以为能够回到过去。"

"踏上古老的小路,那是正确的路。行走其间,你们心中可得灵魂的安息。"

"是的,"他痛苦地说,"而他们又说'我们无法行走其间'。安息吗?我都忘了还有这样一个词。"

"我也是。"

他们默默地坐了几分钟。温西把烟盒递给她,为各自划了一根火柴。

"彼得,我们可以这样坐在这里说话,真是神奇。你还记得在威尔弗库姆的那段可怕的时光吗？那时我们想方设法互相攻击，只有廉价的小聪明和恶毒的话语。至少，我是心怀恶意的，而你从来没有。"

"那是海滨浴场的气氛，"温西说，"在海滨浴场，人们总是粗俗的。总有一天，在布赖顿或黑潭，会出现一个完全无法抗拒的案子，我会心软地参与其中，这是我一生中挥之不去的恐惧。"笑声又回到了他的声音里，他的目光也很柔和，"谢天谢地，在牛津是很难自轻自贱的——尤其是在这里读了两年之后。这倒提醒了我，你那么关照圣乔治，我还没有好好地感谢你呢。"

"你见到他了吗？"

"没有，我已经吓唬过他要在星期一来，给他看一副剥夺继承权的脸色。他今天和一帮朋友到什么地方去了。我知道那是什么意思，他简直是个被宠坏的孩子。"

"好吧，彼得，那也没办法。他长得太好看了。"

"他是个早熟的小猴子，"他的叔叔毫无热情地说，"虽然我不能因此责怪他；天生如此。可在你坚决拒绝认识我的家人之后，他竟然与你撞见，这正是他的无礼。"

"是我自己认出他的，彼得。"

"应该是，或者他是这么说的。我猜想他差点把你撞倒，损坏了你的东西，很不得体，所以你立刻断定他一定是我的什么亲戚。"

"那是——如果他是这么说的，你不该相信。但我肯定不会放过你们的相似之处。"

"人们总能找到调侃我外表的方式呢！祝贺你有最敏锐的洞察力，完全可以和巅峰时期的夏洛克·福尔摩斯媲美。"

她发现他身上有这种孩子气的虚荣心，觉得既有趣又感动。但是她知道，如果她为了迎合他而说一些奉承话，他立刻就会看穿。

"我还没看到他的时候，就认出了那个声音。他的手与你的很像，我觉得没人会调侃这些的。"

"要命，哈莉叶！我唯一可耻的弱点，我最小心地守护着的自负，竟然被你拖进阳光下，残酷地暴露在外。我愚蠢地为继承了温西家族的手而骄傲，我的哥哥和姐姐都没有这个特征，但这样的手在三百年前的全家福中就有了。"他的面色一度充满忧愁，"我在想，他们现在很难再培养出这个优点了，我们的家族如流沙一般。哈莉叶，哪天你愿意跟我一起去丹佛，在新的文明洗刷它之前看看这个地方吗？我不想搞得像高尔斯华绥那样。他们会告诉你，我一点也不在乎这一套，我不知道我是否在乎。但是我出生在那里，如果我有生之年要目睹它因带状建筑而被卖掉，厅堂被贡献给好莱坞影视，我会深感遗憾的。"

"圣乔治勋爵不会那样做的，对吗？"

"我不知道，哈莉叶。他为什么就不能？我们的时代已经落幕了，一去不返。如今还能留下什么裨益呢？但他可能比他以为的更为在乎。"

"你是在乎的，对吗，彼得？"

"我在乎起来很轻易，因为我无从插手。我是一个普通的老派中年人，我令人钦佩的才能就是把重担压在别人的肩上。别以为我羡慕我侄子的工作，我宁愿平静地生活，再安详地入土。只是，我受到某些陈腐的旧价值的影响，依然怀有一种可耻的渴望，我不敢否认，就像福音书里与我同名的人一样。只要有办法，我从来不回家，我也不来这儿。这里的公鸡叫得太长、太响了。"

"彼得，我不知道你的这些感受。我愿意去看看你的家。"

"你愿意吗？那我们总有一天会去的。我不会把我的家庭强加给你——尽管我想，你会喜欢我母亲的。不过，我们会选一个他们都不在的时候——除了家族墓室里十几位无害的公爵。可怜的家伙们，都被防腐处理过了,一直等到最后的审判日。这是典型的家族传统,对吧?它甚至不允许腐烂。"哈莉叶找不到什么话对他说。她和他较劲了五年,只发现了他的力量;现在,不到半小时,他就一个接一个地暴露了他所有的弱点。她不能诚实地说:"你为什么以前不告诉我?"其实答案是什么,她心知肚明。幸运的是,他似乎没有在等待她的看法。

"天哪!"他赶忙说,"这么半天了!你一直听我胡言乱语,我们还没谈谈你的问题。"

"我巴不得忘掉这个问题。"

"那还真是,"他若有所思地看着她,说道,"听着,哈莉叶,我们今天就不可以放个假吗?这件事已让你备受折磨了。让我来烦你一会儿,调节一下吧。这对你来说是一种解脱——就像用风湿病换牙痛一样。一样够受,但又不同。我得去参加午宴了,但不用太久。三点钟去莫德林桥走走,划划船可以吗?"

"河上会有一大堆人的。谢尔河现在不一样了,尤其是在周日的时候。更像假日的马盖特海滩,到处是留声机和泳装,人们摩肩接踵。"

"没关系,让我们和幸福的众人们一同狂欢吧。除非你想坐我的车和我一起飞到世界的尽头,但是道路会比河流更糟糕。如果我们在安静的地方,要么我会胡搅蛮缠,要么我们就开始讨论这个糟透的问题。还是人群里好。"

"可以,彼得。都照你的意思来吧。"

"那我们就三点钟在莫德林桥见。相信我,我不是在逃避问题。如果我们不能一起渡过难关,我们就去找到能解决问题的人。没有不能航行的海洋,也没有不能居住的陆地。"

他站起来,伸出一只手。"彼得,你真可靠!疲倦的土地之上的巨石之影。呀,你在想什么呢?在牛津是不握手的。"

"大象才不忘事。"他轻轻地吻了她的手指,"我带着我那正式的大都市礼节来了。天啊,说到礼节——参加午宴要迟到了。"

他一把抓起方帽和长袍就走了,她还没来得及送他到门口。

"就这样吧,"她想,看着他像个大学生一样跑过方庭,"时间太紧了。天呐,他居然拿了我的袍子,而不是他自己的!嗯,好吧,没关系。我们的身高差不多,我的肩膀很宽,所以没什么区别。"

然后她觉得很奇怪,竟然没什么区别。

到河边之前,哈莉叶去换了衣服,她暗自笑了。如果彼得热衷于保持腐朽的传统,他会找到很多机会,保持战前的划船技艺、礼仪和服装标准。尤其是衣服。最近谢尔河的流行服饰是一条脏兮兮的短裤或随意地卷在腰上的褪色正装;女士们穿一件晒日光浴的泳装,配上色彩鲜艳的沙滩凉鞋。哈莉叶对着阳光摇了摇头,现在的太阳很是热烈。即使是为了让彼得眼前一亮,她也不准备展示晒过的背部和被蚊子咬过的腿。她要体面而舒适地赴约。学监在山毛榉树下遇见了她,眼神里带着夸张的惊奇,盯着她的白色亚麻布衣服和刷白的鞋子。"如果是在二十年前,我就会说你要到河上去了。"

"没错,我将与辉煌的过去握起手。"

学监轻叹了一声:"恐怕你太引人注目了。那些挺不合时宜的。你着装整齐,干净又凉爽。周日下午也是如此。我为你难过。我希望,至少,你腋下的包裹里有一些歌手的唱片。"

"连这个也没有。"哈莉叶说道。

实际上,里面有她关于什鲁斯伯里丑闻的日记。她想,最好的办法是让彼得把它拿走,自己去研究。然后他才能决定最好的解决办法。

她准时到达桥边,却发现彼得比她先到了。对比弗拉克斯曼小姐和另一个什鲁斯伯里人,他的旧式礼仪更加突出了。她们坐在木筏上,显然是在等待同伴，神情十分激动和烦躁。哈莉叶同意让温西替她接过包，彬彬有礼地放到船里，替她摆好靠垫，这一切在她眼里都很有趣，并且从他讽刺的眼神中知道，他完全明白她为什么不寻常地温顺。

"你喜欢上游还是下游？"

"嗯，上游比较喧闹，但是河床好走；下游到岔道都还可以，接着就要在厚重的淤泥和市政局的垃圾堆之间做选择了。"

"看起来怎么选择都不好，但你只需要发号施令，我的耳朵张开得像条贪婪的鲨鱼，等待听出神的旨意。"

"我的天！你在哪儿读到的？"

"尽管你可能不相信，这是济慈一首十四行诗的精彩结尾。没错，这是一种不成熟的努力；但有些事情，即使是不成熟也不能被原谅。"

"我们到下游吧，我需要些安静从震惊中恢复过来。"

他把船放入河流中，准确地击了一下桥柱，说道："令人钦佩的女人！你让我在那对被遗弃的阿里阿德涅面前展开虚荣的尾巴。你现在更想要独立，拿起杆子吗？我承认，撑船要比别人来撑有趣得多，而骑士精神的十分之九就是享受全部乐趣的渴望。"

"你或许也有一颗公正且宽厚的心？在慷慨方面，我不会落后于你。我会像一个完全够格的淑女一样坐着看着你划船。看着他人全权承担，真是快乐。"

"你要是这么说，我就会得意忘形，干出傻事来了。"事实上，他撑船的样子很好看，动作轻盈，速度很快。他们以惊人的速度沿着拥挤又曲折的河道前进，直到在渡口上方狭窄河段，被另一艘平底船挡住了去路。这艘船笨拙地在河中央旋转，把几艘独木舟挤向岸边，很是危险。

"在你们上河道之前，"温西叫道，一边用撑竿推开那些违规的船，一边恶狠狠地盯着带头的年轻人（一个瘦长的年轻人，光着上身，被太阳晒出虾一样的粉色），"你应该学习这条河道的航行规则。那些独木舟有先行权。如果你的撑竿技术就是这样的，我劝你还是退回去，直到你想明白上帝给你双脚是干什么用的。"

这时，不远处平底船上的一位中年男子猛地转过头来，用清亮的嗓音喊道："哇！是贝利奥尔学院的温西！"

"好了，好了，"勋爵说着，放过了这个肤色红润的年轻人，划船到那艘船的一边，"布莱塞诺斯的皮克，什么风把你吹来了？"

"真是的，"皮克说，"我住在这里，应该问什么风把你吹来了。你还没见过我的妻子——亲爱的，这位是彼得·温西勋爵——对，板球队的家伙。这些是我的家人。"他模糊地指着几个年龄参差不齐的孩子。

"哦，我想我应该看看这个老地方。"大家介绍完之后，彼得说，"我还有个侄子在这里。你在干什么？助教？研究员？讲师？"

"啊，我在带学生，无所事事的。哎呀，自从我们上次见面以来，弗里桥下，多少世事如水。但我在哪里都能听出你的声音，当我听到那些傲慢的、漫不经心的、暴躁的音调时，我脱口而出'贝利奥尔的温西'，不是吗？"温西把撑竿放下，坐了下来。

"拜托，老伙计，有点同情心！过去的事情就过去吧。"

"你看，"皮克先生对周围的人说，"我们上学那会儿——好久以前的事了——算了！如果有人要接待乡下亲戚或美国访客，如果他们要问'什么叫牛津礼仪'，我们就带他们去瞧瞧贝利奥尔的温西。他住在圣约翰花园和殉道纪念塔中间，很顺路。"

"那要是他刚好不在，或者不愿应付呢？"

"从未如此。人们总能看到，贝利奥尔的温西站院子的中央，以高贵的傲慢对别人发号施令。"温西把头放在双手之间。

"我们喜欢打赌,"皮克先生接着说,他似乎保留着本科生时代的幽默,无疑是因为经常接触一年级学生,"赌他们之后会怎么看待他。大多数美国人说:'哇,他不就是完美的英国贵族吗?'但也有一些人说:'他需要戴玻璃镜片吗?还是服饰的一部分呀?'"

哈莉叶笑了,想到了舒斯特-斯莱特小姐。

"亲爱的——"皮克太太说,她似乎比较心软。

皮克无情地说:"乡下的表亲们总是无可置评,只有布尔餐厅的咖啡和冰块来能让他们回神。"

"放过我吧。"彼得说,他还捂着脸,只能看到通红的耳根。

"但你现在穿着很得体呀,温西,"皮克先生和善地说,"身材保持得很好。还能在球门之间冲刺吗?我现在不行了,除非是要参加家长赛,是不是,吉姆?这就是婚姻给男人带来的结果——变得又胖又懒。但你没有变,一点没变,一根发丝都没变,绝对没错。河上那些笨蛋,就是你说的那样,他们的破船总是撞到我的船,真是受够了。连道歉都不懂,还觉得这很有趣,愚蠢的怪物。留声机还会在你耳畔咆哮,看看他们!看看他们!真让人反胃,跟动物园里的猴房似的!"

"高贵、裸露、古雅!"哈莉叶说。

"我不是那个意思,我是说爬在杆上的。看那个女孩——双手撑竿,就是这样!然后转过身去猛推,像在清理下水道一样。她要是不小心,就掉进水里了。"

"她穿成那样就难免掉下去。"温西说。

"我就是这个意思,"皮克先生耳语道,"这就是穿这身服装的真正原因,她们就是想掉下去。穿着带有漂亮褶子的法兰绒睡衣是没问题的,但如果穿着这个掉进去,那就有意思的。"

"的确。我们堵了河道,我们最好快些移开。如果皮克太太允许的话，我改天会去找你的。再见。"两条船分开了。

"哎呀，"他们划到对方听不见的地方，彼得说，"见到老朋友真高兴。很是舒心。"

"是的，可他们还要开一百年前就开过的玩笑，你不觉得很烦吗？"

"烦透了。这是生活在这个地方最大的缺点。它让你保持年轻，年轻到幼稚。"

"是否有些可悲？"这里的河水更宽了，作为回答，他弯下膝盖划起桨来，像是划船的屈膝礼，河水在船下流淌而过。

"如果可能的话，你会回到年轻时候吗，哈莉叶？"

"绝对不。"

"我也是。不管给我什么，我也不愿意。也许这有点夸张。如果能给我一样重返青春的东西，我想要回到二十年前，但不是同样的二十年。如果我回到二十多岁，我想要的，不会是同样的东西了。"

"你怎么确定？"哈莉叶说，她想起了庞弗雷特先生和那位督查。

"我对自己的愚事记忆犹新……哈莉叶！你是想告诉我，不是所有二十多岁的年轻人都是傻瓜吗？"他站在那里，拖撑竿，低头看她，他扬起的眉毛，看起来有些有趣，"好了，好了，好了……顺便说一句，我希望你没有在暗示圣乔治。这将是一个非常不幸的家庭问题。"

"不，不是圣乔治。"

"我也觉得，他的蠢事没有那么天真了。但有人是这样。既然你已经派他去办他的事了，我就不担心了。"

"我喜欢你飞快的推理。"

"你诚实得无可救药。如果你做了可怕的事，你会在信里告诉我的。你会说：'亲爱的彼得，我有一件案子想交给你；不过在此之前，我想应该先告诉你，我已经和耶稣学院的琼斯先生订婚了。'是不是？"

"或许会。那你还会调查这个案子吗?"

"为什么不呢?案子是案子。老河道底部怎么回事呀?"

"乱七八糟的。划一下,就要退两下。"

"那我们就会一直停留在这条支流。我对耶稣学院的琼斯先生深表同情,我希望他的麻烦不会影响他的学业。"

"他才上二年级。"

"那他来得及克服困难,我想见见他,他可能是我在这个世界上最好的朋友。"哈莉叶什么也没说。她那迟钝的头脑总是敌不过彼得的聪明才智。是的,不知怎么的,对雷吉·庞弗雷特的热情,会让人相信,彼得对自己的感情可能不只是艺术家对作品的温情。但是彼得这么快就得出这个结论,实在是太不像话了。她讨厌他在她脑子里进进出出的样子,好像那是他的公寓一样。

"天哪!"彼得突然叫道。他带着惊恐的神情凝视着深绿色的水,一串油乎乎的泡泡慢慢地浮到水面上,杆子撞到一些泥块;与此同时,一股腐烂的恶臭扑鼻而来。

"怎么回事?"

"我碰到了什么可怕的东西。你闻不到吗?我真是到处都摆脱不了尸体,真可恶。是真的,哈莉叶。"

"我亲爱的傻瓜,这只是市政垃圾场。"他的目光随着她的手,望向对岸,苍蝇围着一堆可怕的腐烂物团团转。

"啊,这么多——!他们到底为什么这样做?"他用一只湿漉漉的手擦了下额头,"有一瞬间,我真以为自己碰到了耶稣学院的琼斯先生。我有点后悔,不该拿这个可怜的家伙开涮。好了,我们走吧!"

他用力地向前划船。

"到伊希斯河吧。这条河上再也没有浪漫了。"

案件日志

想想美妙的睡眠是怎样的：它是无价之宝，一位君主宁愿用王冠来换得一个小时的睡眠，但这是不可求的。它的样态如此美丽，连与皇后共寝的人也要离开她的怀抱，投向睡眠，才能恢复平静的心跳。是的，我们如此感谢这位死亡的近亲，我们一半的生命都属于他。我们理所当然应该如此：因为是睡眠这个金锁链维系着我们身体的健康。睡眠之中，谁会抱怨贫穷？抱怨伤痛？抱怨孤单？抱怨强权的压迫？抱怨囚禁？床上的乞丐，与国王一样欢乐：我们是否能够尽享仙醪？我们是否会过于贪杯，落入教堂的墓地，或是精神狂乱？不，不，看看月亮的仆从恩底弥翁吧，沉睡了七十五年，毫发无损。

托马斯·德克

"你可以用茶点,"温西说,"就在你身后的船头上。"

到伊希斯河左岸不远处,他们在一棵垂柳的斑驳树荫下停了船。这里没什么人,只有远远经过的人影。如果有地方可以让他们获得相对的平静,那就是这里了。而当手里拿着保温杯的哈莉叶,看到一艘满载着重物的平底船驶来的时候,比平常更加恼怒。

"舒斯特-斯莱特小姐和她的一行人。哦,天哪!她说她认识你。"

撑竿牢牢地插在船的两头,逃跑是不可能的了。一众美国人向他们逼近,无可避免。船靠了过来,舒斯特-斯莱特小姐兴奋地叫了起来。这次轮到哈莉叶为她的朋友们脸红了。舒斯特-斯莱特小姐忸怩不安地为自己的闯入道歉,做作地自我介绍一番,说自己肯定打扰他们了。她帮彼得勋爵回想了他们的相遇,意识到他们现在正忙着,不希望被打扰,接着对适合生育者结婚的理论大谈特谈,热情得令人吃惊,再一次让人注意到她的不得体之处。她又告诉彼得勋爵,哈莉叶是个可爱的人,只是太有同情心了,然后给他们每人发了一份她的新调查问卷。温西平静地听着,彬彬有礼地回答,而哈莉叶则希望伊希斯河会淹没河岸,淹没所有人,她也羡慕他的自制力。终于,舒斯特-斯莱特小姐和她的一行人离开了,诡谲的河水还从远处把她那尖厉的声音吹了回来:

"好了,姑娘们!我不是说过,他就是个完美的英国贵族吗?"

这时,备受煎熬的温西躺在茶杯中间,很是抓狂。

"彼得,"哈莉叶在他像公鸡一样喊叫了一会儿之后,说道,"你那不可动摇的美好礼节真是了不得啊。我对那个没坏心的女人已经没耐心了。再喝点茶吧。"

"我想,"勋爵悲哀地说,"我还是别再做完美的英国贵族了,还是做个大侦探吧。命运似乎把我一天的浪漫变成了一场咆哮的闹剧。那是档案吗？给我吧。我们瞧瞧看吧。"他又轻轻一笑，"你自己一个人的时候，是什么样的侦探呢？"

哈莉叶将一个活页本和一个信封递给他，里面是各种匿名信，能标注的就注明了日期和收信途径。他先把文件分开仔细地检查了一遍，没有表现出惊讶、厌恶，甚至没有特别的情绪，只是在沉思。然后，他把它们都放回信封里，装好烟斗，点上烟，缩在靠垫中间，专心地看着她的记录。他读得很慢，不时地回头核实日期或细节。读过开头几页之后，他抬起头来评论说："对于侦探小说的写作，我要说一点：你擅长把故事组织起来；知道如何安排证据。"

"谢谢你，"哈莉叶淡淡地说，"休伯特爵士的赞美是真的赞美。"

他继续读着。他的下一个观察是："我看到，仅凭一扇锁着的门，你就把所有校工和仆人都排除在外了。"

"我也不是那么头脑简单。当你读到教堂那部分的时候，你会发现，排除她们是另有原因的。"

"请原谅，我犯了一个致命错误，不应在得到证据之前就做出结论。"

他接受了责备，再次回到沉默，而她端详着他掩在纸张中的脸。坦言说，她已经对这张面孔相当熟悉了，但是现在她注意到了一些细节，就像透过了脑海中的放大镜来看一样。耳蜗的纹路平展又优雅，还有上面的头骨的高度；在颈部肌肉与头部的交汇处，剪短的头发闪闪发亮；左太阳穴上有一道小小的镰刀状疤痕；眼角和外端的眼睑有隐隐的笑纹；颧骨上有金色的亮光；鼻孔很宽；上唇上几乎难以察觉的汗珠，敏感的嘴角有一小块肌肉在抽搐；太阳将他白皙的皮肤晒得微微发红，喉咙底部却很白；锁骨之尖的小洞。

他抬起头。她一下脸红了，像浸过沸水似的。她视线变得昏黑，耳朵里像是有鼓声作响，如同有一个庞然大物向她俯下身来。接着薄雾消散。他的眼睛又盯着笔记,但他的呼吸声就像跑了一趟一样。

哈莉叶想,无可避免。很久以前就是这样了,唯一新状况,就是现在我不得不承认这一点。我认识到这件事有一段时间了,但他呢?在这之后,他就没有理由不知道了。显然他拒绝正视,这可能是新情况。如果是这样,做我想做的事应该会更容易些。她凝视着水面上的漩涡,但能觉察到他的每一个动作,他翻的每一页纸,他呼吸的每一口空气,她似乎能察觉到他身上的每一根骨头。最后他终于开口了,她心里纳闷,自己怎么会把另一个人的声音当成他的。

"嗯,哈莉叶,这不是什么大问题。"

"是的。不能再这样下去了,彼得。我们不能再让更多的人吓得跳河了。不管是不是曝光,都得阻止这件事。否则,即使没有人受实质伤害,我们也会崩溃的。"

"这就是症结所在。"

"告诉我,我们该怎么办,彼得。"她不再有意识地观察他了,只关注那熟悉的聪明头脑,淡忘了那些别致又有趣的相貌特征。

"嗯——有两种可行之法。你可以到处安插间谍,等着下一次骚乱爆发时突然抓住这个人。"

"但你不知道在这里当警察有多困难。等待骚乱爆发很难。如果我们抓不到她,又发生了可怕的事情呢?"

"我同意。另一个,也是我认为更好的办法,就是在我们找出整件事的动机前,尽所能恐吓这个疯子,让她不敢轻举妄动。我相信这里包含的不只是盲目的恶意;一定是有动机的。"

"动机不是很明显吗?"他若有所思地盯着她,然后说,"你使我想起了一位迷人的老教师——现在已经去世了,研究方向是某段时期教皇与英国教会的关系,我已经记不清了。曾有一段时间,历史学院专门开设了一门与此相关的课程，选修这门课程的本科生会接受老头子的指导，而且成绩不错。但是大家注意到，他所在的学院里从来没有人报名参加过这个课程——原因是，老师非常诚实，他会认真地劝阻学生不要上他自己的课，担心他的鼓励会影响他们的决定。"

"多么可爱的老绅士！你这样把我与他相提并论，让我受宠若惊，但我不明白你的意思是什么。"

"不明白吗？你已或多或少地认定，这个独身之所里有一群妖怪，难道不是事实吗？如果你不想牵扯私人关系，那就不要。不用逼着自己非要从她们身上看出弗洛伊德教科书上的那一套。"

"我们不是在谈论我和我的感受，我们正在谈论学院那桩可怕的案子。"

"但你不能将个人感情置之度外，含糊地认为性是所有这些现象的根源，是没有好处的——这就像说人性是这些现象的根源一样。性不是独立运作的因素，它通常都是因人而异的。"

"这是很明显的。"

"好吧，让我们看看最明显的。这些可恶的心理学家最大的罪行就是掩盖了显而易见的事实，他们就像为周末出行打包的男人，把抽屉和橱柜里的所有东西都翻个遍，最后连睡衣和牙刷都找不到。从几个明显的要点开始。你和德·范恩小姐第一次见面是在什鲁斯伯里的华夜之宴，第一封匿名信出现在你袖子里；被攻击的几乎都是大学教师或学者；你和小庞弗雷特喝了茶之后没几天，朱克斯就进了监狱；所有邮寄来的信件不是在星期一就是星期四到达；交流用语都是英语，除了哈耳庇厄那一段引语；假人身上的裙子从未在学院出现过。所有这些事实加在一起，除了大家都会想到的性压抑，你有别的想法吗？"

"它们分开有很多的暗示，但放在一起，我什么也看不出来。"

"你在整合方面应该可以做得更好。我希望你能把个人成见放下。亲爱的,你在怕什么?独身生活的两大危险是被动的选择与空虚的心灵,怪异的想象会让能量在真空中爆炸,但你没有危险。如果你想要获得永久的安宁,那更有可能是在精神层面,而不是情感层面。"

"你这样觉得吗?"

"是的。我们考虑的是你的需要,而不是别人的。这是我作为一个诚实的学者的观点,从学术的角度来看待这个问题,从它的价值出发。"

她又出现了他比她聪明的感觉。她再次抓住了讨论的主题:"那么你认为我们直接侦查就能解决问题,而不需要找精神方面的专家?"

"我认为通过简单而公正的推理,就可以解决这个问题。"

"彼得,我的行为似乎很愚蠢,但我之所以想——想要撇清关系和感情,回到理智的那一面,是因为这是我生活中唯一没有背叛和搞砸的一面。"

"我知道,"他说,语气更温和了,"想到它可能会反过来背叛你,就令人难过。但你为什么要这么想呢?即使学识渊博会使人走火入魔,也并非人人如此。在你看来,所有这些女人都开始显得不正常了,因为你不知道该怀疑哪一个,但实际上,你谁都没有怀疑。"

"不,我开始觉得,她们中人人都可能会这样做。"

"我想,你的恐惧扭曲了你的判断力。如果每个沮丧的人都走向疯魔,那我知道,为了社会安全,谁最应该被关起来。"

"真讨厌,彼得,请讲正题好吗?"

"意思是:我们应该采取什么步骤?我今晚可以好好考虑一下吗?如果你相信我可以处理好这件事,我想我应该能够找到一两个办法的。"

"我宁愿相信你,也不愿相信其他人。"

"谢谢你,哈莉叶。我们现在可以恢复中断的假日了吗?……哎,我逝去的青春。鸭子们过来吃我们剩下的三明治了，二十三年前，我用这些一模一样的三明治喂这些鸭子。"

"十年前，我也把它们喂得圆鼓鼓的。"

"十年、二十年后，同样的鸭子和同样的大学生将共享同样的仪式盛宴，鸭子将咬那些本科生的手指，就像刚刚咬我的手指一样。与生生不息的鸭子相比，人类所有的激情是多么短暂……走吧，小鬼们，就这么多啦。"

他把最后一点面包屑扔进了水里，在垫子上翻了个身，躺了下来，眯着眼看涟漪……一艘平底船从旁边驶过，船上坐满人，沉默不语，在太阳下发呆。撑竿在水中落下又抬起，扑通和叮当声交替响起。然后是一些办派对的人，吵吵闹闹，留声机大声播放着《盛放的爱》；接着是一个戴眼镜的年轻人，独自坐在独木舟上，像是在逃命一样地划桨；又来了另一艘平底船，上面的男人和女孩低声耳语，船划得很慢，像是去参加葬礼；还有一群活力四射、精力充沛的女孩们坐在船舷；又是另一艘独木舟，由两个跪着的加拿大本科生飞快地划着；随后是一艘非常小的独木舟，一个穿着泳装的女孩笑嘻嘻地划着，摇摇晃晃地，船头还有一个年轻人，一身行头仿佛是为落水而穿的；然后是一场穿着整齐、非常庄重的平底船派对——彬彬有礼的男女大学生，在一位女教授身边；再往后，一群男女老少在船上听留声机，也唱着《盛放的爱》——大街小巷都在听；接着是一连串的尖叫声，一群人在欢乐地教新手撑船；而与之形成滑稽对比的是，一个壮实的人，穿着一套蓝衣服，戴一顶亚麻布帽子，正一本正经地卖力划一艘双桨船，而另一个瘦削的青年，也坐在一艘双桨小艇里，轻蔑地从他身边飞快驶过；然后是三艘并排的平底船，除了那些真正负责撑篙和划桨的人，其他人似乎都在打瞌睡。其中有一艘船离哈莉叶只有一桨的距离，一个头发蓬乱、大腹便便的年轻人跷着腿躺着，嘴巴微张，脸热得通红；一个女孩趴在他的肩膀上，对面的男人也放弃了对外面世界的一切兴趣，他把帽子遮在脸上，双手抱在胸前，拇指放在背带下面；上面的第四名乘客是个女人，正在吃巧克力。撑船的人穿着一件皱巴巴的棉质裙子，光着两条腿，上面都是蚊子包。哈莉叶想起了大热天旅行火车上的三等车厢，在公共场合睡觉很是要命，真想向这个大腹便便的年轻人扔东西。这时，吃巧克力的人把剩下的棒棒糖紧紧包在袋子里，并朝那个大肚年轻人扔去。糖卡在了他的腹部，他哼了一声，惊醒了。哈莉叶从她的盒子里取出一支烟，转身向她的同伴要火柴，却发现他睡着了。

他睡得很沉，很安静；睡觉的姿势像只刺猬，嘴和腹部都没有暴露为攻击目标，但他无疑是睡着了。哈莉叶·薇恩小姐在这个时候，忽然充满柔情，不敢动弹，怕吵醒他，还对正在放留声机的一船蠢货的接近感到愤怒，又是《盛放的爱》。

"多么奇妙，"诗人写道，"是死亡，死亡和他的兄弟睡眠！"他问过艾恩瑟是否会再次醒来，并确信她会醒来，于是开始编织许多关于艾恩瑟睡眠的美好想法。我们就可以这样地推断，他（就像在她的沙发旁默默跪着的亨利一样）对艾恩瑟怀有温柔的感情。因为，另一个人的睡眠是对我们情感的严峻考验。除非我们是野蛮人，否则我们都心软地看待死亡，无论是对朋友还是敌人。它不会激怒我们；它不会引诱我们向它扔东西；我们不觉得这好笑。死亡是终极的弱点，我们不敢侮辱它。但睡眠只是一种虚弱的错觉，除非它唤起了我们的保护本能，否则很可能会激起我们内心一种可恶的、恃强凌弱的想法。我们带着有意识的优越感来轻视睡觉的人，他的弱点都暴露在外，我们沉迷嘲笑他的外表、举止以及（如果是在公共场合）他让同伴（如果有的话）处于荒谬地位的举动，如果我们是那个同伴，尤会这样做。

哈莉叶开始在沉睡的恩底弥翁面前扮演菲比,有了很多机会来审视自己。仔细考虑后,她觉得自己最需要的是一盒火柴。彼得用火柴点燃了他的烟斗;它们在哪里?他穿着整套衣服睡着了,真讨厌!但他的外套就在旁边的靠垫上。他不可能是口袋里只有一盒火柴的人吧?

要拿那件上衣是很难的事情,因为在平底船里动一下,船就会摇晃,她还得越过他的腿拿到衣服。但他深陷疲劳中的深度睡眠,她成功地拿到了衣服,没有吵醒他。她带着一种奇怪的罪恶感翻遍了他的口袋,找到了三盒火柴、一本书和一个开瓶器。有了烟草和文学,人们可以应对任何情况了,当然,前提是书不是用一种未知的语言写的。书脊上没有名字,当她把破旧的牛皮折回去的时候,她首先看到的是刻着纹章的藏书票:黑貂上有三只银鼠,还有一只"家猫"凶狠地卧在头盔环上。两个全副武装的撒拉逊人支撑着盾牌,盾牌下写着嘲讽而傲慢的格言:"我的奇想带领我。"[1]她翻到扉页,《医生的信仰》,嗯……是吗?这很出乎意料吗?

他为什么要带着这个到处旅行?在侦察和外交的闲暇时间,他是不是也在思考着"奇怪而神秘的"转生和"变幻多端的手段"?或者考虑到"我们徒劳地指责枪支和带来死亡的新发明"?"在肉体的轮转里必然没有幸福;这双肉眼也看不见幸福。我们禧年的第一日即为死亡"。她不觉得他会在这里寻求个人的安慰;她宁可让他过得安稳、幸福,这样,她就可以怨恨他过得安稳了。她匆匆地翻了翻书页。"我离开他,就是死亡,直到我在他身边。团结的灵魂不满足于拥抱,而是渴望成为真正的彼此;而无法实现,欲望无限,追求满足却永不满足。"不管你怎么看,这段话都是最让人不舒服的。她翻回第一页,开始细细读起来,以挑剔的眼光注意语法和文体,这样就可以在浅层占据她

---

[1] 原文中的"奇想"与"温西"都是 Wimsey 这个词。

的思想,而不必太细究表面之下可能的波澜。

太阳西沉,水面上影子渐长。现在河道上的小船少了;茶话会的人都急急忙忙回去吃晚饭,而夜晚的聚会尚未开始。恩底弥翁像是要沉睡在夜晚中;是时候硬起心来,拿起撑竿了。她一刻又一刻推迟决定,直到听到一声尖叫和平底船末端的撞击声,才省去麻烦。那个不称职的新手带着她的船员回来了,她的船篙掉落在河中央,让船从他们的船尾漂过,撞了上来。哈莉叶不带同情地把闯入的船只一把推开。她转过身来,发现男人正坐着,羞怯地笑着。

"我睡着了吗?"

"有两个小时了。"哈莉叶开心地笑起来。

"哎呀,多么恶劣的行为!非常抱歉。你为什么不叫我?现在几点了?我可怜的姑娘,如果我们不快点,你今晚就吃不上饭了。啊,我真的很抱歉。"

"没关系。你太累了。"

"这不是借口。"他现在站了起来,把船竿从泥里拔了出来,"我们可以一起撑船——如果你能原谅我这该死的厚脸皮,帮帮忙,弥补我那毁灭灵魂的懒惰。"

"我喜欢撑船。但是,彼得!"她突然非常喜欢他,"为什么着急呢?那个,院长在等你吗?"

"不,我已经搬到米特酒店了。我不能把院长的住处当旅馆,他们也还要招待人。"

"那我们就不能在河边找个地方吃点东西,痛痛快快地玩一天吗?我是说,如果你愿意。还是一定要好好吃顿正餐呀?"

"亲爱的,我很乐意吃些糠,因为我表现得像猪一样;或者蓟,最好是蓟。你是一个非常宽容的女人。"

"好了,把船竿给我。我待在船头划,你来掌舵。"

"我来看你数到三就把竿抬上来。"

"我保证。"尽管如此,她还是意识到,贝利奥尔的温西正在以挑剔的眼光注视着她提起沉重的船竿。你要么看起来优雅,要么看起来慌乱,撑船是没有中间状态的。他们向伊夫利出发。

"总的来说,"哈莉叶在过了一段时间之后,他们再次乘船时说道,"还是选择蓟为好。"

"这种食物是为那些心不在焉的年轻人提供的,有激情,但没有核心的那些人。我很高兴可以吃到杏仁馅饼和合成柠檬水,它们可以扩大我的人生体验。我,你,还是我们一起撑?抑或是放弃超然和优越,一起在美景中划桨?"他的眼神正在逗她,"我宣布,我屈服了。"

"你更喜欢哪一种?"他一本正经地扶着她到船尾,自己蜷缩在她身边,"我坐在什么鬼东西上了?"

"我想是托马斯·布朗爵士吧。抱歉,我已经翻过了你的口袋。"

"既然我是这样一个糟糕的同伴,我很高兴他给你提供了一个很好的陪伴。"

"他一直都陪着你吗?"

"我的品味相当宽泛。很可能是开龙,爱丽丝梦游仙境,或者马基雅维利——"

"或者薄伽丘,或者圣经?"

"有可能。或者阿普列乌斯。"

"或者约翰·多恩?"

他沉默了一会儿,然后换了一种声调说:"这是在随机开弓吗?"

"射中了吗?"

"一击而中,在铠甲之间。如果你侧着身子划,就会更容易掌舵。"

"对不起……你容易痴迷于文字吗?"

"经常如此,说实话,我很少完全清醒,所以我才会说这么多话。"

"可是,如果有人问我,我就会说你热爱平衡和秩序——不精确就不美。"

"一个人可能会热爱可望而不可即的东西。"

"可是你确实做到了。至少,你看上去做到了。"

"完美的奥古斯都?不!恐怕至多是对立力量的平衡……河上又来了好多人。"

"很多人晚饭后都会出来。"

"是的——好吧,祝福他们,为什么不呢?你不觉得冷吗?"

"一点也不。"

这是五分钟内他第二次警告她离开他的私人领地了。从下午早些时候起,他的情绪就发生了变化,他又一次竖起了防御。她再也不能无视"禁止通行"的标志了。所以她等他开启一个新话题。

他很有礼貌地询问了新小说进展如何。

"卡住了。"

"卡在哪里了?"

这就得再讲一遍《命落风水际》的情节。在她讲到困境的时候,平底船已航行了许久。

"没有什么本质上的错误。"他说,并就细节提出了一些建议。

"你真聪明,彼得,你完全正确。当然,这是克服时钟困难的最好方法。可为什么整个故事听起来那么死板呢?"

"要我说,"温西说,"是因为威尔弗里德。我知道他和那个女孩结婚了——但他一定要这样犯蠢吗?他为什么要掩藏证据,说那些不必要的谎言呢?"

"因为他认为是那个女孩干的。"

"是的——可他何必呢？他深爱着她——他认为她是卓尔不群的——然而，仅仅因为他在卧室里发现了她的手帕，他就立刻相信，证据确凿，她不仅是温彻斯特的情妇，而且还以相当邪恶的方式将他谋杀。这也许是爱的一种方式，可是——"

"但是，你想指出，它不是你的方式——事实上，确实不是你的方式。"又来了——旧日的怨恨，以及为了看他退缩的快感而狠狠反击的冲动。

"不，"他说，"我在客观地考虑这个问题。"

"在学术层面，事实层面。"

"是的，拜托了……从纯粹的结构角度来看，我认为威尔弗里德的行为没有得到充分的解释。"

"好吧，"哈莉叶恢复了镇定，说道，"从学术上讲，我承认威尔弗里德是世界上最糟糕的笨蛋。可是如果他不把手帕藏起来，我的情节又如何立足呢？"

"难道你就不能把威尔弗里德塑造成那种谨慎到病态的人吗？他们从小就认为任何愉快的事情都是有错的——因此，如果他愿意相信这个女孩是光明的天使，那么她就更有可能有罪。给他一个清教徒式的父亲和相信地狱之火的宗教吧。"

"彼得，这主意不错。"

"你看，他有一种悲观的信念，认为爱情本身就是罪恶的，他只有把那个年轻女人的罪过转嫁于自身，让自己沉浸在替代性的痛苦中，才能求得自身的净化。他仍然是一个笨蛋，一个病态的笨蛋，但他会变得更为坚定。"

"是的，他很有趣。但如果我给威尔弗里德这些剧烈又逼真的感受，会让整部书失去平衡的。"

"你得改变一下,放弃那种拼图游戏式的故事,写一本关于人类的书。"

"我不敢尝试,彼得。它会戳到我的内心。"

"这可能是你能做的最明智的事情。"

"写下来,然后化解它?"

"是的。"

"我会考虑的。真痛。"

"如果能成就一本好书,那又有什么关系呢?"

让她吃惊的不是他说了什么,而是这些话是由他说出来的。她从来没有想到他会如此认真地对待她的工作,她当然也没有想到,他会采取如此客观的态度。体贴的男性吗?他就像开罐器一样体贴着我。

"你还没有,"他继续说,"写出你能写出来的书。当你太接近一件事的时候,你可能写不出来。但是你可以试试,如果你有——有——"

"勇气?"

"没错。"

"我觉得我无法面对。"

"不,你可以的。不这样做,你将不得安宁。我已经逃避自己二十年了,但这没有用。如果你不利用错误,犯错又有什么好处呢?试试吧,从威尔弗里德开始。"

"讨厌的威尔弗里德!好吧,我来试试,无论如何,我会好好挖掘威尔弗里德的。"

他从桨上抬起右手,充满歉意地伸向她:"总是傲慢无礼地对别人发号施令。我很抱歉。"

她接受了他的握手和道歉,他们友好地继续划船。不过,她想,她需要接受的比这更多。她很惊讶,自己并无怨恨。

他们在后门分开了。

"晚安,哈莉叶。我明天会把你的手稿带来。下午某个时间可以吗?我想我得和小杰拉德一起吃午饭,扮演一个严肃的叔叔。"

"那么,六点左右来吧。晚安——非常感谢你。"

"是我欠你的。"

他礼貌地等着她关上厚重的大门,看它锁好。

"那——么(甜蜜的语气),修道院的大门在索尼娅身后关上了!"

他夸张地拍着额头,痛苦地叫了一声,仓促跑开了,却几乎和学监撞上。学监正像往常一样轻快地从路上走来。

"他活该。"哈莉叶说道,没有等着看发生了什么,就顺着小路逃走了。

躺在床上的时候,她想起了一位好心但语无伦次的副牧师的即兴祈祷,听过一次,永远也不会忘记:"主啊,请教导我们,无论有多么艰险,都要正视自己的心。"

所以,这就是她一直找不到的转折!她那美丽的、硕大的、平静的纺锤变成了陀螺,还得是睡着的,要被推动。(他真讨厌!他怎么敢选用她的"睡眠"这个词,在同样多的行里用了四次,而且每次都用不同的脚,仿佛玩弄这种转换简直轻而易举。用那些恢宏的、沉重的、迷幻的、拖沓的单音节来写出最后的半行,让意义矛盾,却又否认它们之间的矛盾吗?这不是世界上最好的六行,但它比她自己的八行好多了:太可恶了。)

但如果她想知道关于彼得的问题的答案,那就是了,显而易见。他不想忘记,不想保持沉默,不想置之度外,也不想蛰伏不动。他想要的只是某种核心的稳定,而且,他显然已经准备好面对后续的一切,只要它能刺激他保持那种不稳定的平衡。当然，如果他真的这么想的话，他说过的话，做过的事，在她看来，就都合理了。"我的只是对立力量的平衡""只要能写出好书，痛苦又有什么关系呢""如果你不利用错误，犯错误有什么用""感觉像犹大，就是这个工作的一部分"……如果"原则做的第一件事就是杀人"……如果这就是他的态度，那么，用良言劝他规避危险，显然是荒谬的。他试图过规避。

"我已经逃避自己二十年了，但这没有用。"他不再相信埃塞俄比亚人能把他的皮肤变成犀牛皮，甚至在她认识他的五年时间里，哈莉叶就目睹过他一层一层剥去自己的保护层，最后，只剩下赤裸裸的真相，再无其他。

那么，这就是他需要她的原因，是某种她自己也不清楚的原因。也许他也不清楚，她拥有一种力量，可以把他逼出防线。也许是看到她在困境中挣扎，他故意走出去帮助她。又或许，他看到她的挣扎就知道，如果他继续陷在自己设的陷阱里，会落得什么下场。

因为这样，他似乎愿意让她躲在心灵的防御下驰骋，只要她能通过工作找到自己的出路就行——是的，他未曾改变。事实上，他是让她在自己和威尔弗里德之间选择。他知道，她拥有他不具备的出路。

她猜想，这就是为什么他对自己在喜剧中的角色敏感到病态。他自身的需要（如他所见）挡住了她出逃的合理路径。这些事情让她陷入困境，他也无法分担，因为她一直拒绝他共同承担的权利。他不像他侄子那样游刃有余。哈莉叶想道（指的是勋爵），这个粗心大意、自私的小畜生，他就不能不管他的叔叔吗？

顺便说一句，可以想象，彼得明显在嫉妒他的侄子，很简单，也是人性所在——当然不是嫉妒他和哈莉叶的关系，而是嫉妒那种粗枝大叶的年轻人的利己主义，正是它使这种关系成为可能。

作案现场

让你们从烈焰的噼啪声中解脱,从赐福之谋杀中解脱。他们或许会惊扰夜间的睡眠,因为仁慈保佑你们,在你们沉睡时,阻挡妖怪的迫近。

罗伯特·赫里克

"啊,小姐!"
"小姐,很抱歉打扰你。"
"哎呀,嘉莉,这是怎么了?"
当你醒着在床上躺了一小时左右,思考着如何在不给情节造成野蛮破坏的情况下,重建一个威尔弗里德时,当你刚刚陷入了不安的睡眠,依稀梦见被香料处理过的公爵们的尸体时,被两个穿着睡袍、激动得有些歇斯底里的女仆突然唤醒,真是令人恼火。

"哦,小姐,学监让我来告诉你。安妮和我都吓坏了,我们差点抓到了。"

"抓到谁?"

"不管是谁,小姐。在科学教室里,小姐。我们在那儿看到的,太可怕了。"

哈莉叶茫然地坐了起来。

"那个家伙溜了,小姐,一路横冲直撞,谁也不知道那人要干些什么,我们觉得应该通知其他人。"

"拜托,嘉莉,请一定告诉我。请坐,你们两位,从头讲起吧。"

"可是,小姐,我们不是应该看看发生了什么事吗?那个家伙从暗室的窗户出去了,此时此刻可能正在杀人呢。房间是锁着的,钥匙在屋内——可能有一具尸体躺在那里,满地是血。"

"别胡闹了。"哈莉叶说道,但她还是下了床,开始找她的拖鞋,"如果有人又在搞恶作剧,我们必须设法阻止。但不要再说什么血和尸体之类的话了。那家伙去哪儿了?"

"我们不知道,小姐。"

哈莉叶望着肥胖而激动的嘉莉,她愁眉紧锁,肌肉紧张,眼神闪烁,快要崩溃了。她没想到现任的校工长会这么不稳重,倾向于把这种充沛的精力归因于甲状腺激素。

"那么,学监在哪儿?"

"在教室门口等着,小姐。她叫我俩接你——"

"好的。"

哈莉叶把手电筒放进晨袍口袋里,带着访客们一起出去:"现在快告诉我出了什么事,别弄出响动。"

"嗯,小姐,安妮来找我说——"

"这是什么时候？"

"大约一刻钟以前，小姐，大差不差吧。"

"关于这个，夫人。"

"我躺在床上睡着了，还没做梦。安妮说：'你有钥匙吗，嘉莉？教室里很奇怪。'所以我对安妮说——"

"稍等一下，让安妮来讲。"

"哦，夫人，就是新方庭后面的科学讲堂，从我们的翼楼可以看到它。我在一点半左右醒来，碰巧向窗外望去，看到讲堂里亮着灯。于是我想，都这么晚了，真奇怪。我看见窗帘上有个影子，好像有人在动。"

"那么窗帘是拉着的？"

"是的，夫人。不过，嗯，那不过是浅黄色的窗帘布，所以我清清楚楚地看见那影子。我盯着看了一会儿，影子消失了，但灯亮着，真奇怪。于是我去叫醒了嘉莉，让她把钥匙给我，这样我就可以去看看，以防有情况。她也看到了灯光。我说：'哦，嘉莉，跟我来，我不想一个人去。'于是嘉莉和我一起下来了。"

"你是穿过大厅还是穿过院子去的？"

"穿过院子，夫人。我们觉得这样更快。穿过院子和铁门，我们试图看窗户的里面，但窗户关得很紧，窗帘拉得很严实。"

她们走出了都铎楼；路过走廊的时候，里面安静了下来。老方庭里似乎也没有任何骚动。图书室里一片漆黑，只有德·范恩小姐的窗户里亮着一盏灯，过道灯光昏暗。

"当我们来到教室门口时，门是锁着的，钥匙还在里面，我弯下腰从洞里看，但什么也看不见。接着我看到，门帘没有拉全——门上有玻璃，夫人。透过缝隙，我看到了一个黑色的东西，夫人。我说：'哦，在那儿！'嘉莉说：'我看看。'她推了我一下，我的胳膊肘撞到了门上，一定吓到那个人了,因为灯灭了。"

"是的,小姐,"嘉莉急切地说,"我说:'瞧!'就在这时,里面传来一阵非常可怕的撞击声——太可怕了,有什么东西在撞击着,我叫道:'啊,从我们后面冲出来了!'"

"我对嘉莉说:'快去把学监叫来!堵住了。'嘉莉去找学监,我听见那个人在走动,之后再没有动静了。"

"学监过来了,我们等了一会儿,我说:'啊!那人会不会躺在地上,喉咙已被切断了?'学监说:'啊,在那儿!我们真蠢。那人从窗户出去了。'我说:'但是所有的窗户都有护栏的。'学监说:'暗室的窗户,就是从那里。'暗室的门也锁着,我们跑到外面,果然窗户大开。学监说:'把薇恩小姐叫来。'我们就过来找你了,小姐。"

这时她们已经到了新方庭广场的东角,马丁小姐正站在那儿等着。

"恐怕我们的朋友不见了。"学监说,"我们早该想到那扇窗户的。我在院子里转了一圈,没发现什么。希望那家伙已经回去睡觉了。"

哈莉叶检查了门,确定了是从里面锁的,玻璃板上的窗帘有缝隙。但是里面全然是黑暗和寂静。

"夏洛克·福尔摩斯现在在做什么?"学监问。

"我们进去吧,"哈莉叶说道,"你有长嘴钳子这种东西吗?"

"没有。嗯,把玻璃打碎也行。"

"别伤到自己。"

哈莉叶想,无数次她的侦探罗伯特·坦普尔顿破门而入,发现了被谋杀的金融家的尸体!她感到滑稽,觉得自己在扮演一个角色。她把睡袍的一角贴在玻璃板上,握紧拳头,在上面猛击。出乎意料,嵌板果然向里面裂开了,还伴随着一阵轻微的玻璃的爆裂声。现在——用围巾或手帕包裹起来保护手和手腕,防止在钥匙和把手上留下指纹。

学监好心地把这个必需品拿来；门开了。

哈莉叶对着电筒光，第一眼看向开关。它处于"关"的方向，她用手电筒把它敲了下去。房间亮起来了。

这个地方相当简陋，很是逼仄，只有几张长桌，一些硬椅子和一块黑板——之所以叫科学讲堂，部分原因是爱德华兹小姐偶尔用它来教一些不需要仪器的内容，但主要是因为某个已故的捐助人给学院留下了一笔钱，还有许多科学书籍、解剖模型、已故科学家的肖像和装满地质标本的玻璃柜。这些遗赠已经够尴尬了，还赠上一个条件，就是这些物品应全部安置在一间屋子里。还有带有一个有水池的盥洗室，盥洗室有时会被摄影爱好者用作暗室，因此得了这个名字，除此之外，这个房间没有什么特别适合做科学研究的东西。

一开灯，两名校工听到撞击与碰撞声的原因就很清楚了。黑板摔在地上，几把椅子也被掀翻了，似是有人于黑暗中匆匆离开房间，绊倒了家具。房间里最有趣的东西是放在一张桌子上的那一堆：有一张铺着的报纸，上面放着一个装着画笔的糨糊罐、一张廉价的草稿纸和一个装着剪好的字母的纸箱盖。桌子上还摆着几个匿名信，是匿名者用现已为人熟知的字体做的，像往常一样粘在一块儿。同时，有一幅相同风格的半成品落在地板上，说明作案被打断了。

"所以她就是在这里干的！"学监叫道。

"是的，"哈莉叶说，"我想知道为什么。这似乎没有必要公开。为什么不是她自己的房间？……那个，学监，如果你不介意的话，别动它们，让它们保持原样吧。"

暗室的门开着。哈莉叶走了进去，仔细检查水池和上方打开的窗户。窗台上的灰尘里留下了被人爬过的痕迹。

"窗外的下方是什么？"

"是一条石板路。恐怕你在那儿发现不了什么。"

"是的,而且除了走廊上那些浴室的窗户,这里什么都看不到,那个人逃出去时被人目击的可能性很小。如果这些匿名信必须在教室里制作,那么这里就是最佳选址了。好吧!我看现在我们在这儿也做不了什么。"哈莉叶猛地转向那两个校工,"你说你看见那个人了,安妮?"

"我没看确切,夫人,我认不出来。她穿着一件黑色的衣服,背对着门,坐在很远的桌子旁。我还以为她在写字呢。"

"她起身走过去关灯时,你没看到她的样子吗?"

"没有,夫人。我把我的所见告诉了嘉莉,嘉莉也要看,不巧撞到了门,我让她不要出声,结果灯就灭了。"

"你没看见什么吗,嘉莉?"

"唔,小姐,我也说不上来,我当时太慌张了。我看到了光,别的就没什么了。"

"也许她是沿着墙去按灯的。"学监说。

"一定是了,学监。你能不能进去,坐在桌子旁边那把略微拉开的椅子上,我从门口看看我能看到什么。当我敲玻璃的时候,你能不能尽快站起来,消失在视线之外,绕到开关那里把它关掉?窗帘应该还是原状,安妮,我打碎玻璃时有没有弄乱它?"

"我想差不多是这样,夫人。"

学监走进去,坐了下来。哈莉叶把门关上,眼睛望着窗帘的缝隙。窗帘靠近门的铰链那端,她可以看见窗户、两张桌子的边缘和窗下放黑板的地方。

"安妮,来看看,是这样的吗?"

"是的,夫人。不过那时黑板是立着的。"

"现在——照你当时那样做吧。重复一遍你对嘉莉说的话;嘉莉,你撞到了门,然后像当时那样向里面看。"

"好的,夫人。我说:'哦,在那儿!抓到她了。'我就这样跳了回去。"

"是的,我说:'啊,天呐!让我们看看!'——然后我撞到了安妮,撞到了门——就是这样。"

"我说:'小心点——你惊动她了。'"

"我说了'哟!'之类的话,往里一看,没见什么人——"

"你现在可以看见人吗?"

"不能,小姐。我正想看看,灯忽然灭了。"

灯灭了。

"如何?"学监对着镶板上的洞,小心地问。

"一流的表演,"哈莉叶说道,"很到位。"

"听到敲门声的那一刻,我就悄悄向右沿着墙走。你听见了吗?"

"没听到。你穿的是软拖鞋,是吗?"

"我们那时也没听见,小姐。"

"她还会穿着软拖鞋。好吧,我想这就解决了。我们最好在学院里看看,是否一切正常,然后回去睡觉。你们两位现在可以回去了,嘉莉——马丁小姐和我来处理事情。"

"很好,小姐,走吧,安妮。不过我真不知道谁能睡得着——"

"你们能不能别吵了!"传来一个愤怒的声音,是一个穿着睡衣的学生,怒气冲冲的。

"请你们知道,人们晚上这时候是想要休息的。这条走廊——啊,抱歉,马丁小姐。怎么回事?"

"没什么,佩里小姐。很抱歉我们打扰了你。有人忘了关掉讲堂的灯,我们来查看一下。"

那个学生走了,蓬乱的脑袋猛地一颤,表明她对这件事的看法。

两位校工离开了。

学监转向哈莉叶:"为什么要复刻现场呢?"

"我想知道安妮是否真的看到了她所说的。这些人有时收不住自己的想象力。如果你不介意,我要把这些门锁上,把钥匙拿走。我想听听其他人的意见。"

"啊哈!"学监说,"就是那个在圣十字路上吻我脚趾,并说'从步态就能看出是学监'的优雅绅士吗?"

"这听起来很像他。学监,你的脚很漂亮,我注意过它们。"

"它们收到过赞赏,"学监沾沾自喜地说,"但很少在这么公开的场合,或者在才认识五分钟之后。我对勋爵说:'你是个傻傻的年轻男子。'他说:'没错,是个男子,有时因犯傻显得年轻。''好吧,'我说,'请站起来,你在这里可不年轻。'于是他很客气地说:'请原谅我像个骗子一样。我没有托词,但你可以原谅我吗?'所以我请他吃了饭。"

哈莉叶摇了摇头。

"我担心你对金发和身形瘦长的人没有抵抗力。对苗条的人来说,这不过是个俏皮话,而在矮胖的人看来,这却是无礼。"

"或许相当无礼,但实际并非如此。我很想知道,他是怎么看待今晚的事情的。我们最好去看看是不是又发生了什么怪事。"

然而,没有发现什么异常。

哈莉叶在早饭前给米特酒店打了电话。

"彼得,你可以早上过来吗?不必到六点才来。"

"五分钟之内,随时随地都可以。'如果她吩咐他们,他们就光着脚到耶路撒冷,到卡姆宫廷,到东印度群岛,为她寻一只鸟,放在她的帽子里。'发生什么了?"

"没什么大事,现场发现了一点证据。你可以把熏肉和鸡蛋先吃完。"

"我半小时后到乔伊特小路的门房。"

他带着邦特,拿着相机过来了。哈莉叶把他们带到学监的房间里,在马丁小姐的帮助下,把这件事讲给他们听。马丁小姐问他是否要问一问那两位校工。

"先不用,必要的问题你似乎都问过了,我们去看看房间。我想,除了沿着这条通道,没有别的路了。左边有两扇门——是学生的房间吧。右边也有一扇。然后有浴室什么的。暗房的门是哪一个?这个吗?可以从另一扇门看见——所以除了从窗户走,谁也逃不掉。我懂了。讲堂的钥匙在里面,帘子就是这样拉着的吗?你确定吗?好吧。可以把钥匙给我吗?"他猛地把门打开,向里瞥了一眼。

"给这里拍张照片,邦特。这栋楼的门很漂亮,很搭配。橡木的,没有油漆,没有打蜡。"他从口袋里拿出一个放大镜,草草检查了电灯开关和门把手。

"我真的会见证指纹显现吗?"学监问。

"当然了,"温西说,"它不会告诉我们任何事情,但会让观众印象深刻,激发信心。邦特,显示器。现在你可以看到了,"他把白色粉末快速喷在门框和把手上,"人们开门时必定会抓住门把手。"他吹走多余的粉,锁的上方出现了数量惊人的指纹,重重叠叠,"所以才有了指板这种优秀的老式装饰。我可以借用一下浴室的椅子吗?啊,谢谢你,薇恩小姐,没想到你亲自去取了。"

他将显示器伸到门的顶部和框架的上缘。"你不会指望在上面找到指纹吧。"学监说。

"这能发现,我会吃一惊的。我只是在展示周全和效率。像警察的话,例行公事而已。学院一尘不染,我要恭喜你。好了,就是这样。现在我们把紧张的眼睛对准那间黑屋子的门,再走一遍流程。钥匙呢?谢谢！你看，这里的指纹少了。我推断这个通常要通过讲堂来这个房间。这可能也解释了为何门顶部有灰尘。总有些事会被忽略，不是吗？不过，油毡已经被打扫和抛光过了，很是体面。我是不是应该跪在地板找脚印呢？裤子要遭殃了，也没什么用。让我们来看看窗户。是的，似乎有人从这里出来了，但这是已知的。她爬过水池，把烧杯从滴水板上碰了下来。"

"她在水池里踩了一脚，"哈莉叶说道，"在窗台上有潮湿的痕迹。当然，现在已经干了。"

"是的，证明她确实在那个时候从窗户出去了。尽管这是显而易见的，没有别的出口了。这不是密室杀人的老麻烦。你那边拍完了吗，邦特？"

"是的，勋爵。我已经拍了三遍。"

"可以了。你可以把门擦一擦吗？"他微笑着转向学监，"你看，即使我们确认了所有的指纹，它们的主人也都是有资格来这里的人。不管怎么说，我们的罪犯和其他人一样，都懂得戴手套。"

他审视了一遍讲堂。"薇恩小姐！"

"怎么？"

"你觉得这个房间有些不对劲，是什么呢？"

"你用不着我来告诉你。"

"是的，我相信，我们的两颗心是一体的。不过，告诉马丁小姐吧。"

"匿名者关灯的时候，她一定离门很近，接着从黑洞洞的房间里溜出去。她为什么会撞倒两扇门之间的黑板？"

"是啊。"

"噢！"学监叫着，"但那不算什么吧。黑暗的房间容易迷路。一天晚上，我的台灯烧断了，我起来想找墙上的开关，结果鼻子碰到了衣柜。"

"是这样！"温西说，"常识的冷冷的声音落在我们的猜测之上，就像冷水落在热玻璃上，将它击得粉碎。但我不相信。她可以沿着墙摸索着走，一定是有什么原因，才会回到屋子中间的。"

"她把东西落在一张桌子上了。"

"这比较有可能。但会是什么呢？应当是有识别性的东西。"

"一块手帕之类的东西，她在贴字母的时候，用它来压住。"

"可以这么想。我想这些信件还没被碰过吧。你有没有检查过，胶还湿着吗？"

"我只摸过地板上这封没写完的。可以看出制作方式：她在纸上涂一道胶，然后轻轻把字母贴上去。未完成的这封有点黏，但不是湿的。不过，你知道，她走了五到十分钟以后，我们才进去的。"

"没检查其他的吗？"

"恐怕没有。"

"我想知道她待在这里搞了多久。竟然让她逃了。但我们也许能找到其他线索。"他拿起装着字母的盒子。

"粗糙的棕色硬纸板。我想我们不必在这上面找到指纹了，也不必找它的主人了，到处都是这样的盒子。她的活基本上干完了；现在只剩下几十个字母了，其中很多都是Q、K、Z之类的不方便用的辅音。我不知道结尾是想要拼成什么。"

他从地板上捡起那张纸，把它翻了过来。

"给你的，薇恩小姐。这是你第一次荣幸收到吗？"

"第一次……以来的第一次。"

"啊！'你别以为能糊弄我，把我逗笑啦，你……'好吧，这个称呼还有待补充——从盒子里的字母开始。如果你的词汇量足够大，你就会猜出会写什么。"

"但是……彼得勋爵……"

她已很久没有用他的头衔称呼他了，有些难为情。但他有礼有节地回应了她，让她心生感激。"我想知道的是，她到底为什么要到这个房间来。"

"这就是神秘之处，对吗？"

桌上有一盏带罩的读书灯，他出神地站在那里，把灯打开又关上。"是的。她为什么不能在自己房间里做呢？她是希望被发现吗？"

"抱歉，勋爵。"

"嗯，邦特？"

"这对调查有帮助吗？"

邦特忽然钻到桌子下面，拿着一个长长的黑色发卡出来。

"天啊，邦特！这就像是被遗忘的故事中的一页。有多少人用这些东西？"

"哦，有很多人用。"学监说，"她们又流行梳个小圆髻了。我自己也用，但我的是铜的，还有一些学生会用，以及利德盖特小姐——不过我想她的也是铜的。"

"我知道谁用这种形状的黑发卡，"哈莉叶说道，"我曾有幸帮她戴上它们。"

"当然是德·范恩小姐了。她一直是白皇后。她会把夹子扔得到处都是。但我觉得，她大概是学院里唯一不会来到这个房间的人了，没有任何契机。她从不讲课或上课，也从不使用暗室或查阅科学著作。"

"昨天晚上我来的时候，她正在她的房间里工作。"哈莉叶说道。

"你看见她了吗？"温西急忙说。

"啊，不对，我犯傻了。我应该说，她的阅读灯开着，紧靠着窗户。"

温西说："你不能用台灯光线来做不在场证明。"

"恐怕我还是得爬一遍地板了。"

学监捡到了第二只发夹——在人们最常发现它的地方——暗室里水池周围的一个角落。她对自己当上侦探感到十分得意，几乎把这一发现的意义都忘了，直到哈莉叶痛苦叫了那一声，她才意识到这一点。

"我们还没有确定发夹的主人。"彼得安慰地说，"这个小任务交给薇恩小姐吧。"他把纸张收起来，"我要把这些加到档案里。我想，黑板上没有给我们的留言吧？"

他拿起黑板，上面只有几个化学方程式，是爱德华兹小姐潦草的粉笔笔迹，然后他把黑板架立起来，放在窗户的另一边。

"看！"哈莉叶突然说道，"我知道她为什么要走那条路了。她本想从讲堂的窗户出去，却忘记了栅栏。直到她把窗帘拉到一边，看到它们时，她才想起那间暗室，匆忙地跑开了，路上撞倒了黑板，撞倒了椅子。她一定是从窗户和黑板架之间过去的，因为黑板和架子都向屋子里倒下，而非朝后倒向墙壁。"

彼得若有所思地看着她。他回到暗室，放下又举起窗框。很轻易就可以移动，几乎没有响动。

"要不是这地方建得这么好，"他几乎带着责备的口气对学监说，"就会有人听到这扇窗户升起来了，然后就能及时跑过去抓住那位女士。事实上，我很奇怪安妮没有注意到烧杯掉进水池的声音……但如果她听到了，她可能会当作教室里的东西——玻璃柜什么的。你到了以后有听到什么声音吗？"

"没有。"

"那么她一定是在嘉莉叫你起来的时候跑掉的。估计没有人目击。"

"我问过可以看到这面墙的总共三位学生，她们什么也没看见。"

哈莉叶说。

"好吧，你可以问问安妮烧杯的事。问问她俩经过的时候，有没有注意到暗室的窗户是开着还是关着，她们可能什么也没注意到，不过谁也说不准。"

"这有什么关系？"学监问。

"没有很大关系。但如果它关着，一定程度上证实了薇恩小姐关于黑板的想法；如果它是开的，就说明，那是计划中的撤退路线。这就是问题，我们面对的是一个目光短浅的人还是一个目光长远的人——我是说精神上的。同时你也可以问问校工里的其他女士，是否看到了讲堂的灯光，如果看到，是多早看到的。"

哈莉叶笑了。

"我马上就可以告诉你，不会有人。如果她们看到了，就会迫不及待地跑来告诉我们这一切。你完全可以肯定，安妮和嘉莉的奇遇一定是上午仆人大厅里谈话的焦点。"

"这，"勋爵说，"还真是这样。"

一阵沉默，讲堂里似乎没什么线索了。哈莉叶建议温西去学院周围走走。

"我正打算这样建议呢，"他说，"如果你能抽出时间。"

"利德盖特小姐等着我半小时后核对《英语音韵学》，"哈莉叶说，"我不能爽约，因为她的时间太宝贵了，可怜的家伙，她突然想重写附录。"

"哦，不！"学监叫道。

"唉，是啊！不过我们可以绕一圈，看看更重要的战场。"

"我尤其想看看大厅和图书馆，还有连接它们的部分，还有都铎楼的入口和巴顿小姐以前的房间，看看教堂的布局和小门的位置，以及，在上帝的帮助下，人们翻过墙的地方，还有从伊丽莎白女王楼通到新方庭的路。"

"我的天！"哈莉叶说，"你看了一整夜的档案吗？"

"嘘！没有，我起得很早。但别让邦特听到，不然他会开始担心了。人死后，虫子吃了他们，但不是因为早起。事实上，是早起的虫子有鸟吃。"

"你提醒了我，"学监说，"我的房间里现在有六只虫子等着抓鸟吃呢。三个迟回的——没有晚归特许；两个公放留声机的；还有一个违规驾驶的。我们晚餐时再见，彼得勋爵。"

她轻快地跑开去对付那些小坏蛋，让彼得和哈莉叶去巡视。哈莉叶无法知道彼得的想法，她觉得，他因手头的事情有些心不在焉。

"我想，"当他们来到他的停车处，乔伊特小路的门房，他说，"你们晚上不会再有什么麻烦了。"

"为什么？"

"嗯，那就是，夜晚越来越短，风险也很大……尽管如此——如果我问你——如果我请你采取一些个人预防措施，你会生气吗？"

"做什么预防措施？"

"我不会让你带着左轮手枪上床的。但我有个想法，从现在开始，你和至少还有一个人可能会有被攻击的危险。这可能是错觉，但如果这个爱开玩笑的人有所警觉——我想她已经有所警觉了，又憋了许久——下一次的暴行可能会很严重。"

"唔，"哈莉叶说，"她已经告诉我们，她觉得我可笑了。"

他的注意力似乎被仪表盘上的什么东西吸引住了，他没有看她，而是看着那辆车说："是的。谦卑地讲，我希望我是你的丈夫、兄弟或你的情人，或者别的什么，而不是现在的我。"

"你的意思是说，你在这儿对——对我是一种危险？"

"我敢说我是在恭维自己了。"

"但这并不能阻止你伤害我。"

"她可能想得不是很清楚。"

"好吧,如果有风险的话,我倒不在乎。你是不是我的亲戚,没有太大区别。"

"那我的出现会有一个无辜的借口了,不是吗?……别以为我是为了自己的利益才说这些。你可能也注意到了,我在严格遵守礼节。我只是提醒你,有时候,认识我是很危险的。"

"我们把话说清楚,彼得。你觉得自己在这里,会让这个人感到绝望,她可能会想攻击我。你还试图以委婉的方式告诉我,如果我们掩盖你对这个案子的兴趣,也许会更安全。"

"对你更安全。"

"是的——不过我不明白你为什么这么想。但你知道,我宁愿死也不愿做这种尴尬的伪装。"

"是吗,你不愿意吗?"

"你会见到我宁愿死都不要尴尬。"

"这可能是另一种形式的自我主义,但我完全愿意听从你。"

"当然,如果你是这样一个危险的盟友,我会请你走开的。"

"我看得出来,你是在劝我走开,把工作先扔下。"

"好吧,彼得,我宁愿死,也不愿在你面前做关于你的任何伪装。但我觉得你把整件事都夸大了,你通常不会这么紧张。"

"但我会的,经常这样。可如果这只是我自己的风险,我可以任由他去。一旦与别人有关——"

"把妇女和儿童罩在羽翼之下是你的本能。"

"好吧,"他不情愿地承认道,"一个人不可能完全压抑自己的天性;

即使一个人的理性与自身利益背道而驰。"

"彼得,真可惜。让我给你介绍几位可爱的小女人,她们喜欢被保护。"

"那可对她们没好处。此外,她还会为了我好,总是善意地欺骗我,我无法忍受。我不想被与我平等的人掌控,如果我想要圆滑的亲信,我可以去雇佣,太圆滑了就解雇他们。我不是说邦特,他以接连不断的冷嘲热讽支持我,不是我保护他,是他保护我,维护我的独立判断……不管怎样,放下关于保护的假设,我能建议你采取适当的措施吗?坦率说,我不喜欢你那一心想着刀子和绞杀的恶作剧朋友。"

"你是认真的吗?"

"这一次是。"

哈莉叶正要对他说,别犯傻了,这时她想起巴顿小姐讲过,有一双强壮的手从后面抓住了她。这可能是真的。一想到夜里在长廊里巡视,就突然觉得不舒服。

"好的,我会当心的。"

"这样做比较明智。我现在要出发了。我会及时回来,到高桌参加晚宴。七点钟吗?"

她点了点头。他严格地听从她做出的"早上过来,不必到六点才来"的指示。她去处理利德盖特小姐的校样,心下茫然。

"异端审判者"

> 问得多的人，能学到更多，更觉得充实；特别是他问的正好是有所专长的人；他为回答者提供了讲述的乐趣，自己也持续积累知识。但是问题不可以让人烦扰，不要让人为难。他还要保证他人能够畅所欲言。
>
> 弗朗西斯·培根

"你看起来像一位紧张的家长一样，"学监说，"好像小儿子要在学校音乐会上背诵《长庚星陨落》。"

哈莉叶说："我觉得自己更像丹尼尔的母亲。"

大流士王对狮子说：

"咬丹尼尔。咬丹尼尔。

咬他。咬他。咬他。"

"呃！"学监叹道。

她们站在研究活动室的门口，这里一眼就可以看到乔伊特小路的门房。老方庭充满了活力，晚到的人匆匆为晚宴换装，换好衣服的人，三五成群地散步，等着铃响，有些人还在打网球。德·范恩小姐从图书馆大楼里走出来，还隐隐地插着发夹（哈莉叶认出了那些发夹）。一个优雅的身影从新方庭的方向缓缓向他们走来。

"肖小姐穿了一件新裙子，"哈莉叶说，"哇！真时髦啊！"

她像玉米地里的瓜一样美丽，像海上的船一样轻快可爱。

"亲爱的，那就是为丹尼尔写的。"

"亲爱的学监，你真淘气。"

"好吧，我们不都是吗？大家竟然都这么早到，真是奇怪。就连希尔亚德小姐也穿着她最好的黑色礼服，裙摆摇曳。大家都觉得人多安全。"

晴朗的夏日里，研究活动室的门外在晚饭前聚集了许多人，这并不奇怪，但哈莉叶环顾了一下四周，不得不承认，平时七点前不会聚集这么多人。她觉得她们惴惴不安，甚至有人怀有敌意。她们一直躲闪彼此的眼神，却聚集在一起，似乎是为了抵御共同的威胁。她突然发现，竟然有人因彼得·温西的到来而惊慌，真是荒唐。在她眼中，她们是一群在牙医候诊室里神经紧张的病人。

"看来，"派克小姐刺耳的声音在她耳边说，"我们要为我们的客人准备一场令人敬畏的招待会。他比较腼腆吗？"

"我得说，他可是一个强硬的人。"哈莉叶说。

"这倒提醒了我。"学监说，"关于衬衫前襟——"

"当然是硬的，"哈莉叶气呼呼地说，"如果会砰地作响，或者鼓起来，我就给你五英镑。"

"我一直想问你，"派克小姐说，"砰的声音是怎么来的？我不愿问塞普博士这么私人的问题，但是深表好奇。"

"你最好问问彼得勋爵。"哈莉叶说。

"如果你认为不冒犯的话，"派克小姐非常严肃地回答，"我就这么做。"

新学院的编钟有点走调了，敲了四下一刻钟，报出整点。

"到点了，"学监说，目光转向门房，"准时似乎是这位绅士的美德之一。你最好去见他，帮他镇定地面对严酷的考验。"

"你觉得有必要吗？"哈莉叶摇了摇头，"别惹托马斯·尤尼。"

在一群女性师生火热的目光下，一个男士独自穿过宽阔的方庭。或许有些尴尬，但与从罗德板球场的看台到球场远端的长途跋涉相比，这简直是小儿科。那时三柱门倒下了五次，还要拦住九十次击球，才能保证第二局继续击球，现场有成千上万的人识别着他那从容优雅的步伐和自信的姿态。哈莉叶让他独自走了四分之三的路程，然后走上前迎接他。

"你刷过牙齿，做过祈祷了吗？"

"是的，妈妈。我也剪了指甲，洗了耳朵后，带上了一块干净的手帕。"

哈莉叶看着一群碰巧路过的学生，真希望她也能对她们说同样的话。她们邋里邋遢，衣冠不整，出乎意料地，她对肖小姐在衣着上的用心感到感激。至于她护送的人，从头发到鞋子都闪着金光。难以置信，他早上的情绪已经一扫而光,准备像猴子一样闹腾了。

"来吧,表现得好些。你看到你的侄子了吗?"

"我见过他。应该明天就会宣布我破产的消息了。他让我向你转达他的爱意,毫无疑问,他认为这件事上我依然会对他慷慨大方。我现在转达的都是他的爱意,但之前的都是我的。这个颜色很适合你。"

他的语气愉快又超然,她觉得他指的是她的裙子;但不确定。她很高兴把他交给了学监,学监走上前来和他打招呼,免得她来做介绍了。哈莉叶饶有兴致地看着。利德盖特小姐极其不近人情了,不带什么态度,像招呼别人一样招呼他,急切地询问中欧的情况。肖小姐亲切地笑了笑,让史蒂文斯小姐那句"你好"更为突兀,然后马上就和艾利森小姐热烈地讨论起学院事宜。派克小姐向他提出了一个关于最近这起谋杀案的有力问题。巴顿小姐显然下定决心要纠正他关于死刑的看法,但看到他脸上亲切的表情,吞下话茬,转而说今天天气很好。

"喜剧演员!"哈莉叶想,因为巴顿小姐发现和他聊不出什么,就把他交给了希尔亚德小姐。

"啊!"温西对着历史课老师愠怒的神情笑了笑说,"写得太好了。你在《历史评论》上发表的关于离婚事件的外交方面的论文⋯⋯"[1](天啊!哈莉叶想,但愿他还记得自己的专业。)

"⋯⋯非常精湛。事实上,我觉得,如果有瑕疵的话,你略微低估了克莱门特所承受的压力⋯⋯"

"⋯⋯查阅过原始信件。"

"⋯⋯你本可以深入这方面的探讨。您非常正确地指出,国王⋯⋯"(是的,他已经完整地读过了那篇文章。)

---

[1] 可能是指亨利八世在离婚问题上与天主教会的斗争。克莱门特可能是指克莱门特七世。

"……被偏见扭曲，但是教会法的权威……"

"……需要从头审视和编辑一遍。有很多错误的抄录，至少有一个很大的疏漏……"

"……如果任何时候你想要看，我都可以帮你联系……官方渠道……通过个人介绍……没有困难……"

"希尔亚德小姐，"学监对哈莉叶说，"就好像收到了一份生日礼物。"

"我感觉他在向她提供一些不寻常的信息来源。（毕竟，她想，他是一个大人物，虽然人们似乎永远想不起这一点。）"

"与其说是政治上的，不如说是经济上的。"

"啊！"希尔亚德小姐说，"在国家财政问题上，德·范恩小姐才是真正的权威。"她亲自做了介绍，然后讨论继续下去。

"好了，"学监说，"他完全征服了希尔亚德小姐。"

"而德·范恩小姐完全征服了他。"

"我想这是互相的。不管怎么说，她后面的头发都散开了，这说明她很是快乐和兴奋。"

"是的。"哈莉叶说。温西正在争论挪用修道院资金的事，但她毫不怀疑，他的脑子里满是发夹的事情。

"院长来了，我们得中断他们的讨论了，他得去见巴林博士，带她进入大厅。不错。她开始和他寒暄了。对皇室特权的坚定主张！你想坐在他旁边，握着他的手吗？"

"我不觉得他需要我的帮助，你就是他要找的人，没有嫌疑，但有很多实时的信息。"

"好吧，我去跟他聊几句。你最好坐在我们对面，如果我说了什么不得体的话，你就踢我一脚。"

这样安排下，哈莉叶发现自己有点不自在地夹在希尔亚德小姐（她对自己一直怀有敌意)和巴顿小姐(她显然仍然在担忧温西的侦探爱好)之间,而对面的两个人的目光很可能会扰乱她的一本正经。学监身旁坐着派克小姐,希尔亚德小姐的另一边是德·范恩小姐,就在温西的眼皮底下。利德盖特小姐像是安全的堡垒,坐在桌子的另一头,不打算提供任何庇护。面对哈莉叶,希尔亚德小姐和巴顿小姐都没有什么话可说,因此哈莉叶很容易就可以跟上院长和温西的对决,院长一心要压倒温西,而温西同样带着外交策略回击院长。双方都在以坚定的优雅进行着一场较量。

巴林博士询问彼得勋爵,是否参观过学院,问他对学院的看法。她还谦虚地补充道,当然,在建筑上,它无法与更古老的建筑相竞争。

"考虑到,"勋爵忧伤地说,"我自己学院的古老基础的建筑,是野心、分心、丑化和嘲笑的混合物,你的话听起来像是讽刺。"

院长几乎误以为违反礼仪,恳切地向他保证,她表示自己绝无此意。

"偶尔提醒一下,对我们是有好处的,"他说,"我们因住在十九世纪的哥特建筑里感到羞愧,唯恐我们在自负的贝利奥尔忘记上帝。我们将好的毁掉,为坏的让路;相反,你是从无到有创造了世界——这是更神圣的过程。"

在这片介于玩笑和真诚之间的滑溜地面上,院长小心翼翼地找到了落脚点:"的确,我们不得不利用有限的资源,尽力而为——嗯,这就是我们在这里的一贯立场。"

"是的,你们没有得到资助吗?"

这个问题学监也可以回答,她高兴地说:"完全正确,这里是精打细算建起来的。"

"既然如此,"他严肃地说,"即使是赞美也似乎是一种无礼的行为。这是一个非常漂亮的大厅——建筑师是谁?"

院长给他讲了一些学院历史，然后停了下来说："也许你对女性教育的问题并不是特别感兴趣。"

"这依然是个问题吗？不应如此。我希望你不要问我，是否赞成女性做这个做那个。"

"为什么呢？"

"你不应该暗示，我有权赞成或不赞成。"

"我向你保证，"院长说，"即使在牛津，我们仍然会遇到一些人坚持他们有反对的权利。"

"我还希望自己回到文明世界呢。"

鱼的盘子被撤掉了，稍稍转移了注意力，院长趁机把话题转到欧洲的情况上去了。在这里，客人回到自己的领域。哈莉叶与学监目光相对，笑了一下。但更艰巨的挑战正在到来。国际政治催生了历史，而历史——在巴林博士看来——催生了哲学。柏拉图这个不祥的名字突然从一堆字里行间浮现出来，巴林博士拿出了一个哲学上的推论，像是摆出一个诱人的棋子。

院长的这枚哲学棋子，让许多人陷入过无路可走的僵局。有两种选择，都是灾难性的。一种是假装自己懂；另一种表现出愿意倾听的虚情假意。励爵温和地笑了笑，拒绝了这个开局棋："那我就无从置评了。我没有哲学思维。"

"那么你会怎样定义哲学思维呢，彼得励爵？"

"我不会这样做。定义是危险的，但我知道，哲学对我来说就是合上的书，五音不全的人面对音乐。"院长迅速地看了他一眼。他一副无辜的样子，像一只在池塘边沉思的苍鹭，低垂着头，望着他的盘子。

"非常贴切的解释，"院长说，"碰巧，我自己也是五音不全。"

"是吗？我想过你可能是。"他平稳地说。

"真有趣。你怎么看出来的?"

"从声音的特征可以听出来。"他露出坦率的目光,"不过,这不是一个很可靠的结论,而且,正如你所见,我没有下论断。这就是江湖骗子的艺术——诱导别人认罪,然后把它当作推理的结果来呈现。"

"我明白了,"巴林说,"你会非常坦率地暴露你的技巧。"

"你总会看穿的,所以最好是暴露自己,获得诚实的名声。说真话的最大好处是没有人会相信它——这是编造谎言的艺术[1]的基础。"

"这么说,有一位哲学家的书对你来说不是合上的?下一次,我将从亚里士多德聊起。"她转向左边的邻座,放过了他。

"对不起,"学监说,"我们没有烈酒能给你喝。"

他的脸上流露出既恐惧又淘气的表情。

"耙下的蟾蜍知道每一个齿尖的位置。你们总是用尖刻的问题来考验你们的客人吗?"

"直到他们表明是自己是所罗门。你通过了考验,得了高分。"

"嘘!只有一种智慧具有社会价值,那就是有自知之明。"

"以前那些神经紧张的年轻教师和学生因为不敢说自己不知道,都战战兢兢的。"

"他们的表现,"派克小姐隔着学监说,"不如苏格拉底聪明,而苏格拉底经常承认自己学识有限。"

"看在上帝的分上,"温西说,"别提苏格拉底了。再重来一遍怎么办。"

"现在不会。"学监说,"除了指示,她现在不会再问任何问题了。"

"有个问题我很想知道,"派克小姐说,"如果你不介意的话。"

派克小姐当然还在担心塞普博士的衬衫前襟,她决心要得到启发。

---

[1] 原文出自亚里士多德《诗学》。

哈莉叶希望温西能意识到她的好奇心到底是什么：不是神经质，而是对确切的知识的渴望，尽管会令人尴尬，学者的头脑就是这样。

"这种现象，"他爽快地说，"在我的知识范围之内。这是因为身体比现成的衬衫更具可变性。你提到的砰砰声是当衬衫前襟太长时产生的。由于身体的倾斜，硬挺的边缘有了缝隙，然后会发出尖锐的砰声，类似于某些甲虫的鞘翅发出的声音。不过，不要把它和窃蠹的声音搞混了。窃蠹是敲击下颌发出的，被认为是求爱的声响。衬衫前襟的砰声没有什么恋爱意义，确实会让人尴尬。只要在挑选衣服时多加小心，或者定做衣服，就可以避免。"

"非常感谢。"派克小姐说，"这是一个最令人满意的解释。那么，举旧式束身衣的例子，也许不会不合适，因为它也造成了类似的不便。"

温西补充说："盔甲带来的不便就更大了，必须非常合身，才能让人移动。"这时，巴顿小姐说了几句话引起了哈莉叶的注意，于是她就听不见桌子另一边的谈话了。当她重新关注这里的谈话时，派克小姐正在给邻居们讲一些关于古代米诺斯文明的有趣的细节，很明显，院长在等她讲完，再次扑向彼得。哈莉叶转向右边，看见希尔亚德小姐正聚精会神地注视着这群人。哈莉叶请她把糖递给她，她回过神，微微吃了一惊。

"他们似乎聊得很欢畅。"哈莉叶说道。

"派克小姐喜欢有听众。"希尔亚德小姐恶狠狠地说。哈莉叶吓了一跳。她表示："男人有时候也得做听众，这是有好处的。"

希尔亚德小姐心不在焉地同意了。稍稍停了一会儿，晚宴照常，她说："你的朋友告诉我，他能帮我弄到佛罗伦萨一些私人收藏的历史文献。你觉得他说的是真心话吗？"

"如果他这么说，你可以相信他，他也愿意这样做。"

"真是天赐的礼物，"希尔亚德小姐说，"听你这么说，我很高兴。"

与此同时，院长抓住了彼得，很认真地跟彼得说话。他专心地听着，一边削苹果皮，细长的苹果皮在他的手指上慢慢地滑过。她最后问了个问题，他摇了摇头。

"这不太可能。我得说，根本没有希望了。"

哈莉叶不知道是不是匿名者的问题终于浮出水面了。可是过了一会儿，他说："三百年前，这个问题相对来说，没有那么重要。但是，现在已经过了民族自我觉醒的年代、殖民扩张的年代、野蛮人入侵的年代，还有衰朽败落的年代，所有这一切在时间和空间上紧密贴合，用毒气作为武装，向外部呈现出文明的进程，因此，信条比激情更危险。轻而易举就大肆杀戮，而信条通往的第一件事——就算真的算得上信条——就是杀人。"

"真正的悲剧不是善与恶的冲突，而是善与善的冲突；这是无解的问题。"

"是的。对于思维严谨的头脑，这就是折磨。迎接不可避免之事，就会被称为嗜血的进步者；试图争取时间，就会被称为嗜血的反对者。可是，当他们的争论关键是流血时，所有的争论都会趋向于——纯粹的血腥。"院长按字面意思说出了这个形容词。

"我有时在想，争取时间，是否真的有所裨益。"

"嗯——如果一直放着不回信，自然会出现答案。没有人能阻止特洛伊城的沦陷，但一个迟钝却谨慎的人，可能会设法把拉瑞斯和珀那忒斯偷运出去——即使冒着被冠以庇护之名的风险。"

"人们总是敦促大学成为进步的前驱。"

"但史诗般的行动都是由后卫来完成的——例如隆塞沃斯和塞莫皮莱战役。"

"好吧,"院长笑着说,"让我们在原地死去吧,就此完成一部史诗。"

她眼望着高桌上的人,站起身,端庄地走了出去。彼得礼貌地靠在护墙板上,老师们成群地从他身边走过,他又很及时地赶到讲台边上,把肖小姐肩上滑落的围巾捡了起来。哈莉叶正走下楼梯,站在马丁小姐和德·范恩小姐中间。

"你是个勇敢的女人。"

"怎么讲?"哈莉叶轻松地说道,"把我的朋友们带到这儿来,让他接受拷问?"

"乱讲。"学监打断他,"我们都表现得体。事实上——丹尼尔还没被吃掉呢;他一度对狮子反咬一口。对了,他讲的那是真的吗?"

"关于五音不全吗?可能只是比他假装的要真诚一些。"

"他会不会整晚都设陷阱,让我们跳进去?"

刹那间,哈莉叶意识到整个情况都很奇怪。她又一次觉得,温西是一个危险的外族人,而她自己站在那些女性一边,她们以一种奇怪的慷慨态度欢迎异端审判者加入她们的行列。然而,她说:"如果他要这样,也会友善地解释他的道理的。"

"跌进去一位了,真让人宽慰。"

"这,"德·范恩小姐对评论置之不顾,说道,"就是一个能够为自己的目的而克制自己的人。如果有人违背了他的原则,我都将为其感到遗憾——不管他的原则是什么,如果他有原则的话。"

她从另外两个人身边走开,面色暗淡地走进研究活动室。"好神奇,"哈莉叶说,"她对彼得·温西的评价和我对她的评价一模一样。"

"也许她认出了一个志趣相投的人。"

"或者一个势均力敌的人——我不该这么说。"

说到这里,彼得和他的同伴赶上了她们,学监和肖小姐一起进去了。

彼得对哈莉叶笑了笑,一种奇怪的、犹疑的微笑。

"你在担心什么。"

"彼得——觉得自己就像犹大一样。"

"感觉像犹大,就是这个工作的一部分。恐怕不是适合绅士的工作。我们可以像彼拉多那样洗干净手,保持体面吗?"她用手揽着他的胳膊。

"不能,我们已经陷进去了。我们会一起堕落。"

"那也挺好。就像施特罗海姆那部电影里的情侣一样,我们去坐在下水道上。"她能感觉到,在精致的绒布下面,是他的骨头和肌肉,让人安心。她想:"他和我属于同一个世界,其他人才是外族人。"又觉得,"讨厌!这是我们俩之间的私人斗争——她们为什么要加入呢?"但这很荒谬。

"你想让我做什么,彼得?"

"如果球跑出界,就扔回给我。不要做得太明显。只要发挥你那惊人的才能,抓住重点、直言不讳就是了。"

"听起来很容易。"

"对你来说——是的。这就是我爱你的原因。你不知道吗?好吧,我们现在不能停下来争论,她们会以为我们在密谋什么。"

她松开他的胳膊,在他前面走进房间,突然一阵尴尬,看起来很不服气。咖啡已经放在桌子上了,研究活动室的成员都在附近,喝着咖啡。她看见巴顿小姐向彼得走去,客气地递上点心,眼神却很坚定。哈莉叶此刻并不关心彼得身上的情况,他又给了她一个新的担子,她给自己拿了咖啡和香烟,带着它们和问题退到一个角落。她常常以一种客观的立场思考,彼得看重她身上的什么东西,那时从遇见的第一天,她站在被告席上为自己的生命辩护的时刻起开始的。现在她知道了,她想,她眼中不起眼的品质,却成了他钟情的理由。

"可是这会让你感到舒适吗,彼得勋爵?"

"会——这个职业让人感到不舒适。可是,你的、我的或任何人的舒适有那么重要吗?"

巴顿小姐大概认为这回答很轻率。哈莉叶听得出声音中的无情:"如果会伤害到……"让他们一决胜负吧……没什么意思;但如果他说的是真心话,那就为很多事情做出了解释。这些品质,即使在最糟糕的状况下也能被认可……

"超然……如果你发现一个人因此而喜欢你,那么,这种喜欢是真诚的。"那是德·范恩小姐说的。德·范恩小姐坐在不远处,她的眼睛透过厚厚的眼镜看着彼得,目光中带着好奇和盘算。

小圈子的谈话变得零零星星,逐渐静下来了,人们都坐下了。艾利森小姐和史蒂文斯小姐的声音越来越响,她们正在讨论一些学院的事情,心无旁骛,十分激烈,她们请布伦斯小姐发表意见。肖小姐转向希尔佩里克小姐,谈起了在单身女性浴池里沐浴的事。希尔佩里克小姐回答得很详细——详细过度。她的回答花了太长时间,引起了别人的注意,她犹豫了一下,感到困惑,不讲话了。利德盖特小姐一脸忧虑地听着古德温太太讲她儿子的轶事;人群中间的希尔亚德小姐也能听到,她猛地站起身,在远处的烟灰缸上戳灭了香烟,像是对自己不满,然后出神地缓缓走向靠窗的地方,巴顿小姐正站在那里。哈莉叶可以看到,她那愤怒、压抑的目光盯着彼得低着的头,又忽然看向院子,再转回视线。爱德华兹小姐靠近哈莉叶,坐在她前面一张矮椅子上,双手端正地放在膝盖上,身体前倾,颇有男子气概。她似乎在等待什么。派克小姐站起来,点着一支烟,显然是想找个机会引起彼得的注意。她显得很热心又感兴趣,比大多数人都更自在。学监缩在矮凳上,坦率地听着彼得和巴顿小姐的谈话。她们其实都在听,而同时大多数人都假装把他当作一个普通的客人——而非敌人或间谍。她们想阻止他成为注意的焦点,因为他已经是大家意识的焦点了。

院长坐在壁炉旁的一张深椅子上,谁都不管。话头接连消失,只留下一个男高音在空中飘荡,就像管弦乐队沉寂下来时独奏的乐器在演奏华彩段:"处决罪犯是令人不快的,但远不如屠杀无辜者更令人不安。如果你想让我流血,难道你不准我给你一个更实用的武器?"

他环视了一下四周,发现除了派克小姐和他们自己之外,大家都默不作声地坐了下来,带着疑问停了下来,这看上去是礼貌的表现,但哈莉叶在心里却把这归类为"好戏来了"。

派克小姐领着大家走到希尔亚德小姐靠窗的沙发前,在一角坐了下来,说:"你是说凶手的受害者吗?"

"不,"彼得说,"我指的是我自己的受害者。"

他在派克小姐和巴顿小姐中间坐了下来,用愉快的口吻继续说:"例如,我碰巧发现一个年轻的女人为了钱谋杀了一个老女人。这没什么关系,反正老太太也快死了,可是那个女孩(虽然她不知道)无论如何都会继承这笔钱。我刚一插手,那女孩又开始行动了,杀了两个无辜的人,来掩盖她的罪行,还谋杀了另外三个人。最后她自杀了。如果我不去管她,可能只会有一个人死去,而不是四个。"

"我的天!"派克小姐说,"但那个女人就会逍遥法外了。"

"哦,是的。她不是个好女人,她对其他人造成了糟糕的影响。但是,是谁杀了另外两个无辜的人——她还是社会?"

"他们被杀死,"巴顿小姐说,"是因为她害怕被判死刑。如果那个不幸的女人面对的是治疗,他们和她今天可能还会活着。"

"我说过,这是一件好武器。但事情并没有那么简单。如果她没有杀死那些人,我们可能永远也抓不到她,她不但得不到治疗,而且会生活富足——还会顺便腐蚀一两个人的思想，你是否也会认为这是严重的事情。"

"我想，你是在暗示，"当巴顿小姐挑衅地揪住这个问题时，院长说，"那些无辜的受害者是为民众而死的；为社会公义而牺牲。"

"不管怎样，是因为你的社会公义。"巴顿小姐说。

"谢谢你。我还以为你要说，是因为我的好奇心呢。"

"我可能会这样说，"巴顿小姐坦率地说，"但是你提出了原则问题，我们接着谈吧。"

"另外三个被袭击的人是谁？"哈莉叶问。（她不想让巴顿小姐轻易得逞。）

"一位律师，我的一个同事，还有我。但这并不能证明我有原则，我完全有可能为了享乐而被杀。谁不是呢？"

"我知道。"院长说，"有趣的是，我们对谋杀和处决如此严肃，而对开车、游泳、爬山等冒险却毫不在意。我看人们更愿意为了乐趣而冒死。"

"社会的原则似乎是，"派克小姐说道，"我们应该为自己的乐趣而死，而不是别人的。"

"当然，我承认，"巴顿小姐相当生气地说，"必须阻止谋杀，阻止凶手造成进一步的伤害。但是他们不应该受到惩罚，当然也不应该被杀死。"

"我想，应该花大价钱把他们关在医院里，包括其他与社会格格不入的人，"爱德华兹小姐说，"作为一个生物学家，我必须说，公共资源应该得到更好的使用。如果允许这么多低能儿和残疾人到处繁殖，整个民族将以衰落而告终。"

"舒斯特-斯莱特小姐会提倡让他们绝育的。"学监说。

"我想德国人正在这样尝试。"爱德华兹小姐说。

"同时,"希尔亚德小姐说,"女性也被困在家庭生活中。"

温西说:"但是他们处决了很多人,所以巴顿小姐不能完全照搬他们那一套。"

巴顿小姐强烈提出抗议,并重新回到她的论点上来:她的社会原则是反对各种暴力。

"一派胡言!"爱德华兹小姐说,"不管是直接的还是间接的,在不施暴的情况下,任何原则都无法贯彻。每当自然的平衡被破坏,就会带来暴力。如果你对自然放任不管,你随时都会遭遇暴力。我非常同意,杀人犯不应该被绞死——这既浪费又不厚道。但我不认为他们应该吃住不愁,而正派的人却在挨饿。从经济的角度讲,他们应该被用于实验室实验。"

"为了帮助与社会格格不入的人更好地生存?"温西面无表情地问。

"为了帮助建立科学事实。"爱德华兹小姐回答说,语气更冷淡了。

"来握手吧,"温西说,"现在我们找到了共同立场。无论结果如何,都要确立事实。"

"因此,彼得勋爵,"院长说,"你的好奇心成了一种原则,而且颇为危险。"

"但是 A 杀死 B 这一事实,并不代表全部的真相,"巴顿小姐坚称,"A 被激怒,还有他的健康状况也是事实的一部分。"

"没有人会否认这个。"派克小姐说,"但是,人们很少要求调查人员去做超出工作范围的事情。如果我们因为害怕被利用,就不敢得出结论,我们就回到了伽利略的时代。这样,就不会有发现了。"

"好吧。"学监说,"我希望我们能停止发现毒气之类的东西。"

"没有人反对发现,"希尔亚德小姐说,"可是发现都是适合公开的吗？对于伽利略来说，教会——"

"任何科学家都不会同意的，"爱德华兹小姐插嘴说，"隐瞒事实就是发表谎言。"

有几分钟，哈莉叶没有跟上讨论，现在大家什么都在聊。她看得出来，大家是故意向这个方向推进的；但彼得想从中得到什么，她不知道。然而，他显然很感兴趣。他略略眯着眼，保持着警醒。他像一只躲在老鼠洞里的猫。还是她在无意识地把他和家族纹章联系在一起？"黑色的底色，三只银白色的老鼠，一弯新月，盾形上方是一只家猫。"

"当然，"希尔亚德小姐用严厉、讽刺的口吻说，"如果你认为对人的忠诚应该高于对工作的忠诚的话。"

（"躬起来，像是要起跳；是原色的猫。"）这就是他一直在等的。几乎可以看到那只猫丝绸般的毛在起伏了。

"当然，我并不是说一个人应该因为私人原因，就不忠实于工作，"利德盖特小姐说，"但毫无疑问，如果一个人承担了个人责任，就应该尽心。如果工作是障碍，或许应该放弃工作。"

"我完全同意，"希尔亚德小姐说，"不过，我个人的责任很少，也许我没有发言权。你有什么意见，古德温太太？"

一阵尴尬的沉默。

"如果是针对我说的，"秘书站起身对这位老师说，"我同意你目前的看法，所以我已经请求巴林博士接受我的辞呈。不是因为那些关于我的可怕的指控，而是因为我意识到，在这种情况下，我没有能力恪守本职。但是，如果你们认为我是学院问题的根源，那你们就大错特错了。我要走了，你爱怎么说我都可以——但我想说的是，任何热爱事实真相的人，收集的信息都应该是无偏见的。巴顿小姐至少会承认，心理健康也是事实之一。"

随即是可怕的沉默,彼得冷冰冰地说出三个字:"请别走。"

古德温太太正在推门,停住了脚步。

"这只是一般性的讨论,"院长说,"不必当成是针对个人。我敢肯定希尔亚德小姐不是那个意思。当然,有些人更有机会看到问题的两面。在你自己的工作中,彼得勋爵,这种忠于职守的冲突肯定经常发生。"

"哦,是的。我曾经以为我只能选择绞死弟弟或者妹妹了。幸运的是,最后没有出现这种情况。"

"可是万一出现这个情况呢?"巴顿小姐问道,饶有兴味地开始发动攻击,"哦,好吧——那么理想的侦探是怎么做的呢,薇恩小姐?"

"按照职业规范,"哈莉叶说道,"应该是强迫招供,并在图书室准备两个人的毒药。"

温西说:"你看,只要你遵守规则,这多么容易。薇恩小姐并不感到内疚,她用强硬的手段把我扫出去,而不是损害我的声誉。但问题并不总是那么简单。如果是天才艺术家,却只能选择让家人挨饿,或者乱涂乱画来糊口呢?"

"他就不应该娶妻成家。"希尔亚德小姐说。

"可怜的家伙!然后他就有更有趣的选择了,是压抑自己,还是败坏道德。我想古德温太太会反对这种压抑,有些人可能会反对做出不道德的行为。"

"不成问题,"派克小姐说,"假设他有妻子与家庭。嗯——他可以放弃绘画。如果他真的是一个天才,那将是世界的损失。但他不能滥用才能——那可太不道德了。"

"为什么呢?"爱德华兹小姐问,"几幅画画得不好,有多大关系呢?"

"那当然重要,"肖小姐说,她很懂绘画,"好画家画出烂画,是对真理的背叛——他自己的真理。"

"那只是一种相对的真理。"爱德华兹小姐反对道。

学监和布伦斯小姐觉得,她的论断下得太仓促了。哈莉叶看到这场争论走向失控,觉得是时候控制局面了。她现在知道他需要什么了,但不清楚原因。

"如果你不赞同对画家的看法,那就试试别的职业。科学家呢?"

"我不反对利用科学赚钱,"爱德华兹小姐说,"我的意思是,畅销书不一定是不科学的。"

"只要它不歪曲事实,"温西说,"但这可能是另一种情况。举个具体的例子——有人写了一本叫《寻找》的小说——"

"C.P. 斯诺,"巴罗斯小姐说,"你竟然提到了它,这本书就是——"

"我知道。"彼得说,"这可能就是为何我会想起它。"

"我没读过这本书。"院长说。

"我读过。"学监说,"故事里的人一开始是一名科学家,颇有成就,在他即将被任命为一个重要的行政职位时,发现自己的一篇科学论文犯了一个粗心的错误。他没有检查他助手的结论什么的。有人发现了这个错误,他失去了职位。故而他发现,自己根本就不关心科学。"

"当然了,"爱德华兹小姐说,"他只关心职位。"

"可是,"希尔佩里克小姐说,"如果这只是一个错误——"

"问题的关键,"温西说,"是一位老科学家对他讲的。他告诉他:'让科学得以存在的唯一伦理原则是,任何时候都应说出真相。对错误的虚假陈述,如果不进行惩罚,就是在纵容故意造假。蓄意捏造事实,是科学家犯下的最严重的罪行。'诸如此类的话。我的引用可能没那么准确。"

"嗯,那当然是真的。任何事情都不能为故意造假开脱。"

"无论如何，故意造假是没有意义的。"总务长说，"谁能有所收益呢？"

"这常常发生，"希尔亚德小姐说，"为了在争论中占上风。或者是出于野心。"

"是什么野心？"利德盖特小姐叫道，"一个人明知自己配不上这样的名声，能得到什么满足呢？那也太可怕了。"

她直白的愤怒让人们不安了起来。

"比如伪造的法令……查特顿……奥西恩……亨利·爱尔兰……那些十九世纪的小册子……"

"我知道，"利德盖特小姐很是困惑，"我知道会有人这么做。但是理由呢？他们一定是疯了。"

"在那部小说中，"学监说，"有人伪造结果——我是说后来——为了找份工作，被之前犯错误的人发现了，可是他什么也没说，因为另一个人很穷，还要养活妻子和家庭。"

"又是妻子和家庭！"彼得说。

"作者会对此表示赞许吗？"院长问道。

"嗯，"学监说，"这本书到此为止，我想作者是默许的。"

"这里有人会赞同吗？一个错误的结论被发表了，而能够纠正它的人，出于仁慈的考虑，放过了它。有人会这么做吗？这是你的炼金石，巴顿小姐，不带个人情感。"

"当然不能这么做，"巴顿小姐说，"有十个妻子和五十个孩子都不行。"

"为所罗门和他所有的妃嫔都不可以吗？巴顿小姐，恭喜你做出这样精彩的、非女性化的评论。没人为女人和孩子们说句话吗？"

（我知道他会恶作剧的，哈莉叶想。）"你愿意听吗？"希尔亚德小姐说。

"你让我们进退两难。"学监说,"如果我们这么说,你可以指出,女性特质不适合搞学术;如果我们不这样,你可以指出,学习让我们变得不像女人。"

"既然不管怎样,我都是失礼的,"温西说,"你们不说实话,对你们也没有任何好处。"事实是,"古德温太太说:'谁也无法守护那些护不住的东西。'"

"不管怎么说,这听起来都像是生搬硬套的例子。"艾利森小姐轻快地说,"这种事很少会发生;如果真的——"

"啊,常有的事,"德·范恩小姐说,"它发生过,就在我身上。我不介意告诉你们——当然,在不指名道姓的情况下。当我在弗朗伯勒学院的时候,我为约克大学的教授审阅论文,有个人提交了一篇非常有趣的历史论文。这是一个十分有说服力的论点,只是我碰巧知道,论述不符合真相,因为在一个外国城镇的一个非常不知名的图书馆里,实际上有一封信,与其内容针锋相对。我是在查阅别的内容时偶然发现的。当然,这并不重要。但内部证据显示,这个人有权进入那个图书馆。所以我不得不去打听,而他确实去过那儿,一定是看过那封信,并故意把它藏起来了。"

"可是你怎么能肯定他看到了那封信呢?"利德盖特小姐焦急地问,"他可能不小心忽略了这一点。事情的性质就不一样了。"

"他不仅看到了,"德·范恩小姐回答说,"还偷走了。我们让他承认了。他是在论文快要写完的时候偶然发现这封信的,他没有时间重写。除此之外,这对他也是很大的打击,因为他已经深陷于自己的论述,舍不得舍弃了。"

"恐怕这就是不够格的学者。"利德盖特小姐忧伤地说,像在谈论一种无法治愈的癌症。

"但有趣的是,"德·范恩小姐接着说,"得出错误结论,是够不道德的了;但作为一个优秀的历史学家,他没有毁掉这封信,让它留了下来。"

"你会觉得,"派克小姐说,"那就像用酸痛的牙齿咬东西一样疼。"

"或许他想在将来的某一天重新'发现'它,"德·范恩小姐说,"并纠正自己的良心。我不知道,我想他自己也不太清楚。"

"那他后来怎样了?"哈莉叶问。

"嗯,当然都是应得的。他失去了教授的职位,自然,他们也取消了他的硕士学位。可惜,因为他很有学术能力——而且长得很好看,如果这个和话题有点关系的话。"

"可怜的家伙!"利德盖特小姐说,"他一定非常需要这个职位。"

"这在经济上对他来说意义重大。他结了婚,生活并不富裕。我不知道他后来怎么样了。那是大约六年前的事了。他彻底退出了学界。是很可惜,但情况就是如此。"

"只能如此。"爱德华兹小姐说。

"当然了。他这样靠不住的人,不但没用,而且危险。他什么事都做得出来。"

"你会觉得这是他的教训,"希尔亚德小姐说,"但没有好处,是不是?比如说,他牺牲了自己的职业荣誉,为了妻子和孩子,我们成天听到这样的事情,但最终却越陷越深。"

"可是,"彼得说,"那只是因为他还犯了另一个错,就是被人发现了。"

"在我看来——"希尔佩里克小姐胆怯地说,然后停了下来。

"什么?"彼得说。

"好吧,"希尔佩里克小姐说,"女人和孩子们不应该有自己的看法吗?我的意思是——假设妻子知道她丈夫为她做了那样的事,她会怎么想?"

"这很关键,"哈莉叶说道,"你以为她会难受得说不出话来?"

"看情况吧。"学监说,"我觉得,十个女人里有九个都不会在乎。"

"这么说太可怕了。"希尔亚德小姐叫道。

"你认为一个妻子会对丈夫的荣誉敏感吗——即使是为了她而牺牲荣誉?"史蒂文斯小姐说。

"啊,我不知道。"

"我想,"希尔佩里克小姐恳切地说,有些结巴,"她会觉得自己像一个——我是说,这难道不会像靠别人不道德的收入而生活吗?"

"这个,"彼得说,"我想说的是,你有些夸大其词了。这样做的人——如果他还没有完全丧失感情的话——会受到其他因素的影响,其中一些因素与道德无关。但你做这样的比较是非常有趣的。"他目不转睛地看着希尔佩里克小姐,她的脸都红了。

"也许这样说太愚蠢了。"

"不。但是,如果人们曾经将精神的荣誉和身体的荣誉视为同样重要的,我们将迎来一场空前的社会变革——与当下的变革大不相同。"

希尔佩里克小姐对促进社会变革想法显得十分惊恐,刚好两个校工及时进来,把咖啡杯取走,免去了她的回应,不然她得从地面遁逃了。

"好吧,"哈莉叶说道,"我完全同意希尔佩里克小姐的看法。如果有人做了不光彩的事,然后说他做这件事是为了你自己,这是最大的侮辱。那还怎么可能对他一如往常呢?"

"是啊,"派克小姐说,"这将颠覆这一段关系。"

"哦,未必!"学监叫道,"有多少女人会在乎学术上的正派?也就是像我们这样受过高等教育的女人了。只要这个男人不伪造支票、抢收银机，或做其他违背社会礼法的事情，大多数女人就会认为他的做派完全是正当的。问问屠夫之妻、骨头太太或裁缝之女、卷尺小姐，她们才不在意一篇陈旧的历史论文中是否有事实被掩盖。"

"她们无论如何都会支持自己的丈夫，"艾利森小姐说，"她们会说，不论对错，都是我的男人。就算他真的抢了钱。"

"他们当然会，"希尔亚德小姐说，"这就是男人想要的。他不会对壁炉边的批评家说谢谢的。"

"他一定要娶一个乖女人，是不是？"哈莉叶说，"怎么了，安妮？我的咖啡杯？给你……有人会说：'罪恶越大，牺牲就越大——因此奉献也就越大。'可怜的舒斯特-斯莱特小姐！我想，如果有人说，无论你做什么，都受人喜爱，那真是太宽慰了。"

"啊，是的，"彼得用他那尖细的、木管乐器般的声音说，"而他们说：'不再是我的骑士，或上帝的骑士'——你，比它们洁白得多，纯洁得多，善良得多，真实得多，将永远依附于我——"

威廉·莫里斯也有百分百男子气概的时候。"可怜的莫里斯！"学监说。

"他那时还年轻。"彼得宽容地说，"你细想就会发现，'男子气'和'女子气'这两个词的表达，比它们作为反义词更无力。这很奇怪。人们总是容易相信，不雅之处与性别有关。"

"都是这里的教育造成的。"咖啡倒好后，门关上了，学监说，"我们在这把自己围成一圈，与和蔼的骨头太太、可爱的卷尺小姐保持距离——"

"更不用说，"哈莉叶插嘴说，"那些漂亮的、有男子气概的研究员们，那些有男子气概的卷尺们和骨头们——"

"用最不女子气的方式谈论学术的正派问题。"

"而我,"彼得说,"孤零零地坐在屋子中间,就像黄瓜园里的小屋。"

"看起来是这样,"哈莉叶笑着说,"苦寒而无人烟的荒野中,遗留的唯一人性。"

一阵笑声后,又静了下来。哈莉叶可以感觉到,屋子里有一种紧张不安的气氛——焦虑和期待的丝线串在一起,相遇、交叉、颤抖。现在,她们都在对自己说,该谈谈关于它的事情了。勘察过了地面,路上的咖啡也清理过了,战斗人员已经脱去衣服准备格斗了——现在,这位和蔼可亲、口齿伶俐的绅士就要露出他审讯官的原形了,这一切都将令人难受。彼得勋爵掏出手帕,仔细擦亮他的单片眼镜,重新戴上,严肃地看着院长,然后提高了嗓门,用痛苦而又不满的语气抱怨市政留下的垃圾堆。

院长离开时,对利德盖特小姐在活动室的盛情款待表示了礼貌的感谢,并亲切地邀请勋爵在牛津逗留期间,可以随时到她的住处去拜访。老师们站起身来,缓缓向外走,嘴里念叨着要在睡前看完论文。各种话题都愉快地讨论到了。彼得已松开了手中的缰绳,任马儿驰骋。哈莉叶意识到这一点,并未费心去抓缰绳。最后,只剩下她自己和彼得、学监、爱德华兹小姐(她似乎很喜欢和彼得谈天)、希尔佩里克小姐(她沉默不语,缩在一个不起眼的位子上)以及希尔亚德小姐,这是哈莉叶没有想到的。

时钟敲了十一点。温西站了起来,说自己还是走吧。人们都站了起来。老方庭一片漆黑,只有窗户透出灯光。天空乌云密布,风向上吹,震动了山毛榉的树枝。

"好吧,晚安,"爱德华兹小姐说,"我会给你找到那份关于血型的论文。我想你会感兴趣的。"

"我会的，真的，"温西说，"非常感谢。"

爱德华兹小姐以轻快的步伐大步走开了。

"晚安，彼得勋爵。"

"晚安，希尔佩里克小姐。让我知道社会革命什么时候开始，我愿死在街垒上。"

"我想你会的。"希尔佩里克小姐吃惊地说，并蔑视了传统，向他伸出手。

"晚安。"希尔亚德小姐对大家说，然后扬头飞快地从他们身边走过。

希尔佩里克小姐像一只飞进了黑暗中的白色蛾子，学监说："嗯——"然后用疑问的语气问，"嗯？"

"通过，一切都好。"彼得平静地说。

"有那么一两个瞬间不那么平顺，是吗？"学监说，"但总的来说，和预期的一样好。"

"我很尽兴。"彼得说，带着一丝调皮的味道。

"我打赌这是真的。"学监说，"我一点也不相信你了，一点也不了。"

"不，你会的，"他说，"你放心。"

学监也离开了。

"你昨天把袍子落在我房间里了，"哈莉叶说道，"你最好来取一下。"

"我把你的带回来了，把它留在了乔伊特小路的门房。还有你的档案。我希望它们都已经被拿走了。"

"你不会把档案到处乱放吧！"

"你把我当成什么啦？我把它包裹起来，密封好了。"

他们慢慢地穿过院子。

"我有很多问题想问，彼得。"

"哦，是的。我想问你一个问题。你的中间名是什么？以D开头的那个?"

"黛博拉,这个讨厌的名字。怎么了?"

"黛博拉?好吧,我真该死。好吧,我不会那样叫你的。看,德·范恩小姐还在忙呢。"

研究员小屋的窗帘这次拉开了,他们可以看到她那黑乎乎、蓬乱的脑袋,正低头看书。

"我对她很感兴趣。"彼得说。

"你知道,我喜欢她。"

"我也一样。"

"但我担心她用的是那种发夹。"

"我知道。"他说。他从口袋里把手伸出来。他们站在都铎楼旁,从窗户透出的光线看到,他的手掌上有一个令人忧伤的发卡,是两头叉开的。"晚饭后,她把这个掉在讲台上,你看见我把它捡起来的。"

"我看到你捡起了肖小姐的围巾。"

"绅士的习惯。我可以跟你上来吗,会违反规定吗?"

"你可以上来的。"

有几个穿睡衣的学生从走廊匆匆走过,她们看着彼得,主要是好奇,而非恼怒。在哈莉叶的房间里,长袍和档案一并都在桌子上。彼得拿起笔记本,仔细检查了封面、绳子和封蜡,每一个封蜡上都印着"蹲着的猫"和傲慢的温西家族座右铭。

"如果它被打开了,我就把热封吃下去。"他走到窗前,向方庭望去。

"一定程度上,这里是个不错的观察点。谢谢。我就想从这里看看。"

他不再表示好奇,拿起她递给他的袍子,跟着她下了楼。穿过方庭,走到一半的时候,他突然说:"哈莉叶,你真的认为诚实高于一切吗?"

"我想是的。我希望如此。怎么了?"

"如果你不是，我就是基督教世界最愚蠢的人了。我正忙着锯掉自己的树枝。如果我是诚实的，我可能会完全失去你。如果我不是——"

他的声音奇怪地沙哑，好像试图在克制。她想，不是身体上的痛苦或激情，而是更根本的东西。

"如果你不是，"哈莉叶说道，"那么我将失去你，因为你就不再是同一个人了，对吗？"

"我不知道。我是出了名的轻率虚浮。你觉得我是诚实的人吗？"

"我知道。我想不到你会是别的什么人。"

"可是此时此刻，我却在努力克服诚实带来的影响。"

"我在尝试，下这个伟大的决心，不去想天堂或地狱。"

"不过，看来不管怎样，我都得下地狱。所以我几乎不需要担心决心。我相信你说的是真心话——我希望即使不是这样，我也会照做。"

"彼得，我听不懂你在说什么。"

"这样更好。别担心，我不会再这样了。"

"公爵喝尽最后一口兑水的白兰地，又成了完美的英国绅士。"

"把手给我。"

她伸手给他，他紧紧地握了一会儿，将她的手挽着。就这样牵着手默默走进了新方庭。当他们经过礼堂楼梯脚下的拱门时，哈莉叶觉得她听到了黑暗中的响动，看到了一张正在注视着她的脸；但还没来得及告诉彼得，那张脸就不见了。

帕吉特为他们打开了大门；彼得·温西心事重重地跨出门槛，漫不经心地向他道了声晚安。

"晚安，温西少校，长官！"

"你好！"彼得刚踏过圣十字路，又退了半步，仔细看了看门房微笑的脸。

"我的上帝,对!等一下。不要告诉我。科德里——1918——我懂了!你是帕吉特。帕吉特下士。"

"完全正确,长官。"

"对,对,对。见到你真是太高兴了。你看起来很好。近来如何?"

"很好,谢谢你,长官。"帕吉特温暖而厚实的大手掌握住了彼得修长的手指,"当我听说你在这里的时候,我对我的妻子说:'我和你打赌,赌什么都可以,少校是不会忘记的。'"

"天啊,是的。真想不到在这里看到你!上一次我看见你的时候,我被担架抬走了。"

"是的,长官。我很高兴能帮忙把你挖出来。"

"我记得。现在可以见到你,我真高兴,但那时见到你,简直太高兴了。"

"是的,长官。难以置信,长官——嗯,是啊!我们还以为你挺不住了。我对哈克特说,还记得小哈克特吗,长官?"

"那个红头发的小家伙?是的,当然。他怎么样了?"

"他在雷丁开卡车,先生,已婚,有三个孩子。我对哈克特说:'哎呀!天呐。'我说,'又是那件格纹袍子'——抱歉,长官——他说:'哎呀!太惨了!'于是我说:'别傻站在那儿——说不定他还有口气呢。'我们就……"

"是的,"彼得说,"我想我是受了惊吓,而不是受了多大的伤。被活埋的感觉真糟糕。"

"是的,长官!当我们在那个老防空壕底下发现你的时候,你身上横着一根大横梁,我对哈克特说:'还好,人整个在这里。'他说:'感谢上帝!'他说——意思是,如果不是因为防空壕——"

"是的,"彼得说,"那次算运气好。可是我们失去了可怜的丹伯里先生。"

"是的,先生。太不幸了。他是一位年轻的绅士。最近联系过西吉威克船长吗,长官?"

"哦,是的。我前几天还在贝罗纳俱乐部见过他。很遗憾,他最近身体不太好。嗯,他的肺部有问题。"

"真让人难过,长官。你还记得他和那头猪吗——"

"别说了,帕吉特。能别提就别提了。"

"是的,长官。烤得真不错。哎呀!"帕吉特在回想中咂了咂嘴,"你最近听说过图普军士长吗?"

"图普吗?没有,我完全见不到他。没什么事情发生吧?他是我遇到的最好的军士长。"

"啊!他是一个了不起的人。"帕吉特咧开嘴笑,"嗯,长官,他找到另一半了。个子很小——没有这个高,但是,哇!"

"继续,帕吉特。是这样吗?"

"是的,先生。当我在动物园的骆驼房工作的时候——"

"天哪,帕吉特!"

"是的,先生——我看见他们在那儿,我们在那儿待了一会儿。我后来去找过他们。嗯,对。她对军士长很好,相当周全。你知道那首老歌吧:像一个六英尺三英寸的家伙一样唠叨——"

"她只有四英尺二英寸!哇,竟让勇士倾倒。顺便说一下,前几天我碰到了一个人——你会很吃惊的——"

回忆涌动,直到彼得突然反应过来,向哈莉叶道歉,然后匆匆地走了出去,答应回来再聊一聊过去的时光。帕吉特仍然满面笑容,锁上了门。

"啊!"帕吉特说,"他没有多大变化,少校没有。当然,那时候他比现在年轻得多——才刚上任——不过,他是个不折不扣的好军官——让人不敢耍花招、抱侥幸心理——哎呀!"

帕吉特用一只手撑着小屋的砖墙,像是陷入思绪中。

"'来,伙计们,'我们要遭遇低空扫射时,他说,'看在上帝的分上,如果你们要面对你们的造物主,就用干净的下巴面对吧。'啊!我们叫他'格纹袍子',还有'眼镜片',但并无不敬之意。我们不会违背他任何一个字。有个家伙从别的部队来我们这里——乌尔金,满嘴脏话的家伙,没人喜欢他——乌尔金,就这个名字,乌尔金。嗯,这家伙以为自己很有意思——于是开始叫小珀西少校,还用了一些侮辱性的绰号——"

说到这里,帕吉特停了下来,想挑一个适合女士听的称呼,但又说不出来,又重复了一遍:"侮辱性的称呼,小姐。我对他说——请注意,那是在我有军衔之前;那时我还只是个二等兵,跟乌尔金一样——我对他说'好了,够了',他对我说——好吧,不管怎么说,最后,我们在营房附近大吵了一通。"

"天哪。"哈莉叶说道。

"是的,小姐,我们当时正在休息,第二天早上,军士长让我们进去检阅时——哎呀,我们就像一幅全家福。军士长——图普军士长,就是我说的那样,他结婚了——他什么也没说——他知道。副官也知道,他也没有说什么。要是我们没有看见少校漫步走出来就好了。于是副官把我们排成一行,我站在那里立正,看到乌尔金的脸比我的脸更难看。'早上好。'少校说。副官和军士长图普中士说:'早上好,长官。'于是他开始随意地和军士长聊天,我看到他上下打量着队伍。'军士长!'他突然说。'长官!'军士长说。'那个人对自己做了什么?'他问,指的是我。'长官?'军士长瞪着我说,像是很吃惊的样子。'看来他好像遭遇了严重的事故,'少校说道,'那另一位呢？我不喜欢看到这种事。看起来不够聪明。让他们出列。'所以军士长让我们出列了。'嗯,'少校说,'我明白了。这个人叫什么名字？''帕吉特,长官。'军士长说。'哦,'他说,'好吧,帕吉特,你怎么弄成这个样子的？''我绊倒在一个水桶上了,长官。'我说,用我唯一能看见的一只眼睛望着他的肩膀。'水桶？'他说,'很尴尬的东西,水桶。还有另一个人——我想他是踩在拖把上了,是吗,军士长？''少校想知道你是否踩到了拖把。'图普军士长说。'是的,先生。'乌尔金说,像是嘴巴伤得很厉害。'好吧,'少校说,'等你们将他们解散了,就给这两个人一个水桶和一个拖把,让他们干些活。这样他们就能学会如何使用这些危险的工具了。''是的,长官。'图普军士长说。'继续吧。'少校说。我们继续了。后来乌尔金对我说,'你觉得他看出来了吗？''看出来？'我说,'当然了。他有什么不知道的。'后来,再没提过那个绰号。"

哈莉叶对这段轶事表示了应有的赞赏,毕竟他讲得这么兴致盎然,然后她向帕吉特告别。出于某种原因,拖把和水桶的纠葛似乎让帕吉特成了彼得一辈子的下属。男人很奇怪。

回来的时候,礼堂的拱门下面空无一人,但是当她经过教堂西端时,她好像看见一个黑影穿过礼堂,进入了学者花园。她跟着它。她的眼睛已习惯了夏夜的朦胧,能看见那个身影飞快地来回,还能听见长裙在草地上沙沙作响。

那天晚上,学院里只有一个人穿了拖地长裙,那就是希尔亚德小姐。她在学者花园里走了一个半小时。

神秘骇电

> 去告诉那个机灵的家伙,我的教子,回家去。现在可不是犯傻的时候!
>
> 伊丽莎白女王

"哇!"学监说。她手里拿着茶杯,兴致勃勃地注视着活动室的窗户。

"怎么了?发生了什么?"艾利森小姐问。

"这个过分英俊的年轻人是谁?"

"弗拉克斯曼的未婚夫,我想是吧。"

"英俊的年轻人?"派克小姐说,"我想看看。"她走到窗前。

"别傻了。"学监说,"我把弗拉克斯曼的拜伦熟记于心。这个人穿着基督教堂学院的西装,头发是灰金色的。"

"啊,天哪!"派克小姐说,"贝尔维德尔的阿波罗穿着一尘不染的法兰绒。他似乎是一个人。不简单。"哈莉叶放下杯子，从最大的扶手椅里站了起来。

"也许他是一起打网球的那几位，"艾利森小姐猜测说，"小库克那些邋里邋遢的朋友？不会吧！"

"为什么这么激动呢？"希尔亚德小姐问。

"帅气的年轻人总是令人激动的。"学监说。

"那位，"哈莉叶终于越过派克小姐瞥了一眼这位神奇的青年，说道，"是圣乔治勋爵。"

"又是你的贵族朋友吗？"巴顿小姐问。

"他的侄子。"哈莉叶回答道，有些吞吞吐吐。

"啊！"巴顿小姐说，"你们为什么要像女学生那样目不转睛地盯着他。"

她走到桌子前，给自己切了一片蛋糕，漫不经心地朝远处的窗户外瞥了一眼。

圣乔治勋爵站在图书馆翼楼的角落，神情闲适，像是这个地方的主人。他在看网球比赛，对决的是有两个光着背的学生和两个衬衫总是从腰带里跳出来的年轻人。他渐渐看倦了，就沿着窗户向伊丽莎白女王楼走去，目光扫过一群躺在山毛榉下的什鲁斯伯里学生，就像一个年轻的苏丹在检查一批没什么用处的切尔克斯奴隶。

"高傲的小野兽！"哈莉叶想。不知他是不是在找她，如果是的话，他可以等着，或者到门房去问。

"哎呀！"学监说，"原来牛奶就是这样混到椰汁里去的！"

德·范恩小姐从图书室的门里漫步走出，身后是严肃恭敬的彼得·温西勋爵。他们绕着网球场聊天。圣乔治勋爵远远地望见他们，迎上前去。他们在小路上聚到一起，站住聊了一会儿，向门房走去。

"哎哟！"学监说，"帕里斯和赫克托耳绑架了海伦·德·范恩。"

"不，不，"派克小姐说，"帕里斯是赫克托耳的哥哥，不是他的侄子。我想他没有叔叔。"

"说到叔叔，"学监说，"希尔亚德小姐，理查德三世真的是——我以为她在这儿。"

"她刚才在这儿。"哈莉叶说道。

"海伦被送回我们这里来了。"学监说，"特洛伊之围推迟了。"

三个人又沿着小路回来了。走到半路上，德·范恩小姐告别了那两个男人，回到她自己的房间里去了。

在那一刻，活动室的观察者们都惊呆了，她们看到了不寻常的景象。希尔亚德小姐从大厅楼梯底下走出来，向叔叔和侄子迎面走去，对他们说了几句话，利落地将彼得勋爵和他的同行者拉开，拽着他向新方庭走去。

"哈利路亚！"学监说，"你要不要出去救你的小朋友？他又被遗弃了。"

"你可以请他喝杯茶。"派克小姐建议道，"对我们来说，这也是愉快的消遣。"

"你吓到我了，派克小姐，"巴顿小姐说，"没有男人能免受你这样的女人的伤害。"

"我以前在哪儿听过这种话？"学监说。

"在一封匿名信里。"哈莉叶说道。

"如果你是在暗示——"巴顿小姐说。

"我只是想说，"学监说，"这话被说滥了。"

"我只是开个玩笑，"巴顿小姐生气地反驳，"有些人就是缺乏幽默感。"

她走出去，砰地关上了门。圣乔治勋爵溜达回来了，坐在通往图书馆的凉亭。巴顿小姐大步从他身边走过，走向她的房间，他礼貌地站了起来，说了几句话，那位研究员简单地回答了一句，面带微笑。

"温西家的男人都很迷人，"学监说，"把大家迷得神魂颠倒的。"

哈莉叶笑了起来，但在圣乔治对巴顿小姐带着赞许的一瞥中，她又看到了他叔叔的眼神。这些家族特点令人不安。她蜷缩在窗边的座位上，看了将近十分钟。勋爵一动不动地坐着，抽着烟，看上去十分自在。利德盖特小姐、布伦斯小姐和肖小姐走进来，开始倒茶。网球比赛结束了，然后，沿着砾石小道的左边传来了轻快的脚步声。

"你好！"哈莉叶对发出脚步声的人说。

"你好！"彼得说，"真想不到在这儿可以见到你！"他咧嘴一笑，"来和杰拉德谈谈。他在凉廊下。"

"我看得很清楚，"哈莉叶说道，"他的形象一直备受推崇。"

"作为一个好婶婶，你怎么不去关照一下这个可怜的孩子呢？"

"我从来不管别人。我管好自己就是。"

"好吧，好吧。"

哈莉叶离开窗台，和彼得·温西一起走出去了。

"我把他带到这儿来，"彼得说，"想看看他能不能认出谁。但似乎没有。"

圣乔治勋爵热情地向哈莉叶打招呼。"有个女人从我身边走过。"他转向彼得说，"灰白的头发，打理得不好看，但看起来很诚恳。穿着麻布，一丝不苟的样子。"

"是巴顿小姐。"哈莉叶说。

"是那种眼神，不过声音不对。我觉得不是她。可能就是拦住你的那位，叔叔。她长相瘦削，有一副饥渴的样子。"

"嗯！"彼得说，"第一个呢？"

"我想看看她不戴眼镜的样子。"

"如果你指的是德·范恩小姐，"哈莉叶说道，"我怀疑她不戴眼镜能不能看清远处。"

"这很成问题。"彼得若有所思地说。

"抱歉，我记得不清，"圣乔治勋爵说，"但要分辨出一声嘶哑的低语，还有月光下的一双眼睛，那并不容易。"

"是的，"彼得说，"那需要大量的训练。"

"有什么好训练的，"侄子反驳道，"我不打算训练这些。"

"这是不错的锻炼，"彼得说，"在你能恢复运动前，你可以练练看。"

"你的肩膀怎么样了？"哈莉叶问道。

"哦，还不错，谢谢。按摩师的作用很大。我现在能把那只老胳膊举到肩膀那么高了。可以做一些事情了。"

作为示范，他用那只受伤的胳膊搂住哈莉叶的肩膀，她还没来得及躲开他，他就迅速而熟练地吻了吻她。

"孩子，孩子！"他叔叔哀怨道，"别忘了你在什么地方。"

"我无所谓。"圣乔治勋爵说，"我是被收养的侄子。对吗，哈莉叶婶婶？"

"不要在活动室的窗户下吵闹。"哈莉叶说。

"那么，到拐角处来，"勋爵毫不悔改地说，"我再来一次。就像彼得叔叔说的，这些事情需要大量的练习。"

他肆无忌惮地折磨他的叔叔，哈莉叶对他极为生气。然而，表现出恼怒就正中他下怀。她同情地对他笑了笑，用上了布莱塞诺斯看门人的老一套说辞："你们吵闹是没有用的，先生们。学监今天晚上不下楼了。"这还真让他安静了一会儿。

她转向彼得，彼得说："你在伦敦有事情要办吗？"

"怎么，你要回去吗？"

"我今天晚上就去约克。预计星期四回来。"

"约克吗？"

"是的。我想在那儿见一个人——关于一条狗，诸如此类的事情。"

"噢，我明白了。如果你到我的公寓顺路的话，你可以拿几章手稿给我的秘书看。我宁愿相信你，也不愿相信邮寄。可以麻烦你吗？"

"非常乐意。"温西认真地说。

她跑到楼上自己的房间去拿文件，从窗口看到温西家正在解决内部事宜。当她拿着包裹下楼时，发现侄子正等在都铎楼的门口，脸涨得通红。

"请允许我向你道歉。"

"我想是的，"哈莉叶严厉地说道，"我不能在自己的学院这样丢脸。坦白说，我受不了。"

"非常抱歉，"圣乔治勋爵说，"我真糟糕。老实说，我除了想惹彼得叔叔，什么意思也没有。如果这样说能让你感到满意的话，"他懊丧地补充道，"我确实达成了目的。"

"好吧，对他要客气一点。他对你很好的。"

"我会乖乖的。"彼得的侄子说，从她手里接过包裹，和气地站在一起，直到彼得回到门房。

"那个该死的男孩！"彼得说，这时他已经派圣乔治在前面去发动车子。

"哦，彼得，别对每一件小事都这么挂心。这有什么关系？他只是想惹你。"

"可惜他找不到别的办法来实现目的。我就像是拴在你脖子上的一块磨石,我越早离开越好。"

"哦,看在上帝的分上!"哈莉叶恼怒地说道,"如果你要为此感到不安,那你最好还是离开这儿。我早就跟你说过了。"

圣乔治勋爵发现他的长辈们做事拖沓,就兴高采烈地按着喇叭"嘀——嘀,嘭——嘭"。

"糟糕透顶!"彼得说。他出了大门,迈步走上小路,愤怒地把他的侄子从驾驶席上推了下来,猛地拉开戴姆勒的车门,咆哮着朝路上飞驰而去。哈莉叶出乎意料地发觉自己突然大发脾气,便往回走,决心要最后找回一些好心情;她发现凉廊上发生的那件小事,让研究活动室的人们大感兴趣。晚餐之后,她从艾利森小姐那里得知,希尔亚德小姐听到这件事后,说了一些令人很不愉快的话,范恩小姐应该知道才对。

哦,上帝!哈莉叶独自在她的房间里,想着,我都做了些什么呢,与芸芸众生有什么区别?可是我的运气这么差,整件悲惨的事情还要被拖到光天化日之下……任何人都会觉得我受的惩罚够多了。但是没有人能忘记它片刻……我无法忘记它……彼得无法忘记它……如果彼得不是傻瓜的话,他早就放弃了……他一定看到这一切是多么无望……

难道他以为我愿意看到他遭受同样的痛苦吗?他真的以为,我会为了看他受苦而嫁给他吗?难道他看不出,我唯一能做的就是置身事外吗?我真是着魔了,竟把他带到牛津来?

是的——而我还以为躲在牛津会很好……希尔亚德小姐对我发表了"不愉快的评论",如果你问我的话,我觉得她这个人疯了一半……就是疯了,不管怎么说,如果一个人远离爱情和婚姻,还有其他乱糟糟的事物,就会是这个下场……如果彼得以为,我会"接受他名字的保护"并心存感激,那他就大错特错了。对他来说,这桩事情苦乐参半……对他来说，如果他真的想要我——如果他真的想要——而得不到他想要的东西，那也是一件既美好又痛苦的事情，因为我无辜受到一桩谋杀案的审判……看来不管怎样，他都要下地狱了。让他见鬼去吧，这是他想要的……遗憾的是，他救了我，让我不被绞死——他现在可能希望离开我，我想，任何一个心存感激的人，都会让他得偿所愿……但让他痛苦不算是感激的方式。我们都会非常痛苦，因为我们谁都不会忘记……那天在河上，我差点忘了……今天下午，我已经忘记了，他却先记了起来……该死的无耻的小家伙！年轻人对中年人能有多狠心啊！我自己也不是特别善良……我确实知道我在做什么……幸好彼得走了，但我希望他没有走，别把我留在这个可怕的地方，这里的人会发疯，写可怕的信……"当我离开他，我就死了，直到我与他重逢。"……不，我不可以再深陷其中了……我将抽离……我要留在这里……这个让人变得很奇怪的地方。哎，上帝，我做了什么，让我自己与别人都这么痛苦？我无非是芸芸众生中的一个女子……

一圈又一圈，思绪如同笼子里的松鼠，最后，哈莉叶自己也不得不给自己下决心：这样不行，否则我自己也要疯了。我最好把心思放在工作上。彼得怎么去约克了？德·范恩小姐吗？如果我没有发脾气，我可能会知道原因，而不是浪费时间在争吵上。我想知道，他是否在档案上做了任何记录。

她拿起那本活页的书，它仍然用纸包着，用细绳捆好，封印在温西纹章之下。"我的奇想带领我。"彼得的奇想给他带来了不少麻烦。她不耐烦地拆了封条，但结果令人失望，什么标记也没有——大概他把想要的东西都抄出来了。她翻动书页，试图拼凑出某种解决方案，但太累了，思绪无法连贯。然后，是的，这是他的笔迹，当然，但不是在文件的某一页上。那是未完成的十四行诗——真是件蠢事，把未完成的十四行诗和自己的侦探工作混在一起,还让别人看到了!一个女学生的把戏,谁都会脸红的。特别是从她对那首十四行诗的记忆来看,那时的情感已然不复存在了。

但是就是这样:十四行诗加上了最后六行,看上去有点不平衡,上面是她不整齐的笔迹,下面是彼得那有欺骗性的整洁笔迹,就像小纺锤上的一个大陀螺。

> 那么,在这里,在家,不再有暴风雨的侵袭,
> 合十双手,收起羽翼;
> 在这儿,玫瑰花瓣,卷起香气;
> 在这里,太阳照耀,不知东西;
> 这里没有潮汐;我们来过,恰如其分;
> 来到广阔的空间,穿过眩晕的光圈,
> 来到那个静止的中心;到那旋转的世界静止的中心,在轴心入眠。

> 请鞭策我吧,爱,
> 立足于危局之中,毫不松懈。
> 或许安眠时,如同舒缓的乐符
> 伴随紧张的旋律;若你不愿拨弦,
> 我们跟跄着,弯腰,俯身,倒地,死去,
> 这样死去,甜蜜的睡眠,永不醒来。

说完这句话,诗人显得有些不知所措,因为他加上了这样一句话:"非常玄妙的、形而上学的结尾!"

毕竟，彼得是对的。圣乔治勋爵的无礼行为，只会让人们认为她和彼得很要好，这样才可以解释这种事情。这无疑造成了尴尬。说起来轻巧，"哦，是的。我和他不熟，只是在他出了车祸卧床不起时，去看望过他。"如果希尔亚德小姐认为，像她这样一个名声可疑的人，什么出格的事情都做得出来，她真的不太介意。不过，她很介意人们对彼得的猜想。五年的耐心的友谊，他的所得就是在公共场合看他的侄子嬉闹，让他显得很蠢，其他的都不是真的。她把他置于愚蠢的境地，她承认这样不太体面。

睡觉时，她想的更多的是另一个人，而非自己。这就证明，即使是一首小诗也有它的实用之处。

第二天晚上，发生了一件奇怪又可怕的事情。

哈莉叶已约好同她在萨默维尔的朋友共进晚餐，并会见了维多利亚时代中期的一位杰出作家，她希望获得一些关于勒·法努的实用信息。她坐在朋友的房间，和大概六个人环绕在杰出的作家周围，这时电话铃响了。

"啊，薇恩小姐，"女主人说，"是从什鲁斯伯里打来的。"

哈莉叶向尊贵的客人说了抱歉，然后走到门厅里。一个她听不太清楚的声音对她说："喂！是薇恩小姐吗？"

"是，请问你是？"

"这是什鲁斯伯里学院。你能快点过来吗？又发生了骚乱。"

"啊！发生了什么事？请问你是？"

"我是代院长打来的电话。请你——"

"是帕森斯小姐吗？"

"不，小姐，我是巴林博士的女佣。"

"那么发生了什么事？"

"我不知道,小姐。院长让我叫你马上回来。"

"好的,我大约十到十五分钟后到。我没开车,大约十一点可以到。"

"好的,小姐。谢谢你。"

电话断了。哈莉叶急忙到朋友身边,解释说自己忽然被叫走了,说了声再见,就匆匆离开。

她穿过花园方庭,正从旧大厅和梅特兰大楼之间穿过,突然想起一件荒唐事。她记得,有一天彼得对她说:"惊悚小说中的女主人公都是自找的。当一个神秘的声音打电话给她们,说这是苏格兰场的电话时,她们从来没有想过要打回去核实一下,所以绑架事件相当普遍。"

她知道萨默维尔的公用电话亭在哪里,应该能从那里打电话。她走进去,试了一下,发现是接通了中转站;她拨打了什鲁斯伯里的电话,一经接通,就要求把电话转到院长的房间。

有一个声音回答她,不是刚才给她打电话的那个人。

"是巴林博士的女佣吗?"

"是的,夫人。请问你是谁?"("夫人"——另一个声音说的是"小姐"。哈莉叶现在知道她为什么隐隐对这个呼唤感到不安了。她下意识地记得院长的女佣会说"夫人"。)

"我是哈莉叶·薇恩小姐,从萨默维尔打来的。刚才给我打电话的是你吗?"

"不,夫人。"

"有人给我打电话,说是代表院长。是库克还是其他人呀?"

"没有人在这打过电话,夫人。"(有些不对,也许院长是在学院其他地方给她传话,她误解了传话人,或者传话人对她产生了误解。)

"我能和院长说话吗?"

"院长不在学院,夫人。她和马丁小姐一起去看戏了。我在等候,她们随时都可能回来。"

"哦,谢谢。没事,应该是搞错了,可以帮我把电话接回门房吗?"

她再次听到了帕吉特的声音,她说要找爱德华兹小姐。在这个过程中,她快速地思考着。

越看越像假电话。拜托,这是为什么呢?如果她立刻回到什鲁斯伯里,会发生什么?既然她没有开车,就会从私人小门进去,穿过学者花园茂密的灌木丛——学者花园是人们在夜间散步的地方——

"爱德华兹小姐不在她的房间里,薇恩小姐。"

"哦!我想,校工都休息了吧?"

"是的,小姐。要我叫帕吉特太太去看看能不能找到她吗?"

"不——看看你能不能找到利德盖特小姐。"

又一会儿的停顿。利德盖特小姐也离开房间了吗?学院靠谱的老师都出去了,还是都离开房间了?对,利德盖特小姐也出去了。哈莉叶突然想到,她们当然要在睡前负责巡视学院。不过,有帕吉特在。她尽力和他解释清楚。

"好的,小姐。"帕吉特安慰道,"是的,小姐——我可以把帕吉特太太留在门房。我到私人小门去看看。别担心,小姐,如果有人埋伏在那里,小姐,那他们就不幸了,就是这样。不,小姐,据我所知,今晚并没有什么骚动。但是如果我发现有人埋伏,小姐,那么骚乱就会按计划进行了,小姐,相信我。"

"是的,帕吉特。不过别张扬,悄悄地溜过去,看看周围有没有人——但别让他们看到你。如果我进来的时候,有人攻击我,你可以来救我;如果没有,就别让人看到了。"

"好的,小姐。"

哈莉叶挂上电话,走出了电话亭。入口门厅中央的一盏灯隐隐地亮着，她看了看钟，十一点差七分。她会迟到的，但是，如果有攻击者的话，他会等着她。她知道陷阱会在哪里——一定在那儿。没有人会在医务室或院长小屋外捣乱，那里会有人不经意间听到，然后出来。也没有人会躲在小路那一边的墙下或墙后。唯一合理的藏身之处是学者花园的灌木丛，靠近大门，沿着小路往上走，靠右的一侧。

有事先的准备，这是优势，帕吉特就在身边。但也会有棘手的时刻，就是不得不转过身去，从里面把私人大门锁上的时候。哈莉叶想到木偶身上的面包刀，不禁打了个寒战。

如果她搞砸了事情，被杀了——这很夸张，但在人们不理智的时候，这也是有可能的——彼得就会对此有话说了。也许应该事先道歉才是，以防万一。她在窗台上发现了其他人的笔记本，就借了一张纸，从包里拿出铅笔，随手写了几个字，然后把纸条折起来，和铅笔一起收起来。如果出了事，它会被发现的。

萨默维尔的门房帮她开了门，她走上伍德斯托克路。她选了捷径：经过圣吉尔斯教堂、布莱克霍尔路、博物馆路、公园南路、曼斯菲尔德路，她走得很快，几乎跑了起来。当她拐进乔伊特小路时，她放慢了步子。她需要感受呼吸和冷静。

她转弯，走上圣十字路，到达大门口，掏出钥匙，心怦怦直跳。

然后，整个情节就变成了彬彬有礼的喜剧。一辆汽车停在她后面，学监把院长从车上放下，然后驱车绕过进货通道，把她的奥斯丁车开进车库。巴林博士愉快地说："啊！是你吗，薇恩小姐？现在我不用找钥匙了。你今晚过得愉快吗？学监和我放纵了一下。晚饭后，我们突然打起主意……"

她和哈莉叶沿着小路走着，亲切地谈论着她看过的那出戏。哈莉叶在小屋门口和她道别，婉拒了进屋喝咖啡和吃三明治的邀请。她听到灌木丛后面的动静了吗？无论如何，现在已经错过了这个机会。她把自己当作奶酪，但是，由于设陷阱的时间稍晚了一些，不知情的院长惊扰了猎物。

哈莉叶走进学者花园，打开手电筒，向四周看了看。花园里空无一人。她突然觉得自己是个十足的傻瓜。然而，那通电话总归是有原因的。

她朝圣十字路门房走去。在新方庭，她遇到了帕吉特。

"啊！"帕吉特谨慎地低语，"她就在那儿，小姐。"他的右手在身边动着，哈莉叶觉得他手里握着一根像木棍的东西，"就在大门附近的月桂树下坐着。我蹑手蹑脚地走动，就像在夜间侦察一样，小姐，她就在灌木丛中。小姐，她并没有看到我，可是当你和巴林博士谈着话从大门进来时，她就起来了，快得像子弹一样。"

"是谁，帕吉特？"

"好吧，小姐，我就直说了，是希尔亚德小姐。小姐，她从花园的尽头出来，回到她自己的房间去了。我跟着她，看见她上楼了。她走得很快。我走出大门，看见她的窗户里亮起了灯光。"

"啊！"哈莉叶说，"听着，帕吉特，我不希望其他人知道这件事。我知道希尔亚德小姐有时候会在夜里到学者花园散步。也许打电话的人在那里看见了她，然后又走了。"

"是的，小姐。电话事件很有趣。小姐，不是从门房转接的。"

"也许是从转接站的其他电话打来的。"

"不，没有漏的，我去看过。今晚在我十一点上床睡觉之前，我把院长、学监、医务室和公共电话亭都接过来了，小姐。可是十点四十分没有打来电话，小姐，我敢发誓。"

"那么电话一定是从外面打来的。"

"是的，小姐。希尔亚德小姐是十点五十分进来的，小姐，在你打电话之前。"

"是吗？你确定吗？"

"我记得很清楚，小姐，因为安妮提了一句她。她和安妮之间没什么感情了。"帕吉特笑着补充道，"双方都有问题，我是这么说的，小姐，还有脾气暴躁——"

"那个时候安妮在门房做什么？"

"小姐，她出去了半天刚回来。她和帕吉特太太在门房坐了一会儿。"

"是吗？你没跟她说过这事吧，帕吉特？她不喜欢希尔亚德小姐，如果你问我，我觉得她容易搞出事情来。"

"小姐，我一句话都没说，甚至对帕吉特太太也没说，也没人能听见我打电话，因为我找不到利德盖特小姐和爱德华兹小姐，你又开始跟我讲，我就把门关上，关上了面向起居室的门。然后我探头对帕吉特太太说：'帮忙照看一下大门，好吗？我得过去给马林斯带个信。'所以这件事还是你我之间的秘密，小姐。"

"好吧，一定要保密，帕吉特。我可能是在想象一些非常荒谬的事情。那个电话当然是一个骗局，但没有证据说明，是有人故意搞恶作剧。在十点四十分到十一点之间还有其他人进来吗？"

"帕吉特太太会知道的，小姐。我会把名单送过来给你的。或者，如果你愿意，现在就去门房——"

"最好不要。嗯——明早把名单给我吧。"

哈莉叶走了出去，找到了爱德华兹小姐，把那个"电话"的经过告诉了她。她认为爱德华兹小姐很谨慎，也很有判断力。

"你知道的，"哈莉叶说道，"如果发生了什么骚乱，那么这个电话可能是为了制造不在场证明，虽然我不太清楚具体怎么操作。否则，为什么要在十一点让我回去？我是说，如果骚乱是在那个时候开始的，而我是作为证人被带到那里的，那人可能耍了什么花招，好让自己在那个时候出现在别处。可为什么非要我做证人呢？"

"是的——骚乱没有发生，为什么说已经发生了呢？而且你和院长在一起，怎么就无法做证了呢？"

"当然，"哈莉叶说道，"或许是要制造一些骚乱，及时把我带到现场，让人怀疑是我自己干的。"

"那就太傻了，大家都知道你不可能是捣鬼的。"

"好吧，那么，我们回到我最初的想法：是要攻击我。但为什么我不能在午夜或其他时间被攻击呢？为什么要在十一点把我叫回来？"

"会不会是什么设定在十一点启动的装置，这样不在场证明就生效了？"

"谁也不知道我从萨默维尔到什鲁斯伯里的确切时间。除非你想到的是炸弹之类的东西，会在门打开时爆炸。但这在任何时候都可以实现啊。"

"但如果不在场证明设定在十一点——"

"那炸弹为什么没有爆炸呢？事实上，我根本不相信有炸弹。"

"我也不信——不太可能。"爱德华兹小姐说，"我们只是停留在理论上。我想帕吉特没看到什么可疑的东西吧？"

"只有希尔亚德小姐，"哈莉叶淡淡地回答，"坐在学者花园里。"

"哦！"

"她有时晚上到那儿去，我之前见过她。也许她吓走了那个——不管是什么的东西。"

"也许吧，"爱德华兹小姐说，"顺便说一下，你那位高贵的朋友似乎以非凡的方式让她克服了偏见。我指的不是那个在方庭里问候你的人——是来参加晚宴的那一位。"

"你想对昨天下午的事一探究竟吗?"哈莉叶微笑着问道,"我想,他只是要把她介绍给一个意大利图书馆的人。"

"她是这么告诉我们的。"爱德华兹小姐说。

哈莉叶意识到,一定有很多的闲言碎语飞入了历史老师的耳朵。

"嗯,"爱德华兹小姐接着说,"我答应给他一篇关于血型的论文,但他还没有问我要。他挺风趣的,是不是?"

"对生物学家而言吗?"

爱德华兹小姐笑了:"嗯,是的——作为纯种动物的标本。令人震惊的丰足生活,而且充满了神经质的智慧。不过我不是那个意思。"

"那么,是对女人而言?"

爱德华兹小姐坦率地瞥了哈莉叶一眼:"对许多女人来说,我想应该是这样的。"

哈莉叶平视着她的眼睛:"我没有这方面的信息好提供。"

"啊!"爱德华兹小姐说,"在你的小说中,你更多地涉及物质事实,而不是心理学,对吗?"

哈莉叶爽快地承认是这样。

"好吧,没关系。"爱德华兹小姐说,仓促地说了声晚安。

哈莉叶问自己这是怎么回事。奇怪的是,她从来没有想过别的女人怎样看待彼得,或者彼得怎样看待她们。这说明,她要么非常自信,要么非常淡漠;因为,细想一下,他真是很有资质。

一到她的房间,她就从包里拿出那张潦草的纸条,没有再看一遍就把它销毁了。光是想到这一点她都脸红了。受阻的英雄主义就是滑稽剧的本质。

星期四最轰动的事情,是希尔亚德小姐和希尔佩里克小姐之间一场激烈的、漫长的、不知缘由的争吵，是晚饭后在学者花园发生的。这件事是怎么开始的，发生了什么，后来谁也不记得了。有人把图书馆一张桌子上的一堆书和文件弄乱了，结果有个历史系的学生带着一堆笔记来上辅导课的时候，说是笔记不见了，或者就是丢了。希尔亚德小姐一整天都很暴躁，又要处理这件事，就被激怒了，在吃晚饭的时候一直怒气冲冲的样子，院长一走，她开始对周围开火。

"我不知道为什么我的学生总是因为别人的粗心大意而遭殃。"希尔亚德小姐说。

布伦斯小姐说，她没有看到她的学生受了更多的苦。希尔亚德小姐愤怒地举例说，过去三个学期，历史专业的学生总受到蓄意迫害。

"考虑到，"她接着说，"历史学院是学院里最大的，当然也不是最不重要的——"

希尔佩里克小姐很准确地指出，就在那一年，报考英语专业的学生比其他专业的要多。

"你当然会这么说，"希尔亚德小姐说，"今年可能还会多几个——我敢说可能会有——那我们为什么不多请一位英语教师来呢，我一个人怎么应付得过来——"

就在那时，这场争吵的起因渐渐模糊了。希尔佩里克小姐接到的指责是冷漠、傲慢、一心二用、没用，以及表现欲强。这些疯狂的指控让可怜的希尔佩里克小姐困惑不已。事实上，似乎谁也不明白这是怎么回事，也许只有爱德华兹小姐例外。她坐在那里，苦笑着给自己织一件丝质毛衫。最后，攻击从希尔佩里克小姐扩展到希尔佩里克小姐的未婚夫，他获得学术基金这件事也遭到了攻击。

希尔佩里克小姐颤抖着站了起来。

"我想，希尔亚德小姐，"她说，"你一定是疯了。我不介意你说我什么，但我不能坐在这里听你侮辱雅各布·佩珀康。"她结结巴巴地念着这个不幸的名字的音节，希尔亚德小姐无情地笑着。

"佩珀康先生是名很好的学者，"希尔佩里克小姐继续说，气得像只被激怒的羔羊，"我坚持认为——"

"听你这么说我很高兴，"希尔亚德小姐说，"如果我是你，我和他将就将就就是了。"

"我不明白你的意思。"希尔佩里克小姐叫道。

"也许薇恩小姐能告诉你。"希尔亚德小姐反驳道，然后二话没说就走开了。

"我的天！"希尔佩里克小姐转向哈莉叶喊道，"她在说什么？"

"我毫无头绪。"哈莉叶说道。

"我也不知道，但我可以猜猜，"爱德华兹小姐说，"如果人们把炸药带进药厂，那他们一定是做好了爆炸的准备。"

哈莉叶正在心里琢磨这些话的联系，爱德华兹小姐接着说："如果在接下来的几天，还没有人能够把这些骚乱理清楚，就会有谋杀案发生的。如果我们现在就是这样，期末该怎么办？你一开始就应该叫警察来，如果我在这里，我会这么说的。我想换换口味，跟一个善良的、愚蠢的警官打打交道。"

然后，她也站起来阔步走了，留下其他老师们面面相觑。

寻找亚瑟

　　结实的参孙啊！强壮的参孙！你能扛起城门，我却能以剑敌过你。我也恋爱了。

莎士比亚

　　哈莉叶对威尔弗里德的看法真是太正确了。四天来，她花了一部分时间来修改威尔弗里德的个性，使他更有人情味。今天，在和他共度一个痛苦的早晨之后，她沮丧地得出了结论，那就是，她必须从头重写整件事。威尔弗里德饱受折磨的人性，让其他角色显得苍白，让他像是一个显眼的伤口。此外，威尔弗里德缺乏心理层面上的动机，无法支撑原本的情节，留下了一个缺口，可以由此瞥见丛生的新鲜阴谋，令人兴奋。她站在古董店的橱窗旁，漫无目的地看着。威尔弗里德变得像一个令人垂涎的象牙棋子。探究他的内心，发现了一个错综复杂、细腻敏感的内里,当你用手指转动它时,发现里面还有另一层,在那之内,又有另一层。

在拜访棋子的桌子后面,有一个詹姆士一世时期的黑色橡木梳妆台,当她站在那里凝视时,在黑暗的背景下,一副五官苍白地显现,就像佩珀尔幻象。

"这是什么?"彼得从她的后方问道,"是托比壶还是锡壶,还是那种廉价艳俗的盒子?"

"棋子,"哈莉叶说道,"我成了他们的牺牲品。我不知道为什么。它们对我没有任何用处,却让人着魔。"

"'原因无人知晓,任由他去。我们目睹的都是亲眼所见的。'被占有就是要占有的绝佳理由。"

"我不知道它们需要多少钱?"

"如果它们是完整的真品,四十到八十英镑不等。"

"太贵了。你什么时候回来的?"

"午饭前。我正要去见你。你要专门到哪里去吗?"

"没有,只是闲逛。你发现什么有用的东西了吗?"

"我一直在英国寻找一个叫亚瑟·罗宾逊的人。你听过这个名字吗?"

"没有。"

"我也没有。我不带成见地去面对。学院的事情有什么进展吗?"

"嗯,是的。那天晚上发生了一件很奇怪的事,我不太明白。"

"你愿意和我兜一圈,和我讲讲这件事吗?我有车,今天下午天气也挺好的。"

哈莉叶环顾四周,看见戴姆勒停在路边。"我可以。"

"我们在路上开一会儿,找个地方喝杯茶。"他扶着她上了车,照例又加了这一句。

"你就是你啊,彼得!"

"是吗?"他们沿着拥挤的大街稳稳地行使,"茶这个词有一种催眠的魔力。我想邀请你欣赏英国乡村的景色,告诉我你的冒险经历,也听听我的冒险,策划一场能照顾到两百人的舒适和声誉的活动,请求你单独光临我的房间,给我天堂的幻想——我说这话的时候,仿佛一切最高的欲望,不过是旧世界都德茶庄里的一壶开水和一盘手工糕点。"

"如果我们晃悠过了营业时间,"哈莉叶很实际地说道,"我们就可以在乡村的小酒馆里吃奶酪面包和啤酒。"

"你说得不错。"

> 水晶跳跃,光泽照亮美妙的眼睛,目光悠远,
> 如恒久的银河,穿过天堂,来招待神圣的季娜葖特。

哈莉叶找不到适合的语句来回应,只是坐在那里,看着他的手轻轻地放在方向盘上。汽车驶过长马斯顿和埃尔斯菲尔德。过了一会儿,他转进一条岔道,又拐进一条小巷,停了下来。

"总有那么一刻,人不能继续独自在陌生的思想海洋中航行了。你先开口,还是我先开口?"

"亚瑟·罗宾逊是谁?"

"亚瑟·罗宾逊是在论文上出了问题的那位先生。他是约克大学的硕士,担任过各种辅导工作,申请约克大学的近代史教职,遭遇到了有惊人的记忆力和侦探能力的德·范恩小姐。她当时是弗朗伯勒学院的院长,也是答辩考官中的一员。他是一个白皙英俊的男人,当时

大约三十五岁，和蔼可亲，很受欢迎。尽管在他的社交方面有些受阻，因为他娶了房东太太的女儿。不幸的论文事件发生后，他就从学术界消失了，再也没有听到他的消息。他失踪时，家里有一个两岁的女儿，还有一个孩子即将出生。我设法找到了他以前的一个朋友，他说自从那次灾难之后，他就再没有罗宾逊的消息了，但他认为罗宾逊已经出国了，而且改了名字。他给我介绍了一个住在诺丁汉的叫辛普森的人。我追查辛普森，发现他去年不幸去世了。我回到伦敦，派了克林普森小姐局里的各种人员去找亚瑟·罗宾逊先生的其他朋友和同事，也去萨默塞特府的婚姻和出生登记处搜寻。这就是我两天奔忙的全部成果——除了我很体面地把你的手稿交给了你的秘书。"

"非常感谢。亚瑟·罗宾逊，你认为他可能与这件事有关吗？"

"嗯，相差甚远。但事实是，在德·范恩小姐来这里之前，这里没有任何骚乱，她提到的唯一可能暗含个人恩怨的事，就是亚瑟·罗宾逊的事。这似乎值得跟进一下。"

"是的，我明白了。我希望你不要说，希尔亚德小姐是亚瑟·罗宾逊扮演的，因为我认识她有十年了。"

"为什么是希尔亚德小姐？她怎么了？"

"没有什么确凿的行为。"

"告诉我。"

哈莉叶给他讲了电话事件，他听着，神情严肃。

"是我在大惊小怪吗？"

"我认为不是。我想我们的朋友已经意识到你是个危险人物，打算先对付你。除非这是一场完全独立的世仇，这是可能的。总的来说，你能想到回个电话还是不错的。"

"这是你的功劳。我还没忘记你对惊悚小说女主角的尖刻评论，以及来自苏格兰场的假消息。"

"是吗？哈莉叶，可否让我示范一下，万一真的遭到攻击，该怎样对付它？"

"遭到——啊！我想知道。虽然我很强壮，你知道的。我想我能应付大部分事情，除了背后捅刀子。我猜想的情况就是这样的。"

"我持怀疑的态度，"他冷冷地说，"那样会弄得一团糟，还需要处理麻烦的凶器。勒喉更干净利索，而且没有大动静。"

"唷！"

"你的喉咙适合干这个，"勋爵若有所思地继续说道，"它有马蹄莲的特质，会吸引暴力。我不想被当地警察以暴力的罪名抓起来；不过，如果你能好心地和我一起站到这片方便的地里去，我将用几种科学的姿势扼住你的喉咙。"

"出来玩一天的话，你可真是个够受的同伴。"

"我是认真的。"他已经下车，为她开着车门，"来，哈莉叶。我很礼貌地假装我不在乎你有什么危险。你不想让我在你脚边嚎叫吧？"

"你搞得我无知又无助，"哈莉叶说道，尽管如此，她还是跟着他来到最近的空地，"我不喜欢这样。"

"这个地方能施展开。没有放干草的，也没有蓟和牛粪，还有一道高高的树篱挡住我们的动作。"

"而且它很柔软，如果你兴奋昏了头，还可以把尸体扔进池塘里。好吧，我已经祷告过了。"

"那就请你把我想象成一个面目可憎的恶棍，扑向你的钱包、名誉和生命吧。"接下来的几分钟相当令人窒息。

"别乱动。"彼得温和地说，"你只会把自己累垮的。用我的体重来对抗我。我任由你来支配，我不能同时将你向两个方向摔。如果你让我那高涨的野心将我击垮,我就会像牛顿的苹果那样精确地掉到另一边去。"

"我不明白。"

"换你勒我试试,我给你演示。"

"我说过这块地很软吗?"哈莉叶说道,这时她的双脚已经尴尬地从身下被勾住了。她愤恨地搓搓自己。

"让我来反抗你吧,就这样。"

这一次,不知是她的技巧,还是她的运气,她终于使他失去了平衡,他艰难地扭转着,才没有倒在地上,像一条挂在鱼钩上的鳗鱼似的。

"我们最好停下。"彼得说,他已经指示她如何应对从前面跳出来的、从后面袭击的,以及用丝巾作案的更老练的恶棍,"明天你会觉得像刚踢过足球似的。"

"我想我会喉咙痛的。"

"我很抱歉。我是被我的动物本性支配了吗?这是粗野运动中的最坏之处。"

"如果真心要这样做,会粗暴得多。我不愿意在黑夜的窄巷里遇见你,我只希望匿名信的作者没有研究过这个问题。彼得,你不会真的认为——"

"我像回避瘟疫一样回避严肃的思考。但我向你保证,我攻击你不是为了好玩。"

"我相信你。没有哪位绅士能比你更公正地扼住一位女士了。"

"谢谢你的证词。要烟吗?"

哈莉叶拿过香烟,她觉得这是她应得的。她坐下来,双手搭在膝盖上,心里把刚才发生的事情写成了书中的一个场景(这是小说家的一种令人不悦的习惯),心里想着,怎样对双方都稍做贬低,变成一件男性耀武扬威、女性遭到挑衅的事情。通过一点小小的修改，情节可以是这样的，讨厌鬼埃弗拉德要引诱美丽却受冷落的妻子希拉，他可以把她紧紧地搂在怀里，膝对膝，胸对胸，紧紧扣在一起，对着她发红的脸颊挑衅地微笑；希拉可能会全身瘫软——这时，埃弗拉德可能会猛烈地吻她，或者说："我的上帝！别诱惑我！"最后的结果也完全一样。"简直就是他们的情节。"哈莉叶想道，然后用手指轻触自己的下颚，那是彼得的拇指无情地压过的地方，留下了压痕。

"开心点儿。"彼得说，"会消失的。"

"你打算给德·范恩小姐上自卫课吗？"

"我很为她烦恼。她的心脏很虚弱，不是吗？"

"应该是的。她都不肯爬莫德林塔。"

"她大概没法跑遍整个学院，偷保险丝，还从窗户爬进爬出。在这种情况下，发夹就是栽赃。这又回到了罗宾逊这条线索。但假装心脏状况不好很容易。你见过她心脏病发作吗？"

"说起这个，我没有见过。"

"你看，"彼得说，"她给了我罗宾逊的线索，我给了她讲故事的机会，她讲了。第二天，我去找她，问她那个人叫什么名字，她装出一副不情愿的样子，但还是透露了。让人去怀疑那些暗含敌意的人，是很容易的，不需要撒谎。如果我想让你想一下想要收拾我的人，我可以拿出一个超长的敌对阵营名单。"

"我想是这样。他们有没有想过害你？"

"不常这样。他们偶尔会邮寄一些蠢东西，满是虫子的剃须膏什么的。还有一位先生，他手里有些药丸，可以缓解疲倦和虚弱。我和他有过很长的书信往来。他这套招数就是让你以为自己要买药,真有一手。他其实一直在骗我。不过，他犯了一个微不足道的错误，他以为我真的想要买药——那也怪不到他，因为我给他列出的那些症状，会让别人以为我需要整个药店。然而，他给我寄来了一星期的药——七粒——花费惊人。所以我很有道德地带着它们去找内政部的朋友，他与骗子和不道德的广告等打交道，他对此类事情很有好奇心。'嗯，'他说，'有六粒是无功无害的，不过另一种药倒是可以治疲乏。'所以我很自然地问里面有什么。'马钱子碱，'他说，'是致命的剂量。如果你想头贴着脚后跟，像箍桶一样在房间里滚来滚去，我保证有效。'所以我们出去找那位先生。"

"你找到他了吗？"

"哦，是的。是我亲爱的老朋友。之前因为滥用药物的指控，上过法庭。我们把他关进了监狱里，我很担心他出来后，会不会想要利用那些关于药片的信件来敲诈我。你想要做些健康的运动吗，还是我们继续上路呢？"

当他们经过一个小镇时，彼得看见一家皮革马具店，就突然把车停了下来。"我知道你想要什么，"他说，"你想要个狗项圈。我去给你拿一个。有黄铜扣的那种。"

"狗项圈？用来做什么？用来标识所有权？"

"上帝保佑，以防被鲨鱼咬，也能用来对付暴徒和割喉者。"

"亲爱的朋友！"

"真的。它太硬了，挤不动，还会把刀刃弄弯——即使有人用它把你吊起来，它也不会像绳子那样把你勒死。"

"我不能戴着狗项圈到处走啊。"

"嗯，不是白天戴，但可以在夜间巡逻时让你更安心。稍加练习，你就可以戴上睡觉了。你不用进来了——我把你的脖子掐了好几次，估计到尺码了。"他转眼间走进了商店，从窗口可以看到，他在和店主商量。不一会儿,他拿着一个包裹走了出来,又坐上了车。

"那个男人对我的母斗牛犬很感兴趣,"他说,"相当勇敢的动物,也是鲁莽和固执的斗士。他说,就个人而言,他更喜欢灵缇。他告诉了我可以刻下我的名字和地址的位置,但我说可以等等。现在我们在城外,你可以试一下。"

于是他就把车开到路边,帮助她(哈莉叶觉得他有一种自鸣得意)扣上沉重的皮带。这是一条很大的项圈,非常不舒服。哈莉叶在包里摸出一面小镜子,仔细观察效果。

"很合适,你不觉得吗?"彼得说,"我不明白为什么不能开创一种新时尚。"

"是的。"哈莉叶说道,"你可以再把它摘下来吗?"

"你会戴吗?"

"假如有人从后面抓住它。"

"放手,往他们身上倒——重重地。你会摔倒在很软的地方,运气好的话,他们会摔破脑袋。"

"嗜血的怪物。很好,只要你现在把它取下来,我做任何事都愿意。"

"这是一个承诺,"他说,然后放开了她,"那个项圈,"他又把它包起来放在她的膝盖上,补充说,"应该摆在玻璃柜里。"

"为什么?"

"这是你唯一收下的我给你的东西。"

"还有我的生命——还有我的生命——还有我的生命。"

"该死!"彼得说,愤怒地盯住挡风玻璃,"如果你不能让我们中的任何一个人放下它,那一定是一份相当苦涩的礼物。"

"对不起,彼得。我真是太刻薄,太残忍了。如果你愿意,你可以给我东西的。"

"我可以吗？我该给你什么呢？今天大鹏蛋很便宜。"

一时间，她的脑子一片空白。无论她向他要什么，一定要够格。那些琐碎的、平凡的或者仅仅是昂贵的东西，都会是一种侮辱。他马上就会知道，她是不是在编造一个东西，用来取悦他……

"彼得——送给我那一套象牙棋子。"

他看起来那样高兴，看来他以为自己会被一件七镑六便士的东西给敷衍。"亲爱的，当然！你现在想要吗？"

"现在！万一那些讨厌的大学生抢走它们了呢。我每天出门时，都恐怕它们不见了。快点。"

"好吧。我保证速度不低于七十英里，除了限速三十英里的路段。"

"哦，天啊！"汽车启动时，哈莉叶叫道。他很清楚，开快车吓到她了。走过了惊险的五英里后，他侧身看了她一眼，看看她怎么样，然后松开油门。

"那是我的凯歌。这四分钟被吓到了吗？"

"这是我自找的，"哈莉叶咬牙切齿地说道，"继续吧。"

"我不能再这样啦。我们正常开车，冒着本科生抢夺走的风险，真讨厌！"然而，当他们到达时，象牙棋子还在橱窗里。彼得戴上单片眼镜看了看，说："看起来不错。"

"很可爱的。承认吧，我做一件事，就要做得很漂亮。我现在要求你立刻给我三十二件礼物。"

"听起来像《爱丽丝镜中奇遇记》。你要进来,还是让我自己搞定？"

"我当然要进来。怎么了？——啊！我看起来是不是太急切了？"

"太急切了。"

"好吧，我不在乎。我要进来。"

商店里黑洞洞的，堆着各种稀奇古怪的上等商品、破烂货和专为粗心的人准备的陷阱。不过，店老板是个机敏的商人，在短暂的交锋之后，发现面对的是一位固执、老道又有见地的顾客，他就开始热情地与对方磨时间。哈莉叶以前从来没有想到，买一副棋子可以花上一小时四十分钟。三十二件棋子的每一个雕刻小球，都历经了指尖、肉眼和钟表匠的镜片的仔细检查，确保没有损坏、修理、更换或工艺缺陷的迹象。在对这套棋子的"来源"进行了一番盘查后，又讨论了中国的贸易状况、古董市场的总体状况以及美国经济对物价跌落的影响，才开始谈价格。刚一提出，就遭到了拒绝，接着是进一步的讨价还价。在此期间，整个物件又被检查了一遍。最后，彼得同意以指定的价格（虽然低于他的最高估价，但远高于他的最低出价）购买这套棋子，但要附赠棋盘。由于棋子不是通常的大小，必须有配套的棋盘；老板勉强同意了，因为彼得指出，棋盘来自十六世纪的西班牙——并不值钱——因此，要算买主屈尊接受了才是。

战斗体面地结束了，商人愉快地笑着，问包裹应该寄到哪里去。"我们自己带走。"彼得坚定地说，"但如果你要现金，不要支票的话——"

老板说，支票没问题，但包裹会很大，要等一阵子才能包好，因为棋子都要分开包装。

"我们不着急。"彼得说，"我们自己带走。"这就符合了良好行为准则的第一条：亲自送礼物，不由商店代劳。

老板跑到楼上，去找合适的盒子，彼得带着歉意转向哈莉叶。

"抱歉耽搁了这么久。你的选择比你想象的还要好。我不是这方面的专家，但如果我没有搞错的话，那是一副非常精致、古老的器物，甚至比他的要价还要高出不少。所以我才会这么细究。当一件东西卖得过于便宜时，通常是有什么状况的。如果那些可恶的棋子中有一个不是成套的，那么整盘都一文不值了。"

"我想是这样。"哈莉叶忽然有所顾虑,"如果这套棋子不完美,你还会买吗?"

"无论如何也不买。"

"如果我还想要,怎么办呢?"

"不会买的。这就是我的问题。再说,你也不会想要的。你有学者的思维,知道这是错的,你会觉得不舒服的,即使别人不知道。"

"真是这样。每当有人称赞它时,我就不得不说:'是的,但有一个棋子是现代的。'那就太乏味了。我很高兴它们通过检验,因为我太喜欢它们了。几个星期来,它们每天都缠绕着我的梦境。现在我还没向你道谢呢。"

"啊,你现在说了——不管怎么样,这是我的荣幸——我在想,那架钢琴还能不能弹。"

他穿过古玩店后方黑暗的通道,经过乐器前方的一架纺车、一个格鲁吉亚酒冷却器、一盏黄铜灯和一小面缅甸神像。"八音盒的变奏曲。"他一边说,一边用手指在琴键上滑动,然后搬出琴凳,坐下来演奏,先是巴赫组曲中的小步舞曲,然后是吉格舞曲,最后弹起了《绿袖子》。

> 唉,我的爱人,你如何能狠心将我抛弃。我爱你如此之久,与你相伴有多欢愉。

"应该让他看到,我不介意这样。"哈莉叶想,于是提高了嗓门,唱起副歌:

> 啊,绿袖子是我全部的欢乐,啊,绿袖子是我的欢愉——

他停止了演奏。

"这个音调不适合你。你是天生的女低音。"他调成 E 小调,发出一连串叮叮当当的转调声。"你从没告诉过我你会唱歌……不,我是听出你没受过训练……是合唱团吗?是巴赫合唱团吗?……当然,我猜得出来……'噢,绿袖子是我金子般的心。只有我的绿袖小姐……'你知道莫利的《小调二重唱》吗?那么,来吧,'瞧!在破晓前……'哪一部分都可以唱,都是一样的……'我的爱人装扮着……'G 大调,亲爱的,G 大调……"

老板抱着满满的包装材料走了下来,没有注意到他们。他对顾客的怪癖早已习以为常,而且,可能还抱着把钢琴卖给他们的希望。

"这种东西,"彼得说,男高音和女低音最后交织在一起时,"是音乐的核心和骨骼。运用复调,任何人都可以和声。接下来呢?'睡吧,亲爱的缪斯'?来了,来了!对吗?是它吗?要这样吗?'爱是幻想,爱是狂热'。好啊,这首是我欠你的。"他带着调皮的眼神,弹了《甜蜜的丘比特,让她的欲望成熟》的开头几小节。

"不唱这歌。"哈莉叶红着脸说道。

"不唱了,这首品位不够。再试试别的。"

他一时犹疑,连着换了几个曲调,然后开始弹奏伊丽莎白时代最著名的情歌:

我愿重拨旋律,我已为爱深深入迷……

哈莉叶将胳膊支在钢琴盖上,双手托着脸,让他独自歌唱。两个年轻的先生走了进来,在店门口大声讲话。他们随口问了下黄铜烛台在哪里,而后挤到黑暗之中,想看看是谁在发出声音。

> 真正的欢乐与幸福之家，最甜蜜之事，是我在此爱慕你，
> 我目睹你的样子，用心爱你，比你更早陷落。

托拜厄斯·休谟优美的旋律在倒数第二行变得高亢，彼得胜利完成了这个挑战。而此时传来嘈杂的声响，哈莉叶示意歌手降低声音，但是太晚了。

"在这里，是你！"两位年轻人中较为高大的那位挑衅地说，"你太吵了。闭嘴！"彼得从凳子上转过身来。

"先生？"他谨慎地擦亮他的单片眼镜，调整好它，目光沿着那巨大的粗花呢往上看。

"抱歉，这句话是对我说的吗？"哈莉叶开始说话，而年轻人转向她。

他大声问道："这个娘娘腔的粗人是谁？"

"我接受过各种指控，"彼得显得饶有兴致，"但说我娘娘腔还是头一回。可以麻烦你来解释一下吗？"

"我看不上你的歌，"年轻人说，一边摇晃着双脚，"我看不上你的声音，也看不上你那愚蠢的眼镜。"

"好了，雷吉。"他的朋友说。

"你惹这位女士生气了，你让她很尴尬。出去！"

"我的天！"温西转向哈莉叶说，"这是耶稣学院的琼斯先生吗？"

"你叫谁该死的威尔士人呢？"年轻人恼怒地咆哮着，"我的名字是庞弗雷特。"

"我的是温西。"彼得说，"很古老，也不那么悦耳。好了，孩子，别犯傻了。你可不能当着高级成员与女士的面这个样子。"

"去他的高级成员！"庞弗雷特先生叫道，这个不幸的词对他来说寓意太多了，"你以为我会被你嘲笑吗？站起来，该死的！你为什么不

能自己站起来呢？"

"首先，"彼得温和地回答，"因为我比你大二十岁。其次，因为你比我高六英寸。第三，因为我不想伤害你。"

"那么，"庞弗雷特先生说，"接着吧，你这只缩着的兔子！"

他冲动地朝彼得的头猛击出去，发现自己的手腕被牢牢扣住了。

"如果你不安分待着，"勋爵说，"会弄坏东西的。来吧，先生，把你这位兴奋的朋友带回去好吗？他怎么这个时候就喝醉了呢？"

这位朋友对他的午餐派对和随后的鸡尾酒狂欢做出了一个模模糊糊的解释。彼得摇了摇头。"一杯接一杯该死的杜松子酒，"他垂头丧气地说，"好了，先生。你最好向那位女士道歉，然后走吧。"

庞弗雷特先生情绪很低落，动不动就想哭，喃喃低语道，很抱歉惹了一场纷争。"可你为什么那样取笑我呢？"他责备地问哈莉叶。

"我没有，庞弗雷特先生。你完全搞错了。"

"该死的高级成员！"庞弗雷特先生说。

"好了，别再重复了。"彼得温和地催促道，他站起身来，眼睛望着庞弗雷特先生的下巴。"如果你想继续讨论下去，明天早上你可以到米特酒店找我。从这里走。"

"来吧，雷吉。"他的朋友说。

老板确认了自己不必叫警察或者督查后，就回去继续打包了。他殷勤地跳过去开门，说："再见，先生们。"仿佛什么意外的事都没有发生。

"见鬼吧，他们又要嘲笑我了。"庞弗雷特先生说，到了门口还有想返回的势头。

"当然不是，老朋友，"他的朋友说，"没有人嘲笑你。来吧！今天下午你已经闹腾够啦。"他们关上了门。

"哎呀，哎呀！"彼得说。

"年轻先生们太活泼了,"老板说,"先生,恐怕有点重。我把棋盘分开装了。"

"把他们塞进车里。"彼得说,"没什么事的。"

大功告成,老板高兴地送走了顾客,他拉起百叶窗,因为早已过了打烊的时间。

"我替我的年轻朋友道歉。"哈莉叶说道。

"他似乎很难过。我是高级成员,这到底有什么好生气的?"

"哦,可怜的小羊羔!他以为我跟你讲了他、我还有学监的事了。我想我最好现在告诉你吧。"

彼得听着,苦笑了一下。"真是遗憾,"他说,"在他那个年纪,会很受这种事情的影响。我最好给他写个信过去,解释清楚。对了!"

"什么?"

"我们还没喝啤酒。和我一起到米特酒店喝一杯吧,我们可以调制一种治疗伤感的药剂。"

他们的面前摆上了两杯半品脱的啤酒,彼得开始书写信件。

米特酒店

牛津

致雷吉·庞弗雷特先生。

先生,

薇恩小姐告诉我,在我们今天下午的谈话中,我说了惹人不快的字眼,会被误解为涉及了你的私事。请允许我向你保证,我是在不知情的情况下说这些话的,冒犯你绝非我的本意。虽然我不赞同你所认为的合适之举,但我对无意中给你造成的痛苦表示真诚的歉意,希望你可以原谅我。

你忠实的，

彼得·戴斯·布莱顿·温西

"够浮夸吗？"

"漂亮，"哈莉叶说，"基本上没有三个音节以下的词，还写的是你的全名。是你侄子说的'彼得叔叔最严肃的时候'。现在需要的只是纹章和封蜡。为什么不给这孩子写一张友善的便条呢？"

"他需要的不是友好，"勋爵笑嘻嘻地说，"他需要的是满足感。"他按了一下铃，叫侍者请邦特过来，并拿来封蜡，"关于红色封蜡的好处，你说得对——他会认为这是个挑战。邦特，把我的图章拿来。仔细想想，这是个主意。我该让他在黎明时分波特草原选择剑还是手枪呢？"

"成熟点吧。"哈莉叶说。

"是吗？"彼得说着，折好了信封，"我从来没有挑战过任何人。会很有趣的。我已经被挑战过三次，战斗过两次；第三次有警察插手。我恐怕那是因为我的对手不喜欢我选择的武器……谢谢，邦特。你看，一枚子弹，可以飞到任何地方，但钢刀的去向基本上是固定的。"

"彼得，"哈莉叶严肃地看着他，说道，"我想你是在炫耀。"

"我想是的，"他说着，把重重的图章准确地按在封蜡上，"每只公鸡都要在自己的地盘啼叫。"他的笑容半是任性，半是不以为然，"我讨厌被身材魁梧的大学生压着，让我感觉年华易逝。"

象牙碎片

> 因为，一言以蔽之，嫉妒不过是因他人所拥有的而难受，无论是现在的、过去的、还是将来的；也是因他人的厄运而兴奋，因他人的伤痛而快乐。……正如塔西佗所说，嫉妒别人的所有，是一种普遍的疾病，是自然之情。
>
> 罗伯特·伯顿

据说爱情和咳嗽一样，是掩饰不了的。要藏起来三十二个象牙棋子也不容易；除非一个人能毫无人性，把它们裹在用棉絮做成的干尸衣里，埋在六面封闭的木制石棺里。如果不能沾沾自喜地赏玩它们，不能把它们展示给自己的朋友，不能收获嫉妒和溢美之词，那么获得心之所求又有何用呢？不管人们会对送礼者阐发怎样的推论——毕竟，这关谁的事吗？哈莉叶知道她必须展示这件礼物，不然她会在孤独的狂喜中爆炸的。

因此,她勇往直前,晚宴后,在老师们的热心帮助下,她公然将棋子大军部署在了研究活动室的桌子上。

"可你打算把它们放在哪儿呢?"学监问道,这时大家都对这雕刻的精细赞叹不已,轮流旋转和观察着那些同心球的托座,"别把它们放在盒子里。看看那些易碎的小矛还有皇室头盔。应该把它们放在玻璃柜里。"

"我知道,"哈莉叶说道,"追求全然不切实际的东西,这正是我的性格。我得再把它们包起来。"

"只是那样,"希尔佩里克小姐说,"你就不能看它们了。我知道,如果它们是我的,我的眼睛一刻也挪不开。"

"如果你愿意,可以给你一个玻璃柜,"爱德华兹小姐说,"科学讲堂里有。"

"是的呢,"利德盖特小姐说,"但是遗赠的条款怎么办呢?我是说,那些玻璃柜——"

"哦,管它什么遗赠呢。"学监叫道,"当然可以借用一两个星期的。我们可以把那些可怕的地质标本堆在一起,把其中一个小柜子拿到你的房间去。"

"当然可以,"爱德华兹小姐说,"我来办。"

"谢谢你,"哈莉叶说道,"那太好了。"

"用这套新玩具来下棋不心疼吗?"艾利森小姐问,"彼得勋爵下棋吗?"

"我不知道,"哈莉叶说道,"我水平一般。我就是太喜欢它们了。"

"好吧,"德·范恩小姐好心地说,"让我们玩玩吧,这么好看,不用一用,很遗憾的。"

"那我一定会被打得溃不成军的。"

"哦,用它们玩一局吧!"肖小姐动情地喊道,"想想看,它们在商店橱窗里坐了那么久,一定很渴望舒展舒展的。"

"我让你一个卒。"德·范恩小姐提议说。

即使领先一步,哈莉叶还是遭遇了屈辱的三重失败:第一,因为她棋艺蹩脚;第二,因为她记性很差;第三,因为一下就要把全副武装的战士、跃起的骏马和完整的象牙球分开,她根本无法忍心把哪怕是一个小兵置于危险之中。德·范恩小姐却泰然自若,即使看到一个穿着长袍、留着长胡子的相或者一只驮着一队战士的象不见了踪影,也无所谓,很快就把哈莉叶那无助的国王关在了自己的护卫当中。在希尔亚德小姐嘲弄的眼光下下棋,对较弱的一方也没有任何好处。希尔亚德小姐在一旁看热闹,抱怨国际象棋是世界上最令人厌烦的娱乐互动,但她却不去继续做她的工作,而是坐在那里盯着棋盘,着迷了似的,而且(更糟糕的是)还在摆弄着被吃掉的棋子,使哈莉叶十分痛苦,生怕她会掉下去一个。

甚至到棋局结束,爱德华兹小姐说,一个玻璃柜已被校工清洁过了,搬到了哈莉叶的房间,希尔亚德小姐还坚持要帮忙把棋子搬过去,并抓住了白色的国王和王后,它们的王冠像天线一样,精致地飘动着,极容易损坏。而且,当学监发现它们直立在盒子里运输更安全时,希尔亚德小姐还要加入护送队伍,一起穿过院子,还热情地帮着把玻璃柜放在床对面的位置。"这样,"她说,"如果你夜里醒来,就能看见它们了。"

第二天恰好是学监的生日。哈莉叶吃过早饭,到市场上买了一些玫瑰花,走到高街上,打算在美发店里约个时间。这时,她出乎意料地看见两个男人的背影,从米特酒店里出来,像是很和气的样子,朝东走去。其中较矮较瘦的那一位,无论在哪里,她都能从万千背影里认出他;高大魁梧的那位,肯定是雷吉·庞弗雷特先生。两人都抽着烟斗,她由此断定,他们这次出行的目的,不可能是到波特草原拔出刀枪。他们在悠闲地散步,像是吃过了早饭。她希望圣乔治勋爵所说的"出名的家族魅力"可以发挥作用;在现在的年纪,她已经不愿享受被人争抢的感觉了——这使他们三个都变得可笑。十年前,她可能会感到受宠若惊;但成长似乎就是淡化权力欲的过程。当她身处美发店里令人窒息的香水味中时,她想,一个人的真正所需,是平静,是能够自由摆脱愤怒和冲动的性格。她预约了下午的时间,又继续向前走了。当她经过女王学院,彼得正独自走下台阶。

"嘿!"他说,"为何手握花卉?"

哈莉叶解释了。

"真好!"勋爵说,"我喜欢你们的学监。"他接过了她的玫瑰花,"让我也带着礼物去吧。"

> 给她做一个漂亮的蓝色花环,
> 用最甜美的蔷薇环绕她的花冠,
> 配上玫瑰色的锦缎、白色的、红色的娇蕊,
> 还有耶路撒冷的樱草和天堂的丁香。

"不过我不知道耶路撒冷的樱草是什么样子的,大概还没有开花呢。"

哈莉叶跟他一起向市场走去。

"你的年轻朋友来看我了。"彼得继续说。

"我看见了。你是不是'用空洞的眼神看着他,以高贵的出身扼杀

了他'？"

"'而且追溯了十六代，还发现他是我的亲属'？没有，他是个不错的小伙子，要想打动他的心，就得聊伊顿公学的运动场。他向我倾倒了所有的悲伤，我非常同情他，并提到，比起醉倒在马尔姆西酒中，有更好的方式来抚慰感情。但是，上帝啊，倒转宇宙，给我昨天吧！他昨晚喝得烂醉如泥，出门前吃了一顿早饭，又跟我在米特酒店吃了一顿早饭。我不羡慕年轻人的心，只羡慕他们的头脑和胃口。

"你有亚瑟·罗宾逊的新消息了吗？"

"只知道他娶了一位名叫夏洛特·安·克拉克的年轻女子，并生了一个女儿比阿特丽斯·莫德。这很容易，因为我们知道他在八年前的住处，可以查阅当地的登记信息。但他们仍在搜寻他的记录，要么是他的死亡记录——假设他已经死了，这种可能性比其他情况要小得多——要么是第二个孩子的出生，如果是真的——也许能告诉我们，在约克的那场风波之后，他去了哪里。不幸的是，姓氏为罗宾逊的就像黑莓一样多，而亚瑟·罗宾逊也并不少见。如果他真的改了名字，可能根本就不会有罗宾逊的记录。我的另一个搜寻者到他以前的住处去了——你也许还记得，他在那里非常轻率地娶了房东太太的女儿为妻；但克拉克一家搬走了，要找到他们有点困难。另一条线就是到学术机构和那些规格低的私立学校去打听，因为很可能——你没有在听。"

"啊，我在听，"哈莉叶含糊地回答，"他有个妻子叫夏洛特，而你正在打听他在不在私立学校。"当他们走进市场的时候，一股浓郁而潮湿的香味喷涌而出，她陷入一种扑面而来的欢欣当中，"我喜欢这种味道，就像植物园里的仙人掌屋一样。"

她的同伴张开嘴想说话，看了看她，然后，作为一个不想破坏气氛的人，让罗宾逊的名字消失了。

"曼陀罗散发出香味。[1]"

"你说什么,彼得?"

"什么都没有。阿波罗的歌声之后,墨丘利的话更为刺耳。"他把手轻轻地放在她的胳膊上,"让我们问问商贩这些康乃馨吧。"

当玫瑰和康乃馨都被——这次是信使——送到目的地时,既然已经提到了植物园,自然就要去一趟了。正如培根所言,花园是人类最纯粹的乐趣,以及人类最大的提神剂;即使是那些闲散无知的人,分不清杂交花和锦葵的区别,也宁愿在荒野中徜徉,而不愿为采摘和除草而累死累活,特别是如果他们知道普通花卉的老式名称,并且对伊丽莎白时代的小作家也相当熟悉的话,还能愉快地聊些什么。

绕过花园一圈,他们在河岸上坐了下来,彼得才把注意力转回肮脏的现实,突然说:"我想我得去拜访你的一位朋友。你知道朱克斯是怎么被抓包的吗?"

"我不知道。"

"警方收到一封匿名信。"

"不是吧——"

"是的。就在那里。顺便问一下,你有没有试着弄清楚那条留言的最后一句话是什么?就是我们在科学讲堂找到的那封?"

"不——不管怎样,她不可能写完。盒子里连一个元音都没有了。连个 B 和破折号都没有!"

"这是一个疏忽。我是这样认为的。哈莉叶,我们很容易就可以找到那个人,是不是?但证据是另一回事了。这件事拖得太久了。那个讲堂的插曲注定是最后一次夜间潜行,很可能就是这样。而最好的证据此刻已经沉到河底了。现在再把门关上,再派人监视,已经太晚了。"

---

1 原句来自《圣经》武加大圣经译本的"歌之歌"。

"监视谁？"

"你现在肯定知道了吧？你一定是知道的，哈莉叶，如果你还在考虑这件事的话。机会，手段，动机，不是很明显吗？看在上帝的分上，把你的成见放在一边，好好想想。你怎么了，还不能将这件事全盘托出吗？"

"我不知道。"

"好吧，"他冷冷地说，"如果你真的不知道，那我就不该告诉你了。不过，如果你能聚焦手头的事情，把你自己的案卷仔细看一遍——"

"会因为我顺手发现的十四行诗而受影响吗？"

"不管什么个人考虑，都会受影响，"他几乎是愤怒地喊出口，"对，你完全正确。那样很蠢。我的故步自封程度已经到顶了，不是吗？但是，当你对这一切得出结论的时候，你会不会记得，是我请你采取冷静的态度，是我告诉你，在世界上所有被释放的魔鬼中，没有什么能像忠诚的爱那样。我说的不是激情。激情是匹又好又笨的马，如果你在星期天让它自己跑跑，它就能一周拉六天的犁。但爱是神经质的、笨拙的、难以控制的野兽；如果无法驾驭，那就最好别招惹它。"

"听起来很乱。"哈莉叶温和地说道。可是他那不寻常的兴奋劲儿已经淡去了。

"我觉得头重脚轻的，像小丑一样。如果我们现在去什鲁斯伯里，你觉得院长会见我吗？"

当天晚些时候，巴林博士派人去找哈莉叶。

"彼得·温西勋爵来见过我，"她说，"他提出了一个相当奇怪的建议，我稍微考虑了一下，拒绝了。他告诉我，他自己几乎能确定罪犯的身份，但目前还不能提供完整的证据。他还说，他觉得那个人已经警觉了，会开始加倍小心，以免被发现。事实上，那个人的警觉或许可以暂停进一步的骚乱,直到这个学期结束。但是,一旦我们放松警惕,更暴力的骚乱就会再次爆发。我说那很令人烦忧,他说是的。他问是否应该把那个人的名字告诉我,以便密切监视她的一举一动。我说了不适合这样做的两个原因:第一,那个人可能会发现她正在被监视,而这只会让她更警惕;第二,如果他不巧弄错了罪犯的身份,被监视的人就会受到最无法容忍的怀疑。假设,我说,骚乱不再发生,而我们就会一直在没有任何证据的情况下怀疑这个人——或许她就是无辜的。他回答说,这些正是他的顾虑。你知道他指的那个人的名字吗,薇恩小姐?"

"不知道,"哈莉叶说道,在此期间,她正在飞速思考,"我开始有点想法了,但没有完全想通。事实上,我简直不敢相信。"

"很好。彼得勋爵提出了一个非常了不起的建议。他问我是否允许他私下审问这个人,希望能让她大吃一惊,让她承认。他说,如果这一虚张声势(他是这么说的)奏效了,罪犯就可以向我坦白,而后悄悄离开,或者按照我们的决定对她进行医学治疗。然而,如果不是这样,这个人否认了一切,我们可能会处于非常不利的地位。我回答说,我完全明白这一点,我不可能同意在这个学院的任何人身上使用这种方法。他回答说,他想我会这样回答的。

"然后我问他,有什么证据(如果有的话)可以指证这个人。他说他所有的证据都是间接的,他希望在接下来的几天里进一步收集,但如果没有新的骚动,没有当场抓住罪犯,他就不确定现阶段是否能拿出直接证据了。我问他,为什么我们不能等等新证据的出现。"

巴林博士停顿了一下,敏锐地看着哈莉叶。

"他回答说,原因只有一个,那就是罪犯可能会放弃谨慎,反其道而行之,采取直接的暴力行为。'在这种情况下,'他说,'我们很可能会抓住她，但代价可能就是某人的死亡或重伤了。'我问哪些人受到了死亡或伤害威胁。他说，最有可能的受害者是——你、德·范恩小姐，还有另一个他叫不出名字，但他能推断出是这个人。他还出乎我意料地告诉我，你遭遇了未遂的攻击。这是真的吗？"

"不必说得这么严重。"哈莉叶说道。她简要地概述了那通电话的经过。

听到希尔亚德小姐的名字，院长抬起头来："看你的话头，你对希尔亚德小姐抱有怀疑吗？"

"如果我有，"哈莉叶谨慎地说道，"我不应该是唯一有这种感觉的人。不过我不得不说，据我所知，她似乎根本不在彼得勋爵的调查范围内。"

"听你这么说我很高兴，"巴林博士回答，"有人有过这样的表述——在缺乏证据的情况下——我一直很不愿意听到。"

这么说，巴林博士与研究活动室的感觉差不多，应该是艾利森小姐和古德温太太说的。好的！

"最后，"院长继续说，"我告诉彼得勋爵，最好还是等进一步的证据。当然，这个决定必须取决于你和德·范恩小姐愿意承担的风险。当然，我们无法确定未知第三方的意愿。"

"我一点也不在乎冒什么风险，"哈莉叶说道，"不过，我想应该提醒德·范恩小姐一下。"

"我就是这么说的。彼得勋爵同意了。"

所以，哈莉叶想，他是有原因排除德·范恩小姐的。她很高兴。除非这是马基雅维利式的诡计好让她放松警惕。"院长，你对德·范恩小姐说过什么吗？"

"德·范恩小姐在城里，要到明天晚上才回来，我打算到那时再跟她谈谈。"只有等待,别无他法。与此同时,哈莉叶发现研究活动室的气氛变得诡异了起来。她们似乎忘记了彼此之间的不信任和弥漫的忧虑,像拳击场边的观众一样聚集在一起,观看别人的对决,而她是其中的主角之一。这种奇怪的紧张气氛,来自院长特意对几个人说,在她看来,弗拉克斯曼的年轻人已经把她甩了,她自找的;弗拉克斯曼小姐的助教尖刻地回答说,她希望夏季学期不要发生这些骚动了,但幸运的是,弗拉克斯曼小姐直到明年才参加学位考试。哈莉叶刚好就去问肖小姐,纽兰小姐近况如何。看来纽兰小姐的情况不错,已经完全从查维尔河的震惊中恢复了,因此她考第一的机会相当大。

"精彩!"哈莉叶说,"那我就要赌赢了。对了,希尔亚德小姐,我们的年轻朋友卡特莫尔还好吗?"在她看来,整个房间都在屏住呼吸,等待着她的回答。希尔亚德小姐很干脆地回答说,卡特莫尔小姐似乎恢复了以前的状态,她自己也知道,这多亏了薇恩小姐的忠告。她还说,哈莉叶真好,在百忙之中,还关心历史系的学生。哈莉叶含糊其词地回答了一句,在她看来,整个房间的气氛又活跃了过来。

当天晚些时候,哈莉叶和学监一起在河上泛舟,出乎意料的是,她发现卡特莫尔小姐和庞弗雷特先生共坐一艘平底船。她收到过庞弗雷特先生的悔罪信。当船只经过时,她愉快地挥手,以示恢复和平。如果她知道了庞弗雷特先生和卡特莫尔小姐在对她的倾慕中找到了共情的纽带,她也许就会想到,那些被拒绝的有情人互相倾诉后会发生什么。但她还没有想到这,因为她想知道那天早晨米特酒店发生的事情;她的思绪已经飘到植物园里去了,直到院长大声说,她的船划得太闲散了。是肖小姐无意地挑起了这场风波。

"那条围巾真漂亮。"她对希尔亚德小姐说。老师们像往常一样,聚在活动室外,准备去吃晚餐。但那天晚上天气阴沉而寒冷,在晚礼服外面加一条厚厚的丝巾是明智的选择。

"是的,"希尔亚德小姐说,"不幸的是,它不是我的。昨晚有个粗心的人把它落在了学者花园里,我把它捡了起来。我把它带来是为了找到失主——但我承认,今晚很适合戴上它。"

"我不知道会是谁的,"利德盖特小姐说,她赞赏地用手指抚摸着它,"看起来更像一条男士围巾。"哈莉叶刚才并不怎么注意,这时良心不安地转过身来。

"上帝!"她说,"那是我的,确切地说,是彼得的。我想不起来我把它放在哪里了。"事实上,这正是星期五防身训练时用过的那条围巾,是偶然同棋子和项圈一起被带回什鲁斯伯里的。希尔亚德小姐脸红得像砖一样,一把夺了下来,像要把她掐死似的。

"请原谅,薇恩小姐。"她说着,伸出了手。

"没关系,我现在不想要,但我很高兴知道它的下落。如果我把它弄丢了,我就有麻烦了。"

"请拿回你的东西好吗?"希尔亚德小姐说。

哈莉叶已经戴上了自己的围巾,她说:"谢谢你。可是你确定你不会——"

"我不会的。"希尔亚德小姐说,生气地把围巾扔在台阶上。

"哎呀!"学监说着把它捡了起来,"看起来没人想要这条漂亮的围巾。我要借用一下。我说今晚真是冷透了,为什么我们不能都进屋去呢。"

她舒舒服服地把围巾绕在脖子上,这时院长也终于来了,她们进去吃晚饭。

十点差一刻,哈莉叶和利德盖特小姐对了一个小时校样——马上就可以送进印刷厂了——穿过老方庭,来到都铎楼。在台阶上,她刚走出来,就遇到了希尔亚德小姐。

"你是在找我吗?"哈莉叶有点咄咄逼人地问道。

"不,"希尔亚德小姐说,"我没有。当然不是。"她急忙说着话,哈莉叶觉得她的眼神鬼鬼祟祟的,怀有恶意。但那是五月中旬的夜晚,天很黑,她不能肯定。

"啊!"哈莉叶说,"我以为你是来找我的。"

"啊,我没有。"希尔亚德小姐又说。当哈莉叶从她身边经过时,她转过身来,像是被迫说出这几个字似的:"去工作吗——接受那些漂亮棋子的鼓舞?"

"差不多吧。"哈莉叶笑着说道。

"我希望你今晚过得愉快。"希尔亚德小姐说。

哈莉叶上了楼,打开了她的房门。

玻璃柜已经碎了,一地都是碎玻璃,还有被踩过的红白相间的象牙碎片。

大约整整五分钟,哈莉叶陷入沉寂的愤怒之中,无从表达,也无法掌控。如果她想想看,她那时的心情大概就是同情这个促狭鬼和她的恶作剧;如果她能打败或勒死任何人,她一定会这么做,这样感觉会更好。欣慰的是,在最初的震怒之后,她能说些脏话来缓解。当她发现声音不再颤抖之后,她锁上卧室的门,下楼去打电话。

尽管如此,她一开始还是语无伦次,彼得几乎听不懂她在说什么。等他明白过来后,他对这件事的态度冷淡得让人发狂,只是问她有没有动过现场,有没有告诉任何人。得知她没有做这些之后,便愉快地回答说,过几分钟他就来。

哈莉叶走出去,心烦又恼火地绕着新方庭花园,直到她听到他按门铃——因为大门已经关上了——才勉强克制住自己,没有朝他冲过去,在帕吉特面前发泄她的愤怒。但她在方庭中央等他。

"彼得——唉,彼得!"

"好吧,"他说,"这是好事。我还担心我们可能永远压住了那些示威的活动。"

"但我的棋子!我可以为此杀了她。"

"亲爱的,破坏的居然是你的棋子,真叫人恶心。但我们不要失去分寸,受害的也可能是你呢。"

"我宁愿这样。我还可以反击。"

"真是泼妇。我们去看看损坏情况吧。"

"很可怕的,彼得。简直是场大屠杀。它——它相当可怕,怎么就——毁坏得那么严重。"

看到现场时,彼得显得很严肃。"是的,"他跪在废墟中说,"盲目、残忍的行径。不仅打碎了,而且还碾成粉末。是高跟鞋踩的,还有火钳;你可以看到地毯上的印迹。她恨你,哈莉叶。我没有意识到。我以为她只是怕你……还有剩下的吗……看!一个可怜的战士躲在煤斗后面——强大军队的残兵。"

他微笑着举起那只孤独的红色小兵,匆匆站了起来。"我亲爱的姑娘,别为这事哭了。这有什么关系呢?"

"我喜欢它们,"哈莉叶说道,"而且是你把它们送给我的。"他摇了摇头。

"可惜不是倒过来。'是你把它们送给我的,而且我喜欢它们'还好,但'我喜欢它们,而且是你把它们送给我的'就是无法弥补的了。四万只大鹏蛋都不够代替它们的位置。'女孩走了,我也走了;她走了,她走了,而我该怎么办呢'?不过,你用不着在五斗橱上哭,我的肩膀可以由你靠,你需要吗?"

"我很抱歉。我真是个十足的白痴。"

"我告诉过你爱情是魔鬼。二三十个棋子,放在派里烤。世界上所有强大的国王和美丽的王后不过是一个花床……"

"我本可以照看好它们的。"

"别傻啦,"他贴着她的头发轻声说,"再这么温柔地说话,我也会变傻的。对了,这一切什么时候发生的?"

"从晚餐到十点差一刻之间。"

"晚餐有人缺席吗?因为肯定会发出一些噪音。晚餐后,周围会有学生,她们可能会听到玻璃被打碎的声音,或者注意到有什么不寻常的人在附近徘徊。"

"晚餐期间这里也可能有学生——她们的房间里经常有鸡蛋。啊——天啊!有一个不寻常的人——她还说了一些关于棋子的事。昨天晚上她对这些东西表现得很奇怪。"

"是谁?"

"希尔亚德小姐。"

"又是她!"

哈莉叶讲述的时候,彼得在房间里不安地来回走动,避开地板上的碎玻璃和象牙,动作就像猫那样自然精准。之后他久久地站在窗前,背对着哈莉叶。她带他上楼时,就拉上了窗帘,他正盯着窗帘出神。

"可恶!"过了一会儿,他说,"这可复杂了。"他手里还拿着那个红兵,这时他回来,把它放在壁炉台的正中央,"是的。好吧,我想你得弄清楚——"

有人敲门,哈莉叶走过去开门。

"对不起,夫人,帕吉特派人到研究活动室去看彼得·温西勋爵在不在,他认为你可能知道——"

"他在这里，安妮。是找你的，彼得。"

"怎么了？"彼得说着走到门口。

"抱歉，先生，有人从米特酒店打来电话，说外交部有个口信，请你马上回电。"

"什么？哦，天哪，总会发生这种事的！好的，谢谢你，安妮。嗯，等下，是你看见那个——嗯——那个在讲堂搞鬼的人的吗？"

"是的，先生。后来就认不出了，先生。"

"对，但你确实看到她了，她可能不知道你认不出她了。我想，如果我是你，我在夜间的学院里走动时会格外小心。我不想吓到你，但你知道薇恩小姐的棋子怎么了吧？"

"是的，我明白了，先生。太遗憾了，不是吗？"

"如果你个人发生了什么不愉快的事情，那可不仅是遗憾了。现在，别怕——不过，如果我是你，我在太阳落山后出门，会带个人一起走的。我也会给和你在一起的校工同样的建议。"

"嘉莉吗？好的，我会转告她的。"

"嗯，这只是预防措施。再见，安妮。"

"再见，先生。谢谢你。"

"我得扩大狗项圈的用途了。"彼得说，"你永远不知道该不该警告别人。有些人会歇斯底里，但她看起来相当冷静。听着，亲爱的，这一切都很烦人。如果又是罗马的召唤，我就得走了。（*我应该锁上门。*）职责召唤，必须回应，只能这样。如果是在罗马，我就叫邦特把我在酒店里做的笔记都拿给你，克林普森小姐的侦探们会直接向你汇报。不管怎样，今晚我一知道是怎么回事就给你打电话。如果不是罗马，我明天早上再来。这段时间，别让任何人进你的房间。我建议今天晚上就把它锁起来，你到别处去睡吧。"

"我还以为你认为今晚不会再有夜间骚乱了呢。"

"是的,但我不希望人们从那层地板上走过。"他在楼梯上停下来检查鞋底,"我没粘上。你呢?"

哈莉叶换着脚检查了一遍。

"没有。而且最开始我没有走进去。我站在门口骂了几句。"

"好姑娘。院子里的小路有点潮湿,嗯,可能粘上什么东西。事实上,现在正在下小雨。你会弄湿的。"

"没关系。哦,彼得!我有你那条白围巾。"

"先放着,等我再回来——运气好的话,就是明天,否则,天知道什么时候。真可恶!我就知道麻烦要来了。"他静静地站在山毛榉树下,"哈莉叶,不要我一转身,你就冒险——只要能不这样,就别这样;我是说,你不太会保管贵重物品。"

"我还能保管吗?好吧,彼得,我会尽力的,我发誓。"

她把手伸给他,他吻了一下。哈莉叶又一次觉得,黑暗中有人在动,就像他们上次穿过昏暗的方庭时一样。可是她不敢耽误他的时间,所以一言不发。帕吉特让他出了大门,哈莉叶转过身去,发现自己与希尔亚德小姐面对面。

"薇恩小姐,我想和你谈谈。"

"当然,"哈莉叶说,"我也想跟你谈谈。"

希尔亚德小姐二话没说,领着她到自己的房间。哈莉叶跟着她上了楼,走进了起居室。这位老师把门关上,脸色煞白,没有请哈莉叶坐下,就说:"薇恩小姐,你和那个男人是什么关系?"

"你这是什么意思?"

"你完全明白我的意思。如果没有人愿意对你的行为指手画脚,那我必须说。你把这个人带到这儿来,明明知道他的名声——"

"我知道他作为一名侦探的名声有多大。"

"我指的是他的道德声誉。你我都知道他在全欧洲臭名昭著。他有成堆的女人——"

"同时的还是连续的？"

"这样无礼是没有用的。我想，对于你这样一个有过去经历的人来说，这种事不过是好玩而已。但你必须举止得体一些。你看他的样子真丢人。你假装只是他的熟人，在公开场合叫他的头衔，在私下叫他的教名，还在晚上把他带到你的房间——"

"真的，希尔亚德小姐，我不能允许——"

"我已经见过你，两次。他今天晚上就在那儿，你让他吻你的手，向你示爱——"

"原来是你，在山毛榉树下到处张望。"

"你怎么敢用这样的字眼？"

"你怎么敢说这种话？"

"你在什鲁斯伯里的表现与我无关，可是如果你把你的情人带到这儿来——"

"你很清楚，他不是我的情人。你很清楚他今天晚上为什么到我的房间来。"

"我能猜出来。"

"而我很清楚你为什么要到那儿去。"

"我吗？我不明白你的意思。"

"你明白的，你知道他是来看你在我房间造成的破坏的。"

"我从来没有进过你的房间。"

"你没有走进我的房间，把我的棋子砸碎？"

希尔亚德小姐的黑眼睛眨了眨。

"我当然没有。我告诉过你,今晚我根本没到过你的房间。"

"那么,"哈莉叶说道,"就是你撒谎了。"

她气极了,毫不害怕,不过她心里想,如果那个脸色苍白的暴怒女人向她发起攻击,在这孤零零的楼梯上是很难叫人来帮忙的,于是她想到了狗颈圈。

"我知道这是谎言,"哈莉叶说道,"因为在你写字台下面的地毯上有一块碎象牙,还有一块卡在你右脚的鞋跟上。我上楼时看到的。"

但令她吃惊的是,希尔亚德小姐微微摇晃了一下,突然坐了下来,说道:"哦,我的天哪!"

"如果你跟砸碎棋子没有任何关系,"哈莉叶继续说,"或者跟这个学院里的其他恶作剧没有任何关系,你最好解释一下那些象牙碎片是怎么回事。"(我是个傻瓜吗,她想,像这样暴露自己?但是,如果我不这样做,怎么取得证据呢?)

希尔亚德小姐莫名其妙地脱下了拖鞋,看着鞋底的一小块银白色碎片,嵌在一小块潮湿的石子上。

"把它给我吧。"哈莉叶说道,拿过那一只鞋。

她原以为会爆发出一阵否认的声音,可是希尔亚德小姐虚弱地说:"这是证据……没有争议。"

哈莉叶怀着半带严肃的喜悦感谢上帝,这就是学者习气;至少,不必争论什么是证据,什么不是证据了。

"我确实进了你的房间。我去那里,是想告诉你我刚才要说的话,但你不在那里。当我看到地板上乱七八糟的时候,我以为——我怕你会认为——"

"我确实这么想过。"

"他是怎么想的?"

"彼得勋爵？我不知道他怎么想的。不过他现在可能会想些什么了。"

"你没有证据证明是我干的，"希尔亚德小姐突然来了精神，"只能说我在房间里。我到那儿的时候已经是这样了。我看到了，就去看了看。你可以告诉你的情人，我看到了，而且很高兴看到这些。但他会告诉你，这并不能证明是我干的。"

"听着，希尔亚德小姐，"哈莉叶的情绪交织在愤怒、怀疑和强烈的怜悯之中，说道，"你必须弄清楚，他不是我的情人。你真的以为，如果他是，我们会——"说到这里，这种荒唐的感觉压倒了她，她难以控制自己的声音——"我们会专门在什鲁斯伯里自找麻烦，不守规矩吗？即使我不尊重学院——那又有什么意义呢？我们有那么多时间和相处机会，为什么要跑这里来犯傻呢？这太愚蠢了。如果你刚才真的在方庭里，你一定知道，情侣不是那样的相处方式。至少，"她很不客气地又加了一句，"如果你对此有所了解，你会知道的。我们是老朋友了，我欠他很多——"

"别胡说八道，"这位老师粗暴地说，"你知道你爱上了这个人。"

"天哪！"哈莉叶突然恍然大悟，说道，"如果我没有，那么我知道谁是了。"

"你无权这么说！"

"不管怎样，这是真的，"哈莉叶说道，"哦，该死！我想现在说非常抱歉是没有用的了。(火药厂的炸药？是的，的确，爱德华兹小姐，你比任何人都更早看到。太有趣了！)这种事简直就是魔鬼。"("魔鬼一样的复杂。"彼得说过。他当然看出来了。一定是。他那么有经验。可能发生过很多次——成堆的欧洲女人。哦，天哪！哦，天哪！这是偶然的指控吗，还是希尔亚德小姐一直在挖掘维也纳歌手的故事？)

"看在老天的分上，"希尔亚德小姐说，"走开吧！"

"我想我还是走吧。"哈莉叶说道。

她根本不知道如何处理这种情况。她不再愤怒了。她并不惊慌，并不嫉妒。她只是感到遗憾，也无法表示同情，因为怎么表达都有羞辱的成分。她意识到自己手里还抓着希尔亚德小姐的拖鞋。应该还给她吗？这是某种东西的证据。但是为什么呢？恶作剧者似乎整个消失了，只剩下一个女人痛苦的躯壳，在刺眼的电光下茫然地望着虚无。哈莉叶从写字台底下捡起另一块象牙碎片——一个红色小卒拿着的矛头。

不管一个人的个人感受如何，证据就是证据。彼得——她记得彼得说过他要从酒店打电话来。她手里拿着拖鞋下楼，在新方庭碰见了正要来找她的帕吉特太太。

电话转到了伊丽莎白楼的电话亭。

"这还不算太糟，"彼得说，"只是大首领想在他的私人住宅里开会。华威郊区愉快的周日下午什么的。那之后可能要去伦敦或罗马，但希望不是。不管怎么说，只要我十一点半到那儿就行了，所以我明天大概九点去找你。"

"请过来，有事情发生了。不是令人担忧，而是令人不安。我没法在电话里和你讲。"

他再次答应会来，并道了晚安。哈莉叶小心地把拖鞋和那块象牙锁好后，来到总务楼，睡在医务室的一张床上。

夜半惊魂

她就这样一直待到傍晚。看不见一个生灵。
现在,悲伤的阴影笼罩了世界,由人躲藏。
在凡人的视线里,在黑暗的梦想中。
但她不会放下她疲惫的臂膀,
因为害怕秘密的危险,无法沉睡。
她的双眼昏沉,虚弱困倦,
尖利的武器傍在衣旁。

埃德蒙·斯宾塞

哈莉叶在门房留了言,说她会在学者花园等彼得·温西勋爵。她很早就吃过早饭,免得撞到希尔亚德小姐。她和帕吉特说话的时候,看到希尔亚德小姐像一个愤怒的影子飘过了新方庭。

初见彼得的时候,她全身的一切知觉都被残酷的环境摧残殆尽了。由于这次意外,她从一开始就将他当作储存于身体中的思想与精神。她从来没有——即使是后来在河上那些令人眼花缭乱的时刻——把他主要看作是雄性动物,也没有考虑过他那双蒙着面纱的眼睛、那张灵活的长嘴和那双充满活力的手所隐含的希望。因为他总是向她提问,而从来没有要求过她,所以她也没有感觉过他除了智力以外的支配能力。但是现在,当他沿着铺满鲜花的小路向她走来的时候,她用新的眼光看着他——那些在认识他之前就见过他的女人的眼光——用她们的眼光看他,就像她们看他一样。希尔亚德小姐、爱德华小姐、德·范恩小姐,甚至学监,每个人都以自己的方式承认了同一件事:六个世纪以来的承袭,文雅气度挥之不去。她在那位侄子身上见到的是恣意与放纵,立刻明白了这一层;使她吃惊的是,她对这个年长的男人会长久地视而不见,而且仍然保持着强大的防御能力。她在想,她是否碰巧闭上了眼睛,等醒转过来之时,已经太晚了。

她一动不动地坐在那里,直到他走过来低头看着她。

"欸?"他轻松地说道,"我的女士还好吗?怎么了,亲爱的,这个样子……是的,有事情发生,我看出来了。是什么事情呢,女学士?"

虽然语气是半开玩笑的,但没有什么比这个严肃的学术头衔更能使她安心的了。她开口讲起来,好像在背诵课文。

"你昨晚走的时候,希尔亚德小姐在新方庭见了我。她叫我到她房间去,因为她想和我谈谈。在路上,我看到她的拖鞋后跟粘了一小块白色的象牙。她——说出了一些相当难听的指责;她误解了情况——"

"这件事是可以纠正的。你有提到那只拖鞋吗?"

"恐怕说了。地板上还有一小块象牙。我指控她进了我的房间,她一直否认,直到我给她看了证据。然后她承认了,但她说她到那里的时候，已经乱成一团了。"

"你相信她的话吗？"

"我可能会……如果……如果她没有告诉我她的动机的话。"

"我明白了。好吧，你不必告诉我。"

她才抬起头来，看到了一张像冬天一样冷峻的脸，她不禁颤抖起来。"我把这只拖鞋带走了。我真希望我没有这样做。"

"你会害怕事实吗？"他说，"你是学者吗？"

"我这么做不是出于恶意，我希望不是。可是我对她太不客气了。"

"幸亏，"他说，"事实就是事实，你的精神状态丝毫不会改变它。咱们现在就走吧，冒着一切危险去弄清真相。"她把他领进她的房间，晨曦照在地板的废墟之上，投射出一道长长的光影。她从门边的箱子里拿出拖鞋给他。他趴在地上，斜视着地毯上他和她昨天晚上都没踩过的地方。他把手伸进口袋，微笑的侧脸对着她苦恼的脸。

"如果诗人手中笔，都能体会主人的思想，那它们所写出的，也比不上像你可以用卡尺记录的坚实的事实。"他朝两个方向量了量拖鞋的后跟，然后把注意力转向地毯上的一堆碎片，"她站在这里，脚跟并拢，在看着。"卡尺在阳光照射下，闪闪发光，"就在这里，这只脚跟跺脚、践踏，把美丽践踏成尘土。一种是法式鞋跟，一种是古巴式鞋跟，鞋履专家是这么说的吧？"他坐起来，用卡尺轻轻敲了敲鞋底，"是谁走了过去？法式——通过，法式，一切都好。"

"啊，我很高兴，"哈莉叶热情地说道，"我很高兴。"

"是的。你不是个刻薄的人。"他又把目光转向地毯，这次是靠近边缘的地方。

"看！现在太阳出来了，你可以看到了。这是古巴式鞋跟在她离开前擦鞋底的地方。鞋底掉落了碎屑。好了，这样我们就不用在整个学院里费劲地找国王和王后的碎片了。"他从那只法式鞋跟上拿起象牙片,把拖鞋放进口袋里,站了起来,"这个最好还给它的主人,并附上一份无罪证明。"

"把它给我。让我来吧。"

"不,不用你来。如果要面对不愉快,这一次不用你来。"

"可是彼得——你不会——"

"不,"他说,"我不会的。相信我。"

哈莉叶留下来,盯着破碎的棋子。过了一会儿,她走到走廊里,在一个校工的储藏室里找到了簸箕和刷子,带回来清扫垃圾。当她准备把东西还到储藏室的时候,她碰到了一个从翼楼来的学生。

"对了,斯威夫特小姐,"哈莉叶说,"你昨晚没有碰巧听到我房间里有什么声音,比如打碎玻璃的声音?在晚餐期间或者之后。"

"不,我没有,薇恩小姐。我整个晚上都待在自己的房间里。不过等一下。沃德小姐大约在九点半过来和我一起学形态学,"女孩的嘴角微微一笑,"她问你是不是在偷偷吃太妃糖,因为听起来像是你在用拨火棍砸太妃糖。学院幽灵来拜访过你吗?"

"恐怕是这样,"哈莉叶说道,"谢谢你,非常有帮助。我要去见沃德小姐。"然而,沃德小姐只能把时间定得更明确一点,说:"一定是九点半之前。"哈莉叶谢过她,走了出去。她的骨头似乎都因不安而疼痛——也许是因为在一张陌生的床上睡得不好,心神不安。太阳在方庭潮湿的草地上洒下了钻石般的影子,微风将山毛榉树上的雨滴吹落。学生们来了又走。有人把一个猩红的垫子整夜留在外面的雨中;它湿透了,看上去很苍凉;它的主人过来把它抱了起来,觉得又好笑又厌烦;她把它扔在长凳上,在阳光下晒干。

无事可做是难以忍受的,而被研究活动室的任何一个人叫去说话就更难以忍受了。她把自己圈在旧方庭里,因为新方庭的一切都让她很敏感,就像一个打过疫苗的人对身体酸痛的一侧很敏感一样。她无所事事地绕过网球场,转到了图书馆的入口。她本来打算上楼去的,可是看到德·范恩小姐的门开着,就改变了主意,她可以从那里借一本书。小门厅里空无一人,但在起居室里,一个校工正在例行周日早晨给写字台掸灰尘的工作。哈莉叶记得德·范恩小姐在伦敦,她一回来,她就会提醒她的。

"德·范恩小姐今晚什么时候回来?你知道吗,奈莉?"

"小姐,我想她是九点三十九分的车。"

哈莉叶点点头,从书架上随便拿了一本书,走到凉廊的台阶上坐下,那里有一把躺椅。她对自己说,还是早晨。如果彼得必须在十一点半之前到达目的地,那么他该出发了。她清楚地记得在一个朋友做手术时,她在医院等待的情景;有一股乙醚的气味,在等候间里,有一个盛满飞燕草的韦奇伍德黑色大坛子。

她看了一页,却不知道里面写了些什么。抬起头来,迎面传来希尔亚德小姐的脚步声。

"彼得勋爵,"希尔亚德小姐不加开场白地说,"让我把这个地址告诉你。他不得不马上去赴约。"

哈莉叶接过纸说:"谢谢你。"希尔亚德小姐坚决地接着说:"昨天晚上我跟你说话的时候,我误会了。我没有足够意识到你处境的困难。恐怕我无意中给你添麻烦了,我向你道歉。"

"没关系,"哈莉叶借用套话回应,说道,"我也很抱歉。昨晚我很不高兴,说了很多不该说的话。这件倒霉的事把一切都搞得那么不适。"

"的确是这样,"希尔亚德小姐用一种更自然的声音说,"我们都有些过度紧张。我希望我们能弄清它的真相。我知道你现在接受了我关于我昨晚行踪的叙述。"

"绝对。我没有核实我的资料,这不可原谅的。"

"表象很容易使人误解。"希尔亚德小姐说。

一阵沉默。

"好吧,"哈莉叶终于说道,"我希望我们能忘掉这一切。"当她说话的时候,她知道至少有一件事是永远不会忘掉的:她很想回忆起来。

"我会尽力的,"希尔亚德小姐回答,"也许我太倾向于对我经验之外的事情做出苛刻的判断了。"

"你这样说真是太好了,"哈莉叶说道,"请相信,我对自己的表现也不太满意。"

"很可能是。我注意到,那些得到机会的人,似乎总是倾向于做出错误的选择。但这不关我的事。再见。"她走得和来得一样突然。哈莉叶瞥了一眼膝上的书,发现她在读《忧郁的解剖》。

> 流泪的赫拉克利特和大笑的德谟克利特?要说明这些症状,我是应该和德谟克利特一起笑,还是和赫拉克利特一起哭呢?他们一方面是如此可笑和荒谬,另一方面又是如此可悲和可叹。

下午,哈莉叶把车开出来,带着利德盖特小姐和学监到欣克西附近去野餐。她回来时正赶上吃晚饭,却发现门房有一封急电,要她一回来就给公馆的圣乔治勋爵打电话。他接电话时,声音听起来很激动。

"哦,听着!我找不到彼得叔叔——他又消失了,可恶!我说,今天下午我看到你们学院的幽灵了,我确实认为你应该小心点。"

"你在哪儿见到她的?什么时候?"

"大约两点半——大白天走在莫德林桥上。我和几个家伙在伊夫利路上吃午饭,我们正要停车把其中一个送到莫德林学院,这时我发现了她。她走在路上,嘴里喃喃自语,神情异常。她双手紧扣,眼睛转来转去。她也看到了我。我不会认错。我的一个朋友开车,我试图让他注意,但他正在一辆公共汽车后面转向,我无法跟他讲。总之,当我们停在莫德林学院门口时,我跳下车,跑了回去,但到处都找不到她,她似乎已经消失了。我敢说她知道我盯上她了,就跑了。我很害怕,以为她有什么打算。于是我给你的住处打电话,发现你出去了,然后我就给米特酒店打电话,也没用,所以我整个晚上都坐在这里,像吃了一顿可怕的炖肉。一开始我想留张纸条,然后我想我最好亲自告诉你。我很忠诚,是不是?为了不错过你的电话,我特地取消了一个晚宴。"

"你真是太好了,"哈莉叶说道,"幽灵穿的什么衣服?"

"哦——一件那种深蓝色的裙子,上面有小枝图案,还有一顶有帽檐的帽子。你们大多数老师下午都穿这种衣服。整洁,但不艳丽,不是很高档的,就是普通衣着。我认出来的是她的眼睛,它们让我浑身起鸡皮疙瘩。说真的,那个女人很危险,我敢发誓她很危险。"

"你能提醒我,真是太好了,"哈莉叶又说道,"我要设法弄清楚那可能是谁。我会采取预防措施的。"

"一定啊。"圣乔治勋爵说,"我是说,彼得叔叔太紧张了,都没有胃口了。我当然知道他是个烦躁不安的老家伙,我也一直在尽力安抚他不安的心脏,但我开始觉得一定有什么原因。看在上帝的分上,哈莉叶婶婶,做点什么吧。我可不能眼睁睁看着我的宝贝叔叔形容枯槁。你知道,他越来越像伯利勋爵了——走来走去,踱来踱去,劳心费神的责任感啊。"

"这样吧,"哈莉叶说道,"你明天来学院吃饭,看看能不能找出那位女士。今天晚上不行，因为星期天的晚饭有很多人不来。"

"好的嘞！"勋爵说道，"这绝对是个好主意。如果我帮彼得叔叔解决了他的问题，他就会给我一份很好的生日礼物。再见，保重。"

"我以前就应该想到这一点的，"哈莉叶把这条消息告诉学监的时候说道，"但我没想到，他只见了那个女人一面，还能认出来。"

对学监来说，圣乔治勋爵遭遇幽灵真是个新鲜事，她对此持怀疑态度："就我个人而言，我不会在黑暗中瞥一眼，就确定谁是谁，我当然也不会相信这样一个冒失的年轻人。据我所知，这里只有利德盖特小姐有带枝叶的软绸裙子，我绝对不相信！不过，你一定要请这位年轻人吃饭。真让人激动，他比另一位还要养眼。"

哈莉叶突然意识到，事情将发展成一场危机，要采取预防措施了。她脖子上挂着狗颈圈，走来走去，看上去就像个漂亮的傻瓜。这对拨火棍之类的东西，也没有任何防御作用。风一定是西南风，因为她穿过老方庭的时候，清清楚楚地听见大汤姆敲一百零一下的钟声。

"九点半之前，"沃德小姐说，"如果夜间不再有危险，那就会是在黄昏的时候。"

她上了楼，锁上房门，然后打开抽屉，拿出那根沉重的铜皮带子。那个女人被描述为睁大眼睛，走在莫德林桥上，"双手紧扣"，让人觉得很不舒服。她能感觉到彼得像一个铁箍一样紧紧抓住她的喉咙，也能听见他像一本教科书一样平静地陈述："那是个危险的地方。那里的大血管受到压迫，几乎会立即导致昏迷。然后，你瞧，你就完了。"

在他拇指的压力下，一瞬间，她的眼中眩晕。

她吃惊地转过身来，好像有什么东西把门把手碰得嘎嘎作响。可能是走廊的窗户开着，风吹进来了。她怎么会如此紧张。

她的手指触到项圈，感觉它很僵硬。（你的仆人是一条狗吗，竟行这事?)当她在镜子里看到自己时,她笑了。他说,这种马蹄莲的特质容易招致暴力。在朦胧的暮色中,她自己的脸也使她吃惊——她的脸变得柔和、惊恐、毫无血色,乌黑的浓眉下一双眼睛显得大得不自然,嘴唇微微张开。它就像一个被送上断头台的人的头;黑色的带子把它与身体分割开来,就像刽子手挥了一斧一样。

她不知道她的爱人是否看到了这一点,在那炎热而不幸的一年里,她试图相信放弃也是幸福。可怜的菲利普——他为自己的虚荣心所折磨,从未爱过她,直到扼杀了她对他的感情。然而,当他坠入死亡的泥沼时,却危险地紧紧抓住她。与其说她屈从于菲利普,不如说她屈从于一种生活理论。年轻人总是喜欢理论,只有中年人才能意识到理论的致命危险。使自己屈从于自己的目的可能是危险的,但使自己屈从于别人的目的则是尘烟俱寂。然而,还有一些人,他们更不高兴,他们甚至羡慕死海苹果化为灰烬的咸味。

知识与肉体之间,会有任何联系吗? 正是这种提出问题和分析一切事物的做法,使一个人所有的激情都变得淡漠和迟钝。经验也许有办法克服这个困难;一个人把受痛苦折磨的大脑放在一边,把慵懒甜蜜的身体放在另一边隔开,永不相遇。因此,如果你是这样的人,就可以在牛津的公共休息室里争论忠诚问题,也可以在其他地方与——比如——维也纳歌手——振奋自己,自然而然地拥有两面。对男人来说是容易的,甚至对女人来说也是可能的,只要你能避免像被控谋杀这样愚蠢的事故。但是,试图迫使互不相容的人妥协是疯狂的;一个人既不应该这样做,也不该陷入其中。如果彼得想做这个实验,他也不需要有哈莉叶的默许。六个世纪的承袭是不会被区区四十五年高度敏感的智力所支配的。让雄性动物找雌性动物去吧;繁忙的大脑很可能像《人与超人》中的英雄那样,"只是说话"。当然是在一段很长的独白中；因为雌性动物只能听而不能开口。否则就会出现《私人生活》里的那种夫妻，他们不亲热的时候就在地板上打滚，捶打对方，因为他们（显然）没有话可聊。不管是哪种，都是无聊透顶的前景。

门又咔嚓咔嚓地响了起来，像是在提醒，惊吓过后，些许的无聊或许有好处，因为可以转移注意力。壁炉台上，一个孤独的红色卒子嘲笑着她的防护措施。安妮默默地接受了彼得的提醒，她当真了吗？她会照顾好自己吗？那天晚上，她给活动室送进来咖啡的时候，还是像往常一样优雅、内敛——也许比平时容光焕发一些。当然，她下午休假了，和比阿特丽斯·卡萝拉在一起。哈莉叶想，这种占有孩子们、支配她们口味的欲望真奇怪，仿佛孩子们是在逃避自我的碎片，而不是独立的个体。即使是对摩托车的喜好……安妮没事的。可是从伦敦高高兴兴回来，却一无所知的德·范恩小姐呢？哈莉叶吃了一惊，发现已经快十点差一刻了。火车一定进站了。院长还记得要提醒德·范恩小姐吗？不应该让她在没有事先准备的情况下睡在楼下的房间里。但是院长从来不会忘记任何事情。

尽管如此，哈莉叶还是感到不安。从窗户望出去，她看不见图书室里是否有灯。她打开门锁走了出去（是的——走廊的窗户是开着的，是风击打着把手，不是什么人）。经过网球场时，几个模糊的人影还在方庭远处移动。在图书馆翼楼，一楼的窗户都是漆黑的，只有过道的灯微微亮着。不过，巴顿小姐不在她的房间里。德·范恩小姐还没有回来。或者——是的，她应该回来了；因为她的起居室的窗帘是拉着的，虽然窗帘后面没有光亮。

哈莉叶走进大楼。布伦斯小姐套间的门开着，门厅里一片漆黑。德·范恩小姐的门关着。她敲了敲门，没有人应声——她突然觉得奇怪，窗帘拉上了，灯却不亮。她打开门，按下大厅墙上的开关。什么也没有发生。她越来越感到不安,走到起居室的门口,打开了门。然后,当她的手指伸向开关时,那只凶猛的手抓住了她的喉咙。

她有优势,她是有所准备的,而攻击她的人也没有想到会有狗颈圈。当那强壮而残忍的手指在坚硬的皮革上摸索时,她感觉到并听到她脸上急促的喘息声。当她们改变姿势时,她有了时间回忆起他教过她的——抓住,再扯开她的手腕。可是当她用脚去摸另一个人的脚时,她的高跟鞋在镶木地板上滑了一下——她要摔倒了——她们一起摔倒了,她在下面。她们似乎花了很久倒在地上;她的耳朵里一直有一股嘶哑、下流的咒骂声。然后,世界在火与雷中一片漆黑。

一张张脸——在疼痛的浪涌中混乱地游走——紧张地浮现又消失——然后变成了一张——希尔亚德小姐的脸,很大,离她很近。然后是一个声音,大得令人痛苦,像雾号一样响着,令人费解。接着,就像剧院里灯火通明的舞台一样,房间突然变得清晰,白得像大理石的德·范恩小姐躺在长沙发上,院长俯身看着她,在她中间,地板上放着一只满是猩红血迹的白碗,学监跪在碗旁边。接着雾号又响起来了,她听到自己的声音,遥远得令人难以置信,而且微弱:"告诉彼得——"然后什么也没说。有人头痛,头痛得让人难以忍受。医务室里白晃晃的灯本来很亮堂,如果不是那个头痛的病人邻居让人感到压抑的话,而且她还在不愉快地呻吟。想要使自己振作起来,弄清这个讨厌的人想要什么,费了她好一番工夫。就像河马从沼泽里爬出来一样,哈莉叶努力振作起来,发现头痛和呻吟都是她自己造成的,护士已经意识到她在干什么,走过来帮忙。

"这究竟是——"哈莉叶说。

"啊,"护士说,"这样好多了。不——不要坐起来。你的头被狠狠地撞了一下,你越安静越好。"

"哦,我明白了,"哈莉叶说道,"我头痛得厉害。"稍微想一想,最疼的地方就在右耳后面。她伸出一只摸索的手,碰到了绷带。"发生了什么事?"

"这正是我们想知道的。"医院护士说。

"唉,我什么也不记得了。"哈莉叶说道。

"没关系。喝了这个。"

像一本书一样,哈莉叶想。他们总是说:"喝了这个。"这个房间其实并不是那么明亮,百叶窗都关着,是她自己的眼睛对光线特别敏感,关上它们最好。"喝了这个"一定是某种有效的帮助,因为当她再次醒来时,头痛好些了。她觉得饿极了,同时,她开始想起一些事情——狗项圈和不亮的灯——还有那双黑暗中伸出的手。在那里,记忆固执地戛然而止。她不知道为何会头痛。然后她看到的,就是躺在长沙发上的德·范恩小姐。她问了她的情况。

"她在隔壁房间里。"护士说,"她犯了严重的心脏病,不过现在好些了。她太受累了,当然,发现你的样子,也让她受到了打击。"

直到晚上,学监走了进来,发现病人正发着好奇的高烧,哈莉叶才得知那晚完整的冒险经历。

"现在,如果你能保持安静,"学监说,"我来告诉你;如果不能,我就不讲。你那位漂亮的年轻人给你送来了一束年轻的鲜花,明天早上他还会来拜访你。好,现在!可怜的德·范恩小姐大约十点钟到的——她乘坐的火车晚点了——马林斯带着院长的口信来接她,让她立刻去见院长。然而,她想她最好先把帽子摘下来,所以她走回了自己的房间——一切都很匆忙,以免让巴林博士等着。当然,第一件事是灯不亮;然后她惊恐地听到你,亲爱的,在黑暗中,在地板上呻吟的声音。于是,她又试了试桌上那盏台灯,亮了——看到了你,这位体面的女老师就在起居室发现了一地惨状。顺便说一句，你身上缝了两针，缝得很好；是书架的拐角撞的，德·范恩小姐就冲出来呼救，但楼里没一个人影，然后，亲爱的，她疯了一般跑向伯利楼。有些学生跑出来看发生了什么事，有人去找院长，有人去找护士，有人来找史蒂文斯小姐、希尔亚德小姐和我，我们当时在我的房间安静地喝茶，我们打电话给医生，德·范恩小姐那颗昏沉的心又恢复了节奏。她受了惊吓，又跑来跑去的，把我们吓得不轻——好一个美妙的时日。"

"还真是。又是一个华夜！我想你还没有找到是谁干的吧？"

"在很长一段时间里，我们都没有时间去思考这个问题。然后，就在我们安顿下来的时候，安妮那边又乱了套了。"

"安妮？她出了什么事？"

"哦，你不知道吗？我们在煤洞里找到她的，亲爱的，她那副样子，满身是煤尘，用拳头捶门。我在想她是不是脑子进水了，可怜的家伙，一直被关在那里。如果不是彼得勋爵，我们也许到第二天早上才开始找她，事情乱成一锅粥。"

"是的——他警告过她，她可能会受到攻击——他怎么——你们给他打电话了吗？"

"嗯，是的。对，我们把你和德·范恩小姐扶到床上，觉得你们俩暂时没什么问题。有人清清楚楚地记得，我们扶起你的时候，你说的第一句话就是'告诉彼得'。于是我们打电话给勋爵，他不在；然后希尔亚德小姐说，她知道他在哪里，就打电话过去了。那是在午夜之后。幸运的是，他没有上床睡觉。他说他马上过来，然后问安妮有没有事。我想，希尔亚德小姐觉得，他是受打击，不理智了。然而，他坚持认为，应该有人照看她，所以我们都开始找她。你知道在这里找人是件多么困难的事，我们找啊找，没人见过她。就在快两点的时候，彼得勋爵来了，看上去面如死灰。他说，如果我们不想看到一具尸体，就得把这地方翻个底朝天。那句话多中肯多让人安心啊！"

"真希望我没有错过这一切，"哈莉叶说道，"他一定认为我蠢透了，才会让自己被打昏过去。"

"他没这么说。"学监干巴巴地说，"他是来看你的，但你当时不舒服。当然，他还解释了狗颈圈的事，那件事把我们大家都难住了。"

"是的，她确实攻击了我的喉咙，我的确记得。我想她本来是想攻击德·范恩小姐的。"

"很明显。而她的心脏很弱——又没有狗颈圈——她是没有多少机会的，至少医生是这么说的。你刚好进去了，真是她的幸运。还是你知道了这回事？"

"我想，"哈莉叶说，她的记忆仍然有些混乱，"我去告诉她彼得的提醒，然后——哦，是的！窗帘有一点奇怪。所有的灯都是关的。"

"灯泡都被摘掉了。总之，四点钟左右，帕吉特在某处找到了安妮。她被锁在大礼堂下面的煤窖里，在锅炉房的另一头。钥匙被拿走了，帕吉特不得不破门而入。她又捶又喊——当然，如果我们不去找她，她可能会一直喊到世界末日，尤其是暖气都关了，我们又不用火炉。她简直是处于崩溃状态的，相当长的时间，都无法给我们讲一个连贯的故事。不过，她倒在煤堆上时，除了受到惊吓和擦伤外，并没有什么大问题。当然，她的手和胳膊都被撞破了皮，她还拼命想从通风口爬出来。"

"她说发生了什么事？"

九点半左右，她正在凉廊里收拾躺椅，这时有人从后面抓住她的脖子，把她扔到地窖里去了。她说那是个女人，而且很强壮——"

"是的，"哈莉叶说道，"我可以作证，钢铁一样坚实，而且说话用词不像女性。"

"安妮说她根本没看见是谁,但她觉得那只袖子是黑色的。安妮自己的印象是,那是希尔亚德小姐。但她和总务长还有我在一起,况且,我们之中最强壮的几个人都没有不在场证明——尤其是派克小姐,她说她在自己的房间里;巴顿小姐说她在小说图书馆,想找一本'好读的书'来读;古德温太太和布伦斯小姐也没有给出令人信服的解释,根据她们自己的故事,就在那一刻,她们都莫名有想要四处转转的想法。布伦斯小姐要去会员花园去和大自然交谈,古德温太太要去礼拜堂和上级交谈。今天我们大家看谁都不顺眼。"

"我真希望,"哈莉叶说道,"我更有效率些就好了,"她又沉思了一会儿,"我不明白她为什么不留下来把我干掉。"

"彼得勋爵对此也感到奇怪。他说他觉得她要么是以为你死了,要么是被血吓到了,发现自己找错人了。你摔倒的时候,她大概就会察觉,你不是德·范恩小姐——短发,没戴眼镜——她赶在有人来之前把血迹擦掉。至少,这是他的推断。他看上去很奇怪。"

"他现在在这儿吗?"

"不,他得回去,因为要从克罗伊登赶早班飞机。他打电话过去,大讲了一通,但显然一切都定下来了,他得走了。如果他的祈祷被听到,今天早上政府的任何人都不该这样干扰他。于是我用热咖啡来安慰他。他走了,留下指示,叫你、德·范恩小姐和安妮都不要独处。他从伦敦来过一次电话,从巴黎来过三次。"

"可怜的老彼得!"哈莉叶说,"他似乎从来没有睡过一个安稳觉。"

"与此同时,院长大胆地发表了一份不大令人信服的声明,大意是说,有人对安妮开了一个愚蠢的玩笑,说你不小心滑倒了,摔破了头,说德·范恩小姐看到血很不舒服。学院不让任何人进入,因为担心他们是便衣记者。但是你不能让校工们不作声——天知道从商人的入口会传出什么报告。不过,好在没人被杀。现在我得走了,否则医院管理人员就会要来抽我的血了,那就真的会需要审问了。"

第二天,圣乔治勋爵来了。"轮到我来探病了,"他说,"对于收养者来说,我可不觉得你是一个安静的好婶婶。你意识到了吗,你欠我一顿饭呢?"

"是的,"哈莉叶说,"太遗憾了——也许我该告诉学监。你也许能认出——"

"现在你可别管这些啦,"他说,"不然你的体温会升高的。交给叔叔吧。对了,他说他明天回来,证据源源不断地涌来,你要保持沉默,不要担心。用名誉保证,我今天早上跟他通了电话。他很激动,他说任何人都可以做巴黎的事情,只是他们非要觉得,只有他能和某个乏味的老固执或其他需要安抚或和解什么的人去打交道。据我推测,有不知名的记者被暗杀了,有人想把这件事变成国际事件。就这样堆起金字塔。我告诉过你,彼得叔叔有强烈的公共责任感;现在你可以见证了。"

"嗯,他说得很对。"

"你真是个不寻常的女人!他应该在这里,躲在被窝里哭泣,让国际局势自生自灭。"圣乔治勋爵咯咯地笑了,"我希望周一早上我能和他一起上路。在华威、牛津和伦敦的往返途中,他收到了五次召唤。我妈妈会很高兴的。你的头怎么样了?"

"正在恢复。我感觉像是被割伤的,而不是撞伤的。"

"头皮的伤口会流血的,是不是?完全就像猪一样。不过,幸好你不是'箱子中的一具尸体,面带悲伤又肿胀'。她们拆线的时候你就没事了,只是脑袋那一边会留下印记。你要是把头发剪掉,弄整齐,这样彼得叔叔就可以把你剪掉的头发放在他心间了。"

"好了，好了，"哈莉叶说道，"他不是七十年代的人。"

"他老得很快，我想他现在应该快到六十岁了，但还有漂亮的金色侧须。我真的认为你应该在他的骨头开始吱吱作响、蜘蛛在他的眼睛上结网之前把他救出来。"

"你和你叔叔，"哈莉叶说道，"靠说话就能吃饭。"

幕后主使

啊，不，没有终点，终点是死亡和疯狂！因为我从来没有比发疯时候更好，那时我将自己视为勇者。我会创造奇迹：但是理智虐待我，这是折磨，这是地狱。最后，先生，带我去见一个谋杀犯吧：若他像赫克托耳一样强壮，我就和他缠斗下去。

本·琼森

星期四。一个沉重、阴郁、心情低落的星期四。灰色的天空下起倾盆大雨，令人索然无味。院长在研究活动室召集大家，两点半见面——一个令人难过的时刻。三个病人又都站起来走动了。哈莉叶把绷带换成了一种既不相称也不浪漫的带子。头不怎么痛，却感到头痛随时可能发作。德·范恩小姐看上去像个幽灵。安妮虽然身体上没有其他人那么痛苦,但她依然心神不安,闷闷不乐地做着工作,活动室的一位女佣对她的照顾未免过于周到了。

彼得·温西勋爵将参加研究活动室会议,以便提供某些信息。哈莉叶收到了他寄来的一张简短而有个人特色的便条,上面写道:

"恭喜你还没死。我已经把你的项圈拿走了,把我的名字刻上去。"

她已经开始思念那个项圈了。从希尔亚德小姐的话中,她想象到一幅关于彼得的画面,生动得出奇。彼得从早到晚站在她床边,一声不吭,用手一遍又一遍地拧着那根粗带子。

整个上午她都盼望着见到他,但他是在最后一刻才到的,所以他们的会议就在公共休息室举行,老师们都在。他没有换衣服,就径直从伦敦赶了过来,在深色的布料上方,他的脸像是褪色的水彩。他彬彬有礼地向院长和高级成员们表示了敬意,然后走了过来,握住了她的手。

"嗯,你怎么样?"

"就我看来,还不算太坏。"

"那就好。"

他笑了笑,走过去坐在院长身边。哈莉叶坐在桌子对面,溜到学监旁边的一个位子上。她的手握的是鲜活的他,就像一个熟透的苹果。巴林博士让他开始,他就用一种秘书读公司会议记录的平淡的声音开讲了。他面前摆着一叠文件,包括(哈莉叶注意到有)她的档案,那一定是他星期一早上带走的。但他没怎么翻看,就继续说下去了,面对的是桌子上的一盆金盏花。

"我无意占用各位的时间,再把这个相当复杂的案件细节都讲一遍了。我将首先阐述上个星期天来牛津时所目睹的重要情况,以便向你们展示我工作理论的基础。然后,我将阐述这个理论,并提出结论性的支持证据,希望这些也能获得你们的认可。可以说,建立这个理论所需的几乎所有资料都包含在薇恩小姐为我准备的、在我到达时交给我的非常有价值的事件摘要中。其余的证据不过是警方所说的例行公事。"(哈莉叶想,简直就是你的风格,让同伴与你成为一条绳上的蚂蚱。她向四周看了看。公共休息室气氛安静,像一群教徒坐下来听布道一样,但她能感觉到,处处都是紧张的气氛。她们不知道自己会听到什么。)

"作为外来者,我看到的第一个疑点是,"彼得接着说,"这些示威行为是从校庆日开始的。我认为这是肇事者犯下的第一个严重错误。顺便说一下,如果我用历史悠久的方式把作案者称为 X,会节省时间和麻烦。如果 X 等到学期开始,我们的怀疑范围就会扩大。因此,我问自己,为何 X 在校庆日如此兴奋,都不能等待一个更合适的时机?

"在场的校友似乎不太可能激起 X 的敌意,因为示威在接下来的一个学期继续进行了。因此,我的注意力立刻转向了首次参加校庆日,并在下个学期住校的人。只有一个人满足这些条件,那就是德·范恩小姐。"

第一阵惊扰传遍了整个桌子,就像风吹过玉米地一样。

"薇恩小姐先收到两封信。一封塞进了她的衣袖,是一项谋杀的指控,也许是出于偶然,一定程度上也对她适用。不过,马丁小姐也许还记得,她在研究活动室里把薇恩小姐的袍子和德·范恩小姐的袍子并排放在一起。我认为 X 把'H.D. 薇恩'错看成了'H.D. 范恩',把纸条放错了礼服。当然,这种设想是无法证明的;但这种可能性是有启发意义的。如果这是一个错误的话,那就是从一开始就分散了人们对事件核心目标的注意力。"

提起过去的耻辱时,他平静的声音丝毫没有改变,只是换了一口气,而他握着她的手收紧,又松开了。这时,她发现自己正注视着那只手在一叠纸中移动。

"第二封信是薇恩小姐在方庭里偶然捡起来的,像第一封一样被毁掉了;但根据描述,我猜是一幅差不多这样的画。"他从夹子底下抽出一张纸,递给了院长,"它展示的是一个赤裸的女人在惩罚另一个女人,她穿着学术性的服装。这似乎是这件事的象征性关键所在。在秋季学期,其他类似的绘画出现了,连同一些学术人物的悬挂的主题——在后来发现悬挂在礼拜堂的假人事件中重复出现。还有一些含糊不清的淫秽和威胁的通讯,不必特别加以考虑。最有趣也是最重要的一条,也许是写给(我想是)希尔亚德小姐的信息:'没有男人能免受你这样的女人的伤害'。另一封寄给弗拉克斯曼小姐,要求她不要接近其他学生的未婚夫。这些都表明,X 的不满的基础是普通类型的性嫉妒——我再次认为,这一想法是完全错误的,还以一种非常奇妙的方式掩盖了这个问题。

"接下来我们(跳过在方庭里烧起长袍的那一段)来讨论利德盖特小姐的手稿这一更为严肃的问题。我不认为这是一个巧合,毁损最严重的部分是利德盖特小姐攻击其他学者的结论,而这些学者,是男性。如果我是正确的,我们看到 X 是一个能够阅读,并在某种程度上理解学术著作的人。愤怒的同时,我们可以看到,《搜查》这部小说的毁损部分,就是作者坚持的,或者暂时坚持的信条:对抽象真理的忠诚必须高于一切个人考虑;还有巴顿小姐的书被烧毁,书中她攻击了纳粹的学说,即妇女在国家中的地位应该仅限于'妇女'的职业,即孩子、教堂和厨房。

"除了这些针对个人的人身攻击,我们还看到了篝火事件和墙上不时出现的猥亵性词汇。谈到图书馆的破坏时,那是更轰动的广范围攻击。这场骚动的目的开始显现出来了。X 的不满,从一个人开始,已经蔓延到整个学院,意图是挑起丑闻,这可能会使整个学院名誉扫地。"

说到这里,说话的人第一次把目光从金盏花上移开,慢慢地绕着桌子转了一圈,停在了院长专注的脸上。

"此时此刻,请允许我说一句,从头到尾,能够对抗整个攻击行动的,就是你们学院作为一个整体,所具有的卓越的团结和公共精神,我认为这是 X 在女性群体中遇到的最后一个障碍。是研究活动室对学院的忠诚和学生们对高级成员的尊重,才使你们避免了一场绯闻。你们知道的比我清楚得多,我只是冒昧地重申。但是我这样说,不仅是出于我的自我满足,而且因为,这种特殊的忠诚,既是招致攻击的心理原因,又是唯一可能的防御。"

"谢谢你。"院长说,"我相信在座的各位都认可这一点。"

"接下来,"温西继续说,他的眼睛又一次盯着金盏花,"我们来谈谈教堂里的假人事件。这只是重复了早期涂鸦的主题,但更注重戏剧效果。证据的重要性,在于钉在假人身上的哈尔庇厄引文;神秘地出现了一件无人见过的黑色连衣裙;随后,朱克斯因盗窃罪被定罪;在德·范恩小姐的房间里发现了那份残缺的报纸,然后就结束了这一系列的事情。我稍后再讨论这些问题。

"就在这个时候,薇恩小姐认识了我的侄子圣乔治。圣乔治向她提到,在某种场合里,我们可以不必去打听是什么场合,有一天晚上,他在你们的学者花园里遇到了一个神秘的女人,她告诉了他两件事:第一,什鲁斯伯里学院是她们杀害像他一样漂亮的男孩,并把他们的心吃掉的地方;第二,'另一个人也是金发'。"

这条消息对活动室的大多数人来说都是新鲜的,引起了一阵轻微的轰动。

"这里我们强调了'谋杀主题',还有一些关于受害者的细节。他是个男人，白皙英俊，相对年轻。我的侄子说，他再认不出那个女人了；但在随后的一个场合，他看到了她，并认出了她。"

轰动又一次传遍了整个桌子。

"下一个重要的骚动，是保险丝失窃事件。"

说到这里，院长控制不住自己了，脱口而出："这是一个多么可爱的惊悚片标题啊！"那双含蓄的眼睛立刻抬起，眼角堆起了笑纹。

"完美。就是这样。X退出了，完成了一部有良好宣传价值的惊悚片。"

"在那之后，"德·范恩小姐说，"报纸是在我的房间里发现的？"

"是的，"温西说，"我是按照逻辑排列的，不是按时间顺序……春季学期结束了。假期平安无事。在夏季学期，我们面对的是对一位敏感的学者进行长期的暗中迫害的后果。这是X活动中最危险的阶段。我们知道，除了纽兰小姐之外，其他学生也收到过祝她们学业遭殃的信。令人高兴的是，莱顿小姐和其他几位比较坚韧。但我想特别提请你注意，除了少数不重要的例外，恶意针对的都是大学教师和学者。"

说到这里，强忍了一会儿怒气的总务长突然插嘴说："我无法想象她们为什么要在这栋楼下面制造那么大的噪音。院长，你介意我派个人去让她们停下吗？"

"抱歉，"温西说，"恐怕我得为此负责。我向帕吉特建议，到煤窖里去找一找，也许会有收获。"

"那么，"院长说，"恐怕我们只能忍了，总务长。"

她把头转向温西，温西接着说："这是薇恩小姐向我介绍的事件概要，院长，在得到你的同意后，她将记录交付于我——"说到这里，那只右手动了起来，开始在桌子上轻敲，"她和你们中间的一些人，倾向于把这些暴行看作是压抑的结果，一定程度上源自独身生活，爆发出一种淫秽的、非理性的恶意,一部分是针对那种生活条件,一部分是针对那些拥有、曾经拥有或可能会拥有更广泛生活体验的人。毫无疑问,这种恶意是存在的。但在我看来,整个案件的经过,似乎提供了一种完全不同的心理图景。活动室里有一个人已经结婚了,还有一个人要订婚了,(在我看来,)这两个人本应是第一批受害者,却没有受到迫害。在最早的涂鸦中,裸女所占的画幅,也具有重要意义,毁掉巴顿小姐的书也是这样。此外,X所表现出的偏见似乎是强烈反学术的,并且动机中多少有一些理性的成分。基于X心目中对谋杀描绘,是一位女性学者对一个男性施加了伤害,在我看来,这种不满主要是针对德·范恩小姐的,而且从她蔓延到整个学院,可能还波及一般受过教育的女性。因此,我觉得我们应该找一个女人,要么结婚了,要么有过性经验,学历不高,但认识一些教师和学者,她的过去与德·范恩小姐的过去有某种联系,而且(只是一种假设)她可能是去年十二月以后才搬进来的。"

彼得的手不再轻敲桌面,平放在桌面上,哈莉叶将目光从彼得的手上移开,想看看他的听众有何种反应。德·范恩小姐皱着眉头,仿佛在回想过去的岁月,冷静地考虑自己是否犯了谋杀罪;希尔佩里克小姐的脸上因担忧而泛起红晕;古德温太太则带着抗议的意思;希尔亚德小姐的眼里,混合着胜利感与尴尬;巴顿小姐静静地点头表示同意;艾利森小姐在微笑,肖小姐有点受到了冒犯,爱德华兹小姐看着彼得,眼神像是在直说:"我能应付得来你。"院长面色严肃,毫无表情;学监的侧脸没有透露她的感受,但她快速地轻叹了一口气,听起来像是轻松了些。

"现在开始,"彼得说,"我来讲讲实质性的线索。先看看拼贴出的信件。在我看来,这是不可能在学院内大批量制作的,不然一定会留下痕迹，我倾向于从外部寻找线索。然后是在假人身上发现的提花连衣裙，虽然这是好几季前的款式，却从来没有人见过它，很是奇怪。最后，更奇怪的是，邮寄来的信件总是在星期一或星期四收到，似乎只有星期天和星期三是方便从遥远的邮局或信箱寄出信件的。这三个线索指向的可能是一个住在远处的人，他每周只去牛津两次。但是，夜间的骚乱清楚地表明，这个人实际上是住在学院内的，有固定的时间外出，而且有一个存放衣服和准备信件的地方。最能满足这些条件的人应该是校工。"

史蒂文斯小姐和巴顿小姐都有些震惊。

"然而，大多数校工似乎都被排除在外了。那些晚上可以出入校工翼楼的人，都是在这里长期服务的、受信任的女人——也不满足上述的那些条件。大多数校工都是两个人睡在一个房间里，因此（除非两人串通一气），不可能连夜进出学院而不被怀疑。这样就只剩下那些分房住的人了：嘉莉，校工长；安妮，先是在利德盖特小姐那栋楼工作，随后又到了研究活动室；第三位是埃塞尔，一个上了年纪、名声很好的女人。在这三者中，安妮与X的心理状况最接近：她已经结婚了，星期天的下午和星期三的下午和晚上休息；她的孩子们住在伦敦，这样她就有地方存放衣服、准备信件了。"

"可是——"总务长有些愤愤地说道。

"这只是我上个星期天了解的情况。"温西说，"立刻就发现了推翻它们的证据。校工翼楼的小门和大门都是上锁的，但图书馆事件清楚地表明，食品室的门偶尔会开着，为了方便学生在深夜取用食品。事实上，当晚哈德森小姐就认为门会开着。薇恩小姐尝试开门的时候，发现门是锁上的。但那是在X离开图书馆之后，你们应该还记得，X被困在大厅那栋楼里，一头是薇恩小姐和哈德森小姐，另一头是巴顿小姐。当时大家猜测她一直躲在大厅里。

"事件发生后,你们更为注意,确保食品室一直上锁。我还了解到,原来放在食品室门内侧的钥匙被取了下来,放在了嘉莉的钥匙环上。但只要一天的时间轻易就可以配一把钥匙。实际上,过了一个星期,就发生了下一次夜间事件,也就是说,在那个星期三,她从嘉莉的钥匙串里抽出了钥匙,又配了一把。(我想,那个星期三,城下的五金店一定配过这把钥匙,都不用去例行公事确认。)薇恩小姐愿意排除所有校工的理由是,这些女人要表达怨恨,是不可能用假人附带上《埃涅阿斯纪》的拉丁文的。

"我考虑过这个理由,但觉得不够有力。这是唯一一个非英语证据,任何上过学的人都可以轻易接触到。另一方面,在其他证据中,它的确是独一无二的,这让我确信它有一些特殊的意义。我的意思是,并不是说,X倾向于用拉丁六韵格来抒发情感。这段话除了通常表达的意思,指那些从男人嘴里抢肉的奇怪女人,一定还有特殊含义,没有比这更残忍的瘟疫。[1]"

"我第一次听说这件事的时候,"希尔亚德小姐插话说,"我就相信这一切的幕后黑手是个男人。"

"这或许是合理的直觉,"温西说,"我觉得肯定有男人写这句话……好了,不必花时间指出,晚上在学院里闲逛、捉弄别人是很容易的。在一个两百人的群体中,有的人几乎不认识彼此,找到一个人比找不到更难。但是,朱克斯此时的闯入,使X感到有些尴尬。薇恩小姐出现并表示,很快就会调查朱克斯的家庭生活。结果,一个非常了解朱克斯的人提供了消息,朱克斯被送进了监狱。朱克斯太太向亲戚寻求庇护,安妮的孩子们被送到了海丁顿。为了让我们确信朱克斯家与这

---

[1] 原文为拉丁文,出自维吉尔《埃涅阿斯纪》,第3卷第214节。

件事毫无关系,不久之后,在德·范恩小姐的房间里出现了一张残缺的报纸。"

哈莉叶抬起头来。

"我确实这样考虑了——但上周发生的事情似乎又将其推翻了。"

"我认为,"彼得说,"你处理这个问题时——请原谅我这么说——并没有做到毫无偏见、专心致志。是什么将你阻挡在了事实之外。"

"薇恩小姐一直慷慨地帮助我整理书稿,"利德盖特小姐懊悔地低声说,"她也有自己的工作要做。我们真不该让她花时间来处理我们的问题。"

"我有充足的时间,"哈莉叶说道,"我只是太蠢了而已。"

"不管怎么说,"温西说,"薇恩小姐的所作所为,已经让X觉得她是个危险人物了。在这个学期的开始,我们发现X变得越来越铤而走险、垂死挣扎。天黑得越来越晚,晚上不大方便搞恶作剧了。然后她就在心理层面攻击纽兰小姐的生命和理智。被挫败后,她就想写信给副校长,来污蔑学院的名声。然而,事实证明,牛津大学和学院一样稳固,既然让女性入学,就不打算让她们失望。这无疑是激怒了X。塞普博士充当了副校长和你们的中间人,事情大概已经解决了。"

"我告诉了副校长,"院长说,"我们正在采取措施。"

"是的,很荣幸你们邀请我来,采取了这些措施。我从一开始就对X的身份没有什么疑问。但是怀疑并不能证明什么,我也不想怀疑那些没有道理的东西。显然,我的第一项任务就是查明德·范恩小姐是否真的杀过人或打伤过人。在这个房间里的一次非常有趣的饭后谈话中,她告诉我,六年前,她在剥夺一个男人的名誉和生计方面起了重要影响——如果你们还记得的话,我们认为,这是那些宣扬男子气概的男人或宣扬女人味的女人都可能会憎恨的行为。"

"你的意思是说，"学监叫道，"这一切的探讨都是为了引出那个故事吗？"

"当然，我给出了让这个故事出现的机会；但如果那时候没有出现，我就会去问。顺便说一句，我确定了一件事，一开始我就确信，在这个活动室，无论已婚还是单身，没有一个女人会愿意把个人忠诚置于职业荣誉之上。这一点有必要澄清——与其说是为我，不如说是为你们澄清。"

院长看看希尔亚德小姐，看看古德温太太，又看看彼得。"是的，"她说，"我觉得澄清这一点是很明智的。"

"第二天，"彼得说，"我向德·范恩小姐打听那个男人的名字，我们已经知道他很英俊，而且结了婚，他的名字叫亚瑟·罗宾逊；有了这个消息，我就出发去打听他的情况。我的推测是，X不是罗宾逊的妻子就是罗宾逊的某个亲戚，她是在德·范恩小姐被任命的消息公布时来到这里的，目的是要向德·范恩小姐、学院和学术界的妇女们报仇。X很可能是朱克斯家的亲戚。这一想法得到了进一步的证实，因为我发现，一封与这里收到的匿名信类似的匿名信，提供了对朱克斯不利的信息。

"好了，我到达后的第一件事，就是X出现在了科学讲堂里。认为X以公开而危险的方式准备信件，是为了被发现，这种想法显然是荒谬的。整件事明显是伪装，意在误导，也可能是为了建立不在场证明。这些信件是在别的地方准备好，故意放在那里的——事实上，箱子里剩下的字母已经不够写完给薇恩小姐的信了。所选的房间在校工翼楼的视野范围内，天花板上的大灯显然是开着的，可房间里是有阅读灯的，效果也很好；安妮让嘉莉注意到了窗户上的灯光。安妮是唯一一个声称亲眼见过X的人；虽然两人的不在场证明都成立了，但安妮最符合

X 的条件。"

"可是嘉莉听见 X 在房间里。"学监说。

"哦,是的,"温西笑着说,"于是,嘉莉被派去接你,而安妮则把那些用来在门外关灯的绳子取走,打翻了黑板架。嗯,我和你提过,门的顶部已经被打扫得很彻底,看不出绳子留下的痕迹。"

"可是暗房窗台上的印子——"学监说。

"很精彩。她先从那里出去,把门从里面反锁,扔了几个德·范恩小姐的发夹,想要栽赃。然后,她通过食品室进入了校工楼,叫上嘉莉,带她一起来看看这里的乱子……对了,想想看,校工中肯定有人怀疑过她。也许她曾在不同时间发现安妮卧室的门神秘兮兮地锁着;或者在不应该的时候在走廊里遇见过她。无论如何,确定不在场证明的时间显然已经到了。我大胆地提出过,在那之后,夜间不会再有骚乱了;果真如此,我想我们永远也找不到打开食品室的另外一把钥匙了。"

"很好,"爱德华兹小姐说,"但你仍然没有证据。"

"是的,我去找了。与此同时,X——如果你不认同我指认的人——认为薇恩小姐是危险人物,于是设了个陷阱,想要抓住她。这一招没有奏效,因为薇恩小姐很明智地给学院打了个电话,来确认她在萨默维尔收到的神秘消息。电话是周三晚上十点四十分从外面的一个电话亭打出的。快到十一点时,安妮休假回来,听到帕吉特在电话里和薇恩小姐说话。她没听到对话,但她可能听到了名字。

"虽然这次尝试没有得手,但我确信还会再来一次,要么是薇恩小姐,要么是德·范恩小姐,要么是那个怀疑她的校工——要么同时是她们三个。我提醒了她们。接下来发生的事情,是薇恩小姐的棋子被毁了。这太出乎意料了。与其说是恐慌,不如说是个人仇恨。在此之前,薇恩小姐受到的待遇是温柔的,像一个有女人味的女人所受到的一样。

你能想到什么会让 X 产生这样的印象吗，薇恩小姐？"

"我不知道，"哈莉叶困惑地说道，"我亲切地问候孩子们，还和比阿特丽斯聊天——天哪，是的，比阿特丽斯！当我遇到她们的时候。我记得有一次，我礼貌地同意安妮的意见，认为如果能找到合适的人，结婚也许是件好事。"

"这虽然失去了你的原则，但不失为明智之举。那么耶稣学院的热心的琼斯先生呢？如果你晚上带年轻人进学院，把他们藏在教堂里——"

"了不得！"派克小姐叫道。

"——你应该被认为是女性化的女人了。然而，那并不重要。当你公开告诉我，个人感情必须排在公共责任之后时，恐怕这种幻想已经破灭了。"

"可是，"爱德华兹小姐不耐烦地说，"亚瑟·罗宾逊后来怎么样了？"

"他娶了一个叫夏洛特·安·克拉克的女人，她是他的女房东的女儿。他的第一个孩子八年前出生，名叫比阿特丽斯。在约克郡经历了一番风波后，他把姓改成了威尔逊，在一所小型预科学校当初级教师。学校不介意收一个被剥夺了硕士学位的人，只要廉价就行。不久之后，他的第二个女儿就出生了，取名为卡萝拉。恐怕威尔逊一家的生活不太容易，他失去了第一份工作——我想是因为酗酒——又找了一份——又惹上麻烦，三年前开枪打爆了自己的头。当地报纸上刊登了一些照片。你看，它们在这儿。一个三十八岁左右的漂亮英俊的男人——有些优柔寡断，很有魅力，像我侄子的类型。这是那个寡妇的照片。"

"你说得对，"院长说，"是安妮·威尔逊。"

"是的。如果你读了听证报道，就会看到他留下的一封信，说他是被人逼死的——那是一封杂乱无章的信，里面有一句拉丁语的引语，由法医翻译了过来。"

"天呐！"派克小姐叫道，"——没有比这更卑劣的异兆。"

"是的，到底是一个男人写的，你看吧。所以希尔亚德小姐说得很对。安妮·威尔逊不得不找到孩子和她自己的生计，就去当了女佣。"

"我收到了一封她的很好的推荐信。"会计说。

"毫无疑问，为什么不会呢？她一定知道德·范恩小姐的行踪。去年圣诞节宣布任命消息时，她申请了这里的一份工作。她大概知道，作为一个带着两个年幼孩子的不幸寡妇，她会得到善意的关怀——"

"是不是我说过的？"希尔亚德小姐叫道，"我总是说，对已婚女人的可笑同情心，会破坏学院的所有纪律。她们的心思不在工作上，也不可能在工作上。"

"哦，天啊！"利德盖特小姐说，"可怜的人！用这种不健康的方式来琢磨那份委屈！如果我们早知道，我们一定会做些什么，让她用更理性的眼光来看待这件事。德·范恩小姐，你从来没有想过问问这个不幸的罗宾逊怎么样了吗？"

"恐怕没有。"

"为什么要问呢？"希尔亚德小姐问。

煤窖里的喧闹声在几分钟前就停止了，这寂静似乎引起了她脑子里一连串的联想，希尔佩里克小姐转向彼得，迟疑地说："如果可怜的安妮真的做了这些可怕的事情，她是怎么被关在煤洞里的？"

"啊！"彼得说，"那个煤洞几乎动摇了我对我的推理的信心，尤其是我昨天才拿到研究人员的报告。但仔细想想，她还能做什么呢？她策划的是在德·范恩小姐从城里回来的时候袭击她——校工大概都知道她乘的是哪趟火车。"

"奈莉知道。"哈莉叶说。

"这样她就可以告诉安妮了。这次幸亏攻击的不是针对德·范恩小姐，因为她的心脏很弱，可能受不了，她攻击的是一个更年轻、更强壮的女人，而在某种程度上已是备战状态。即便如此，也够严重了，而且很可能是致命的。我很难原谅自己没有早点开口——不管有没有证据——并对嫌疑人进行监视。"

"哦，胡说！"哈莉叶急忙说道，"如果你那样做了，她可能会在剩下的学期里什么都不做，我们到现在也不会有确切的信息。我没怎么受伤。"

"不。但也可能不是你，我知道你愿意冒这个险，但是我没有权力让德·范恩小姐冒险。"

"在我看来，"德·范恩小姐说，"我应该冒这个险。"

"最严重的责任在我身上，"院长说，"我本应该在你离开城里之前打电话告诉你的。"

"不管是谁的错，"彼得说，"薇恩小姐遭到了袭击。她没有被牢固地掐住，而是摔了一跤，流了很多血。毫无疑问，有些血溅到了行凶者的手上和衣服上，她的处境很尴尬。她认错人了，满身是血，衣衫不整，德·范恩小姐或别的什么人随时都可能到，即使她迅速跑回自己的房间，她也可能被发现——她的制服上有血迹——当受害者被发现时（不管活着还是死去），她都将是重点怀疑对象。她唯一洗脱嫌疑的机会就是对自己发动袭击。她从凉廊后面走了出去，一头钻进了煤窖，把门锁上，然后用自己的血迹掩盖了薇恩小姐的血迹。对了，薇恩小姐，如果你还记得你的练习功课，你一定给她在手腕上做了记号。"

"我敢发誓我做了。"哈莉叶说道。

"但任何瘀伤都可能是试图爬过通风口造成的。你看，证据仍然是间接的——尽管我的侄子准备指认他周三在莫德林桥看到的那个女人就是他在花园里看到的那个了,一个人是可以从莫德林桥的另一边搭乘到海丁顿的巴士的。现在,你听到地窖里那个家伙的声音了吗?如果我没弄错的话,是不是有人带着什么直接证据来了?"

走廊里传来沉重的脚步声,接着是敲门声,帕吉特还没听到回应,就直接走了进来。他的衣服上有煤尘的痕迹,他一定匆忙地洗过了手和脸。

"抱歉,院长女士,小姐,"帕吉特说,"给你,少校。就在煤堆下面,我把所有东西都搬开了。"他把一把大钥匙放在桌子上。

"你在地窖门上试过了吗?"

"是的,先生,但是没有必要。这是我的标签,'煤窖'——看到了对吧?"

"把自己锁在里面,把钥匙藏起来是很容易的。谢谢你,帕吉特。"

"等一下,帕吉特。"

"我想见安妮·威尔逊。请你找到她,把她带到这儿来好吗?"

"最好不要。"温西低声说。

"我要叫她过来。"院长低声说,"你公开指责这个不幸的女人,应该给她一个回答的机会。马上把她带到这儿来,帕吉特。"

帕吉特出去的时候,彼得做了一个听之任之的手势。

"我认为很有必要,"总务长说,"把这件事彻底、立刻弄清楚。"

"你真的认为这样做明智吗,院长?"学监问。

"在这个学院里,"院长说,"没有经过听证,谁也不能被指控。彼得勋爵,你的论据似乎是最令人信服的,但证据可能有其他解释。安妮·威尔逊无疑就是夏洛特·安·罗宾逊;但这并不意味着她就是骚乱的罪魁祸首。我承认情况对她不利,但这可能有伪造或巧合的情况。比如,在过去三天内的任何时候,钥匙都有可能被放进煤窖。"

"我去见过朱克斯。"彼得说。这时安妮进来了,他不再开口。她像往常一样整洁而平静地走到院长面前。

"帕吉特说你想见我,夫人。"这时她的目光落在摊开在桌子上的报纸上,深深地吸了一口气,发出一声长长的、尖锐的嘶嘶声,她的眼睛像被追捕的动物的眼睛那样,环视着房间四周。

"罗宾逊太太,"彼得迅速而安静地说,"我们很能理解你在怨恨——或许是情有可原地怨恨——对你的丈夫不幸逝世负有责任的人。但是你怎么能让你的孩子帮你准备这些可怕的信息呢?你没意识到如果发生了什么事,她们可能会被传唤到法庭作证吗?"

"不,她们不会的,"她很快地说,"她们对此一无所知。她们只是帮忙把字母剪下来。你认为我会让她们受苦吗?……我的天!你不能这么做……你们做不到,你们这些畜生,我宁愿先自杀。"

"安妮,"巴林博士说,"我们是不是应该理解为,你承认对所有这些可恶的骚乱负有责任?我叫你来是为了让你洗清嫌疑,这些——"

"洗清自己!我懒得为自己洗清罪名。你们这些自鸣得意的伪君子,我想看你们把我告上法庭,我会冲着你们笑!当我告诉法官,那个女人是如何杀死我丈夫的时候,坐在那里的你们,会是一番什么样的表情呢?"

"听到这一切,"德·范恩小姐说,"我非常不安。我到现在才知道这件事。但事实上,在这件事上我别无选择。我无法预见后果——即使我预见了——"

"你不会在意的。你杀了他,却毫不在乎。就是你杀了他。他对你做了什么?他对谁造成了什么伤害?他只想活得快乐。你从他口中夺走了面包,把他的孩子和我扔出去饿死,这跟你有什么关系?你没有孩子,你没有要去关心的男人。我了解你的一切。你曾经有过一个男人,你抛弃了他，就因为照顾他太麻烦了。但你就不能放过我的男人吗？他说了关于一个人的谎，那个人几百年前就死了，没有人会因此而受到伤害。难道一篇臭论文比我们所有人的生命和幸福更重要吗？你毁了他，杀死了他，是为了什么？你认为那是女人该干的事儿吗？"

"真的非常遗憾，"德·范恩小姐说，"那是我的工作。"

"那样的工作和你有什么关系？女人的工作是照顾丈夫和孩子。我真希望杀了你，真希望我能把你们都杀了，我真希望我能烧了这个地方，全部类似的地方——你们在这个地方教女人抢男人的工作，先抢劫，然后再杀死他们。"

她转向院长："你不知道自己在做什么吗？我听过你坐在那里哭诉失业的问题——但是，是你，是像你这样的女人抢走了男人的工作，伤了他们的心，毁掉了他们的生活。难怪你不能为自己争取到男人，还讨厌那些能争取到男人的女人。我要说的是，上帝保佑男人远离你们。你们会为了一本旧书或者一段论文，就毁了自己的丈夫，如果你们有丈夫的话……我爱我的丈夫，是你伤了他的心。即使他是个小偷或杀人犯，我也会爱他，忠于他。他不是故意偷那篇旧论文的——他只是把它收起来了。这对任何人都没有影响。它不能帮助世界上任何一个男人、女人或孩子——它连一只猫都养活不了；但你为此杀了他。"

彼得站了起来，站在德·范恩小姐身后，一只手轻握她的手腕。她摇了摇头，毫无动摇，毫不改变。哈莉叶想，这不会让她的脉搏漏跳一拍。公共活动室里的其他人似乎都呆住了。

"哦，不！"安妮附和着哈莉叶的想法说，"她不会有感觉的。她们不会有感觉的，你们这些厚颜无耻的魔鬼，全都站在一起。你们害怕的只是你们的面子和你们可怜的名声。我吓到你们了，是吗？上帝！看到你们面面相觑，我笑得多开心啊！你们甚至不相信彼此。除了讨厌正派的女人和她们的男人，你们什么都不能达成一致。我真希望我把你们这些人的喉咙全部扯断，那甚至都太轻了。我想看你们被扔出去饿死，就像我们一样，我想看你们都被拖下水，我想看到你们——你们——像我们一样被嘲笑、被践踏、被贬低、被鄙视。学学像我这样擦地板谋生吧，会对你们有好处的，用你们的手做点什么，对着一群人渣叫'夫人'……但不管怎样，我让你们吓得发抖了吧。你们甚至不知道是谁干的——这就是你们的聪明才智能得出的结论。你们的书里没有关于生活、婚姻和孩子的内容，对吧？没有绝望的人、爱、恨或任何有人性的东西。你们无知、愚蠢而无助，你们都是蠢货，你们连自立都做不到。就连你们，你们这些愚蠢的老巫婆——也得找个男人来帮你们处理事情。"

"是你把他带到这儿来的。"她俯身用凶狠的目光看向哈莉叶，仿佛要扑到她身上，将她撕碎似的，"你是这些人中最肮脏的伪君子，我知道你是谁。你曾经有个情人，他死了。你把他赶出去是因为你太骄傲了，不愿意嫁给他。你是他的情妇，你吸干了他的血，但你不在意他，不让他把你变成一个诚实的女人，他的死是因为你没有照顾他。我想你会说你曾经爱他，你才不知道什么是爱。爱意味着在任何情况下都要忠于你的男人，忍受一切。但你召来男人，利用完就抛开。他们追着你，就像果酱罐周围的蜂，扑进去，再死掉。你打算怎么处理那一位？你需要他的时候，就把他叫过来，给你收拾烂摊子，等你用完他，就会把他打发走，你不想像个正经女人那样给他做饭，给他缝补衣服，给他生孩子。像利用工具一样，你利用他来击垮我。你想看着我进监狱，我的孩子被送走，因为你没有勇气做你在这个世界上该做的事。你们这一群人，毫无生气，就是配不上男人。至于你……"

彼得回到自己的位子上，双手扶着脑袋坐着。她走过去，愤怒地晃动他的肩膀,当他抬头时,她朝他脸上啐了一口唾沫。"你!肮脏的叛徒!你这个腐烂的白面老鼠!是你这样的男人让女人变成这样的。除了空谈,你什么都不会做。你有你的头衔、你的金钱、你的衣服、你的汽车,你能对生活了解多少呢?你从来没有做过一次正经的工作。你要什么女人,就可以买什么女人。你的妻子和母亲腐烂了,甚至死了,也与你无关,你还能继续大谈特谈责任和荣誉。没有人会为你牺牲任何东西——她们何苦呢?那个女人在愚弄你,而你却看不出来。如果她为了你的钱而嫁给你,她会把你变成更大的傻瓜,这是你活该。你只配洗干净手,去做别人孩子的父亲……现在你们有什么打算呢,你们这群人?因为我愚弄了你们,就跑去跟法官告状吗?你们不敢。你们害怕走到阳光下,你们担忧着你们宝贵的学院和你们宝贵的自我。我不害怕,我所做的一切,都是为了我的骨肉。该死的!我嘲笑你们所有人!你们不敢碰我,你们怕我。我有过丈夫,我爱他——而你们嫉妒我,你们就杀了他。哦,上帝!你们一起杀了他,我们再也不会有幸福了。"

她突然嚎啕大哭起来——又可怕,又诡异。她的帽子歪了,双手把围裙扭成了一个结。"看在上帝的分上,"学监绝望地嘟囔着,"停下来可以吗?"

听到这里,巴顿小姐站了起来。

"来吧,安妮。"她用轻快的语气说,"我们都为你感到遗憾,但你不能这样愚蠢,这样发疯。如果孩子们看到你现在的样子,会怎么想呢?你最好过来,安静地躺下,吃点阿司匹林。总务长,你能帮帮我一起把她带出去吗?"

史蒂文斯小姐惊了一下,然后站起来抓住安妮的另一只胳膊,三人一起出去了。院长转向彼得,彼得站在那里用手绢机械地擦着脸,没有看任何人。

"我很抱歉让这一幕发生,我早该料到的,你是对的。"

"他当然是对的!"哈莉叶喊道,她的脑袋里像是有引擎在动,"他总是对的。他说在意任何人都是危险的。他说爱是野兽,是魔鬼。你很诚实,彼得,是吗?该死的诚实,唉,天哪!让我离开这里。我要吐出来了。"

当他为她把门打开时,她跌跌撞撞地撞到了他,他用有力的手把她扶到盥洗室的门口。当他回来的时候,院长已经站了起来,老师们也和她一起站了起来。如此多的情感都暴露在公共场合里,她们很是震惊。

"当然,德·范恩小姐,"院长说,"任何有理智的人都不会想要责备你。"

"谢谢你,院长,"德·范恩小姐说,"也许除了我自己,谁也没有。"

"彼得勋爵,"院长说,"过一会儿,等我们都回过神,我想我们都应该说——"

"没事的。"

院长走出去了,其余的人跟着她走了出去,像沉默的送葬队,只留下德·范恩小姐一个人坐在窗下。彼得在她们出去后关上门,走到她跟前。他还在用手帕抹着嘴。意识到这一点,他把亚麻布扔进了废纸篓。

"真的怪我自己,"德·范恩小姐与其说是在对他说,不如说是在对自己说,"强烈地责备,不是因为我最初的行为,那是不可避免的,而是因为之后的事情。无论你对我说什么,我都觉得自己负有责任。"

"我没什么可说的,"他说,"像你和这个活动室的每一个成员一样,我承认必须遵守原则、担负后果。"

"不应这样,"那位学者直截了当地说,"人应该为他人考虑。换成利德盖特小姐,她会做我最初做的事;但是她会去看看,那个不幸的男人和他的妻子怎么样了。"

"利德盖特小姐是一个非常伟大、非常罕见的人,但是她无法阻止别人因她的原则而受苦,这似乎就是原则的作用。你知道,我并不是说,"他又加上一句,带着他那熟悉的腼腆神情,"我是一个基督徒什么的。但在我看来,《圣经》里有一件事,在陈述一个残酷的事实——我是说,原则带来的不是和平,而是刀剑。"

德·范恩小姐好奇地抬头看着他:"你能为此承受多大的痛苦?"

"天知道,"他说,"这就是我要提防的。也许根本没有痛苦。无论如何,你知道,我是站在你这一边的——次次如是。"

哈莉叶从衣帽间出来时,发现只有德·范恩小姐一个人。

"谢天谢地,他们走了,"哈莉叶说道,"恐怕我丢人现眼了。太——太令人心碎了,是不是?彼得呢?"

"他走了。"德·范恩小姐说,她犹豫了一下,然后说,"薇恩小姐——我无意冒昧地打听你的事,如果我说得太多了,你就打断我。但关于面对事实,我们已经谈了很多。难道你不应该面对关于那个人的事实吗?"

"我已经面对一个事实有一段时间了,"哈莉叶双目空洞地望着方庭,说道,"那就是,一旦我奔向彼得,我就会像稻草一样飞散。"

"这一点,"德·范恩小姐语调干涩地说,"是很明显的。他时常用那样的武器对付你吗?"

"从来没有,"哈莉叶说道,她想起了他有可能使用它的那些时刻,"从来没有。"

"那你怕什么?自己吗?"

"今天下午的警告还不够吗?"

"也许,你很幸运,遇到了一位相当无私、相当诚实的人。他按你的要求来照做,不顾代价,也不回避这个问题。他没有试图掩盖事实或对你的判断抱有成见。无论如何,你得承认这一点。"

"我想他已经感觉到我的感受了吧?"

"感觉到吗?"德·范恩小姐带着一丝恼怒地说,"我亲爱的姑娘,认可他的头脑吧。他很机敏,他敏感到痛苦,过于聪颖,伤到了自己。但我觉得你不能再这样下去了。你不会损坏他的耐心、他的控制力或他的精神;但你可能会损害他的健康。他看起来就像一个快要忍耐到极限的人。"

"他一直在奔忙,很卖力地工作,"哈莉叶辩解道,"我不适合跟他一起生活,我不会让人感到舒适,我的脾气很坏。"

"嗯,那是他的风险,是否愿意承担,是他的事情。他看起来并不缺乏勇气。"

"我只会使他的生活变得悲惨。"

"很好。如果你认定你不适合他,那就告诉他,让他走。"

"五年来我一直想让彼得走,但没有动摇到他。"

"如果你真的有心,你可以在五分钟内就把他打发走的……抱歉,我觉得你和自己也没有相处舒服。但对他来说也不容易——他只能眼睁睁地看着,却无能为力。"

"是的。我真希望他能干预,而不是那么聪明得可怕。如果能换一种方式被震慑,也许会是一种解脱。"

"他永远不会那样做的。这是他的弱点。他永远不会替你做决定。你得自己做决定。你不必担心失去独立性;他会一直将它交付给你。如果你和他在一起,能找到一种安宁,那会是一种非常精妙的平衡。"

"他自己也是这么说的。如果你是我,你愿意嫁给这样一个人吗?"

"坦白地说,"德·范恩小姐说,"我不会。无论如何我都不会的。在我看来,两个智力独立,而又同样急躁的人走入婚姻,似乎是鲁莽地奔向疯狂。你们互相伤害得那么深。"

"我知道。我想我再也受不了被伤害了。"

"那么,"德·范恩小姐说,"我建议你不要再伤害别人了。面对事实,做出结论。把学者的思维带到这个问题上来,然后解决掉它。"

"我想你说得很对,"哈莉叶说道,"我会的。这提醒了我。利德盖特小姐今早亲自在她的《英语音韵学》上标记了印刷,我带着它飞快逃走,抓住一个学生,让她把它送到印刷厂。我几乎可以确定,我听到一个微弱的声音从窗户里喊着,九十七页的一个脚注——但我假装没听见。"

"好了,"德·范恩小姐笑着说,"谢天谢地,那篇学术论文终于要大功告成了!"

华夜之宴

> 别无他法，最后的避难所和最可靠的补救就是让他们走到一起，享受彼此；最有效的办法，就是让英雄怀抱所爱之人，吉安纳里斯如是说……对于这种病症，阿斯克勒庇俄斯也没有良方，只有让被爱之人接受爱人，而非服从于爱人的欲望。
>
> 罗伯特·伯顿

早上没有彼得的消息。院长向学院发布了一份简短而谨慎的通告，说已经追查到罪犯，混乱结束了。研究活动室从震惊中恢复了些许，安静地继续本学期的重要工作。她们都恢复正常了，她们没有不正常过。现在，卸下了怀疑的镜片，她们都是善良、聪明的人——她们继续从事手头的事宜，就像寻常男人关注工作，寻常女人照顾家庭那样——简单快乐得像每日面包一样。

哈莉叶把利德盖特小姐的校样忘得一干二净,觉得自己无法鼓起勇气对付威尔弗里德,便拿着关于勒·法努的笔记,然后下楼到拉德克里夫图书馆,做些扎实的研究。

快到中午的时候,一只手碰了碰她的肩膀。

"她们告诉我你在这儿。"彼得说,"你能抽出一点时间吗?我们可以到屋顶上去。"

哈莉叶放下笔,跟着他穿过圆形的房间,桌子旁坐满了安静的读者。

"我了解到,"他推开通向旋转楼梯的弹簧门说,"那个问题正在接受医学治疗。"

"哦,是的。当学术头脑切实抓住了一种假设——这可能需要一点时间——就会非常彻底和高效地处理。没有什么会被遗漏。"

他们默不作声地爬了上去,穿过小塔楼,到了图书馆的走廊上。前一天的雨已经停了,只剩阳光照耀着光辉的城市。他们小心翼翼地踏着板条地板,朝那一圈的东南方走去,途中遇到了卡特莫尔小姐和庞弗雷特先生,不禁有些讶异。他们并排坐在一块凸出的石头上,在他们走近时激动地站了起来,像钟声惊起的小鸟一样。

"坐着,"温西优雅地说,"我们都能坐下的。"

"没关系,先生,"庞弗雷特先生说,"我们正要走呢。真的。我十二点还有课要上。"

"哎哟!"哈莉叶叹道,看着他们消失在塔楼里。但是彼得已经对庞弗雷特先生和他的事情失去了兴趣。他把胳膊肘靠在护墙上,俯视着凯特街。哈莉叶走到他身旁。

在东边,一箭之遥的地方,矗立着万灵学院的双塔,像纸牌搭成的房子,在阳光的照射下,轮廓分明,奇异且虚幻,方庭里雨水打湿的椭圆草坪,像是戒指边上的一块绿宝石。在后面,是黑灰相间的新学院，堡垒般庄严，黑色的楼翼向着钟楼的百叶窗伸展；还有绿铜圆顶的女王楼。看向南方，是莫德林学院，纤细又高大的黄色塔楼，如同百合花一般；学院和大学的围墙；默顿学院的方尖塔，半藏在圣玛丽教堂的尖顶和北面的阴影之中。再往西走，是基督教堂学院，坐落在大教堂尖顶和汤姆塔之间；布莱塞诺斯近在眼前；圣奥尔达路和卡尔法克斯塔在后方；尖顶、塔尖和方庭，整个牛津都在脚下鲜活的树叶和经久的石头间跃动，青山如壁垒，环绕于远处。

>一座塔城，塔与塔之间的枝条，
>布谷鸟鸣，钟声回荡，云雀着迷，白嘴鸦蹦跳，河流环绕，
>布满斑点的百合花就在下方。

"哈莉叶，"彼得说，"我想请求你原谅我过去的五年。"

"我想，"哈莉叶说道，"应该由我来说。"

"我不这样觉得。记得我们第一次见面的时候——"

"彼得，别想那可怕的时刻。那个时候，我厌倦了自己的身体和灵魂。我不知道自己在做什么。"

"那个时候我应该为你考虑，我却选择把自己硬塞给你，真是个可恶的傲慢傻瓜，向你提出要求——仿佛我只要求取与获得就够了。哈莉叶，请你相信，不管我的过失看起来像什么，我的愚蠢纯粹是虚荣，以及盲目的、孩子气的、想要为所欲为的急性子罢了。"

她摇了摇头，不知该说什么好。

"发现你，"他平静地继续，"出乎我所有的希望和期待，当时我认为没有一个女人能对我有什么意义，除了简单的买卖和交换乐趣。我很害怕在我还没能把握住你之前，就失去你，所以我喋喋不休地说出

了所有的贪婪和恐惧，好像，上帝保佑，你除了我和我的狂妄之外，什么都无须考虑。好像这很重要似的。仿佛一个男人对你说出的爱，就是最能击溃你的无礼了。"

"不，彼得。别这样说。"

"亲爱的——当你说你愿意和我住在一起，但不愿意和我结婚时，你已向我表明了你对我的看法。"

"没有。我为此感到羞耻。"

"不会比曾经的我更为惭愧。如果你知道我是如何试图忘记它。我告诉自己，你只是害怕婚姻带来的社会性后果。我安慰自己，假装这能表明，你对我有一丝喜欢。我靠着自负支撑了好几个月，直到我认清本应从一开始就看清的耻辱真相——你受够了我的纠缠，像扔骨头给狗一样，将自己扔向我，让那畜生不要乱叫。"

"彼得，不是这样的。我讨厌的是我自己。我怎么能用劣币作为嫁妆呢？"

"至少我懂得，我不能拿它来还债。可是我从来不敢告诉你，当我终于看出那种指责是什么之后，我也不敢告诉你，它对我来说意味着什么；哈莉叶，我不太懂宗教，甚至不懂道德，但我确实认可某种行为准则。我知道激情能犯下的最大的罪——也许是唯一的罪——就是不快乐。它或者笑到最后，或者就在地狱里沉沦——没有中间之路……不要误解我的意思。我经常付出代价，这是常事——但从不是强买强卖，也未曾付出'巨大的牺牲'……看在上帝的分上，别以为你欠我什么。如果我得不到真品，我可以用仿制品凑合着用。我不要让他人屈从和受难。如果你还怜悯我，请告诉我你永远不会做出这样的承诺。"

"绝对不会的。现在没有，以后也没有。这不仅仅是因为我寻找到了自己的价值，是因为当我做出承诺时，那对我来说毫无意义——现在却有了意义。"

"如果你已经发现了自己的价值,"他说道,"那就是无可估量的最好的事情了。我花了很长时间才吸取了教训,哈莉叶。我用自己的自私和愚蠢建立起来的壁垒,不得不亲自一砖一瓦地推倒。这么多年来,如果我又回到了应该重新开始的起点,你会告诉我,并允许我重新开始吗?在最近几天里,我会有一两次抱着幻想,或许你会觉得,那段不愉快的时光可以被抛却了。"

"不,不是那样的,但我似乎能带着愉悦的心情记着它了。"

"谢谢你。这远远超出了我的预期,也超出了我应得的。"

"彼得——这样说对你不公平。应该道歉的是我。就算我不欠你什么,我也欠你我的自尊。我欠你一条命——"

"啊!"他微笑着说,"但我让你去用生命冒险,就已经两清了。那是把我的虚荣心踢出门外的最后一脚。"

"彼得,我确实很感激。我难道不应该为此感激你吗?"

"我不需要感激——"

"如果我想给你,你也不愿接受吗?"

"如果你这么想,我就无权拒绝。让我们两不相欠吧,哈莉叶。你给我的已经远远超过你意识到的。在我看来,你是自由的,现在是,永远都是。你们昨天已经看到了个人情感可能导致的结果,虽然我不想让你们用这么残忍的方式来看待它。不过,如果说那个环境让我表现得更坦诚的话,那么,在某种程度上,我确实是想要更为坦诚的。"

"是的,"哈莉叶若有所思地说道,"你不是歪曲事实来支持自己论点的人。"

"那有什么好处呢?让你来想象谎言,对我有什么好处呢?我展现高贵的姿态,要把天地献给你。而我发现我所能给你的。只有牛津——

它已经是你的了。这样！绕着她走走，看看她的塔楼。我很荣幸能将属于你的地盘清洁干净、擦得光，将她托在银盘上，交给你检查。拥抱属于你的东西吧，不要像之前讲的，因任何惊奇而害怕。"

"亲爱的彼得。"哈莉叶说道。她转过身来，背对着这个闪闪发光的城市，背靠在栏杆上，望着他。"啊，可恶！"

"别担心，"彼得说，"没关系。顺便说一下，下周罗马似乎又要找我了。但我要到星期一才离开牛津。星期天有一场贝利奥尔音乐会，你会来参加吗？我们再度过一个华夜之宴，用巴赫的双小提琴协奏曲来抚慰我们的灵魂。如果你能容忍我那么久。然后，我就走了，将你留给——"

"留给威尔弗里德和什么的。"哈莉叶有些恼怒地说。

"威尔弗里德？"彼得说，一时茫然，飞速回想着。

"是的。我在重写威尔弗里德。"

"哎呀，是的。病态的顾虑重重的家伙。他怎么样了？"

"我想他好些了，像个正常人了。我想我应该把这本书献给你，'敬彼得，是他成就了威尔弗里德'——之类的……别笑成那样。我真的在重塑威尔弗里德。"

不知怎的，这种带着焦虑的保证，比其他任何东西都更为打动他。

"亲爱的——如果我说过什么……如果你让我走入你的工作和生活！……我想在我做任何愚蠢的事情之前，最好离开吧……我很荣幸能够对威尔弗里德有些许贡献……你星期天会来吗？我和院长一起吃饭，但我会在楼梯下等你……到时候见。"

他顺着走廊走了，直到消失。哈莉叶留在原地，审视这个思维的王国，从默顿到博德利，从卡法克斯到莫德林塔，处处闪闪发光。而她的目光却落在一个纤瘦的身影上，那人穿过鹅卵石铺就的广场，在圣玛丽教堂的阴影下轻盈地走向高街。世上所有的王国，还有它们的荣耀。

学者们，本科生，游客，他们紧紧地挤在没有靠背的橡木长凳上，胳膊放在长桌上，用手遮住眼睛上的光，目光如炬，看向平台，那里有两位著名的小提琴家，一起将 D 小调协奏曲精准而有力地演奏出来。礼堂里坐满了人。哈莉叶穿长袍的肩膀碰到了邻座，他的长袖的袖摆垂到她的膝盖上。他沉浸在一种静止的严肃之中，这是所有真正的音乐家聆听真正的音乐时所具有的。哈莉叶对音乐的理解让她很是尊重这种超然的态度；她很清楚，对面那个男人脸上的狂喜，只是希望别人以为他喜欢音乐，而对面那个随着节拍挥动手指的年长女人，简直对音乐一窍不通。她清楚地明白，要稍微费些脑力来解开一串串缠绕在一起的旋律。她敢肯定，彼得能听出错综曲调的全景，每一部分都分离而并立，独立而平等，可以分开却又不可分割，或上或下，或是游走其中，让人心醉神迷。

她一直等到最后一个乐章结束，挤满了人的大厅在掌声中放松了下来。

"彼得——你说运用复调，任何人都可以和声，这是什么意思？"

"怎么了，"他摇着头说，"我喜欢我的音乐是复调的。如果你觉得我还有别的意思，你知道我的意思。"

"复调音乐需要大量练习，业余是不够的，需要的是一位音乐家。"

"那么，两个业余者——都是音乐家。"

"彼得，我不是音乐家。"

"就像我年轻时人们常说的那样：'女孩都应该学一点音乐——至少能演奏简单的伴奏。'我承认，巴赫不是一个主导的演奏家，再加上配合的伴奏者就可以完成的。但你想成为其中之一吗？有位先生要唱民谣。为独唱者祈祷安静。不过让他快点唱完吧,这样我们就可以再听到那首壮阔的赋格曲了。"

最后的赞美诗唱完了,观众们纷纷离开。哈莉叶要穿过宽街的大门,彼得跟着穿过方庭。

"美妙的夜——如此美妙,不可浪费。先别回去。到莫德林桥来,将你的爱送到伦敦河。"

他们默默地转到宽道上去,轻风拂动着他们的长袍。

"这个地方有些不一样,"彼得说道,"会改变一个人的价值观。"他停了下来,又突然加了一句,"最近我以各种方式对你说了很多话;不过你可能已经注意到,自从我们来到牛津,我还没有向你求婚呢。"

"是的,"哈莉叶说,她的眼睛盯着谢尔登剧院和克拉伦登楼之间,博德利图书馆屋顶严峻而精致的轮廓,"我已经注意到了。"

"我一直在害怕,"他简单地说,"因为从你在这儿对我说任何话,都无法再改变了……可我现在要问你,如果你说不,我保证这一次我会接受你的回答。哈莉叶,你知道我爱你,你愿意嫁给我吗?"

霍利韦尔角的交通灯闪烁着:前行;停下;等待。走过凯特街,新学院墙壁的阴影将他们吞没,这时,她开了口。

"告诉我一件事,彼得。如果我说不,你会一蹶不振吗?"

"一蹶不振?亲爱的,我不会用这样一个词侮辱你或我自己。我只能告诉你,如果你愿意,我将获得极大的幸福。"

穿过拱桥的底部,再次步入苍白的月光。

"彼得!"

她驻足于此,他也停住脚步,转向她。她双手放在他衣服的前襟上,望着他的脸,寻找一个词汇,让她越过最后一道艰难的关卡。

是他替她找到的。他姿态谦恭地摘下帽子,庄重地站着,方帽拿在手中。

"女硕士,你同意吗?"

"同意。"[1]

督查迈步经过,目光避开与他们接触。他觉得牛津已经完全失去了尊严,但是他能做什么呢?如果大学的资深成员选择站在哪儿——还穿着他们的长袍!——在新学院小道,在院长的窗下,倾情相拥,他也无从干涉。他一本正经地系好白色的飘带,悄声前行了;没有人拉他的天鹅绒袖子。

---

[1] 原文为拉丁文。

图书在版编目（CIP）数据

校庆狂欢夜 /（英）多萝茜·塞耶斯著；张爽译
. —— 上海：上海文艺出版社，2023
（域外故事会推理小说系列）
ISBN 978-7-5321-8476-7

Ⅰ.①校… Ⅱ.①多… ②张… Ⅲ.①推理小说-英国-现代 Ⅳ.①I561.45

中国版本图书馆 CIP 数据核字（2022）第 163401 号

校庆狂欢夜

著　　者：	[英] 多萝茜·塞耶斯
译　　者：	张　爽
责任编辑：	胡　捷
装帧设计：	周艳梅
责任督印：	张　凯

出　　版：	上海文艺出版社
出　　品：	上海故事会文化传媒有限公司
	（201101 上海市闵行区号景路159弄A座3楼 www.storychina.cn）
发　　行：	上海文艺出版社发行中心
	（上海市闵行区号景路159弄A座2楼206室）
印　　刷：	上海中华印刷有限公司
开　　本：	889毫米×1194毫米　1/32　印张14.75
版　　次：	2023年2月第1版　2023年2月第1次印刷
ISBN：	978-7-5321-8476-7/I.6688
定　　价：	58.00元

版权所有·不准翻印

上海故事会文化传媒有限公司出品（01097） www.storychina.cn

想看更多精彩故事？
扫码下载故事会APP

上海故事会文化传媒有限公司所有图书可办理邮购，免收邮费（挂号除外）
汇款地址：上海市闵行区号景路159弄A座2楼206室（201101）；
收款人：上海故事会文化传媒有限公司出版发行部
联系电话：021-53204159
如发现本书有质量问题，请与印刷厂质量科联系T：021-60609062